开端

祈祷君

著

青岛出版社
QINGDAO PUBLISHING HOUSE

图书在版编目（CIP）数据

开端/祈祷君著. —青岛:青岛出版社,2021.6
ISBN 978-7-5552-9536-5

Ⅰ.①开… Ⅱ.①祈… Ⅲ.①长篇小说－中国－当代 Ⅳ.①I247.5

中国版本图书馆CIP数据核字（2020）第249332号

书　　名　开　端
作　　者　祈祷君
出版发行　青岛出版社
社　　址　青岛市海尔路182号（266061）
本社网址　http://www.qdpub.com
邮购电话　18613853563　0532-68068091
责任编辑　李文峰
特约编辑　张玙璠
校　　对　张玉霞
装帧设计　梁　霞
照　　排　梁　霞
印　　刷　三河市良远印务有限公司
出版日期　2021年6月第1版　2024年9月第5次印刷
开　　本　16开（640mm×920mm）
印　　张　24
字　　数　250千
书　　号　ISBN 978-7-5552-9536-5
定　　价　49.80元

编校印装质量、盗版监督服务电话 4006532017　0532-68068050

目 录

目　录

楔　子

第三次"出事"时，李诗情才真正发现事情的不对劲。

不是她疯了，就是有什么奇怪且无法用科学解释的事情发生在她的身上了。

虽然内心十分恐惧，但李诗情很肯定自己没有疯。

她只是个普通的女大学生，父母双全、家庭和美。她性格开朗，有三五知交好友，感情上既没有谈恋爱受到打击，也没有在学校里被歧视。她觉得自己的未来一片光明，是决计没有发疯的可能的。

但如果再这么"出事"下去，她难保不会疯。

第 一 章

车祸中的幸存者

第一次出事时，李诗情其实以为自己在做梦。

没办法怪她这么想，谁叫她的目的地是这趟公交车的终点站，这条公交线的总时长接近一个小时，每次还没到终点站，她就会迷迷糊糊地睡着。

反正到了终点站，已经与她熟悉的司机大叔也会喊她一声。

结果这回司机还没叫她，倒是谁的手机铃声先将她吵醒。

当被重复播放的《卡农》吵醒时，李诗情还有点烦躁。下午一两点钟正是人最昏昏欲睡的时候，她好不容易能打一会儿瞌睡，还被人吵醒了。

可惜她这点怨气没能维持太久就被突如其来的撞击冲散了。

她醒来后发生的一切来得太快，就像坐过山车时闭着眼睛体验到的那种惊骇。

从小到大李诗情都没有经历过"车祸"这么个玩意儿，所以当她的头被巨大的惯性带着重重地撞向前面的座椅靠背时，她甚至没反应过来是出"车祸"了。

头疼欲裂加上强烈的呕吐感让她无法思考，伴随着车上乘客的尖叫声，她就这么晕了过去。

大概是第一次"出事"的过程太快，所以当李诗情"再醒来"时，只有刚刚从噩梦中惊醒的那种惊悸感，恍惚到没办法相信它是真的。

李诗情掐了掐自己，疼，没有做梦。

她又摸了摸头，好好的，没有肿，也没有破。

她朝窗外看去，车子也好好地行驶在既定的路线上，刚刚上了跨江大桥，即将抵达终点站，一切都很正常。

然而，当她拍着自己的胸口暗自庆幸"幸亏是梦"时，那该死的手机铃声又响了！

熟悉的《卡农》铃声在车厢里突然响起时，李诗情像只受了惊的兔子一样跳了起来。

她听到后面有乘客好心询问"小姑娘怎么了"，也感受到了几道异样的目光扫向她，带着点狐疑，带点戒备。

这原本是件很让人恼火的事情，但李诗情什么都顾不上了。

她的脑子里只反复闪着不好的预感：

难道要出事？难道真要出事？难道我不是在做梦？

那道手机铃声从头到尾就没响多久。对她来说，这就像一个符号，一下子把她拉进了某个噩梦里。

接着，噩梦就真的再一次降临了。

一直匀速开着的公交车突然来了一个急转弯，车里的乘客们纷纷尖叫了起来，好几个人没有坐稳，被甩下了座位，或是像她刚才做的"噩梦"里那样，头撞上前排的座椅。

正站立着的李诗情也不例外，急转弯的瞬间，她往后仰倒，两只手无意识地在前方挥舞着，想要抓住什么东西。

在李诗情就要栽倒时，她仿佛看见旁边出现了一只胳膊，艰难地向她伸过来。

她的本能让她想拉住那只手、紧紧地攥住它，却只能看到自己的手臂在半空划了个无力的弧线……

然后就是后脑勺重重着地的剧痛感。

第三次"醒来"时，李诗情茫然地环顾四周。

她所在的这个城市，是一个被江水分隔成两部分的城市。她所读的大学在一座江心洲上，无论去哪里都要通过跨江大桥。这条公交线正是一条过江路线，终点站在老城区。

这条公交路线沿途有好几所高校，她上车的时候人还蛮多的，可等她醒过来时车上已经没有多少人了，很空旷。

从车窗外的风景来看，车还没上桥。

因为这条公交线路程长停站少，大部分人选择和她一样，上车找个位置坐下就沉沉地睡了，只有寥寥几人醒着。

现在这辆公交车里，安静得犹如学校的图书馆一样。

但她的"噩梦"告诉她，等到手机铃声响起，这些人就会被惊醒，然后……

——车子会出事。

意识到车子会出事，大概是某种应激反应，李诗情在"噩梦"里受过伤的前额和后脑勺突然剧烈地疼痛了起来。

她惨叫一声抱住了头。

"你没事吧？"

坐在她身边的肖鹤云担心地问。

疼痛像潮水般一阵阵向她涌来，又一阵阵退去，最后一切恢复如常，仿佛刚刚的疼痛也只是一场梦。

在她身边坐着的肖鹤云推了推自己的眼镜，似乎很紧张，反复在确认自己旁边的女孩怎么了，需不需要叫救护车。

救护车？

对了！虽然这车会出事，但她可以提醒别人啊！

被肖鹤云提醒，李诗情意识到事情应该还有转机。

根本不需要犹豫，她立刻跳起来冲着司机吆喝："司机大叔，我身体不舒服，快停车！"

她经常坐这路公交车，跑这条线的司机大叔对她来说是个"熟面孔"。

司机是个很面善的人，性格也很好，从来没在车里对人发过脾气。平时她上车时，偶尔也会和大叔聊聊天。

如果自己突发疾病，大叔应该会马上让她下车求医吧？

"这里不行，没有站台，一停车后面容易撞上。"

司机大叔回了下头，大概是见李诗情还能好好站起来，回应道："我开快点，尽快到下一站啊！"

"停车，快点停车！"

李诗情已经顾不上多解释，一口气冲到车门边，使劲地拍着后车门。

"小姑娘干什么？"

"怎么好好的突然这么激动？神经病吧？"

车里的人用别人听得到的声音"窃窃私语"着。

果不其然，听到乘客们的牢骚，司机大叔犹豫了。

"你现在看起来不太好……"

"不停车，让我一个人下车行吧？求你了，大叔！"

开什么玩笑？李诗情刚刚朝外看了一眼，都过沿江中路了，等会儿就上跨江大桥了，之前两次都是在桥上出的事，谁知道到桥上会发生什么？

等上了桥，命都没了！

"你怎么回事啊？说了现在不能停车！"

司机的声音中带着点不高兴。

"必须停车啊，大叔，这辆车子会出事的！"

李诗情急得都哭出来了。

"小姑娘，你瞎说什么？"

司机吃了一惊。

"真的，大叔，这辆车……"

就在李诗情控制不住情绪，眼泪夺眶而出的时候，可怕的手机铃声又一次响起。

李诗情看见自己的手抖得犹如筛面粉的筛子，连车门的扶手都抓不住。

"司机师傅，别回头，小心看车！哎！"

坐在李诗情旁边的肖鹤云突然瞪大了眼睛，拼命地叫了起来。

熟悉又陌生的场景像是蒙太奇画面，李诗情绝望地闭上了眼睛，感觉到自己又被重重地抛了出去……

一阵失重感过后，前额一痛，她再一次失去了意识。

再怎么粗线条的人，连续遭遇三次一模一样的"噩梦"，都不会觉得这是个"意外"，尤其是这"噩梦"这么可怕的时候。

所以当李诗情第四次醒来，察觉这可能不是个梦以后，就下定了决心，无论如何都要让这辆车停下。

李诗情察觉到，自己每一次"醒来"，都伴随着身体和精神的双重虚弱感，她能明显地感觉到自己身体的状况越来越不对，每一次的"噩梦"对她都是有影响的。

除了前几次的头疼，这一次她刚刚清醒时，手就抖得跟帕金森患者一样，用了好半天才恢复。

她的剧烈抖动甚至抖醒了旁边正在睡觉的肖鹤云。

肖鹤云醒来以后，用一种震惊的眼神看着李诗情，右手伸出来又缩回去，大概是想握住她的手别让她这么抖了，又怕这么做对她太失礼，满脸都写着"年纪轻轻怎么就得了这种病"的惋惜。

他犹豫了半天，才轻轻地问了一句："需要帮忙吗？"

铺天盖地而来的恐惧好像刺激了李诗情肾上腺素的分泌，反倒使她平静了下来。

"不需要。"

感觉到手臂渐渐恢复了知觉，李诗情飞快地拒绝了他，站起身。

时间紧迫，她赶着要下车，没时间和他攀谈。

"司机叔叔，我身体有些不舒服，能靠边停车吗？"

为了不让司机频繁回头而导致"出事"，李诗情干脆走到他的身边，压低了声音问。

回忆着刚刚"出事"的细节，她觉得自己没能下车原因是出在她和司机大叔沟通的方式上。

像她刚刚那样歇斯底里地喊着要下车的人，怎么看都像精神上出了问题，这司机叔叔但凡是个有责任心的人，都肯定不会放她下车。

所以这一次，李诗情决定扮演成一个"突发疾病"的虚弱女孩。

她经常坐这路车，和大叔也算混了个脸熟，平时还主动打个招呼什么的，没理由她突发疾病，大叔不动恻隐之心。

见李诗情走过来求停车，司机大叔减了速，为难地回头看了她一眼，犹豫着说："啊，这个地方不好停车啊，前面就要上大桥了。"

李诗情往车窗外看了一眼，立刻明白了他的意思。

这里是引桥，所有要上桥的车辆都从四面汇集而来，确实容易发生交通事故。

但他犹豫了！

他犹豫了就有戏！

"求求你了，叔叔，我有心脏病，从刚刚开始心脏就一直疼。"

李诗情捂着自己的胸口，带着哭腔向他求助。

"救救我吧，您能把我送到医院吗？"

司机大叔往后视镜里看了看。

根本不需要"伪装"，只要一想到前几次车子是怎么出事的，后视镜里她的那张脸，就白得比鬼还难看。

"司机师傅，停车吧，别出什么事！"

车厢里还醒着的几个乘客听到李诗情和司机的对话，开始帮腔。

"你看这小姑娘脸色难看的！赶紧让人下车去医院吧。"

"我真的很难受。"

李诗情挤出几滴眼泪，可怜巴巴地看着司机。

"唉，好吧，我这还在送乘客，你自己叫个车去医院啊。"

司机大叔挣扎了好一会儿，车子继续减速，方向盘也轻轻一转，向右靠去。

李诗情用余光扫过窗外的景色，只看得到远方跨江大桥上的几道吊索。

太好了，车子终于在上桥前停下来了！

"谢谢大叔！"

李诗情激动得将捂着胸口的手一下子握成了拳。

然而还不等她松口气，车厢里再一次传来《卡农》的铃声。

为什么？

李诗情背后生寒。

她难以置信地扭过头，想要找出这个手机铃声是从哪里发出来的，却只看到车子重重地往前一顿，所有的乘客都从座位上"飞"了起来。

因为要装成"西子捧心"的样子，李诗情的两只手都没有抓住司机身边的栏杆，在巨大的惯性下，她心中发出不甘的呐喊，往前扑去。

"下一次，我一定先抓紧什么！"

她最后看到的画面，是一块有着蜘蛛网般的裂纹的风挡玻璃。

没人把风挡玻璃撞成这样还能活的，李诗情肯定自己是死了。

前三次的"噩梦"因为事情发生得太快，让她没有什么真实感，一直浑浑噩噩的，但上一次，因为她的努力尝试，她终于差点成功让车停下。

这个事实，总算给了李诗情一丝逃脱"噩梦"的希望。

上一次，我只是太倒霉了。只要我再用心一点、再聪明一点，肯定能让这辆破车停下。

她想。

李诗情因为"复生"后的头疼感、呕吐感、手抖和脸痛而无法动弹时，她只能活动着唯一可以动的脑子，借此分散这些疼痛带来的不适。

每一次都晕得太快，她除了知道发生事故的地点，完全不知道发生了什么事。

刚刚那次，应该是因为司机减速，和后面的车发生了追尾吧？

可是只是追尾的话，她不应该会死啊？

还有一次，明显是车子发生了急转弯，不知道是爆胎了、刹车失灵了，还是为了躲避什么。

李诗情仔细分辨窗外的景色，离跨江大桥已经不远，她可能没有多少时间了。

大部分乘客还是在睡觉或在看手机，邻座的肖鹤云头靠着玻璃窗，镜片反着窗外的光，因为看不到他的眼睛，李诗情不知道他睡着了没有。

她曾经尝试过，哪怕是歇斯底里地要求停车，司机大叔也不会为她停下来，但如果乘客们都希望我下车，司机大叔就会被"民意"所裹挟，有所动摇。

刚刚她假装心脏病发要求停车，其他乘客一起哄，车子差点就停住了。

对这一点有了信心后，李诗情不由自主地看向窗外。

现在离跨江大桥的入口还有一截路，道路平整，车辆也不多，如果她选择在这个路段下车，应该没有太大危险。

她又把目光从车窗外移到邻座正靠窗假寐的肖鹤云的脸上。

不适感已经消失，李诗情看准他的手放着的位置，弯下腰，以迅雷不及掩耳之势伸出手，将他的手一把按在了自己的胸上。

对不住了，肖鹤云，我实在太想活下去了！

李诗情在心里大喊。

刚刚还靠着窗子睡觉的肖鹤云顿时身子一抖，震惊地扭过了头。

就知道他没睡！李诗情心道。

不管了！

"色狼！"

李诗情用手紧紧地按着他的手，让它无法从自己的胸上离开，脸上却还要露出惊恐的表情，大声喊叫起来。

"你摸我的胸干什么？"

要是她能活下去，她一定要去面试演员！

"啊？"

听到李诗情在喊"色狼"，肖鹤云还睁着一双茫然的眼睛，那表情活像是被神经病侮辱的纯情少年，似乎根本无法将自己和"色狼"这两个字联系起来。

等意识到这个女孩在喊什么时，他连忙用力甩开李诗情的手，把手从她的胸口拿开，干笑着，结结巴巴地说："那……那个美女，这种事情可不能开玩笑啊！"

由于李诗情的惊叫声，正在打瞌睡或玩手机的乘客纷纷被他们吸引了注意力，带着看八卦的神情看了过来。

"你这小伙子，看着也人模人样的，年纪轻轻怎么做这种事？"

一位老爷爷痛心疾首地摇头。

"就是，就算人家小姑娘长得漂亮又白净，你也不能下手啊！"

一个大婶也跟着附和。

"太不像话了！"

"我没开玩笑，就是你摸的我！"

李诗情高喊着。

"你在胡说什么？"

被冤枉的肖鹤云见她"贼喊捉贼"，满脸的不可思议："明明是你自己抓着我的手按上去的！"

"你让大伙听听，你说的这叫人话吗？谁会没事抓别人的手摸自己的胸？"李诗情大叫着，"你看我长得好欺负，就觉得我会忍气吞声是不是？我告诉你，你惹到我，可算是惹错人了！"

"你简直是无理取闹……"

9

被这么多人当"色狼"看，还指指点点，肖鹤云憋红了脸，"你"了半天，憋出一句脏话来："你……你……你脑子有毛病！"

看到肖鹤云被逼成这副样子都没有对她破口大骂，李诗情心里对他着实抱歉。

对不住了，肖鹤云，我要不这么做，脑子才真会有毛病！

骂完，肖鹤云站起来，大概是想换个位子坐。

"你可别想跑！"

李诗情趁机一把拉住他的手，使劲扯着他，走到司机大叔身后："司机大叔，这是个色狼，麻烦你掉头去下派出所，我要去报警！"

快掉头啊！这辆车即将踏上的可是死亡之路！

回头是岸才是正理！

"谁知道后面发生什么情况了？"

司机大叔并没有"偏听偏信"，而是往后视镜里看了看，问起其他人。

"我根本就没摸她！去就去，我不怕！"

被李诗情扯着的肖鹤云一听说要去派出所，反倒被气笑了。

"你就是摸我了，你这个人渣！"

心里对肖鹤云万分抱歉，可李诗情只能恶狠狠地瞪着他，再扭头请求别人的帮助："大家能帮我去做个证吗？用不了多少时间的，我怕没有人证，让他跑了！"

她所预想的最好情况，就是司机大叔掉头去派出所，然后所有人一起下车，去派出所报案。

虽然这么做她有可能冤枉了一个好人，但是至少救了一车人的命不是？

就算司机大叔没有掉头，哪怕只有几个人跟她下车，愿意为她做证，也比一车子人都葬送在这里好。

谁料，一听说要掉头去派出所，刚刚还义愤填膺帮她说话的乘客们，纷纷都改变了态度。

"小姑娘啊，我要赶回去接孩子，还要给家里的大人小孩做晚饭呢，耽搁不了时间，实在不好意思啊。"

脚下放着塑料袋的大婶避开李诗情的目光。

"只是被摸了下，又没损失什么。"

不知是谁嘟囔着。

什么叫只是被摸了下？

李诗情眉头一皱，又看向年纪最大的一位老爷爷。

"唉，小姑娘，那个……那个我刚才在睡觉，没看到他有没有摸你。"

老爷爷躲闪着李诗情的目光。

"我不能做没看见的证啊。"

"是啊是啊，我们都没看到啊，万一冤枉好人了呢？"

有人附和。

"这车都开出去这么远了，再掉头得耽误多少时间啊？"

越来越多的人发出了不赞同的声音。

眼见着原本倒向她的局势渐渐地往不可预料的方向倾斜，李诗情的一颗心也越来越凉。

前方隐隐可以看到桥身了，她可能已经没有足够的时间让司机停车。

或许，这一次"循环"，她又要失败。

难道又要下一次再试？

如果没有下一次呢？

如果这一次就是她最后一次"复活"呢？

"司机大叔，停车，我要下车！"

发现没有可能让车子上的人一起下去，李诗情果断地选择了先自救。

"小伙子，你赶紧先道个歉。让让人家小姑娘就是了！"

有乘客不愿意停车。

"我又没摸她，为什么要道歉？"

听到这莫名其妙的要求，肖鹤云嘲讽地反问，又用愤怒的眼神看向李诗情。

"你这小子，道个歉就能解决的事情，干什么要耽误我们的时间？"

车上有人埋怨。

"没有摸就是没有摸，就算去派出所对质我也是没摸！对的就是对的，错的就是错的，跟男的女的、人多人少没关系！"

在李诗情看来，遇见这么个莫名其妙的事，肖鹤云没动手打她，已经算是脾气好的了。

好人有好报，等他下了车，他会感激自己的。

11

　　眼见着司机在慢慢减速，周围也没什么车辆，李诗情终于开始撒泼尖叫，强硬地要求下车。

　　李诗情不肯息事宁人，肖鹤云又梗着脖子死都不愿道歉，司机大叔终于忍无可忍，靠边停了车，按下了开车门的按钮。

　　"停车停车，你们都给我下去！"

　　"对，你们两个都走都走，别耽误司机开车！"

　　"就是！他们自己的事情，自己私下解决，别拖着一车人浪费时间！"

　　"你们赶紧自己下去啊，别让我们赶你们下去！"

　　几个大叔大婶对着司机大声叫唤着，催促着司机赶紧开车门。

　　肖鹤云明显不想因为这莫名其妙的事情下车，但李诗情一看到车门开，几乎是迫不及待地奔下车，下车时还死死地拉着肖鹤云的胳膊，硬是要拖着他往下走。

　　"走，跟我去派出所！"

　　李诗情心想，让他遭遇这种莫名其妙的事情已经很对不住他了，何况他前几次都对自己表现出了关心，明显是个好人，哪怕只能救这一个也好啊。

　　见小伙子不愿走，有个腰上挂着钥匙的大叔站起身，直接把肖鹤云推下了车。

　　"走走走，都走！"

　　在乘客们的连声催促中，李诗情和肖鹤云跌跌撞撞地下了车。

　　他们前脚刚下车，后脚这辆公交车就一刻也不肯耽误地离开了。

　　没有刹车失灵，没有意外，没有手机铃声，李诗情难以置信地环顾四周，有一种不真实的感觉。

　　她深吸了口气，空气中甚至还有公交车的尾气味道。

　　从头到尾，事情都和李诗情料想的完全不一样。

　　没有任何人愿意跟她下车，甚至中途有好几次，李诗情都觉得自己肯定是又要"死"一次了。

　　可现在……

　　李诗情低下头，看着脚下的地面。

　　是水泥地，不是公交车的地板。

　　"我……我这是……"

李诗情的嘴角渐渐上扬，眼睛亮得可怕。

她成功下车了！

成功下车的结果令李诗情感到意外，随之涌上的，是狂喜。

她真的跑出来了！

真的从那辆车上下来了！

和李诗情一起下车的肖鹤云被她突然涌出来的眼泪吓得倒退了半步，嘴巴翕动了好几下，却没说出一句话来，大概是觉得李诗情的脑子不太正常。

可李诗情觉得，就算被人当成精神病人又怎么样呢？

她总算逃出来了！

"喂，你……"

肖鹤云露出了担心的表情。

不过李诗情听不见他接下来对她说什么了，因为她已经跑到了人行道上，朝着来时的方向，头也不回地拔腿狂奔。

李诗情曾无数次设想她要真下了车会如何，但真到了下了车的这一刻，她的脑海里只有一个念头：

跑！

她要离这辆破车远远的，离这些莫名其妙的人和事远远的，最好这辈子都不要再看见！

"喂，你是不是真的脑子有毛病？脑子有毛病要去治啊！"

李诗情听见被自己拉下车的肖鹤云在身后高喊。

若是以往，李诗情一定会回过头，回一句"你才有精神病"。

但现在，别人说什么她都不会生气。

更何况，她带着狂喜的笑容，一边狂奔一边流泪的样子，确实怎么看怎么像精神病人。

一旁的路人听到肖鹤云的高喊，再看见李诗情横冲直撞的样子，忙不迭地露出见了疯子的表情，纷纷避让开来，让她顺利地跑出去更远。

肖鹤云提醒完"女疯子"，自认倒霉地伸手在路边拦下了一辆出租车，坐进了副驾驶座。

轰！

跑着跑着，李诗情的身后发出了一声惊天动地的巨响，仿佛隔空突然炸响的惊雷，连大地都为之震动了一瞬。

李诗情猝不及防地被这一声巨响惊吓到，脚步一晃，身体失去了平衡，迎面撞上了前方的电线杆。

"快看那边！"

凄厉的尖叫声在人群中炸响。

"不，不……"

熟悉的剧痛感和眩晕感传来，李诗情突然瞪大了眼睛，试图保持清醒，而意识却渐渐模糊。

她记忆里最后的画面，是人们被这惊天震地的声响吓得回过头，露出了惊恐的表情……

从噩梦中惊醒，李诗情猛地睁开了眼。

李诗情刚刚做的什么噩梦来着？

好像是在一辆公交车上……

公交车？

什么公交车？

鼻端传来刺鼻的消毒药水的味道，耳边是旁人频繁走来走去的脚步声，她的胳膊上扎着一根输液针，输液瓶就悬在头顶的吊架上。

"我这是在哪儿？"

李诗情摸了摸输液管，充满疑惑地看向两旁。

床旁边挂着淡绿色的帘子，日光灯的光亮让一切无所遁形，她左手边的床头柜上放着一个什么仪器，正嘀嗒作响。

这不是医院吗？

她挣扎着想要坐起来。

然而她只是微微动了一动，就有汹涌的呕吐感冲上喉间，难受极了。

为了不弄脏医院的被子，李诗情只好继续像咸鱼一样躺着，认命地发出虚弱的声音："有人在吗？有人吗？"

"张护士，9号床的病人醒了！"

唰的一声，右边的帘子被人拉开，果然有一个中年女护士向9号床走来。护士先翻开李诗情的眼皮，拿着电筒照了照，然后竖起两根手指头，连续问了好几个问题：

"看得见吗？这是几？记得自己叫什么名字吗？"

"看，看得见，这是二。这里是医院吗？"李诗情茫然又惊慌地回答着，"我？我叫李诗情。"

只要一想到之前发生的事，李诗情的脑海里就一片空白。

"是，这里是医院。关于你是怎么被送进来的，你记得多少？"

护士又问。

"发生什么了……什么？我不记得了。"

李诗情被问得露出了茫然的表情，答不上来。

"你的头部受到了撞击，已经做过了CT（计算机层析成像），初步判定是脑震荡，有路人把你送到了医院，说是你自己摔的。这里是我们市五院的急诊部。"

护士很有耐心。

"脑震荡？"

李诗情傻眼了。

她能把自己摔成脑震荡？

"小姑娘不要太担心。"

护士以为李诗情是在害怕，安抚着她的情绪："我们已经给你拍了颅脑CT，你没有脑出血的现象，最近发生的事情什么都想不起来是正常的。这是'逆行性健忘'，快则几个小时，慢则几天，通常都能恢复，不会失忆的。至于头痛和呕吐的情况，大部分三到五天就消失了。"

"张护士，马上又有一个严重烧伤的病人要抬进来，准备送急救室！"

有人急切地催促。

"知道了！"

护士姐姐给李诗情掖了掖被子，轻轻地拍了下她的手臂。

"你先好好休息，不要乱动。有任何问题你按一下手边的看护铃，就会有人来照看你。我们已经根据你随身证件上的信息联系了你的学校，你的老师马上会赶过来。"

听说是联系了学校里的老师来，李诗情连忙问护士姐姐："我的随身物品在哪里？我想给家里人打个电话。"

手机不在手边，她总觉得不踏实。

"等一会儿，我会叫人送来。"

15

目送护士姐姐匆匆离去，李诗情心中的疑惑越来越重。

"我摔倒了？"

她开始觉得有点不对劲。

她明明记得自己今天是要坐公交车去江北买东西的，为什么还把自己弄成了脑震荡？

难道那时候她在追公交车？

很快，各种嘈杂的声音就打断了她的思绪。

"快快快，这边这个病人出现了呼吸困难！"

有医护人员开始叫着。

"这个面部重度烧伤，快检查气道！"

李诗情还来不及细想，就被急诊室里忙乱的景象吸引了全部的注意力。

在离她不远的地方，躺着一个面容焦烂的人形生物。

之所以说是"人形生物"，是因为他裸露在外的皮肤全部被烧没了，身上一片血肉模糊，身上的衣服也被医护人员全部脱去，一眼看去，像只被扒了皮的青蛙。

"哕……"

她原本就很想呕吐，一联想到生物课上的青蛙，再看到这个，胃里就忍不住翻涌起来。

另外一边，这个已经休克了的烧伤患者两条大腿全部被烧到发黑，抢救他的医生大声喊着什么"挂水挂水""准备打针"之类的话，几个医护人员在医生的指挥下不停地忙碌着，更有无数身着绿色衣服的护工拿着各种工具在急救室内来回奔波。

推车一辆又一辆地被送到急救室内，每辆车上都有人在痛苦哀号。

原本就嘈杂的急救室里现在满是"医生医生""救命救命"的声音，许多被送来的病人是大面积烧伤，即使伤势最轻的，也是头破血流。

"这……这是哪里着火了？"

一时间，整个急诊科里，医疗人员全部加入了给急救病人进行湿敷的工作中，急救室里弥漫着一种微酸的药水味道，再夹杂着从伤者身上传来的焦煳味、血腥味，好多种奇怪的味道夹杂在一起，让李诗情有些喘不过气来。

这是一幕什么样的人间惨剧啊!

李诗情只是看了几眼,就不忍再看。

为什么她要醒得这么早呢?

早知道她还不如就那么躺着,哪怕一直晕着也好啊。

"可怕,听说是一辆公交车撞上了一辆油罐车,引发了连环爆炸……"

旁边几个陪床输液的病人家属小声议论着。

"就在跨江大桥那边,还好我今儿没上桥,否则搞不好也要出事。"

听到"公交车撞上了油罐车"这几个字时,李诗情的身体不由自主地瑟缩了下,眼泪夺眶而出,突如其来的愧疚与不安,令她悄悄用病床上的被子盖住了自己的半张脸。

她不懂这种莫名其妙涌上来的强烈情绪是怎么回事。

就像她不明白自己的同理心什么时候这么强了一样,怎么会只是听到出车祸,就难过成这个样子?

急诊科里忙乱如战场,每个人都在为这场祸事唏嘘感叹,有些受轻伤的病人家属更是主动问起能做些什么,而李诗情却看都不想看一眼。

她的灵魂像被头痛劈成了两半,一半带着汹涌的情绪,为这些受伤的人难过到不能自已;另一半却惊慌失措,不知道自己这情绪是从哪里来的。

"难道我真把自己的脑子撞出毛病来了?"

躺在床上呆呆地看着头顶的输液瓶,李诗情在心里自嘲。

慢慢地,头顶吊着的输液瓶快要见底,李诗情的手机也没人送来。

但既然有这么多生命垂危的人被送进来,医护人员顾不上她这点小事也是正常的。

李诗情思忖着,这么乱的时候她就不要给人添麻烦了,干脆自己关闭了输液阀,继续安静地躺着。

光是这么躺着,她都觉得特别疲惫,好像很久很久没睡过觉一样,偏偏身体的不适感又让她无法真的入睡。

听着周围发出的痛苦哀号声,她只盼望着学校的老师赶快来,或者哪怕只是谁来把她从这个急诊科里推出去也行啊。

没过多久,李诗情就"梦想成真"了。

一个医生模样的人戴着口罩,让两个健壮的男人把她送到某个病

房去。

"你们要把我送去哪儿？"

李诗情诧异地问，心里有点慌。

"你得把床腾给其他有需要的病人，医院给你安排了个安静点的地方休息。"

这个医生就没有之前那个护士姐姐那么温柔了，看向李诗情的表情带着一种冷酷。

听到他的解释，李诗情的心一下子就定了。

也是，她这只是撞了头，换个地方也能养伤，还不如把床位让给需要急诊科医生就近照顾的伤者。

所以当被那两个护工搬到推床上，由医生推着送到住院楼时，她还挺高兴的，觉得自己终于能为这些病人做些什么了。

以后谁要再说医患关系紧张，医生都不是好人，她肯定要跟人家争一下！

你看看这个医院，对病人多好，不但按需分配，还考虑到她这个脑震荡患者受不得吵，给换了个单人病房！

这间病房在相当偏僻的地方，周围也特别安静，李诗情连说了几声"谢谢"，送走了医生，开心地闭上了眼睛。

她终于可以安静地睡会儿了！

她刚刚闭上眼睛，准备休息，就听见门外有人在说话。

"就是这个小姑娘吗？"

"是的，她刚刚醒。"

门外的声音也很熟悉，就是刚刚她谢过的医生。

"谢谢医院的配合，我们现在就进去看看。"

是谁来了？

难道是学校安排过来的老师？

这下，李诗情不敢再睡了，努力睁大眼，想感谢一下这位百忙之中抽空来看望学生的老师。

推门声轻轻地响起，李诗情带着笑意看了过去，笑容却渐渐地僵在脸上。

进来的，是两个穿着制服的警察。

"你好，我是市刑警支队的刑警江枫，这是我的证件。这位是江东区交警大队交通事故科的刘警官。"

年轻的警官出示了自己的警官证，随后另一位警察也给李诗情看了自己的证件。

但凡是个普通人，都会对警察这个职业产生某种敬畏，李诗情也不例外。从小到大，她连闯红灯、乱丢垃圾这样的错事都没做过。

所以，当这两位警察同志对她出示警官证，说出"李小姐，有一起交通事故，希望你能协助我们进行调查"的请求时，李诗情整个人都是蒙的。

"交通事故？"

没有驾照的李诗情想了半天，只想到了一种可能。

她震惊地道："难道我的脑震荡是被车撞的？"

两位警官对视一眼，再看她时，表情有点无奈。

"小姑娘不用太紧张，我们只是来了解一下情况。我们刚刚从你的医生那里知道你头部受到过撞击，但是这起交通事故造成的后果非常严重，我们还是希望你能够努力回想一下。"

两位警察当中，交警叔叔的态度还算和蔼，说话也慢条斯理。

"今天下午，本市一辆45路公交车在跨江大桥沿江路上桥处迎面撞上了一辆油罐车，引发了剧烈的爆炸。事发后，两辆出事车辆上均无人生还。"刘警官的声音低沉沙哑，"这起爆炸还引发了连环车祸，加上爆炸物四溅，导致周边不少人员伤亡，我相信你刚刚在急诊室里也看到了被送来的伤者。"

李诗情越听越感到惊讶，半天都说不出话来。

那些伤者被送过来时，就有人说过是一辆车撞上了油罐车，但当时那些病人的家属只是小声议论，她听着也云里雾里的。

现在听到了确切的答案，听说有更多的人甚至没能活下来，她却不知道为什么更难受了。

这位年长的交警向她叙述事件时，她能感觉到那个江警官的目光一直紧紧地注意着她的神情。

她还是第一次被警察这么盯着，有点心慌的同时，还有点委屈。

"可是，这跟我有什么关系吗？"

她又不是犯人，干什么要这么盯着她？

"因为你和另外一位乘客，是这趟公交车上仅有的两个幸存者。"

刘警官说到这里时，表情也开始变得严肃。

"为了调查事故的起因，我们查看了沿途的监控录像，发现就在出事前，那辆公交车临时停靠在路边，你和另外一位男性乘客一起下了车。"

她和另外一个人一起下了车？

"我坐上了那趟公交车？"李诗情倒吸一口凉气，"可是我一点印象都没有！我什么都记不起来了！"

"我们从监控里看到，你一下车就飞快地跑开了。就在你们下车后不到五分钟，那辆车就发生了车祸，撞上了油罐车。"

刘警官的声音里带着疲惫。当他叙述案件时，表情凝重得像是亲眼看到了那两辆车在他面前爆炸。

或许，他真的亲眼看到了爆炸现场，还不止一次——在监控画面里。

"你之前确实在那辆车上，也确实提前下车了，这些是有监控记录的。"年轻的江警官大概性子比较急，"你再仔细想想，能不能想起什么？你为什么要提前下车，而且一下车就飞快地跑离原地？你认识和你一起下车的那个人吗？"

听说自己可能是幸存的仅有的两个当事人之一，哪怕李诗情现在脑袋特别不舒服，也还是尽力地去回想，毕竟事关人命。

"我能回忆到我中午出门……"李诗情发誓自己真的使劲去回想了，但最近一段记忆真的是空白的，"我还记起我在公交站台等车，但之后的事情完全没印象。"

两位警官又对视了一眼，用眼神交流着。

若是平时，李诗情最讨厌这种"我就在你面前但是我们在想什么你不会明白"的排斥感，可现在，她的心里除了深深的惶恐，还有很深的歉意。

发生了这么大的事情，医院的医生、急诊室的病人家属、在外奔波调查的警察们，每一个人都在为这个事件奔波操劳。

而她，明明是当事人之一，也许还知道很多不为人知的隐情，却在这么关键的时候把自己弄成了脑震荡，只能在这里毫无头绪地冥思苦想。

他们又问了李诗情一些诸如"你当时要去买什么东西""你经常坐那

条路线吗"之类的问题，似乎想通过这些细节刺激到她，使她恢复一些记忆。

李诗情微微侧头，努力回想了一会儿，但无论怎么回想，都只能回想起自己下楼，遇见同学，然后到站台等车的一段记忆，之后就没了。

这最关键的一段记忆就像被什么东西抹除了似的。

两位经验丰富的警官反复讯问了李诗情许久，李诗情也尽最大的诚意去配合了。其间因为过度紧张和头疼，她在回答的过程中甚至几次干哕，但她也认真地答了，只是结果明显让他们不是很满意。

"不是说还有一个幸存者吗？为什么你们不去找他问问？"李诗情觉得再问下去也是浪费时间，揉着疼痛的太阳穴问，"也许他知道的情况比我更多。"

"你们下了车后，我们在车祸现场附近发现了他……"

那个年轻警官看着她的表情更古怪了："因为现场的爆炸，他暂时无法和我们沟通了。"

什么样的情况连沟通的可能都没有了？

李诗情不愿去深想。她难受地抹了把脸，知道自己的失忆反而让事情变复杂了。

别说警察叔叔要来找她，就连她自己听完了两位警官说的事情经过，都觉得自己肯定知道些什么内情。

难道她在车上发现了司机有什么不对的地方，所以机智地选择了下车？

不对啊，如果她发现了司机有什么不对的地方，难道不该选择先报警吗？

越想越头痛，李诗情捂着脑袋痛得直吸气。

看到她这个样子，两个警官也没辙了。考虑到李诗情的身体情况，他们无法再细问下去，只能无奈地结束了问话。

"唉，你先好好休息，医生说你随时会恢复记忆，我会让刘警官留在医院里，随时……"

江警官从口袋里掏出手机。他看到屏幕上的来电信息，神情突然变得严肃。

"啊，抱歉，我出去接个电话。"

李诗情躺在床上，和那个刘警官面面相觑，气氛有些尴尬。

"李诗情同学，我们真心希望你能想起更多的信息，因为除了你和另一位乘客，已经没有其他幸存者了，那趟公交车上曾发生过什么，谁也不得而知。你是没看到现场的情况，实在太惨了……"

他的眼眶里有些湿意。

"我们需要给社会大众和死者的家属一个交代。"

"我明白。我会努力想的，只要我一想到什么，就立刻告诉你们。"

李诗情郑重地答应，没有半点推托的意思。

刘警官严肃凝重的表情终于和缓了点，他甚至还对她笑了笑。

江警官在外面接了好一阵子的电话，再进入李诗情的病房时，整个人气势一变，似一柄出了鞘的利剑，连看向她的眼神中都像带着刀子。

"发生了什么？"

李诗情感觉到了他态度上的变化，心底一沉。

"他们找到了……"

他走到刘警官身边，也不避讳她，就在刘警官耳边轻轻说了一句话，声音很轻，除了开头的几个字，李诗情什么也听不清。

于是，那位刚刚还对李诗情笑的刘警官，在听完同事的话后脸骇然变色，并很快就离开了李诗情的病房。

"江警官，是发生了什么事吗？"

看到江警官看她的眼神，李诗情心头一颤，不安地问。

在她短短的二十年生命里，从没有任何人用这种眼神看过自己。虽然只有一眼，她依然感觉头皮一麻，局促不安。

"很抱歉，李诗情同学，从现在开始，在你想起公交车上发生的事情之前，你不能离开这间病房，也不能接受任何人的探视。"江警官对李诗情说，"我们现在怀疑你和一起恐怖袭击有关。"

"我……我和恐怖袭击有关？"

李诗情指着自己，瞠目结舌地复述着。

"这……这不可能吧？"

为什么他说的每一个字她都懂，可连在一起她就完全听不懂了呢？

"李同学，我们也希望你和这起案件没关系，所以，请你尽量回想当时在车上发生了什么，只有这样，才能洗清你的嫌疑。"

江警官虽然对李诗情的态度大变，但耐性更好了。

"我们接着聊聊吧，看看你能不能回忆起点什么。"

就在刘警官走后不久，警方的传唤证明被送到了。江警官用问不到结果绝不回去的架势留在了病房里，开始问李诗情一些更具体的问题。

"你再想想，你是不是提前知道车会出事？

"是不是有人胁迫了司机？还是你曾经发现过什么？

"你说你最后的记忆是在公交站台等车，那你出门是要干什么？学生的话，今天不是周末，你应该在上课吧？

"你为什么一下车就立刻跑？如果你当时在公交车上，在什么情况下，你会想提前下车？"

这些问题，李诗情一个都回答不出来，只能按照自己的性格，推测着自己为什么会做出那些反常的行为。

"我真记不起来，但我觉得，如果我会下车，那应该是发生了很严重的事情。因为以我的性格而言，就算坐过站了或者忘带了什么东西，也不会要求提前下车的。"

李诗情是真的被"恐怖袭击"四个字吓到了。

"我想不出我为什么要下车。"

李诗情的话答了等于没答，江警官没有得到想要的回答，有些失望。

"但你也看到监控了，你不但自己下车了，还拉了一个年轻的男乘客下车。你说你之前没见过他？"

李诗情摇头回答："我确实不认识他。"

"那就奇怪了，好好的，你为什么要提前下车，还拉一个陌生人下车？"

李诗情继续摇头。

"我不知道。"

无论警方问什么，李诗情的回答只有一个——"不知道"。她就好似一个仗着身体有疾不愿配合的刺儿头。

江警官多半也是产生了这样的联想，在李诗情抛出一个又一个"不知道"以后，表情越来越严肃，看向她的目光也越来越冰冷。

而真的什么都不知道的李诗情，除了疲惫和震惊，更害怕警方所表现出来的怀疑态度。

李诗情觉得她仿佛被当成了什么穷凶极恶的坏人，就连医生给出的那些"脑震荡""逆行性健忘"的诊断，似乎也只是一个她伪装出来的假象。

或许她在连声质问里一片茫然地摇头，也被他们当成不配合下的"负隅抵抗"。

可是李诗情又能辩解什么？

她确实什么都不知道啊。

终于，在某次"回忆"后，李诗情没有忍住身体的不适，趴在床边呕吐了起来。

江警官惊诧地站起身，连忙帮李诗情按了看护铃，然后找可以给她擦嘴的东西、找水。他发现病房里什么都没有。

在意识到这一点的时候，江警官脸上的冷意微微敛起。他上前，小心地拍了拍正在呕吐的李诗情。

经过长时间的问讯，无论是李诗情还是屋子里的江警官，都已经很疲倦了。

就在这时，一位年长的警官敲敲门走了进来，身后跟着来复查的医生和护士。他们见到病房里的情况，愣了下。

"这是怎么了？"

年长的警官走进病房，皱着眉问江警官。

"张队。"

江警官站起身，向年长的警官敬了个礼，然后，他看了一眼李诗情，解释道："她吐了！"

"呕吐、眩晕和头疼都是脑震荡的常见后遗症，这个病人这时候需要的是休息。我建议你们还是等她自然想起来比较好，急着刺激她，反而适得其反。"

查房的医生仔细检查了下李诗情的情况，抬起头对张队摇了摇头。

张队闻言，不满地看了江警官一眼。他走到李诗情床边，对她说："既然你不舒服，那就先好好休息，我们就在病房外，有什么事喊一声就行。小江，你跟我出来一下。"

张队领着江警官出了门，医生和护士还留在李诗情的床边照顾她。

被称为"张队"的人和江警官一出去，李诗情紧绷的神经蓦地一松。比起身体上的不适，她更不能适应的是警方对她的猜疑。

24

但她也知道，如果真是警方说的这种情况，在"无人生还"的情况下，她和另外一个提前下车的乘客确实怎么看都不对劲。

医生没有问什么有关案件的事情，只再三询问李诗情还有哪里不舒服，在确认李诗情只是想吐后，劝说李诗情："你现在最好睡一觉。你年轻，又没有颅内血肿和颅骨骨折，恢复起来应该很快，说不定睡醒了就想起来了。"

"睡一觉就能想起来吗？"

李诗情一愣。

医生随口说："不试试怎么知道？"

说完，医生带着护士出了病房门。

这下，李诗情终于可以安静地休息了。

可她一闭眼，眼前就会浮现江警官红着眼眶说"无人生还"的样子。

"睡一觉就能想起来吗……"

李诗情靠着床的身体渐渐滑下去，她闭上眼。

那就睡吧。

第 二 章

无限循环

一个遭遇了不顺心事的人，往往会逃避现实。

而最简单的逃避现实的办法，就是睡着了别醒来。

所以，当李诗情意识到休息并不能让她想起什么时，哪怕她正在慢慢恢复知觉，也根本不想睁开眼睛。

"不对！"

就这么闭着眼睛假寐了一会儿，李诗情开始感觉到异常。

病床会有这种摇晃感吗？

而且，她好像也不是躺着的啊！

难道，警方要把自己转移到其他地方去？

想到这里，李诗情大惊失色，再也顾不得装睡，连忙睁开眼睛。她想得一点都没错，她现在是在一辆公交车里，正跟随着车子在移动。

她朝窗外看去，车子刚刚路过一个公交站台。车子速度不快，她隐约能看见上面写的是"沿江路站"几个字。

"等等，那两位警官不是说沿江路路段因为车祸已经被封闭了吗？难道他们要把我载到现场去看看，好刺激我回忆一些情况？"

李诗情拼命按下心中的惊恐，打量着四周——这不是警车，怎么看都只是一辆普通的公交车。

她现在的情况也并不像要被人押运到什么地方去。车上没有一个穿警服的人，除了几个年轻人，大多数是老头老太太。

大概是她的动作太大，旁边原本头靠着车窗休息的乘客也被她的动作惊醒，迷迷糊糊地睁开了眼，看向周围。

"怎么回事？"

戴着眼镜的肖鹤云取下眼镜，揉了揉自己的眼睛，难以置信地环顾一圈。

然后，他一下子跳了起来，像个精神病人一样不停地摸着自己的脸，还对着车窗看自己的脸、抠自己的耳朵，活似个发病的自恋狂。

李诗情只看了他一眼，并没心思管他在吃惊什么。她这段时间吃的惊已经够多了，现在的她只想给家里人打个电话。

说到电话……

她口袋里沉甸甸的难道是手机？

江警官不是说不允许她对外联系吗，怎么又把手机还给她了？

李诗情慌乱地从口袋里掏着手机。旁边那个莫名其妙的肖鹤云多半发病结束了，居然拍了下李诗情的肩膀，似见鬼了一样看着她，问出一大串莫名其妙的问题。

"怎么是你？你怎么在这里？不对，我们怎么会还在这里？"

他的声音又干又涩，说话时还不住地去揉耳郭。

"你是谁啊？"

李诗情握着手机，茫然地看着肖鹤云。

"我认识你吗？"

这个戴眼镜的肖鹤云听到李诗情说的话后呆了一下，继而神色激动地道："你不认识我？你把我害得那么惨！你把我拉下车以后，我……"

过一会儿，他又愣住了，改口说："不，我应该谢谢你，要是没有你那么对我……"

"我不认识你！"

看着他既激动又语无伦次的样子，李诗情吓得往后退了退，差点从车子的座椅上摔下去。

莫非她遇到了一个发病的精神病患者？

这么一想，李诗情更害怕了，再看到后面有个空位，想都没想就起身换了个位子，跑到后面去了，离那个莫名其妙的人远远的。

她一屁股坐好，立刻给妈妈打电话。

等待电话拨通的时间里，李诗情用余光看见那个肖鹤云使劲地往车窗外看了好一会儿，突然跳了起来，直奔司机而去。

"喂，妈妈，我跟你说，我……"

电话终于接通了，听到电话那头熟悉的声音，李诗情激动地开口，想把之前遇到的古怪事情告诉家里人。

然而她的声音完全被淹没在某个人的吼叫声里。

"司机，赶紧靠边停车！这辆车要出事！"肖鹤云像是被吓坏了，站在司机旁边大声喊，"这车不能上桥！有危险！"

"谁跟你说要出事的？出什么事？"

司机大概也是第一次遇见这种事，声音有点慌乱："你瞎说什么呢？"

"喂，你刚刚说什么？你那边好像很吵，我没听到……"

电话那头，妈妈似乎也被突如其来的喊叫声吓了一跳，连忙追问李诗情："你那边是不是发生什么事了？"

李诗情伸长脖子看着眼前的这一幕，吓得心惊肉跳，脑子里产生了个可怕的猜测。

公交车，停车。

会出事。

不能上桥。

难道……

这肖鹤云举止这么诡异，终于有乘客感觉到了不妥，也跟着站了起来，想去前方制止这个激动的肖鹤云。

"怎么回事？这小伙子是不是有毛病？"

老头老太太们指指点点。

"好好的怎么咒自己坐的车要出事？"

"来几个人，帮忙把这小伙子按住！"

有个腰上挂着一大串钥匙的叔叔去拉肖鹤云，反倒被肖鹤云甩开的手震得差点摔倒。这叔叔气得大喊："公交车里闹什么呢？就算出事也是你闹的！"

这大叔一叫，不少人就像找到了主心骨，跟着大叔一起"围攻"过去，七手八脚地把肖鹤云按倒在了前方上车的地方，死死地压住了他。

"司机，司机！马上掉头，把这小伙子送到派出所去！"那个意气风发地指挥着乘客"制服"肖鹤云的大叔喊着，"一直这么压着他不是个事啊！"

"嗯？"

司机大概是吓到了，愣了下，连忙点头。

"哦，好，好的。"

"情情？喂？情情？你那边怎么了？"

妈妈还在手机那头反复地询问着。

"妈妈，我这边好像出事了……"李诗情被自己的猜测吓得浑身冰凉，无意识地开口，"我这边车上有个怪人，说车子会……"

话说到一半她就感觉到车子突然失控，整辆车就像急转弯时没有控制好方向那样甩了出去，直直地撞上了什么。

嘭！

她被突然掀起的热浪震晕了过去。

再次醒来时，李诗情还在这趟公交车上，整个人好好的，什么事情都没有发生。

车上一半的人都在打瞌睡，剩下的人也大多在玩手机，也有寥寥几个人和她一样睁开眼就看看窗外，不过那表情看起来像是担心自己坐过站了。

这明明是很诡异的一件事，可李诗情的内心却很平静。

因为她知道自己现在正在经历的事情不是真的。

她的身体应该还在那个病房里。

讯问她的警察在得到答案前不会允许她离开。

那个张队说有什么事情就喊一声，他们就在外面。那说明她的病房门口一定有便衣警察守着，任何人进出都会被盘问。

没有任何人能在他们的眼皮子底下把她偷出来送上一辆公交车。

最重要的是，她的手机现在正躺在她的口袋里。

而在现实中，她的手机在做颅脑 CT 时被医院的医护人员拿走了，之后就没有交还给她，估计是急诊室的人忙着救人顾不上，也可能是警方担心她往外传递消息。

所以，按照常理来说，她现在的情况，要么是白天被问的问题太多，日有所思夜有所梦，正在做一个有关当时回忆的梦……

要么，就是因为脑震荡震坏了脑袋，她现在正在重新构建当时的记忆，从而产生了某种认知障碍或者错觉。

无论是哪一种，既然全是假的，那她就只要静静地接受就好。李诗情想着，或许等这些支离破碎的片段经历完，自己就会恢复记忆。

"已经开到这里了，所以，这就是我缺失的那部分记忆？"

李诗情往窗外看去，发现车快开到上桥前的最后一个十字路口了。她思考着刚刚见到的那一幕是不是曾经发生的事。

几位警官都说她上过那辆出事的公交车，有监控画面为证，应该不是假的。

而且，她只是因为脑震荡而失忆了，在车上的记忆应该还是存在于脑海里的，会梦见那辆车上发生的事情很正常吧？

那么，她旁边的这个肖鹤云，很有可能就是真实存在的人，而不是她想象出来的。

难道，他就是导致公交车惨剧发生的罪魁祸首？

"唉。"

李诗情叹着气感慨。

这肖鹤云看着人模人样的，根本不像个疯子，谁能想到，公交车出事可能和他有关系？

这事还牵连到了她。

在李诗情唏嘘的同时，那位肖鹤云也跟着清醒了。

和刚刚一样，他一清醒就情绪激动地站起身，再次低头看向李诗情。

李诗情默默地移开了目光。

哪怕是做梦或者记忆错乱，她也不想和一个疯子对视。

"抱歉，让我出去一下。"

谁料这个肖鹤云并没有像之前李诗情记忆里那样大喊大叫，而是克制住了情绪，一边微微地颤抖着，一边客气地请她让一下。

李诗情忙不迭地站起身，和上次一样，移到了最近的一个空位上。

太可怕了！

平静下来的疯子比情绪激动的疯子更可怕！

肖鹤云从座位上出去后，在车厢里四下张望了下，最后目光锁定在固定在车窗上的安全锤上。

看到肖鹤云将目光移向安全锤时，李诗情倒吸了一口凉气。

他这是撒泼不成，就要闹事？

这人岂止是疯，恐怕还有很严重的危害社会的倾向！

眼看着那肖鹤云就要伸手去摘自己头顶上的安全锤，李诗情终于忍不住出声制止："你要干什么？"

听见李诗情在说话，肖鹤云垂眸看了她一眼，看向她的眼神既奇异又古怪。

"你是不是问我要干什么？"

他对李诗情轻轻一笑，自问自答。

"我要让车停下来。"

然后，他摘下了安全锤。

安全锤被拔下的那一刻，车厢里响起了刺耳的警报声。

这警报声太可怕了，不但分贝极大，声音还又尖又细。头顶上这尖厉的警报声一响，李诗情感觉自己的右耳一痛，而后完全听不见了。

"这梦境还自带五感的吗？这不科学！"

她痛苦地捂着自己右边的耳朵，看着车厢里不少打瞌睡的人被吓得惊醒过来，茫然地东张西望。

那肖鹤云却像没事人一样，还站在那儿仔细阅读完了安全锤旁边贴着的使用方法，才开始尝试着往车窗上敲击。

"司机，快停车！有人要破窗！"

车上有人惊慌失措地喊着。

"快点停车啊！"

"发生什么事了？后面发生什么事了？啊！什么在响？"

司机比乘客还慌张，估计也是第一次遇见有乘客把安全锤拿下来的情况。

"有人摘了安全锤在破窗！司机，你快停车！"

车子里乱成一片，车窗随着肖鹤云的敲击开始一点点地开裂。

车内的骚动引起了路上不少人的注意，李诗情注意到路上有些车子开始减慢速度，也有车子加快了速度，想离这辆公交车远一点，毕竟谁也不知道这辆车上发生了什么。

很快这辆车附近的路面就空出了一大片空处来。

愤怒的乘客又一齐扑向她身后的肖鹤云，再一次把他制服，而这辆车也开始慢慢减速，并越来越慢。

李诗情看见被制服的肖鹤云完全没有惊慌，甚至一丝挣扎也没有，任由人们把他按倒在地，夺下他手中的安全锤。

见李诗情在看他，被压在地上满身狼狈的肖鹤云竟然还对她勾了勾嘴角，露出一丝笑意。

他果然是疯子！

李诗情搓了搓胳膊上冒起的鸡皮疙瘩，有些不太确定这只是场梦了。

这么平凡的她，梦不出这样的疯子。

所以果然还是她当时的回忆吗？

将这样的"记忆"说给警官们听，也不会被取信的吧？

就在李诗情和被制服的肖鹤云都以为车子肯定会靠边停车时，路口却突然蹿出来一辆摩托车，直直地朝着正准备靠边停下的公交车撞过来。

司机大叔吓了一跳，反射性地猛打方向盘想要躲闪，笨重的公交车吃力地想要转弯，车子却再一次失控，跑向了对向车道。

一片惨叫声中，李诗情眼睁睁地看着公交车撞上了迎面而来的那辆油罐车……

大概是因为还有脑震荡后遗症，李诗情每次清醒时都特别疲累。

之前还没察觉到，到了这一次，她连站都站不起来了，只能靠在座椅靠背上难受地等那阵眩晕感过去。

旁边的肖鹤云似乎也醒了，发出了一声充满挫败感的哀叹。

李诗情能感觉到对方在定定地看着自己，目光也炽热得吓人。

这样的目光太奇怪了，谁也不愿被这样的目光一直盯着。

所以李诗情睁开了眼，不甘示弱地瞪了他一眼。

见李诗情醒过来，肖鹤云并没有觉得尴尬，而是用一种几乎是恳求的语气问她："你真的不认识我吗？你再仔细想想？"

这语气她太熟悉了，跟刚开始来找她的两位警官说话的语气一模一样。

那时候他们对她态度还算和蔼，问话也十分真诚，那时候她每说出一句"不知道"，都会觉得特别愧疚。

李诗情一直是个软心肠，又眼睁睁地看了他两次试图让这辆车停下却被人制服的经过，十分佩服他有勇气做出这种"壮举"，所以真的努力回想了一下。

"我真不认识你。"

她的交友圈不大，像这样长得还算好看的肖鹤云，一定是会给她留下某种印象的。

"我应该没见过你吧？"

听到李诗情的回答，肖鹤云露出既失望又难过的表情，仿佛她不认识他是一件天大的坏事。

这样的情绪甚至感染了李诗情，让她也有些抱歉。

事实上，李诗情也觉得有些奇怪。

她曾想过，也许是因为两位警官叙述的车祸事件太惨烈，她的潜意识里希望有一个人能够拯救这场祸事，所以才在自己的"噩梦"里创造出这么一个人来，一直想让车停下。

可如果她想要的是一个力挽狂澜式的"英雄"，难道想象出来的不该是个身材健壮、外表英俊的成年人形象吗？

为什么会是这么一个身材瘦削、看起来高度近视的年轻男孩？

如果说这不是梦，只是她支离破碎的记忆片段，那为何从头到尾她都没有下车？

明明两位警官跟她说过，她和另外一名乘客提早下车了，如果是重复她的记忆，应该有这一段才对。

在李诗情带着一脑子疑问思考的同时，那个肖鹤云也在摸着自己的下巴喃喃自语些什么。

"这是第三次了……第三次。"

肖鹤云思忖了一会儿，似是有了主意，客气地请李诗情让他出去。

听到对方自言自语的"第三次"，李诗情哆嗦了下，下意识地侧过身子，可心里却惊骇万分。

"为什么他知道这是第三次？"

如果说这个男孩只是她想象出来的"英雄"，那他为什么知道这已经是第三次发生这样的事情了？

一个存在于记忆里的人，或是被想象出来的人，会知道前两次发生了什么吗？

他会知道自己已经是第三次出现在一辆出事的公交车里吗？

难道他和自己一样，都对自己做的梦有印象？

李诗情悚然地抬起头。

心慌意乱中，她看见那个肖鹤云一屁股坐在了司机身后的某个空位上，有一搭没一搭地和司机聊起了天。

司机大叔在专注地开车，不太愿意理他，明显是缺乏兴致的样子。

也不知是出于什么心理，李诗情竟也跟着站起了身，慢慢地挪到了一个驾驶座附近的位子上坐下。

肖鹤云看了她一眼就收回了目光。

靠着车窗，表面上李诗情一直在看窗外的景色，其实她的注意力一直放在肖鹤云的身上。

公交车一直在沿江路上行驶，这是这条路线里最长的一段，沿途没有其他停靠的站。以往她坐这路车，常常看到有人睡过了站希望能下车，但司机大叔从来没放人下去过。

车里人少的时候，司机大叔宁愿过了桥把人送到终点站再免费送人回去，也不会把人放在车来车往的跨江大桥上。

他实在是个很负责的好人。

可这个肖鹤云大概没坐过这趟公交车，也不认识这位司机大叔，所以问出来的话都很冒昧。

"司机师傅，您是昨晚休息得不好吗？我看您眼睛下面都有黑眼圈了。"他笑着说。

司机大叔没理他。

"大叔是天生黑眼圈重，他一直都这样。"

李诗情实在忍不住了，在一旁开了口。

有些人生来就眼袋重眼圈黑，以前也有人开玩笑地问过司机大叔要不要抹点眼霜，都被他哈哈一笑带过了话题。

这样问一个认真开车的人，其实很没礼貌。

见到李诗情接腔，肖鹤云意外地看了她一眼，推了推眼镜："是这样吗？看样子你和司机大叔很熟啊。"

"我经常乘这班车。"

李诗情按捺住心里涌上来的古怪,尽量表情自然地回答他。

"我是第一次坐……"肖鹤云顿了顿,又苦笑着说,"不对,也不是第一次……"

他"语无伦次"的毛病又犯了,李诗情用看怪人一样的目光看着他。

肖鹤云自然也注意到了,无奈地结束了自言自语。

"总之,从来没到过目的地就是了。"

司机大叔大概是根本没认真听他的话,完全没有接腔的意思。

"现在开车真不容易啊,自己遵守交通规则没用,防不住别人乱来。自己出事就算了,还要牵连到别人。"肖鹤云继续状似无意地感慨,"所以说,开车还要多注意点路面情况,您说是不是?"

司机大叔很敷衍地嗯了一声。

原来如此!

李诗情在一旁听着,突然明白了肖鹤云的用意。

前几次公交车出事,都是车子突然失控撞上了对向车道的油罐车。

如果排除掉司机没休息好精神不集中的因素,那车子突然失控,要么就是受外部因素影响,要么就是车子里面出了事让他分神。

可如果车子里面没人让他分神呢?

如果外部的干扰因素也被排除了呢?

只要车子没有失控,一定能好好地避开油罐车开过去!

不愧是眼镜跟玻璃瓶底一样厚的肖鹤云,脑筋转得真快!

明白了肖鹤云想干什么,李诗情仔细听着肖鹤云和司机的对话,眼睛却紧张地看着窗外的路况。

马上要到上一次出事的地方了。

"大叔,下个路口注意点,我看右边有好多摩托车在等红绿灯。"

在等红绿灯时,肖鹤云突然站了起来,紧张地看向右边更远处的路口。

"你这小伙子,怎么这么爱操心?"司机大叔后面坐着的一位乘客闻言,摇着头道。

"这么大的车,还怕摩托车吗?"

面对陌生人的"劝告",大部分人不会把它放在心里,有些还会觉得别人是多管闲事，但这个"劝告"出自熟人之口就不一样了。

李诗情一瞬间就知道肖鹤云想提醒的是什么。

"大叔，我也觉得右边这些摩托车不太对。一下出现这么多摩托车，搞不好连牌照都没有，就是专门在路上飙车的，这种人我以前也见过。"

她所在的大学附近也经常有人"飙车"，轰油门的声音特别大，那车子开出去的架势让人心里直发颤。

"您开出去的时候慢一点，万一人家摩托车不看路呢？"

司机大叔没想到李诗情也这么说，看了看右边路口的几辆摩托车，点了点头。

"好吧，小心点总没错。"

面对这样的区别待遇，肖鹤云撇了撇嘴，开始打量起帮腔的李诗情。

当知道这位肖鹤云有可能是真人后，李诗情对待车祸的态度也不一样了。

之前她以为这些"循环"只是自己的记忆碎片，又或者是自己正在经历的一场噩梦，当然对这场车祸没有任何"敬畏心"。

相反，为了尽快找到交通事故的真相，能醒来后向警方交代，她不但没时间害怕，还非常仔细地观察着各种事故发生的原因，就连这位肖鹤云，她都只觉得是自己想象出来的，或者是存在于"过去"的人物。

可现在他有了真人一样的反应，会做出和真人一样的选择，李诗情虽然不知道这是怎么回事，却觉得自己应该帮助他。

也许等这辆车顺利到站，他们就都会"醒来"了。

抱着这样的想法，李诗情和肖鹤云仔细地观察各个方向，相互配合着提醒司机注意安全。

果然，在反复叮嘱下，司机大叔在黄灯要亮起时没有抢那一下，避开了突然加速过来的摩托车群。

由于起步速度慢，这路公交车在避开了"飙车党"们的同时，也避开了刚刚开过路口的油罐车，倒是因为司机迟迟不过红绿灯路口，后面有不少车在按着喇叭提醒。

但此时此刻，已经没人注意到后面有人按喇叭的事情了。

油罐车一过去，肖鹤云紧绷的神经一下子放松，他如释重负地瘫倒在座椅上，一副"感觉身体被掏空"的样子。

司机大叔也吃了一惊，再加上有车在后面催促，连忙加速驶离了车流最密集的路段，开始朝着跨江大桥的入口驶去。

　　李诗情惊魂未定地看着那群不要命的"飙车党"扬长而去，肺都快气炸了。

　　因为处于视线盲区，之前几次她都没有看见公交车和油罐车是如何相撞的，可这一次他们避开了摩托车，看到摩托车加速从他们车前呼啸而过，越发觉得愤怒。

　　在这条沿江的主干道上飙车，不仅仅是拿自己的生命开玩笑，更是在草菅人命。

　　他们根本不知道，就因为他们提前冲出去的那个行为，曾经让无数人就这么失去了生命！

　　"他们这样是要出大事的。"

　　车上有人嘟囔着："现在的年轻人啊，做事完全不考虑后果！"

　　"你们行啊，真差点撞上！"

　　刚刚还不以为意的腰间挂着钥匙的大叔也跟着感慨。

　　因为经过了那片"死亡地带"，李诗情和肖鹤云不由自主地露出了笑容。

　　肖鹤云也不明白李诗情为什么会帮他，但很明显，对方的这种"帮助"像是给他打了一剂强心针，让他的精神振奋了起来。

　　有了刚才的"成功"，两个人在接下来的时间里更加小心。

　　"大叔，离对面的渣土车远点！"

　　"大叔大叔，桥上有个环卫工，小心啊！"

　　"大叔，你速度是不是快了点？慢点好不好？"

　　在两个年轻人叽叽喳喳的"提醒"下，车子顺利地开上了跨江大桥，避开了途中好几个容易出事的地点，转眼间就已经到了大桥的中间位置。

　　车外是拥挤的车流，大部分是小轿车，他们乘坐的公交车开在外侧的慢车道上，这么慢的时速，即使再发生什么事故，多半也只是一些小剐蹭。

　　这座桥不长，公交车完全开过去只需要十几分钟，也就是说，再过几分钟，他们就可以到达终点站了。

　　虽然是已经乘坐过无数次的公交线路，可见着肖鹤云越来越轻松的笑容，李诗情也不由得心情大好。

按照小说里经常有的"套路"，等车过了桥，自己应该就会醒来了吧？

就在两个年轻人都觉得这场"梦境"快要结束时，车里突然传来了一阵手机铃声。

"不对……"

《卡农》的和弦单调又耳熟，明明是很普通的手机铃声，李诗情却全身一颤，心跳也越来越快。

李诗情捂住自己的心口，表情僵硬而惊恐。她觉得自己的心脏突然跳得特别快，情绪紧张得让她再次有了呕吐感，好像下一刻就要吐出来，根本说不出话来。

"谁的手机响了？接啊！"

有人不耐烦地吼。

就在他吼出这句话的下一刻，突然响起了一声惊天动地的巨响。

紧接着，不知从哪里来的炽热气浪突然席卷了整个车厢，火光排山倒海般地吞噬着一切，碎裂的车体随着血肉飞溅……

公交车爆炸了。

李诗情长这么大都从未直面过这么惨烈的事故。

前几次，她以为自己是在做梦，失去意识的速度也很快，并没有遭受太大的痛苦。

可这一次，她是活生生地感受到了自己被撕裂的过程。

哪怕她再次清醒过来，那带来死亡的火焰似乎依然附着在她的身上，仿佛是在惩罚她，要以这种方式让她狠狠地记住，不要再不自量力地试图出手制止"命运"。

是的，在公交车爆炸的那一刻，她之前失去的所有记忆都回来了。

包括她是怎么把肖鹤云拽下车的……

李诗情抱歉地看向身边刚刚清醒的肖鹤云。

然后，她就看见刚刚清醒的肖鹤云以更抱歉的眼神看向了她。

咦？

"对不起。"

肖鹤云突然抬起手，向李诗情伸了过来。

感受到手下柔软的一团，肖鹤云脸上的绯色一直蔓延到了耳后根，完全看不出此时他正做着和脸上表情完全不符的猥琐动作。

"其实……我是个色狼。"

在李诗情默契十足的配合下，在熟悉的骚动后，李诗情和肖鹤云再一次被赶下了车。

在骚动中，肖鹤云通过李诗情的动作和话语，明白了眼前的女孩记起了一切，在演戏的过程中，由于神情过于激动，差点被人当成疯子打死。

这一次，不必李诗情提醒，两人下了车就一起向来时的道路狂奔。

"往……往哪儿跑？"

肖鹤云气喘吁吁地问李诗情这个"地头蛇"。

"我……我们得找个地方商量一下。"

李诗情来这片区域的次数也不多，但她坐这路车的时间比较长，所以只是稍稍一回忆，就有了决定。

"那边有个超市！我们先跑离这里再说！"

奔跑中，震耳欲聋的爆炸声在他们身后又一次响起，两个人都被惊得抖了一抖，但是谁也没有回头。

李诗情是因为吃过回头的亏，肖鹤云则是不愿再回头。

不必回头，他们都知道——炽热的气浪会席卷一切，滚烫的柏油马路上到处盛开着妖艳的火花，滚滚浓烟如同铺天盖地的尘暴一般腾空而起，爆炸后的碎裂物带着惊人的热度如同流星雨般纷纷坠落，毫不留情地砸向所有仓皇逃窜的人……

即使附近的行人并不多，但依然引发了一场骚乱。

"是不是化学品车爆炸了？"

"前面有恐怖袭击！"

爆炸刚发生时，没有人知道发生了什么事，每个人都惶恐不安，下意识地想离爆炸地点远一点，再加上李诗情和肖鹤云在前面狂奔，不少人竟也云里雾里地跟着他们一起跑了起来。

李诗情跑着跑着觉得不对劲，回头一看，差点又摔一跤。

在她身后，跟着十几个不知内情的路人。

而本应该紧紧跟上的肖鹤云，大概是因为体能不行，都不知道掉队掉到哪里去了。

她都成领跑者了！

"你体力怎么这么差？"

李诗情迅速跑到队伍的末尾，拽起一个半死不活的人："这才跑多远啊？"

"是……是不远……"肖鹤云气喘如牛，"可……可是你们跑得太快啦！"

这附近有一些商铺，不远处还有一间规模较大的综合超市，不少惊魂未定的路人都选择跑向不远处的超市。

"我们去超市！"

考虑到肖鹤云的体能实在不行，李诗情想了一下，拽着他跟上人群，一起往超市的方向跑去。

以目前的条件以及两个人精神和身体的状况来看，他们唯一能选的谈话地点也只有这家大型超市了。他们进了超市，却发现没有可以坐下来说话的地方。

李诗情和肖鹤云在超市的服装区逛了一下，发现超市的更衣室里有长条的换衣凳，也没有人用，就直接走了进去，关上门。

"现在的小年轻……"

看见他们这么"猴急"，从旁边经过的某个大婶露出一个看不下去的表情，摇着头走开了。

钻进更衣室的李诗情和肖鹤云，没发出任何声音。

两人在狭窄的更衣室里尴尬地站了一会儿，确定外面没有任何声音了以后，李诗情才松了一口气，坐在更衣室的换衣凳上，压低了声音问："是爆炸对吧？"

听到"爆炸"两个字时，跟着坐下的肖鹤云皱了下眉头，脸色变得煞白。

"是爆炸……而且，这次跟油罐车没有关系。"

他不由自主地抚摸着自己的脸。

上一次，他是被飞溅的爆炸物点燃了全身。

"那个铃声……是什么？"

肖鹤云想起最后响起的铃声，喃喃自语："上几次好像都没有？"

"不，有过。"

虽然死了很多次，李诗情依然记得自己第一次是怎么出事的。

"我第一次清醒，就是被这个声音惊醒的。

"也是铃声一响，车子就失控了，然后我就因为头部受到撞击而失去了意识。"

她记得很清楚。

失去意识后发生了什么自然不必多说，他们两个如今正在经历。

"你死过很多次？"

听出李诗情复述的经历是自己没有过的，肖鹤云吃惊地问："所以那次你拉我下车，是真的知道车子要出事？你一共死了几次？"

"我想想，一，二，三，四，五，嗯……加上脑震荡后的三次，我一共死了八次。"

李诗情数了数，苦笑着说出自己前几次试图下车的经过。

"就是这样，我一开始和你一样，还妄想着让车子掉头或者停下，后来发现是没用的，就想了个'抓色狼'的主意，拉着你下了车。"

李诗情摸着自己的额头，怔怔地说："只是我运气太差，下车时把自己摔成了脑震荡，完全忘了自己在公交车里遭遇了什么。

"但是现在想想，我反倒庆幸自己在那个时候失去了记忆。"

李诗情将头靠在墙上，情绪有些低落。

"如果在我以为成功脱离的时候又进入了循环，我应该会情绪崩溃，彻底成为一个疯子。"

闻言，肖鹤云也想起了刚进入"循环"时的记忆，叹了口气。

"你说你不认识我的时候，我才是差点崩溃了。"

他原本以为至少有一个知道是怎么回事的人，结果这女孩摆出一副不认识自己的样子，他还回到了才发生事故不久的车上，朝着事故目的地前进……

要不是他心够大，估计是要疯了。

虽然现在这局面跟疯也差不远就是了。

"你真了不起，竟然能坚持这么久。我才循环三次，就感觉有点撑不下去了。"

肖鹤云想起上一次可怕的死亡经历，不寒而栗地道："刚才我醒的时候，一秒钟都不想在车上待下去。哪怕是死，我也不想再死在车上了。"

"对不起！"

听到肖鹤云的埋怨，李诗情瑟缩了一下，无措地解释着。

"真的，我很抱歉！我不知道我把你拉下车会把你也卷进来，我还以为这样能救你一命。我要早知道只要下车就会被拉进'循环'，我一定自己跳下车，绝对不拉你下来！"

比死更可怕的是什么？

是不停地死，而且还看不到尽头。

没有人比她更了解这种绝望了。

"算了，不管你有没有拉我下车，我大概都是要死的。"

看到李诗情拼命忍住眼泪向自己道歉的样子，肖鹤云不自在地揉了揉鼻子，反倒安慰起她来："你不是说，你第一次醒来的时候车子就出事了吗？所以只要车子出事，我也就会跟着出事的……

"那么，在车上出事和在车下出事，又有什么区别？"

他自嘲地笑笑。

"虽然现在这情况很荒谬，但至少老天还给了我们一个机会，能让我们弄清楚这是怎么回事。"

"对不起！除了对不起，我真的不知道该说什么。"

肖鹤云的安慰让李诗情更加愧疚了。

她之前猜想得一点也没错，这个肖鹤云果然是个温和体贴又很理智的人。

不管怎么说，她能和这样的一个人成为"队友"，哪怕是一起陷入困境，也比和什么偏执狂或者只会指责别人的人合作要幸运得多。

远的不说，知道李诗情是把自己拉入"无限循环"的罪魁祸首后，有几个人能忍住不迁怒于她，又或者不对她破口大骂呢？

更别说他还反过来安慰她，想让她没有那么内疚。

"虽然这么说很不要脸，但是如果没发现还有你和我一样被困在公交车里，我大概会躺平任命运蹂躏了。"李诗情光是想象那个画面，都觉得这种情况太可怕了，"这么一直给我希望又抹杀掉我的希望，我觉得我根本没办法坚持下去。"

肖鹤云一怔，表情错愕。

"啊，其实我也是这么想的。"

两人相视一笑。

"我叫肖鹤云。"

肖鹤云笑着伸出了自己的手。

"我是一个刚刚参加工作的程序员。"

"我是李诗情。"

李诗情愣了一下，连忙伸出手。

"我是 W 大的大三学生。"

两人主动告知姓名，意味着愿意信任对方，也意味着认可对方。

李诗情感激地握着肖鹤云的手。

一时间，这间小小的更衣室仿佛成了一座风暴过后的"安全屋"，虽然逼仄，却让两个年轻的心灵靠得更近了。

明明之前还是两个彼此不了解的陌生人，此刻却没来由地信任起对方，原本的陌生感也随之消散。

"现在是一点五十五分，出了这么大的事，警察肯定到处在找我们，这里虽然没有监控，但大概率我们还是会被找到的。"

等李诗情的情绪再平复了点，肖鹤云掏出手机看了一下，又把它放回兜里。

他推了下眼镜，神色突然变得严肃。

"时间紧迫，谁也不知道下一刻会发生什么，我们先来交换下情报吧。"

李诗情拉着肖鹤云下车后，肖鹤云只是以为自己遇见了个疯子，暗骂了几句后就自认倒霉地继续往桥那头走，试图找辆出租车或者顺风车过桥。

结果他还没走出去多远，那辆公交车就和油罐车相撞了，爆炸时甚至形成了一朵小型的蘑菇云，吓得他掉头就跑。

他当时离现场不远，当场就被震得失去了听觉，逃跑的过程中又摔了一跤，沾上了从油罐车里泄漏到地上的火油，等他被飞溅的爆炸物砸到后，身上的衣物立刻被点燃，被烧成了重伤。

幸好他躲过了第一波爆炸，虽然被烧伤了，至少命还在，随后就被抵达现场的救护车救走了。

刚上救护车时肖鹤云还是清醒的，但由于身上太痛，没有说出话就晕死了过去。

等他被急救回来后，他的身体状况更差了，身上插着管子，根本没办法说话，也对外界没什么知觉，连眼睛都睁不开。

只是他怎么也没想到，比他先下车的李诗情一下车就把自己撞成了脑震荡，彻底忘光了在公交车上发生的事。

两个不知情的知情者，都派不上用场。

"你是说，你当时离现场不远，被烧成了重伤？"李诗情惊了，"难怪警方说你没办法沟通了，一个劲地问我不知道的问题！"

她在被警方讯问时，曾经问过警察为什么不去找外一个幸存者，当时警方给出的答案是他也出了事，不方便交流。

"警方找过你？"

听到李诗情的话，肖鹤云愣了下，思索片刻后，点点头说："如果我当时真的没救了，他们只能去找你问情况。而且，我们两个当时不是在正常的情况下下车的，在警方看来，一定很可疑。你……你当时一定很辛苦……"

"辛苦倒没什么了，主要是委屈。"李诗情沉默了一瞬，不愿回忆当时的情况，"因为我真的什么都不知道。"

肖鹤云不知道该怎么安慰他，无措地推了推鼻子上架着的眼镜。

"所以，我那次在公交车上见到你时，你跳起来就乱摸自己是因为……"

李诗情换了个话题。

"嗯。"他低低地应了声，"你可以想象，上一刻我还在医院的急救室里奄奄一息，期待着老天能饶过我一命，下一刻我又活生生地出现在了公交车里，好手好脚、皮肤完整，除了耳鸣，什么毛病都没有……"

肖鹤云露出个愁苦的笑容："在那个时候，任谁都会觉得自己是已经死了吧？"

肖鹤云也确实惶恐过，直到他看到了身边那个既熟悉又陌生的姑娘。

他那时十分肯定这个女孩和自己一样从车祸里"逃"了出去，而且她还一下车就没命地跑离了"死亡地带"，不像他还招了辆车往桥那边赶。

她没有理由和自己一样"死"了。

接下来她不认识自己的情况，更让他笃定这个世界不太像是真实的。

"那我们现在到底是躺在医院的病房里，还是……"

李诗情瑟缩了一下，说出一种更加令人毛骨悚然的可能。

"其实我们早已经死了？"

"不……不会吧。"肖鹤云被她的猜测吓得脸色一变，声音颤抖地说。

"可那么大的爆炸，没有任何人能活下来吧？"李诗情眼睛里闪着泪光，"为什么我醒来后身上一点伤都没有？如果一直轮回的只是灵魂而不是肉体，那不更代表我已经死了？"

在她独自"循环"时，这样的猜测只会是压死骆驼的最后一根稻草，所以她根本不敢去深想，也不敢让自己去探寻事情的真相。

在那个时候，哪怕只是想多活一秒，她都要拼尽全力。

现在有了盟友，又有了喘息的时间，积攒在李诗情内心的不安和惊恐像是被打开的潘多拉盒子，一股脑地全部涌了出来。

她哽咽着，又说："我听说如果是枉死的人，会永远被困在死掉的那个地方，不停循环着那一天。我以前只是把它当成一个志怪传说，但是……但是……"

但是如果它是真的呢？

狭小的更衣室里连人细微的喘息声都听得清清楚楚，哭泣中的李诗情听见对面的肖鹤云咽了一口唾沫，喘着粗气半天说不出辩驳的话来。她哭得更伤心了。

"那……那也说不通啊。"肖鹤云心里也是惊骇万分，但还是竭力让自己平静下来，"这……这个传说我也听过，不是说只要找到一个'替死鬼'就能逃出去了吗？"

他拍了拍李诗情耷拉着的肩膀，安慰她说："如果你是鬼，你现在也已经找到我这个'替死鬼'了，没理由一直被困在这里，对不对？"

"我……我没想过什么'替死鬼'……"李诗情听到肖鹤云自嘲是"替死鬼"，有些难堪地抬起头，"我刚刚只是害怕……"

"我明白，我没怪你，但现在就断定我们已经死了为时过早。"肖鹤云说。

"这世上总有一些无法用科学解释的事情，像我们这种情况，小说和电影里也有不少，最后结局不都是完美的吗？"

明明自己才是成了"替死鬼"的那个人，戴着眼镜的肖鹤云却依然很有风度地照顾着女孩的情绪，不太熟练地说着安慰人的话。

"你不要老把它想成老天爷给你的惩罚，为什么不能想象成老天爷给你的机会呢？

"你看，我原本该被炸死在那辆公交车上，现在不好好地站在你面前了吗？"

肖鹤云摊了摊手，向她展示一个完好的自己。

"你至少救了我啊。"

被安慰的李诗情还来不及感动，更衣室外就传来了大力拍门的声音。

"里面是不是有人啊？这是超市的更衣间，你们要玩什么回家玩去，有人投诉了！"

外面拍门的大叔凶巴巴地喊着。

"你们这是霸占公共资源，再不出来我就报警了啊！"

他们在里面待了快半个小时，其间也有人想来试衣，都被肖鹤云劝走了。大概有人觉得情况不对，终于去找了商场的保安。

见藏身的地方暴露了，两人对视一眼，肖鹤云做出了个"出去说"的口型，李诗情点了点头。

于是肖鹤云打开了更衣室的门，顶着保安大叔鄙视的目光，拉着李诗情往外走。

保安大叔原本还想骂他们两句，一见李诗情满脸泪痕被拽着走的样子，愤怒一下子就变成了警觉，跟在后面追出去好几步。

"小姑娘，有没有什么事？需要我帮忙吗？"

说罢，他充满戒备地打量着前面拉着人的肖鹤云，又转头对李诗情说："姑娘，你别怕，有什么事都跟我说，我会帮你。"

李诗情原本还伤心着，一听到大叔的话，就知道大叔是把肖鹤云当成坏人了，再加上心里的恐惧和慌乱之前也宣泄过了，竟被逗得破涕为笑，摇着头替肖鹤云辩解："没事的，大叔，我认识他……"

她抬头看了肖鹤云一眼，见他也是一副又生气又想笑的样子，连忙又说："谢谢您，他……他是我的朋友。"

再三确定小姑娘真的认识肖鹤云，不是被胁迫的，大叔才将信将疑地放弃了继续跟随，但依然说了一些"更衣间是公共环境不能随便占用""谈恋爱也要注意影响"之类的话。

根本没敢多纠缠，李诗情和肖鹤云两个脸皮薄的年轻人被大叔的话臊得落荒而逃。

被这么耽搁了会儿时间，等他们在顶楼找到一个没什么人的快餐店坐下时，已经快下午三点了。

"现在离车子爆炸已经过去一个小时十五分钟。"

肖鹤云在奔跑中丢了自己的背包，找了快餐店的服务员要了一张纸和一支笔，开始和李诗情分析事情的前因后果。

"你还记得你第一次出事是在什么地方吗？"

"大概是在跨江大桥的正中央。""循环"了太多回，李诗情的很多记忆已经模糊了，但好在还有个参照物，"我记得那里有个供行人休息的小亭子，桥上有亭子的地方不多，我见到的应该是在大桥中央的那个。"

"后来呢？"他又问。

"应该还是在桥上。"

"第三次？"

肖鹤云开始在纸上画表。

"好像刚刚上桥？"李诗情不太确定地说，"我只记得我出事的时候，已经是在桥上了。"

他们每一次的"循环"都伴随着各种虚弱，每一次的负面情绪都会积压在他们身上，尤其是前几次出事，李诗情每次都要克服心理上和身体上的双重痛苦才敢睁开眼。

也是因为如此，李诗情已经说不清她清醒的时候是在什么地方了，只大概知道出事的时候是在什么位置。

但这些信息对肖鹤云来说已经够了。

"我第一次出事是在离引桥最近的一个路口附近。"

肖鹤云随手画了个示意图，标注了下位置。

"这是发生车祸的路口，我们在这儿……

"等我第二次'循环'的时候，我们的位置是在这儿。第三次，是在这儿。"

47

肖鹤云在路口后方画了几个叉,问李诗情:"你看出来什么了吗?"

"每一次'循环',都会让我们的位置离桥更远一点?"

李诗情看了一会儿示意图,抬头惊讶地问。

比起她第一次出事时的地点,最近这几个位置已经离桥有一定的距离了。

"错,不是我们出事的位置离桥更远了,而是我们每一次'循环'开始的时间都在提前。"

肖鹤云矜持地掩饰着自己发现真相后的得意:"时间和空间是物质的存在形式,它们是相对应的。所以,不只是我们的位置在变化,我们每次清醒的时间也都在变化。

"你明白了吗?"

看着紧紧地盯着示意图的女孩,肖鹤云认真地告诉她自己做出的结论。

"我们不是被困在原来的时间线里,我们每一次'循环'的,都是不一样的世界。"

李诗情眼眶一热。

她知道肖鹤云为什么要特意对她说这个。

她曾担心自己早已经死了,现在只不过是一场"死亡回放"而已。

"如果每次的过程都不一样,但结果一样,那也许破除掉这个结果,才是离开这个死循环的关键。"

可以看得出,这样的结论也让肖鹤云精神为之一振,让他说话的语气都轻快了许多。

"我们成功下过一次车,所以'下车'不是离开这个'循环'的办法。"

这样的情绪也感染了女孩,她也开始分析:"我成功地避免过自己的'死亡',但之后还是和你一起'循环'了,所以'不死'也不是离开这个'循环'的办法。"

"那就只剩下其他的可能……"肖鹤云说。

她思考着每一次"循环"的过程,做出推断:"要么是让这辆车成功地到达终点站……

"要么……"

肖鹤云接着说："成功地救下车里的所有人？"

他重重地强调了"所有人"这几个字，这让意会到他意思的李诗情眉头皱得更紧了。

"这两种可能难道不是一回事吗？"李诗情发出一声抱怨，"我们只不过是两个新手玩家，要不要一开始就上这种'地狱模式'？"

救下所有人，就代表不能有任何伤亡，包括罪犯在内。

他们一个是普通的女大学生，一个是跑五百米都喘的工程师，何德何能向老天领下这样艰难的任务？

"其实这是个对我们有利的信息，这代表我们会有越来越充足的时间。"肖鹤云明显对这种模式非常熟悉，情绪也跟着高涨起来，"能够'读档重来'，难道不是我们在这场'游戏'里最大的优势吗？"

"我就担心……"李诗情欲言又止，最终还是选择了不打击士气，"算了，不说这个，说说我们接下来怎么办吧。"

"要想制止祸事的发生，我们就需要得到更多的情报。爆炸物被放在车子的哪里，是怎么爆炸的，那个手机铃声是不是遥控炸弹的装置发出的，我们都需要知道。"

肖鹤云抬头看了一眼餐厅的钟："就算警方一开始来不及找我们，现在过去一个多小时了，调看监控画面的警方也一定已经发现我们提前下了车，恐怕正在想办法寻找我们……"

肖鹤云在"警方"两个字上画了个圈："现在，我们面临的选择……

"是继续躲避警方的寻找，还是……"

他抬起头，看向李诗情。

李诗情："配合警方的调查？"

李诗情上一次面对警方调查的经历，实在说不上好，所以至今，只要她一听到"调查"两个字，脸色都有些难看。

但她并不是一个会由着自己性子乱来的人，既然肖鹤云有征询她的意见，她就要尊重别人的意见。

所以李诗情犹豫着问："你觉得呢？"

"我的建议是，配合警方的调查。"

肖鹤云并不知道李诗情那些糟糕的"体验"，直接给出了自己的意见。

"首先，我们不知道我们这一次下车有没有成功地终止'循环'。我们

49

甚至不知道上一次是怎么从医院进入'循环'的。如果这一次下车，我们侥幸没有再'循环'了呢？"肖鹤云推了推眼镜，接着说，"如果我们没有再进入'循环'，就说明我们成功地逃脱了这场噩梦，那我们就要考虑接下来的生活。"

"我们不能留个'犯罪嫌疑人'的污点在身上。"

其实他们知道，这种可能性很小。

上一次他们都被困在病房里，有一个还是重伤状态，可还是莫名其妙地出现在公交车上了。

但人总还是要给自己留点希望的。

肖鹤云道："除了这个，我们也需要搞清楚到底发生了什么。"

想起这个，肖鹤云就直叹气："我们死了那么多次，才发现公交车是因为有爆炸物才出的事。之前那么多次'循环'，我们都以为车祸是意外，或者觉得车子的爆炸和与油罐车相撞有关系。

"因为我们每次都在车上，当局者迷，可以应对的时间又短，能知道的线索太少了。"

李诗情点头。

"但警方就不一样了，警方只要勘测出事现场，就一定能分析出爆炸物的情况。不光他们需要情报，我们也需要，否则只能像无头苍蝇一样每次都靠'死亡'推动事情的进展。"肖鹤云将事情往最好的一面去想，"如果我们能设法反推，得到警方的帮助，也许接下来我们的处境会没有那么艰难。"

看得出肖鹤云是个很讲究方式方法的"计划通"，但经历过问讯的李诗情却没有这么乐观。

"要是警方完全不相信我们的话呢？"

事情到了现在，她自然明白了为什么那两个警官对她的态度会变化得那么快。

如果警方在公交车爆炸的现场找到了爆炸物，而车上仅存的两个幸存者里一个糊里糊涂地回到现场被炸得半死不活，另一个幸存者一下车就狂跑，后来还宣称失忆了，怎么看都是后面那个幸存者更可疑吧？

毕竟是那么多条人命，能考虑到她的身体情况只是在病房里问讯，已经算是很照顾她了。

"会有完全无法取信警方的可能，毕竟我们确实什么也不知道。"肖鹤云不慌不忙地说。

"所以，我们需要有应对的计划。"

说话间两个人的对话被李诗情的手机铃声打断。

李诗情下意识地低头："不好意思，我接个电话。"

肖鹤云做了个"请便"的姿势。李诗情拿出手机，发现是个陌生电话。在接起电话后，李诗情的表情突然变了，她坐直了身体，神色也变得特别紧张。

"是，我是刚刚从那辆车上下来。"

李诗情无声地对肖鹤云做了个"警察"的口型。

"我现在？我现在在沿江中路××超市的楼下。能不能配合调查？你们来接我们吗？"

李诗情抬眼看肖鹤云，肖鹤云对她点了点头。

挂断电话后，李诗情表情迟疑地开口："是警方的电话，说是十五分钟后派人来接我们去他们那儿协助调查公交车爆炸的事情。我没敢拒绝。"

"不需要拒绝，我们现在这稀里糊涂的样子做不了什么事情，还不如交给警察。"肖鹤云推了推眼镜，说，"警方只要勘测过出事现场，就一定能分析出车上有炸弹的情况。不光他们需要情报，我们也需要，否则只能像无头苍蝇一样，每次都莫名其妙地进入'循环'又结束'循环'。"

"但是我们没办法解释我们为什么要下车。"李诗情烦躁地挠着桌子，"就算我们想向警方提供线索，告诉他们车上有爆炸物，可是我们根本没看到东西在哪儿。警方要问我炸弹在哪儿，从哪儿来的，我们怎么说？我根本说不出来！"

肖鹤云沉吟了一会儿，嗯了一声，然后道："这是个问题。所以我们还是如实说吧。"

"如实说？"

"嗯，如实说。你和我下车，是因为我是色狼，不是因为知道车上有什么。"

李诗情彻底蒙了。

"就算他们完全不相信我们的话也没什么。因为我们本来什么都没做，我们是清白的，这点经得起任何人查。"肖鹤云似乎并不是特别担心将要面对警方这件事，"或许，我们撑过今天，到第二天太阳升起，事情就过去了。至少这一次，我们都活着。

"我的计划是这样的……"

肖鹤云用指尖敲了敲桌面，缓缓道出他的计划。

等待警方来的时间里，肖鹤云没有管任何电话，而是熟练地打开了手机里所有的搜索软件，搜索起有关这场车祸的有用信息。

"还不知道要折腾多久……"李诗情则是对肖鹤云做了个鬼脸，苦中作乐地调侃。

"咱们先来顿'断头饭'吧。"

桌上他们点的两杯饮料就是个摆设，两人半天都没动过。

李诗情伸手招来了快餐店的服务员，点了两个能立刻上的套餐，请服务员马上送来。

两个人一边吃着简餐，一边查着网上的情况。随着时间渐渐推移，这场公交车爆炸事故的消息也在网上传得沸沸扬扬，说什么的都有。

本地的论坛和微博还好，至少还说得靠谱，大多是说一辆公交车撞上了油罐车，但其他地方就不一样了，有不少直接拿着现场的浓烟和其他灾祸现场"拼接"，有说化工厂爆炸的，有说加油站起火的，还有说什么公交车里有人自燃的。

好在大概在下午两点二十分的时候，警方出具了一个情况说明，说明了下午一点四十五分沿江路路段发生了车祸，也通报了伤亡情况，这种胡编乱造的情况才得以好转。

"两点二十分的时候，警方在网上发布官方信息……"

肖鹤云摸着下巴自言自语。

公交车和高铁、飞机等交通工具不同，一旦发生这样的重大事故，除了公交车司机，警方很难核对其他遇难者的身份。

更别说车上的乘客一直在上上下下，而最后留在车上的那些乘客很多又已经被烧得不成人形了，通过死者的样貌和随身物品辨认死者身份就成了件困难的事情。

警方会通报情况，多半也是为了寻找这趟公交车上曾经上下站过的乘客，想了解更多的情况。

果不其然，翻看通报下方的评论，有不少评论能跳转到那些曾上过这辆公交车的乘客的采访报道页，但可用的信息基本没有。

毕竟公交车是随上随下，很少有人注意周边的人和情况，光顾着别坐过站了。

肖鹤云翻了好一阵子，将网上各种有关公交车爆炸事件的消息记住，在心里默默消化整理，试图筛选出有用的部分。

"应该不是有预谋的恐怖袭击，之前网上没有任何消息，公交车上也没发生什么特殊的事。我们'循环'了这么多次，也没有警方介入。"肖鹤云自言自语着，"现在可以肯定，车上有爆炸物一事也没有走漏任何风声，警方有可能是因为担心引起民众的恐慌而封锁了消息，也有可能是已经掌握了一些线索，在没有确切的证物支持下，不方便立刻公开……"

肖鹤云带着担忧的神色看着李诗情："但无论是哪一种，对我们都是不利的。"

没有线索、没有结果，就意味着他们有可能要面临可怕的指控和怀疑。

"我没有关系的。"接受了现实的李诗情为了缓解紧张，反倒担心起肖鹤云，"我已经经历过一次了，有了心理准备，反倒是你，最好准备好接受来自警方的'狂风暴雨'。"

"没关系，我们不是已经做好了计划吗？"他笑着开口，"我们只要……"

还没等他说完，李诗情的手机就响了起来。

李诗情低头看了一眼号码，是十分钟前给她打来电话的那个号码。

"是，我们还在餐厅，嗯，我们现在就出去。"

李诗情挂断了电话，看向肖鹤云。肖鹤云咽下最后一口食物，擦了擦嘴。

"走吧……"

肖鹤云推开椅子站起，对着李诗情笑："我和你一起去。"

第 三 章

求救失败

十分钟后，李诗情和肖鹤云按照警方的提示，推开门走出餐厅。然而几乎是他们一露面，就立刻被几个身穿普通服饰的魁梧男子一拥而上围住了。

"你是李诗情？"

李诗情点了点头，还没来得及反应，就和肖鹤云一起被这群人夹着带到了两辆警车边。

李诗情从来没被人这样对待过，肖鹤云也没好到哪里去，大约因为他是男性，更有威胁性，这些魁梧的男人大部分的行动都是针对他的，他只能在三四个人的包围下跟跟跄跄地往前走，表情委屈得活似一只要被卖掉的羔羊。

肖鹤云和李诗情的脑子里一片空白。

在他们原先的构想里，他们会在这里等到前来传唤的警方人员，然后再跟随警方人员一起离开这里，配合调查。

谁也没有想到会在门口被直接"架"走。

两人被控制着上了一辆宽敞的警车。

当看到警车的那一瞬间，他们才反应过来，这些看起来就很"凶悍"的人，八成是便衣执勤的警方办案人员。他们的心稍微定了定。

警方应该是在现场找到爆炸物了。李诗情脸色苍白，在心里推测着，否则没必要用这么严厉的手段对待我们。

他们从后方被押送上车，车边站着的两个警官立刻跟着上了车。

为首的警官四十来岁的样子，国字脸，目光深沉，嘴唇紧闭，额间有一道深深的抬头纹，不怒自威，一望便是那种不苟言笑的性格。

而后跟上来的年轻警官却是李诗情认识的，正是曾经问讯过他的江警官。

李诗情看到江警官就立刻收回了目光，紧张地低下头。

"怎么，你认识我？"

刚上车的江警官却没有放过她避开他的那一眼，眼神凌厉地盯着她。

"啊？"

李诗情慌了下，连忙摇头。

"不是，之前我被陌生人带走很害怕，但是看到来的是警察，知道不是什么奇怪的人带走了我，就没那么害怕了。"

这反应速度可真快，演技也自然，还悄悄地拍了个马屁，不愧是能想出奇怪办法下车的人。肖鹤云在心里暗自佩服。

"普通人看到是警察，应该会更害怕吧？"江警官用一副并不怎么在意的神情说着，可眼睛却没有离开李诗情，"一般人难道不会先问自己到底犯了什么错吗？"

"我……我……"

李诗情慌得手心直冒汗，哪怕临场应变能力再怎么好，面对这种根本不在"预设内"的疑问，也完全组织不出合适的句子。

肖鹤云吸取教训，连头都不抬了，一言不发地盯着自己的脚尖。

好在两位警官都没在这种事情上纠缠，为首的那位警官自称姓"杜"，是一名刑警，简单的自我介绍后，他开始核对身份。

"李诗情，女，二十岁，江汉大学在读大学生，对吧？"

"是的。"

李诗情点头。

"肖鹤云，男，二十四岁，汉默网络科技有限公司本市分公司的员工，才调来本市一个月，对吧？"

肖鹤云也点头。

"我们警方在今日下午对你们进行了电话传唤，希望你们能配合警方调查一起车祸事件，为了保护你们两位证人的安全，我们将一路护送你们回警局。这是我们的身份证明和传唤文件。"

杜警官照本宣科地走着传唤流程，出示自己的证件："因为案件情况紧急，希望两位能配合。"

他取出一张传唤证，展示给两人看，确认双方都看清楚了，便又收了起来。

"谢谢你们的配合。"

两位警官走完传唤流程后，却并没有再跟李诗情、肖鹤云说什么，而是径直下了车，上了后面那一辆警车。

"您觉得有问题吗？"

江警官系上安全带。

"绝对有问题，问题大了。"

相比江警官的"咄咄逼人"，杜警官要沉稳得多。

挂挡，跟上前方的警车，他嗤笑一声。

"一起交通事故寻求调查却是由刑警部门开具的传唤令，他们好像一点都不吃惊。"

正常人听说是交通事故却被控制住，不说反抗或质疑警方的"蛮横"，至少要喊个冤什么的，但这两个年轻人都没有，似乎一看到警车就"认命"了。

何况交通事故应该是由交警管的，他还刻意将刑警队开具的传唤令直接展示给他们看，却没有一个人有疑问。

即使两人看起来有些惊慌，但在这个年纪，心理素质也未免太好了。

另一辆车上，被警察认为"心理素质太好了"的两个年轻人，心里却已经掀起了惊涛骇浪。

从那两个警官下了车后，就再没有任何一个人和他们说过话。

车里身着便衣看守着他们的几个警察，几乎可以和"刚毅、坚守、沉着"等一切你能想到有关警察的特质画上等号。

他们不动如山地坐在那里，却眼观六路耳听八方，所坐的位置也不露声色地堵住了肖鹤云和李诗情所有能离开车子的路线。

他们周身的气质与两个年轻人以前在街头巷尾见过的寻常警察完全不同，甚至与刚刚来问讯的江警官和杜警官都不同，一看就有丰富的应对犯罪分子的经验。

肖鹤云曾挤出个笑容想跟他们攀谈，被对方淡淡的一句"不要说话，有话到警局里说"给打断了，他们完全没有给肖鹤云任何一点"设法得到情报"的机会。

这对肖鹤云和李诗情的打击太大了，车里的空气犹如实物一般凝滞，这让两个年轻人连呼吸都感到沉重。

半途中，肖鹤云觉得脸上和镜框接触的地方有点痒，便想搔搔脸，然而他刚一抬手，几道警惕的目光就齐齐望了过来。

那些充满戒备的目光像是一把把钢锥，寒光刺人心脾。

在这样的目光下，肖鹤云动作僵硬地放下了右手，哪怕对方没有说过一句威胁的话，之后他也再没敢动弹过。

如果说这种"沉默"和"紧迫盯人"也是一种让人感受到压力和敬畏的办法，那毫无疑问，警官们的技巧对他已经奏效了。

倒是李诗情，或许是女人的抗压能力更强点，被紧紧盯着的她乖巧地坐在原处没怎么动，脑子里却已经在反复推演着两人刚刚商议好的计划。

仿佛只有用这种方法转移注意力，才能暂时缓解她的忐忑，还有那些即将到来的未知的事情。

所有人就这么沉默着抵达了他们的目的地。

李诗情和肖鹤云都没有来过本市的刑侦局，甚至都不知道这个地方究竟在哪个方位。两人表情仓皇地被后面下车的江警官和杜警官分别带走，心底冰凉一片，哪里还有之前坐在快餐店里"挥斥方遒"的样子？

因为是传唤而不是逮捕，两个人并未被手铐铐上，只是被分别带进了不同的审讯室。每间审讯室里都有一个做笔录的书记和一位做见证的警官。

即使对面的只是个年轻女孩，江警官也完全没有放松的样子，问讯一开始，就单刀直入地质问李诗情："今天下午一点三十七分，你和另一位乘客肖鹤云，在一辆45路公交车未靠站的情况下，临时下车，情况可属实？"

"属实。"

李诗情态度顺从地回答。

"你为什么会临时下车？"

江警官又追问。

这个曾差点逼疯她的问题如今她已经有了"合适"的答案。

"因为那个乘客在车上碰了我的胸，我很生气，我要求司机让我下车。"

李诗情咬了咬下唇，有些难为情地说。

这种情绪不需要伪装，只要一想到肖鹤云当时没料到她已经恢复了记忆就摸了她的胸，她的脸就立刻烧了起来。

另一间审讯室里，面对同样的问题，肖鹤云则给出了不一样的答案。

"因为那个女孩非说我摸了她的胸，还说要报警，车上的人都把我当流氓，把我轰下了车。"

他回答着。

江警官和杜警官通过各自耳机里的传声知道了对方所得到的回答，有些意外。

两人竟然口供不一致。

"那你知不知道，你们乘坐的公交车在你们下车后没多久就撞上一辆油罐车爆炸了？"

杜警官盯着肖鹤云，一字一顿地说下去。

"知道。"

"那你觉不觉得，你们下车的时机未免也太凑巧了？"

"这你就要问那个李诗情了，我发现车子爆炸的时候，也吓了一跳。"

肖鹤云将所有的责任都推到李诗情身上，一副"死道友不死贫道"的样子。

"一开始我还生气，被这么个破事连累着下了车。后来看到车炸了，我庆幸过后，就只有后怕。"

和李诗情一样，他也不需要伪装，只要一想到最开始被李诗情莫名其妙地诬陷，说他是"色狼"，还被拽下了车，他的脸上就自然而然地露出那种神情来。

至于在现场发现车子爆炸时的惊慌，以及受伤后被送医的绝望，他更是只要一回想，脸色就渐渐变得苍白，心脏也随之狂跳。

另一边，李诗情听到同样的质问，直接反问。

"那你们不应该去问那个男的吗？我好好地坐车，遇到这么个事，难

58

道还要留在车上吗？我想车上的人帮我做个证都没有人愿意，他们还嫌我耽误他们的时间，叫我们下车自己解决这种'私事'，我不下车能怎么办？"

她曾直接面对过车上乘客不愿多事的质疑，这一刻的委屈和不甘情真意切。

"你问我为什么时机太巧，你们为什么不查一查那个男人为什么早不摸我晚不摸我，偏偏那个时候摸我？"

李诗情向警官控诉着当时的情况。

A 计划：

——互相指认。

执行。

从李诗情和肖鹤云的表现和对问题的反馈上，杜警官没有看出太大的破绽，因为他们的情绪太真实了。

互相推诿和逃避责任，也符合两个之前不认识的年轻人面对警官质问时的应有态度。

可办案多年的直觉和经验，让他依然觉得有哪里不对劲。

实际上，在传唤他们的这段时间里，他们从小到大所有的求学经历、工作经历，包括家庭成员的组成等资料，早就已经放在了案头。

所有的资料都被审核过，没有任何问题，两个年轻人既没有愤世嫉俗，也没有家庭不幸，求学的道路、工作的道路也都走得很顺，并且之前从未有过直接和间接的接触。

但就是这样"干净"的两个人，如此凑巧地从刚刚发现了"爆炸物"的公交车里提前下车了。

"你们当时知道是你们坐的那路公交车出事了吗？"

杜警官和江警官分别问。

"开始不知道，后来才知道。"

两个人回答的内容一样。

"你们是怎么知道的？"江警官不肯出一丝纰漏，"即使是公交车出事，也未必就是你们坐的那一班吧？大桥上来往的公交车不少。"

这个问题已经超出了两人之前"对答案"的范围。

"我后来听人说是刚过去的 45 路公交车撞了油罐车，我刚从 45 路公

59

交车下来啊。"

李诗情按捺住内心的不安。

"我是看到了网上曝光的公交车司机的照片才确定的。"肖鹤云反应还算快,"我对公交车司机的脸有印象。"

"在车上时,你们有察觉哪里不对劲吗?"杜警官问,"譬如司机有没有被人挟持?"

"没有。"李诗情想也不想地说,"司机大叔一直在开车,旁边没人。"

在这一点上,肖鹤云最有发言权。

"没有,我之前还坐在他身后过,没有人和他交流过。"

"既然不知道公交车要出事,那你们下车时为什么要一起跑?"

这完全不是在车上有矛盾的两个人该有的反应吧?

"他一下车就想跑,我不想他跑,跑了我找谁报警去?我就跟着追了。"

李诗情回答。

"我下了车,觉得今天是遇到疯子了,就想离她远一点。谁知道她拽着我不让我走,我一想现在这些疯子什么事都做得出来,就想跑……"另一间审讯室里的肖鹤云则回答,"哪知道她那么能跑,我都跑不过她。"

"你们为什么要一起去超市?"

杜警官的眉头越皱越深。

"我们才跑没多久,后面就发生爆炸了。所有人都吓死了,拼命地往前跑,我们只是恰好被人群裹挟着往前跑而已。"

李诗情回想着当时的情景,想起自己一回头那个情况,无奈地说:"当时那情况,不跟着往超市跑,万一被推倒了,说不定还要被踩。"

"因为大家都往那里跑。"肖鹤云回答得更简单干脆,"我是外地人,对附近有什么避难的地方不熟悉,当然是跟着本地人跑。"

"那你们为什么一直留在超市里?正常情况下,出了这种事难道不该立刻回去吗?"

"我们当时不知道是公交车爆炸了,只知道发生了爆炸,谁知道发生了什么事?万一是恐怖袭击呢?怎么看都是超市更安全,人也更多。"肖鹤云道。

李诗情回答:"我那时候只想找个安静的地方,搞清楚到底发生了什么事。"

"那时候肖鹤云和你在一起吗？"

江警官紧接着问。

"不在一起，我们是在超市里遇到的。"

她回答。

另一边，肖鹤云的回答更是简单，也符合一个程序员的行事风格。

"去江北的路被封了，我不认识路，去了超市就在查该怎么去江北，后来发现过江的桥封了可能过不去，就开始查发生了什么事。"他无奈地说，"这手机一拿起来都放不下了，在超市那里刷了好长时间与这次事件有关的新闻和报道。"

"你们为什么会一起接受传唤？"

整件事中，杜警官觉得最奇怪的地方，就是他们一起"自投罗网"这件事。

"之前不是说分开了吗？这不像两个有矛盾的人吧？"

"我被她看到了，她就跟个疯子一样一直跟着我，非要我去自首。"肖鹤云冷着脸说。

"而且我在网上看了新闻，知道警方在找我们协助调查。"

警方的问题一个连着一个，全部直指他们在整个事件中最让人生疑的那些关键点，但两个年轻人对所有的问题都给出了解释，无论警方怎么翻过来覆过去地问，答案都是那些。

鉴于事件发生不久，有一些事情也无法马上查证，需要时间，于是问讯一下子陷入了僵局。

这下子，连警方都觉得棘手了。

明明是两个之前还表现得仓皇的年轻人，可在回答关键问题时却滴水不漏，而且还合情合理，跟监控画面里看到的情况也都对得上。

审讯室里突然安静了一瞬。

见杜警官半天没有再问话，肖鹤云有些沉不住气，开口询问："还有什么要问的吗？杜警官，我们什么时候能回去？"

"还有一些问题需要了解，希望两位能再配合一下。"

杜警官没明确回答他的问题，只是暂时中断了问讯。

两位警官从审讯室里出来，满脸都是疲累。

像这样的"对质"，精神高度紧张的不只是被问讯人，问讯者也一样必须打起十二分的精神，不仅如此，他们反而要比被问讯者精神更加集中，因为他们必须要结合被问者的语言、动作、神态甚至是微表情来抓住任何一丝破绽。

"他们应对得太完整太合理了，光凭问话问不出什么问题。"江警官抹了把脸，"我看他们情绪非常稳定，并不像是被吓坏了的样子，可以尝试一些更加激烈点的问话方式吗？"

"最好不要，他们现在只是被传唤人，并不是犯罪嫌疑人，何况他们既没有犯罪动机也没有不良记录，没有足够的证据和突破点，我们不能采取审讯的方式。"杜警官一口否定了江警官的提议，思忖了会儿，"我准备接下来抛出车上有爆炸物这个事来试探一下他们的反应。"

"这么快？"江警官一愣。

"根据经验和目前的证据，我认为他们是事件策划者的可能性不大，下车有可能是偶然，但更有可能是其他什么原因。接下来的问讯换老张上吧。"

警察问案也有技巧，有的唱红脸有的唱白脸。

老张，就是公认的那个会唱白脸的人。

"同步问讯还是分别问讯？"

江警官有些不甘心，但也不得不承认继续硬问下去弊大于利。

"先从男的开始。"杜警官说。

"不从李诗情那边开始吗？女孩子作为突破口会不会容易些？"江警官有些担心。

"你不要小瞧那个女孩子，相比之下，她的抗压能力要比那个男的高。刚见面时，她能在你的威压下开口解释，那个男的连抬头都不敢。"杜警官拍了拍江警官的肩膀，语重心长地说，"事情不能只看表面，你还要多积累些经验。"

明显是负责人的杜警官出去后，肖鹤云还以为自己的 A 计划奏效了。

这个计划在拖延了调查时间的同时又能避免双方串供的嫌疑，只要双方都认为对方有问题，警方就会花费大心思去查两个人的资料，自然就能查出他们没有任何犯罪的动机的结果。

一个是普通大学生，一个是刚工作的程序员，身家清白、生活经历简单，别说制造爆炸案，就算制造爆炸物都成问题。

没有足够的证据，仅凭"我觉得你可疑"是无法定罪的。他们是被传唤，又不是作为犯罪嫌疑人被逮捕，时间一到，就会因为证据不足而重获自由。

但是没过一会儿，一个长相和蔼的年长警官走进了肖鹤云的屋子，出示了自己的身份证明，警官证上显示他姓"张"，也是一名刑警。

如果李诗情在的话，一定认得出，这就是上次后来出现在她病房的老张。

新的问讯又开始了。

和已经经过一次这样"紧迫盯人"的李诗情不同，肖鹤云并没有这样的应对经验，上一次他接受调查时已经重度烧伤躺在病床上失去了意识，压根就没说过一句话。

哪怕自诩"理论经验丰富"，肖鹤云这时候也只能紧张地看着那位张警官，很害怕下一刻迎来的就是更激烈的手段。

但他没想到，这位面相和善的警官竟然好脾气地先解释了换人的原因。

"现在都快七点了，刚刚那两位警官为了这个案子从中午到现在都没休息，饭也来不及吃，现在去吃饭了，怕你在这儿干等着害怕，所以让我过来陪着你。"

老张像是聊家常那样聊着天，半点没问案件的事，也没露出什么严肃的表情。

"对了，你要不要也吃一点？"

老张看着面前的小伙子，客气地寒暄："我们食堂的饭味道还不错。"

"不用了，我之前吃过饭了。"

肖鹤云下意识地婉拒。

"哦，好吧，那我去给你倒杯水，等下他们来了再聊。"

老张说着说着，竟真像是来陪他聊天一样，中途跑出去了。

肖鹤云在心底松了一口气。

老张一出去，立刻进了茶水间，通过对讲机向各方通知。

"他说他吃过了饭。我们去找他的时候不是饭点。他们明显是知道要在警局留很长的时间，所以提前吃了东西。这不符合一个劫后余生之人

63

的心理。"老张找到了突破口，精神振奋地说，"立刻去调查一下超市那个大楼的各个餐厅的服务人员，再问问各层保安和楼面人员有没有人见过这个人。查查这个人什么时候吃的饭、和谁吃的饭……

"也许他们还有同谋！"

老张出去了一阵子，给肖鹤云带回一杯水，等肖鹤云放松了点，就开始聊家常。

一开始老张还只是问问肖鹤云家里的情况，比如家里有几口人、感情好不好之类的，之后就开始问私人感情问题。

根据数据显示，很多男性策划出恶性事件，目的都是报复被追求的对象。

让分手的女友后悔、要做一件大事让拒绝的女人看看，还有认为杀人能表现出自己的"男子气概"的，种种让人觉得有病的原因，往往是他们报复社会的诡异理由。

本质上来说，这种人都是隐藏在正常人群中的不定时炸弹，在他没有表现出来之前，谁也不知道他们什么时候就炸了。

"什么？没谈过恋爱？"听到回答，老张仔细打量着肖鹤云，发现他应该没有说谎，露出吃惊的表情，"你这个年纪的小伙子，大学里都不谈恋爱的吗？"

"工科大学，一个班就几个女生，第一年就都有主了。"肖鹤云苦笑，"后来课业重，又接兼职，没时间啊。"

"你还勤工俭学啊？看不出来。"

老张看着打扮得干干净净的小伙子，虽然看得出他身上穿的不是什么名牌，可也不是路边摊的货色，而且资料显示他父母双全，双职工家庭，条件应该不苦。

"你经常缺钱吗？"

如果因为赌博或其他原因有大量的金钱缺口，也许他会因为赚钱而铤而走险。

"我就是单纯地喜欢存钱。"肖鹤云没想到老张的好奇心这么重，有些局促，"不是因为家里穷。"

通过寥寥几句闲聊，老张已经在脑海中否决了自己大部分猜测。

一个财务状况良好、家庭环境正常、没有情感纠葛的年轻男子，大多是没有轻生念头的，从对话中老张也可以感觉出他没有精神方面的疾病。

换句话说，这样的人，只要不是脑子坏掉，都不会干出在公交车上装炸弹这样的事，或者协助别人做这样的事。

没过太久，杜警官稳重坚定的脚步声在走廊中响起，并打开了审讯室的门走了进来。

杜警官一进入房间，老张倚着桌角聊天的动作一下子就端正了起来，刚刚屋子里还谈笑风生的气氛，突然荡然无存。

肖鹤云不自觉地直起背，下意识地躲避着来人的目光。

杜警官也不说话，进了屋子就用手机放了几段录音。

"是的，警察同志，我亲眼看到他们一起从更衣室里出来的。"

当保安大叔的声音在房间里响起时，肖鹤云的脸色变了。

他听见录音那头有人问："大概几点的时候？他们在里面干什么你知道吗？"

"大概三点吧，他们应该在更衣室里待了一会儿了，因为中间有好几次有人投诉，说里面的人一直不开门，他们都没办法试衣服。干什么？我不知道干什么，我又没看到什么。"

"那小姑娘出来的时候情况不对，看着就一副被吓坏了的样子。唉，我就知道那个男的不安好心！我当时还跟小姑娘说，我说你别害怕，有什么事你跟我说，我帮你。结果那女孩子还帮他说话，说他是自己的朋友，那我还怎么好管？也是我疏忽了，当时就该报警的！"保安大叔在录音里絮絮叨叨，"果然是出事了吧？那女孩子还好吧？"

肖鹤云面无人色。

杜警官始终盯着他，面带嘲讽地放出了第二份录音。

"这个男人？啊，有的有的，下午四点的样子吧，他和一个年轻女孩子一起来我们餐厅吃饭，还找我借了纸笔，因为当时餐厅里没有多少人，所以我记得很清楚。"

快餐店服务员明快的声音萦绕在所有人的耳边。

"纸笔拿来干吗？男孩子好像要写什么，大概是做什么计划吧，女孩子一直听着。他们说了好长时间的话，只点了两杯饮料，一直没怎么喝。然后女孩子去角落里打电话，男孩子自己坐着看手机，再然后他们要了两份炸鸡薯条，吃完就走了。

"是的是的，就是这个女孩。

"在餐厅里待了多久？一个小时有吧……我也说不准确切的时间。"

到第二份录音播完时，肖鹤云满头大汗，脸色却是青的。

他当然知道警方迟早会查到他和李诗情有联系，但他估摸着经过他和李诗情的相互"指认"后，警方即使不被带到沟里，也至少要先走一段弯路，开始彻查两个人的交友情况和网络痕迹什么的，这一查，就能查出他们是清白的。

等传唤时间过去，他们就能出去，说不定就这么度过了这一天，离开了可怕的"循环"。

肖鹤云根本没想过他们会暴露得这么快。

杜警官始终望着他，看到他鼻尖在冒汗，冷笑一声，打断了他的胡思乱想："后来就没见面，嗯？李诗情非要你去自首，是吧？

"之前不认识，没见过？"

杜警官每说一个字，肖鹤云就越颓然一分。

"三点之前在更衣室里，你们在做什么？在餐厅又列了什么计划？你们一直在做什么？对口供吗？"杜警官拍着桌子，对他厉声喝道，"快说！"

肖鹤云设想过一万种情况，就是没想过警方给他的压力能这么大。在这声厉喝后，他瘫倒在椅子上，大口大口地喘着粗气，心理防线已经全面崩溃。

一旁的老张却适时地递上了一杯水，苦口婆心地劝说："小伙子，我们都是老警察了，你有没有做坏事、是不是个好人，我们还是看得出来的。也许你没有做坏事，只是知情者，但知情不报，就等同于纵容犯罪……"老张将水放在肖鹤云的面前，蹲下身诚恳地看着他的眼睛说，"我知道你们当时在车上肯定看到了什么、感觉到了什么，因为被吓坏了，所以才下了车，对不对？"

已经汗如雨下的肖鹤云如同被催眠了一般，下意识地点了点头。

屋里的几个警官见到案件有了进展，眼神里染上了喜色。

"你们是不是看到有人挟持了司机？还是看到车上有什么不该有的东西了？犯罪分子是不是看到了你们的脸，知道了你们的身份？所以你们什么都不敢说？"老张不放过肖鹤云脸上每一个细微的表情，语气却十分和缓，"其实你们不必担心会有人报复你们，因为警方会掩护每一个证人的身份和隐私，如果你们还不放心，接下来我们也会派便衣保护你们的安全，不会让你们受到犯罪分子的任何威胁……"

肖鹤云慢慢地抬起头，双眼中带着迷茫和犹豫。

"无论是多么匪夷所思的情况，我们都可以接受，你们可以勇敢地把自己知道的部分说出来！"

老张用充满感情的声音鼓励着他。

"无论多么匪夷所思？"肖鹤云问。

"对！无论多么匪夷所思！"

老张重重地点头。

"好，我说……"

另一边的审讯室里，江警官和杜警官一样，播放了所有的录音。

之前不管肖鹤云和李诗情怎么说，因为没有别的证人，警察很难证明他们的话是假的。

但现在警察找到了目击者，又有了人证，哪怕肖鹤云在路上做了拖延时间的计划，也没办法再让他们自圆其说。

更重要的是，因为他们之前有了说假话的"前科"，哪怕后面说的都是真话，也没办法再取信于人了。

有了在更衣室和餐厅共同"谋划"的证据，江警官现在已经确认李诗情和肖鹤云是同伙。

和肖鹤云的恐慌与崩溃不同，李诗情很平静地接受了"警察拆穿了我们"这个事实，甚至还有些如释重负之感。

"果然行不通啊……"

经历过警方紧迫问讯的她原本就没有肖鹤云那么乐观。

"你还有什么要交代的？我劝你这一次最好老老实实地说，别把警察当傻子。"

江警官对自己受到愚弄感到愤怒，但良好的职业操守让他很好地控制住了那份怒气。

"坦白从宽，抗拒从严！"

"我所知道的真相，不会让你们满意。"李诗情叹了口气，"你们会觉得我是个疯子。"

"你不说，怎么知道我们不会信？"

江警官只这样回答。

当被提点过这个女人的抗压能力比那个男同伙要强时，江警官就再没有从李诗情的桌前离开过，整个人站得好像一座不会移动也不会动摇的雕像。

李诗情看了江警官一眼，江警官也始终望着她。

"事情要从我坐上 45 路公交车开始说起……"

避开江警官审视的目光，李诗情低下头，回忆着发生的一切，开始娓娓道来。

A 计划行不通的话，他们便开始执行 B 计划。

B 计划很简单，就是他们和盘托出，告诉警方他们已知的所有车上的事情，让警方去寻找里面可用的线索。

于是，两间审讯室里，不一样的时间、一样的问题，有了不一样的回答。

李诗情："第一次出事，是在下午的一点四十五分。那时候我在睡觉，被一阵手机闹铃声惊醒……

"我第五次出事时，实在是太害怕了，一分钟也不想留在车厢里，所以我随便拉了身边一个陌生的年轻男人，说他猥亵我，要求下车报警……"

"就是这一次？"

江警官有些不耐烦地打断了她。

"不，不是这一次。"

李诗情的脸上显现出了一种认命的惨痛表情，她平静地回答："这一次，是我第九次出事。"

她看着江警官用那副"你编，你继续编"的表情回望她，低下头，又继续叙述她所记得的一切细节。

"第五次我终于下了车，但是不知道是因为我撞了头导致脑震荡，还是因为过去那段经历太惨烈我下意识地想忘了它，我失忆了……"

对面坐着的江警官听着这话，略感烦躁地揉了揉太阳穴，耐着性子继续往下听。

另一边，"循环"次数相对较少的肖鹤云已经用三五句话说完了自己所有"循环"的过程，神情再诚恳不过地恳求警察相信。

"真的，这就是我知道的所有事情，我也不知道爆炸物是什么、为什么会爆炸，我那时候情绪太紧绷了，只想赶快下车缓一缓，所以才拉着李诗情演戏，匆匆下车，想先找个应对的办法……"

眼见着几个警官面色越来越不满，肖鹤云的声音也越来越小，他委屈地嘟囔着："是你们说无论多匪夷所思你们都能接受的……"

真等他说完了，他们又用这种看精神病人一样的表情看着他。

"是够匪夷所思的……"一直像是听天书一样的老张茫然地看向自己的同事，"你平时看的网络小说比较多，你怎么看？"

众人一阵惊心动魄的沉默后。

"编得挺全乎的，这故事的开头放网上大概会有不少点击量，搞不好还会红。"半晌后，被询问的警官皮笑肉不笑地说，"没看出他们还有这种能耐。没少在更衣室里设计情节吧？真委屈你们了，是不是还在餐厅里写了个大纲？"

知道没人信，肖鹤云叹了口气。

"我说的是真话。"

"老张，让小江找个女警，带隔壁的李诗情一起去验个尿，还有你，你跟我去！"

杜警官的那双眼睛里一直充满疑惑和戒备，他从没有放松过任何警惕。

"我怀疑你们嗑了药。"

检验结果很快就出来了，两个年轻人都身体健康，没有任何问题，也不存在有嗑药的可能。

结果一出来，所有的警察都大感头疼。

两个年轻人所说的"证词"已经不能用"匪夷所思"来形容了，简直就是天方夜谭，写小说都没几个敢这么写的，想要取信于人，基本就不可能。

"再仔细盘查一下他们的经历，重点是在网络里的言论、交友情况，看看有没有可能是网上的可疑组织。"杜警官竭力做出合理的推测，"有些犯罪组织平时埋得很深，要真是这种情况，最好一网打尽。"

负责调查取证的警察们去忙活了，杜警官的小组也没有闲着。

"不管怎么说，他们在我们没有告知的情况下知道车上有爆炸物，还能说清楚预计发生爆炸的时间和地点，就算不是主犯，也至少是同谋或者知情者，已经达到了可拘捕的条件，尽快走拘捕的流程，申请拘捕令，问讯已经问不出更多结果了……"

杜警官面色沉重。

两个年轻人和盘托出的口供不但没有让警方更信任他们，反倒把他们推入了"嫌疑犯"的深渊。

当检验结果出来，确认他们不是神智出现问题后胡言乱语，两间审讯室里重新走入了表情严肃的警官。

在看到警察走进来的那一刻，李诗情和肖鹤云知道，他们的 B 计划也失败了。

所有人都想知道车上发生了什么，而他们是那辆车上提前下车的生还者。

"你和李诗情是怎么认识的？"

杜警官翻着肖鹤云的档案，试探着问。

"你会调来本市，是因为李诗情在这里吗？"

"不是，我上这辆公交车之前并不认识她。"

肖鹤云已经很疲惫了，没什么精神地说："我被她拽下车时，在车上只对她和司机大叔有印象，你问我什么我都不知道。"

"你们是不是在其他人的安排下，才上同一辆车的？"

天已经黑了，审讯室里的日光灯照得满屋惨白，更是将肖鹤云的表情照得纤毫毕现。在杜警官犹如实质的目光下，肖鹤云感觉自己再说什么都如这灯光一般苍白，太阳穴也隐隐作痛。

"如果真有人安排，那大概是老天爷吧……"

肖鹤云苦笑着自嘲。

可惜，他的幽默没有人能欣赏。

"你和李诗情的任务是什么？是替真正的恐怖分子打掩护吗？"杜警官皱眉头，"你们会提前下车，是不是因为提前得到了爆炸时间？"

"我们没有任务，我们会提前下车，是因为我们已经经历过许多次了，那个十字路口的油罐车是我们之前好几次没有避过的一个'坎儿'，我们都不愿被炸死，太痛了。"肖鹤云喃喃着，精神恍惚，"烧伤太痛了……"

杜警官看向一旁的专家，后者对他摇了摇头，表示从面部表情中看不出肖鹤云在撒谎。

"所以你们知道那车要出事？为什么出事？"

肖鹤云摇头："我们知道那车要爆炸。"

几个警官精神一振。

"你们在车上看到带爆炸物的人了吗？还是你们看到了车上有什么？"

"都不是，就是我们看到爆炸了。实际上，这样的事情，我已经经历了四次。李诗情经历得更多，这是她第九次看到公交车出事……"

肖鹤云知道自己要想取信于人，就必须将自己"循环"的过程说得足够仔细、足够真实，所以他说了很长时间，有时候还要停下来回忆一下。

在审讯室里记笔录的警察原本还很认真地在键盘上敲敲打打，在听到肖鹤云后面说的什么"循环"，什么"从头再来了一遍"后，敲打键盘的动作就顿住了，一脸为难地看着杜警官。

记笔录的警察压低了声音问："这些也要记吗？"

"先等等。"

杜警官给了老张一个眼色。

"我知道你很困了，这么晚了，你们又折腾了一天，是个人都疲倦，我们也累，也能理解。"老张好声好气地说，"你看，你之前说的口供就算我们信了、做了笔录，社会大众和遇难者家属也不会信，你说对不对？我们是需要对社会负责的，不能靠这些去糊弄人。就算这些都是你们的切实经历，也缺乏足够说服人的条件，比如说，炸弹是怎么上车的？"

"我不知道。"又是检查，又是问讯，已经很疲惫的肖鹤云道，"我要知道炸弹是怎么上去的，我就和李诗情自己解决这个问题了，根本没必要来警局……"

"所以你还是想帮助我们的对不对？那就请你多想想细节。车上的炸弹有没有可能是遥控的？你刚刚说听到手机铃声了，那会不会就是遥控的装置？"

老张循循善诱。

"我不知道，我从头到尾就没看到炸弹在哪儿，也不知道是在车上哪个位置爆炸的。"肖鹤云甩了甩头，努力回想着，"事情发生得很突然，我们都没料到车上会有炸弹。"

之前是因为公交车和油罐车相撞了，大家差点被误导了，才一时没有查出爆炸的原因，后来是交通事故司和危险品运输部门对事故车辆共同进行了检验，根据罐体破裂的情况推断出是有外因引起的爆炸，才把案子转移到了刑警这边。

也因为如此，勘测和化验时间都有限，再加上现场破坏程度太大，警方到现在也没得到特别有用的线索。

究竟是哪一种炸弹、用什么手法引爆的，警方都不得而知。

"如果你说的是真的，你应该知道爆炸物是在车上哪里爆炸的，能再仔细想想吗？或者车上有什么可疑的人出现？"

老张一点点地诱导。

"我不记得了，我真不记得了……"

肖鹤云使劲回想也想不起车上有哪儿可疑。

谁坐公交车会没事去看坐着什么人啊？

何况之前他们只是希望司机停车和让他们下车，所以只和司机有过交流。

见讯问无果，几个警官又转而问了一些诸如"李诗情在这其中起到什么作用""安放炸弹的目的是什么"等让肖鹤云根本无法回答的问题。

"我之前真不认识李诗情。她和我一样，都是受害者……"

肖鹤云越说越是后悔来这里。

"我们都是受害者，你们这样对我们是不公平的！"

"我知道你们逃出来很不容易，你们都是身不由己的，所以我很想帮你们。"老张像是一个厉害的车夫，每到肖鹤云情绪不对时就拉一下。

"但是你们要说实话我们才能保护你们，你说是不是？"

"实话就是我之前不认识李诗情，我和李诗情都'循环'无数次了，每一次都会回到公交车上。"肖鹤云恳求着说，"你们如果不信，把我们放在这里看着，我们也许还会再进入'循环'……"

"想让我们给你放松放松？"杜警官被逗乐了，看了一眼时间，"是不是还要让你再睡一会儿？"

肖鹤云也不回答，只连连点头。

夜已经深了，连续问讯也有好几个小时了，正常人现在都困得睁不开眼，肖鹤云也不例外。

"行，那你睡会儿吧。"杜警官笑了，"梦里仔细想想醒了该怎么回答。"

看情况也差不多了，再问下去也是白问，杜警官决定先暂停一下，出去讨论下接下来的问讯方案。

肖鹤云几乎是在人出去的下一刻就一头倒在桌子上，合眼睡了过去。

见肖鹤云睡着了，杜警官走出审讯室，问几位警官："你们觉得怎么样？"

老张点着了一根烟，摇着头说："肖鹤云说这个故事的时候状态太真实了，我怀疑即使用测谎仪都测不出他到底有没有说谎。肖鹤云内心完全相信自己的这个故事，所以对我的提问做出的回答，全部是基于这个故事给出的答案。当我问到一些疑点的时候，他没有用发怒或装聋作哑来掩饰内心的不安，而是顺着我的话很认真地去想、去回忆，甚至还会自责自己的故事不够完整、不够详细。他这样的状态，我无法击溃他的精神防线。因为他就没有防线，完全任我刺探。"

"李诗情的故事倒是透露了不少细节，除去这些匪夷所思的部分，有一部分信息线索还是可以推敲的。"江警官压低了声音说，"在她讲述的故事里，这辆车发生过很多次'意外'，她很肯定，车祸不是自然发生的，其中有超速的摩托车干扰。我已经联系过交警部门，相信很快就有答案。"

"一般这种爆炸案都会有正常的诉求，要么图名，要么求利，可是爆炸案发生前没有任何组织或个人向警方提出过要求，这不合理。"老张推测着，"有没有可能真正的策划者也许是要借人质要挟些什么，只是突然出现了意外事故，才干扰了原本计划好的爆炸案？比如说，突然发生车祸？"

"有这种可能，但没办法解释李诗情和肖鹤云为什么会知道原定计划的时间和原定计划的地点，更没办法解释她那么肯定公交车中途会因为摩托车而出意外，除非他们是策划者。"

杜警官倚在墙边，越想越头痛。

"也许……"老张迟疑了下，开口。

"难道他们那个三流的烂故事能信？"杜警官冷笑着。

老张和江警官都沉默了。

作为一个讲究证据的警察，他们很难让自己相信这样超出科学依据的不严谨结论。

73

如果"起死回生"这样的事情都能相信，那以后他们还查什么案？每一起命案直接找灵媒寻求"鬼魂"的帮助好了，要找什么警察？

杜警官道："继续问，多问他们之间不同的部分！哪怕是编得再天衣无缝的谎话，只要是假的，就一定会露出破绽！"

"是！"

得到指令的老张和江警官重新踏入审讯室。

刚刚睡了没一会儿的肖鹤云被推醒。明明只睡了二十分钟，他却以为已经过了一夜。

睁开了眼睛的肖鹤云看到眼前熟悉的一幕，再看着完全分不清天色的房间，突然哆嗦了一下。

难道他"循环"的时间和地点变为了审讯室内？

肖鹤云惊骇又绝望地闭上了眼睛，再睁开时，发现一切都没有改变。

"我怎么还在这里？"

他瞪大眼睛，喘着粗气。

"我……我不要……"

比起被困在审讯室内反复被讯问他无法回答的问题，他宁愿永远被困在公交车里！

至少公交车里能睡觉，也能想办法下车，困在警局里，他能怎么办？他能用什么办法走出去？

抓色狼吗？

这里本来就是警局啊！

当问讯警察重复地问起之前问过的问题时，肖鹤云更是抖得像秋风中即将被摇落的树叶，惊惧到无法呼吸。

"我……我……"他害怕到牙齿咬到了舌头，磕磕巴巴地说，"我……我不知……知道。"

犯罪嫌疑人刚刚睡醒时心理上是最放松的时候，杜警官也应对过不少起案件了，这还是第一次见到"嫌疑犯"刚睡醒时能被吓成这个样子。

"停下！都不要再问了，要是出现了心理问题，麻烦得很！"

眼看着肖鹤云整个人汗如雨下，仿佛从水里刚捞起来的模样，老张立刻打断了他们继续问讯的流程。

"犯罪嫌疑人"陷入了自我恐惧之中，问也是白问。

"给他找个地方，让他睡一会儿。"

另一边，李诗情的精神状况也好不到哪里去。

她倒不至于和肖鹤云一样怕成那样，但面对警方完全的不信任，她也开始不耐烦起来。警方问了多少遍，她就给出了多少乱七八糟的回答。

"你和肖鹤云是怎么认识的？"

"网上认识的……"

李诗情赌气地说。

"你刚才说是微信上认识的。"

江警官不耐烦地说。

"车上摇到的。"

"你们为什么要下车？"

"我们看对眼了，嗯，看对眼了，要下车交朋友……"

"你之前还说是抓色狼！"

江警官气急败坏地吼。

"情趣。对，这是我们的情趣，公交车色狼什么的。"

李诗情胡言乱语。

"好好说话！"

听到两人问答的内容，旁边作为见证人的几个警官忍不住扑哧笑了。

"你们到底在更衣室里商量了什么？为什么要提前下车？"

"我们……我们干柴烈火……"

李诗情疲惫地抹了把脸，自己也不知道自己在信口胡诌些什么。

"我们等不及到站了。"

这女孩子还要不要脸皮了？

江警官险些被气得一口血喷出来，怒火中烧，恶狠狠地一拍桌子。

"给我好好回答！"

"算了，让她先休息一会儿吧。"

在审讯室做见证的女警笑着安抚江警官，悄悄压低了声音在他耳边说："交警那边的电话，说有了新的发现。"

江警官想起了他之前拜托交警部门查车祸的起因，看了李诗情一眼，犹豫了会儿。

"行吧。那先暂停一下。"

江警官暂时离开了，女警和整理笔录的警官留在审讯室。

做笔录的警官正在整理李诗情的口供，余光看到李诗情甩甩头，缓缓地趴到了椅子前面的横板上。

男警官将头从电脑后面探了出去，犹豫着要不要叫醒她。

"目前还没有发现直接证据能证明她是爆炸案的同谋。"女警拍了拍他的手臂，摇了摇头，"所以，让她睡会儿吧。"

像是过了许久，又像是只过了一会儿，之前失去了意识的李诗情和肖鹤云，迷迷糊糊地睁开了眼睛。

"太好了！"

他们对视一眼，发现又回到了公交车上，突然泪流满面。

从来没有那么一刻，他们觉得这辆公交车的环境是如此温馨，气氛是如此祥和，车上是那么地适合睡觉。那迎面吹来的和煦微风，还有车子行驶中微小而富有规律的晃动，都是那么地美妙。

然后，他们心照不宣地做出了同一个动作——重新闭上眼。

晃动着的公交车像是母亲的摇篮，轻易地就让两个年轻人陷入了沉睡。

至于等会儿会不会爆炸？

管他呢，炸就炸吧！

再也没有什么东西会比警察叔叔更吓人了！

第 四 章
自　救

可怜的李诗情和肖鹤云在爆炸中睡完了自己的第九次"循环"。

那种疲惫更多的是来自精神而非肉体，所以当他们再一次醒来时，竟都有点意兴阑珊，对下车这件事提不起劲，甚至都有点不想挣扎了。

"我想躺平当咸鱼。"肖鹤云懒洋洋地趴在前座靠椅上，看着窗外的风景。

温馨的公交车内，和善的司机、友善热情的乘客，除去车子总出事这一点，环境比气氛严肃的刑警队美好太多。

"那么厉害的人都查不出来的东西，就凭我们，我感觉没希望。"

窗外的路标让李诗情知道这次离出事的路口更远了。

作为警察叔叔们的"重点针对对象"，李诗情的精神状况比肖鹤云更差，可她没放弃希望。

睁开眼的第一时间她就掏出手机看了一眼，正常得像是每个睡醒的人。

下午一点二十七分。

如果他们什么都不干涉的话，车子会在下午一点四十五分出事，也就是说，他们还有不到二十分钟的时间。

"别想我们遭的罪，想想那些被炸的人。"李诗情一边压低了声音鼓励提不起干劲的肖鹤云，一边从背包里掏出一个本子和两支笔，"想想你爸妈，想想我们受的这么多次苦，你现在放弃了，真凶就得逞了。"

提到了父母，肖鹤云的表情沉重了起来，他渐渐地坐直了身子。

"是我太天真。经过这一次，我这辈子都不想再去警局了。"肖鹤云叹了口气，"咱们得想别的办法。"

担心被车上可能存在的"恐怖分子"听见他们的对话内容，他们只能用纸笔交流。

李诗情接过肖鹤云递过来的本子，一看内容，乐了，这不是上课传小抄吗？

别说，他的字还挺苍劲有力的，比她很多同学的字强多了。

我也不想再把希望放在别人身上了。李诗情想了想，在本子上写："抓色狼下车得成为我们的撒手锏，平时最好少用，我感觉被多审几次，我的精神绝对要失常。"

"加个微信不就完事了吗？"

写完了，李诗情纳闷地递过本子。

"每回还要重加，麻烦。"

肖鹤云随口回了句。

听到"每回"两个字，原本因为"课堂小抄"的熟悉感而露出笑意的李诗情，笑容微微敛了敛。

她好奇地伸过头去，见肖鹤云又在笔记本上画起了各种图，写起各种"计划"。

拜上一次的经历所赐，现在她一看到什么计划，头都要炸了。

"还来计划？"李诗情看着手机上显示的"1:30"，嘀咕道，"想想咱们之前的 A 计划 B 计划，事实证明计划根本赶不上变化！"

"但是总还要一次次试的啊……"肖鹤云下意识地辩驳，"不能每次都靠见招拆招……"

"你别闹了，时间紧迫，都听我的！"李诗情掏出手机，查了下用短信怎么报警，压低了声音说，"都发现车上有'那个'了，这是我们这样的普通市民能解决的吗？有最好的队友不用，自己瞎折腾什么？"

"可是我觉得……"

万豪快递

开端

007-0303-0006

收 肖鹤云 ＊＊＊＊＊＊＊＊＊＊＊3518
W市高新区科教路附近

寄 姜医生 ＊＊＊＊＊＊＊＊＊＊＊6687 K市第一人民医院骨科

数码产品　到付

物品贵重，轻拿轻放，当面开箱，无误测取。

肖鹤云想继续解释。

"我不要你觉得，我要我觉得！都听我的，这个事我觉得不需要讨论，先听我的！"

李诗情小手一拍，就这么决定了。

肖鹤云大概平时没和这么"强势"的女性接触过，被她这么一拍就退却了，只好蔫不唧地看着她折腾。

李诗情把手机调到静音，火速编辑好了一段内容，向"12110"短信报警平台发送了短信。

"我现在在一辆45路公交车上，该车辆正从沿江路路段往江北站方向行驶，目前还未到达沿江中路十字路口，我发现车上有炸弹，救命！"

她将短信顺利地发送了出去。

12110："您好，这里是接警中心，W市警方友情提示：乱报警、报假警属于扰乱治安行为，需要承担相应的法律责任。您的报警现已收到，请一直保持手机通畅，并向我们反馈是否方便回拨电话核实情况。"

"这么快？"李诗情感到诧异，但这应该是系统自动回复的。

不过前后脚的时间，又有一条短信送达。

12110："由于是文字报警，您提供的可用信息太少，请具体描述您现在的地点、所乘车辆的车牌号或外表特征，以及爆炸物在车上的位置，谢谢您的配合。"

接警专员这是什么打字速度？

李诗情和肖鹤云精神都是一振。

可等看到"车牌号"等内容时，两个人都傻眼了。

"你记住了吗？"

李诗情眼巴巴地看着肖鹤云，寄希望于他记忆力超群。

"我也没啊。"

但事实证明，哪怕肖鹤云记忆力超群，也无济于事。

"谁上车记那个？"

他们压根就没注意过车牌号！

于是李诗情抓耳挠腮地继续编短信，肖鹤云则紧盯着车外的路况，现在已经到了那个十字路口，他准备提醒司机注意摩托车和油罐车。

"我不能确定装炸弹的人在不在车上，无法通话。现在已过沿江中路十字路口，我不知道车牌号。该公交车和同班次公交车外观无明显区别。预计爆炸时间在一点四十五分，请立刻解决！立刻解决！"编好短信，李诗情点击发送。

"司机，注意下右边的摩托车，他们要提前闯红灯！"肖鹤云站起来喊了一句，又坐了下来。

因为他用的是肯定句式，而不是猜测和请求，司机下意识地就放慢了速度，短信发送出去时，车子也有惊无险地通过了那个路口，和刚刚下桥的油罐车擦肩而过。

事实证明，如果没有发生什么干扰事件，车子安全地通过这个路口还是很容易的。

过了第一个坎儿，两人长舒了一口气。

12110："请继续保持手机通畅并保护好自己，我们已经在安排解决。你知道具体爆炸时间是因为车上的是定时炸弹吗？炸弹上有明确显示倒计时吗？是否有办法让司机临时停靠并让所有人下车？"

看到警方的回复，李诗情心里直发愁。

如果真的是看到了定时炸弹还好，就像警察说的那样，直接下车就行了，把一个即将爆炸的公交车留给警方解决。

问题是她根本不知道炸弹是不是定时的，也不知道装在哪里。

况且……

她抬头看向最前方正专心开车的司机。

她要能让司机临时停靠并让所有人下车，至于死这么多回吗？

见李诗情盯着手机半天没动作，肖鹤云凑过脑袋看完了警方的问话，随手打了个响指。

"想知道是不是定时炸弹很简单啊……"

他从李诗情的手上拿过了手机。

李诗情怔怔地看着肖鹤云突然站起身，用一种几乎是浮夸的动作打开了手机的免提，拨出了一通电话。

"您好，这里是 W 市 110 指挥中心，请问您有什么情况需要帮助？"

霎时间，车厢里听见的人瞬间都向他看了过去，表情或惊讶或好奇。

看到同伴居然使用这样的"骚操作"，李诗情目瞪口呆。

"你好，我在一辆 45 路公交车上，这辆车正行驶在沿江路开往江北一村站的跨江大桥上……"

紧接着，他的咆哮声响彻车厢。

"请立刻出警，我们在公交车上发现了炸弹！"

嘭！

几乎是话音刚落，剧烈的气浪便瞬间吞噬了一切……

再次醒来时，肖鹤云的嘴角噙着一抹得意的笑。

"你刚刚是疯了吗？"

李诗情被突如其来的爆炸震惊了，好半天回不过神来。

忍受着爆炸带来的撕裂感和虚弱无力，她挣扎着从兜里掏出手机，时间是下午一点二十五分。

"又提前了几分钟。"

李诗情喃喃自语。

窗外，上桥前最后一站的站牌在后方隐约可见，车子明显刚刚驶出上一站不久。

不远处的公交站牌，让她开始相信肖鹤云在餐厅里做出的推测。

时间和空间是相对应的，他们每次"循环"的时间都在提前。

"不是定时的。"

肖鹤云艰难地支起身子。

刚刚的爆炸虽然很痛苦，却让肖鹤云肯定了一件事。

"而且，也没响过什么声音。"

刚才爆炸的时间，并不是下午一点四十五分。

和肖鹤云探查出真相的高兴不同，李诗情认同地点了点头，表情却更苦闷了。

如果恐怖分子是用手机遥控的炸弹，那未必会在车上，他只要会使用手机操作就行了。

尤其之前有好几次响起过同样的手机铃声，这更让两人怀疑车上的炸弹有可能是装了定时装置。

但刚刚既没有响起手机铃声，也没有到下午的一点四十五分，车子却突然爆炸了。

能根据肖鹤云报警的动作当机立断地引爆炸弹，只能说明……

"那人在车上。"

"真凶在车上。"

在得出这个结论的同时，两人环顾车内，毛骨悚然。

李诗情和肖鹤云都是那种再普通不过的年轻人，也许出于个人素质的原因，两人的心理承受能力和逻辑推理能力比普通人强那么一点，但也绝对不属于超常的范畴。

同理，他们既没有接受过系统的搏击训练，也没有学习过专业的拆弹技能。

就这样的两个年轻人，如果想要在短时间内解决炸弹和恐怖分子，就必须同时做到擒凶和拆弹这两件事。

然而现在，残酷的现实摆在了他们的面前：

一个是在现实中连架都没打过的小姑娘；

一个是在游戏里都没完成过"双杀"的菜鸟……

命运对两个年轻人露出了狰狞的面孔，再一次在他们升起希望时又恶狠狠地将他们的希望打碎。

两人你看看我，我看看你，眼睛里露出的，都是深深的绝望。

所谓无知者无畏，就如同他们之前不知道车上有炸弹，便还能试图让司机停车一样，一旦他们知道了车子会爆炸，所做出的下意识反应就是逃离这辆车。

同样，在不知道爆炸物是什么时，他们还能存有侥幸心理，如果车上的爆炸物是定时炸弹，他们还可以尝试一下先让所有人下车，再由警方排查，当时肖鹤云在笔记本上准备写的计划之一就是这个。

可现在证明车上的是可以随时引爆的炸弹，他们所有计划都没有了意义。

他们和犯人在同一个时间、同一个空间里，他们能随机应变，对方也能随机应变，那人既然抱着与一车人同归于尽的想法，早一点炸晚一点炸，迟早都是会炸。

所以，想要制止这场悲剧的发生，他们就必须更加小心、更加隐蔽。

"那人到底图什么呢？"李诗情抱着本子奋笔疾书，"如果那人在车上的话，他也会死啊！"

"那人会不会是有厌世情结？"即使是面对这样的事情依然乐观向上

的肖鹤云，也无法理解某些人的想法，"又或者凶手遭遇了什么不公要报复社会？"

"那也不能拉一群无辜的人下水啊！冤有头债有主，谁让你遭遇不公你炸谁去！"

李诗情气得直哆嗦。

"这些都不是重点……"肖鹤云看了一眼车外，表情突然变得十分复杂。

他使劲眨了眨眼："我们好像真的能正常下站了？"

顺着他惊讶的目光，李诗情惊讶地抬起头，果然见到这趟公交车正缓缓地驶向沿江东路的公交站牌。

这是上桥前的最后一站，这一站到下一站的距离是这趟公交线路里最长的一段车程。

以前她经常看到有人不小心坐过这一站，然后用各种方法求着司机靠边停车放他们回头。

因为一旦错过这站就要上桥，到下一站得二十多分钟，算上掉头回来的时间，得整整耽误四五十分钟。

"我们喊所有人下车吧。"李诗情一咬牙，附耳对肖鹤云说，"就喊车上有炸弹，能跑几个就跑几个！"

"然后呢？和我刚才一样，你一喊车就炸了，连无辜的路人都要枉死？"

肖鹤云摇头，冷静地掐灭了李诗情最后一丝侥幸心理。

"既然能正常下站，我们当然先下车再说，难道你还想再被炸死一次？"

一想到之前几次撕裂般的痛苦李诗情就打了个哆嗦，不由自主地附和："好，下车！"

他们做出决定的同时，公交车也恰好自动开始报站。

"连成集团提醒您，沿江东路站到了，需要下站的朋友请从后门下车。"

"走！"

肖鹤云率先站起来，示意李诗情一起到后门前等候。

坐这路车的人绝大部分是为了过桥，附近又没有什么居民区，所以在

83

这一站下车的就只有他们两个人。

按完下车按钮，在等候车门打开的时间里，李诗情和肖鹤云紧张得手心直冒汗。

在进入"循环"之前，他们一路上都是半睡半醒的状态，完全没有这一站的印象，更没有在这一站下过车。

现在他们想下车，可万一车上的那个疯子根本不让人下车呢？

如果那个疯子发现有人要下车，直接引爆了炸弹呢？

未知的恐惧才是最可怕的，在这一点上，人的想象力甚至胜过爆炸物。

在这样的恐惧下，这辆他们刚刚还觉得"温馨"的公交车，好像一下子就成了什么阴森的场所，唯有车门边给人倚靠的那根栏杆，才能稍稍给他们一点站稳的勇气。

而车上那些根本看不出问题的乘客，也似乎能随时揭开自己的脸皮，露出一张张癫狂狰狞的面孔，让他们连趁机打量一下的勇气都没有，唯恐露出一点破绽就刺激到那人又来一次"同归于尽"。

所幸，能让他们胡思乱想的时间并不长，车子稍稍停稳，后车门就打开了，两人赶紧下车，没有半点拖泥带水，也没有任何人多看他们一眼。

到站下车，本就是天经地义的事情。

李诗情和肖鹤云几乎是迫不及待地冲出了车门，跳下车。

一下车，李诗情就绕到了公交车后面，拍下车牌号拨通了110。

"你好，我要报警，沿江东路站正在开往江北终点站的一辆45路公交车上有炸弹，现在刚刚离开沿江东路站，车牌号是……"

肖鹤云还是第一次正常下车，原本还在观察周围的环境，猛然间听到身后的李诗情在说什么，吓得脸色都变了，扭过头拼命对她做"停止"的手势。

然而李诗情只是有些纳闷地看了他一眼，就继续一鼓作气地说完了。

"爆炸物不是定时装置，随时可能爆炸，但预计爆炸时间在下午一点四十五分，爆炸地点在沿江路十字路口或跨江大桥上。另外，安放炸弹的人也在车上，请你们务必小心！"

和短信报警不同，电话报警明显更容易说清楚一些事情，对方的询问也来得更快。

"哎呀，你别管我怎么知道的，时间紧迫，你们先去解决炸弹的事情行不行？"李诗情见接警人员又跟上次一样开始了连续提问，急得都要炸了，"什么叫我有什么要求？我能有什么要求？我的要求就是请你们制止这辆车发生爆炸啊！"

"我能透露的就这么多，其他的我什么都不知道！"

眼见着又要和对方没完没了地陷入"你为什么知道""你知道什么"的怪圈里，她干脆直接挂断了电话。

"你知不知道你在干什么？"

肖鹤云强忍着怒意，直到她挂断了电话才发火。

"我这不是在报警吗？上一次我都没报完……"看着面前脸色铁青的肖鹤云，李诗情嗫嚅着道。

"你还说不想再被警察审问了，这不是又把我们坑进去了吗？"肖鹤云被气笑了，"好好的下车就下车，你报什么警？"

"可是只要我们下了车，就一定还会被传唤去……"

李诗情话说到一半，突然也反应过来，一下子顿住了。

之前两次，他们是半路突然下车，时间又那么巧，警察不怀疑他们才是不合常理。

但这一次不同，这次他们是正常下车的，就算被警察盘问几句，也只要解释是"到站下车"就行了。

哪怕车子真爆炸了，他们作为两个"幸存者"，得到的也只会是安慰，绝不会有人因为他们活下来而责备他们，只会觉得他们很幸运而已。

"可是，那辆车会爆炸！"

公交站牌旁边没人，李诗情没有顾忌地把自己的想法说出口。

"那可是一车的人！我们自己可以因为逃避死亡的痛苦而下车，但我们不能眼睁睁地看着他们出事却什么都不做，那是草菅人命！"

她的情绪还停留在上一次"循环"时没有成功报警、没有解决任何问题的遗憾里。

"那你有没有想过，如果'正常下车'也是停止'循环'的一种可能呢？"肖鹤云突然冷笑。

"如果这一站就是上天给我们特意留出的生路呢？

"你做事一直都是这么冲动吗？之前也是，不做好计划，非要都听你

85

的，结果如何？报警警方就会相信你吗？

"你怎么就知道我们一定会再'循环'？事关这么多人的生死，是可以乱来的吗？

"你怎么就知道'循环'不会有次数限制？如果不把每一次'循环'都当作最后一次，万一真的只是最后一次了怎么办？继续被当成犯罪嫌疑人关到死吗？"

肖鹤云连续不断地质问李诗情。

和崩溃时会哭、想放弃时就说出来的李诗情不同，肖鹤云已经是个成年人了，身为成年人，他总想让自己更可靠些，也会多照顾李诗情一点，所以会很克制自己的情绪，也会尽量多谦让李诗情。

但这不代表他真就是个面人儿。

一直以来，他憋在心底的负面情绪不断地累积着，虽然他在竭力做好情绪管理，可现在好不容易又遇到了一丝希望，却再次被掐灭了，这其中的心理落差根本无法用言语形容。

现在，他的情绪也快跟那辆公交车一样爆炸了。

李诗情的脸色随着肖鹤云的质问越来越白，理智也让她明白他说的话没错，甚至心底还有了一丝后悔……

"然后呢？就因为这些，就看着他们去死吗？"

然而内心深处，依然有什么东西让她不愿"苟且偷安"。

"就算这真的是最后一次'循环'，就算你逃离了这个怪圈，等你回忆起过去，一想到你明明能做点什么却没做，你难道不会内疚、悔恨吗？

"总会有办法的！"

她像是在说服肖鹤云，又像是在说服自己。

"肯定能有更好的办法的！总要试试啊！"

争执间，李诗情的手机再次响了起来，大概是警方想要核实消息就回了电话过来，但因为没人顾得上接听，手机铃声只能反复地响着。

这让两人越发觉得烦躁了。

"你先把手机关机，除非你还想去警局！"

肖鹤云硬是克制住了自己的情绪，决定先把这一关过了再谈以后。

"算了，事已至此，再吵也无济于事。"面对现在这种被动的局面，他心累地抹了把脸，脑子里也乱成一团，实在拼凑不起什么更好的方案。

他不肯承认李诗情的"死不悔改"打动了他，只是又一次选择了向李诗情"妥协"。

"我们先找个地方躲起来，再慢慢商量！"

肖鹤云是外地人，对这附近不熟，还是李诗情想起来附近有个挺大的公园，这种郊外的公园监控会比较少，于是两人决定先去那儿藏一藏，再见招拆招。

因为肖鹤云难得地发了火，李诗情这一路上就有点蔫不唧的，没有再主动提起有关公交车的事情，脑子里却一直还在想着那辆车能不能得救的事。

正如肖鹤云所说，大概是由于李诗情死了太多次，已经死得有些麻木了，也渐渐习惯于这样的"循环"，潜意识里已经觉得能不停"死而复生"是一种天经地义的事，没有更深层次地思考过如果"循环"停止了该怎么办，如果不能再"循环"怎么办。

但是肖鹤云不同，肖鹤云还没"循环"几次，而他"循环"的那几次，还有李诗情这个同伴可以依靠，那种眼睁睁看着人去死和无论如何都无法结束的绝望并没有完全影响到他。

而他的性格决定了相对于"救下全车的人"而言，他更倾向于"我自己挣脱这个'循环'"。

这种观念上的差异在两人终于在僻静的地方开始"聊聊"时，表现得越发明显。

"现在最好的局面，就是我们的'循环'停止了，睡一觉起来就是明天。公交车出事也好，没出事也好，与我们无关。"肖鹤云叹口气，心累地说，"但如果是这样的话，我们迟早会面对我们为什么会知道炸弹在车上的质疑，毕竟我们不能永远关机，或者永远躲起来。"

闻言，李诗情下意识地辩驳："但如果警方因为我的报警成功地破获了这起公交车爆炸案，就会弄清楚爆炸的原因、爆炸物是什么，以及罪犯的身份。如果他们和上次一样选择全网通报的话，我们就能得到这些原因和线索……"

"你说的这种可能，是最好的可能。先不提警方能不能尽快破获案件、会不会全网通报，你这件事变好事还得有一个前提……"肖鹤云苦笑着道，"只有我们真的会重新'循环'，这些线索对我们才有用。"

但你愿意再进入"循环"吗？这么残酷的话，他没说出来。

可李诗情一看他的表情，就懂了。

于是她越发沉默。

"还有一种可能是警方没有破获案件，'循环'又继续了……"肖鹤云揉了揉被镜框压着的鼻梁，无力地说，"那我们从这一站下车，除了提心吊胆，一点意义都没有，这些时间等于被浪费了。"

"我以为你下车只是因为不想再被炸一次，再加上我也挺害怕那种濒死的感觉，所以我选择下车报警，但这不代表我不想管这件事了。"李诗情直到这一刻才发现了她和同伴之间真正的分歧，"如果我没报警的话，如果你不是想找线索，你下车准备做什么？"

"什么都不做。"肖鹤云耸了耸肩，"我原本的计划是想先下车，然后在被警方传唤后用'到站下车'的正常理由搪塞过去。如果这件事过去了，以后又不'循环'了，那这件事就跟我们没关系了。我知道你可能觉得我太懦弱了，但是你也看到了，车上有炸弹和恐怖分子，这种事根本就不是我们这样的普通人能解决的。我们死了这么多次，也尽力了！

"如果我们这一车人都注定要死，那我们逃出来有可能是老天开眼，也有可能是阎王爷打了个盹儿，无论是哪一种，人要珍惜机会，我们不是真凶，我们没必要为救不下所有人而怀有负罪感……"

"可是我对你怀有负罪感。"李诗情突然开口，打断了他的侃侃而谈。

"因为对你的负罪感，我甚至不敢再拉任何人下车。"

肖鹤云脸上原本满不在乎的表情一顿。

湿地公园里，安静到连虫鸣鸟叫都听得清清楚楚。

一群掠空而过的飞鸟飞过他们的头顶，从高空送来微弱的鸣声，天高云阔，衬得女孩越发娇小，可她的声音，却是那么清晰有力。

"虽然你从来没埋怨过我，可我却一直在内疚。"她说，"我为了逃开那个令人窒息的地方不管不顾地把你拉了下去，虽然你说我在某种意义上救了你的命，而我当时也是这么想的，可已经十几次了，我知道……这种'活法'，生不如死。"

"你……"

肖鹤云看着这个女孩，半天开不了口。

"是我把你带进这个地狱的。你说这一车人的命也许都和我没有关系，可从我进入'循环'开始，这一切已经跟我有关了。"

她依然用一种"强势"的态度撑着自己，就如同无数次濒临崩溃又重振精神时那样。

李诗情的眼前闪过急诊科里那些痛苦哀号的人，闪过他们被推进急救室的那一幕。

她看着肖鹤云，看着他脸上的每一个细节，似乎想用这种方式把他记住。

"我做不到眼睁睁地看着那么多人死，然后一直活在悔恨里。我逃避过，事实证明，我不行。"

被人用这样的方式看着，耳边响着这样的话，肖鹤云的一切抱怨都卡了壳。

"你说的一切我都明白，你所有过的期盼我全期盼过，你试想过的可能我全都试想过，你下站回归正常生活的尝试，我也尝试过。那个我拽着你下车的时刻，我也曾和你一样，想着也许这就是最后一次，但事实证明，老天爷就是不肯放过我。"

她的眼睛里慢慢蓄起一眶眼泪，眶满后，泪水便沿着她的面颊流了下来，静静地滑过下巴，落到了地上。

"我知道不停轮回是什么样子，也知道孤军奋斗又看不到结果有多绝望。我比你多'死'过五次。如果'循环'有次数，我可能比你先消失，所以我得在我消失前，尝试更多的可能。"

"我知道你很害怕，你什么都不想管了……"她哽咽着，却努力想露出笑容，"我……我都明白的。"

肖鹤云扭头看她，脸上浮现一丝羞愧。

他知道，无论他分析得多么透彻，说得多么冠冕堂皇，那仿佛成年人看孩子一样高高在上的态度，其实都只是为了掩盖他的害怕。

如今充斥他心头的，是难以言喻的羞愧。

是的，他那些冠冕堂皇的话，他那些佯装成年人的成熟，那些高高在上仿佛理所应当一般的解释……其实都只是为了掩盖他的恐惧。

"所以，我不能勉强你继续试下去，你可以离开的。我报了警，但是你没有。"

李诗情指了指不远处的那条路，接着说："如果警察真找到了我，我不会说出你，我经历过两次问讯，知道该怎么回答。而你，只是一个看我下车时精神不太对劲，便跟随我一起下车的好心人，你可以瞒过警察，然后去过你自己的日子。"

李诗情表情诚挚。肖鹤云明白了李诗情话中的意思。他紧抿着嘴唇，呼吸忽长忽促，胸腔随之起伏，心里开始挣扎。

"不，不行，我不能就这么丢下你一个小姑娘不管……"

"你可以的。刚刚走过来的时候，我已经想过了，如果我们能每次都在沿江东路站下车，即使我们不能逃过'循环'，每次都要上车，可你还是可以到站下车的。

"这样，至少……至少你不会每次都感受到死亡的痛苦了。我会留在车上继续寻找真凶，想办法让车子不再爆炸，想办法让警察抓到凶手，而你下车以后，可以随便去做些什么，远离这些痛苦……"

说着分离的话时，她并没有难过的表情，好像能用这样的方式让同伴逃离痛苦，她是真的如释重负，甚至语气都变得轻松起来。

"我看过不少这样的科幻电影，那些电影里的主角最后都得到了圆满的结果。那些主角里，有的在同一天'循环'，活得枯燥又痛苦，但是他用那些时间自学了钢琴，自学了跳舞，自学了许多许多有用的东西，他的每一天都是不一样的；有的主角用那些时间去弥补自己的遗憾，去做自己不敢做的事……到最后挣脱'循环'时，他们都成了很好的人。

"我觉得，时间的长度也许不够了，但只要宽度够了，应该也不算太差的人生。"

肖鹤云依旧紧抿着嘴唇，呼吸忽长忽促，胸腔随之起伏。他原本逃避着李诗情太过明亮的目光，现在却根本移不开眼。

这个女孩身上那些之前还让他"诟病"的天真，现在却是如此让人惊心动魄。

那些天真是她的武器，也是她的铠甲，让肖鹤云溃不成军。

"我会努力的，我会努力找到真凶、努力协助警察，努力让我们挣脱这个'循环'。你不用担心我，也不必被道德束缚，觉得必须要留下来帮我，你就当不认识我，在该下车的地方下车……

"因为这件事一开始就和你无关，是我本该独自面对的事情。"

李诗情脸上眼泪已经不再流了，甚至看不出哭过的痕迹。

在一个并不太熟悉的人面前说出这么多内心话是令人羞耻的，所以她的脸上时不时也会露出尴尬的表情。

但是她还是勇敢地说了。

"偷来的时间也是时间，你可以好好过自己的日子，去做你想做的事，不要放弃。也许和那些电影里演的一样，突然有一天，我成功了，或是老天开眼了，你就不再'循环'了……"

她耸肩。

"希望到了那个时候，你也已经变成和那些主人公一样好的人。"

肖鹤云望着她，没有说话。

"我说得这么明白了，你怎么还不走呢？我想过了，如果只是想给警方提供线索的话，也确实没必要搭上两个人。"

李诗情催促他。

肖鹤云皱着眉看着她："我还是觉得，我不能……"

"没什么不好意思的。"

大概是觉得自己把肖鹤云说蒙了，李诗情表情更加坚定了。

"你走吧。"

她向着肖鹤云伸出右手。

"祝你好运，也祝我好运。"

李诗情刚刚上大学的时候，妈妈曾经苦口婆心地对她叮嘱过一晚上。

那天晚上妈妈说的大部分话，李诗情已经忘了，唯独有一句，一直都记着。

"好的关系，是两个人在这段关系里都在变得越来越好，如果你发现其中有一个人很痛苦，或是有一个人变得越来越差，那就说明这个关系出现了问题，你要反省。"

"如果不是你的问题，那这段关系就到了可以结束的时候了。问题得不到解决，即使你不想结束，时间也会让它结束的。"

虽然李诗情觉得妈妈担心的是她该如何自尊自爱地和男人谈恋爱，但她认为妈妈的这些话，放在正常的人际交往里，也是一样的道理。

避开危险是人的天性，她不能勉强别人做不想做的事情。

所以，即使只是自己的普通朋友，李诗情也一直按照这样的准则去和

他们相处。她没有"以退为进",也没有"装腔作势",此刻她向着肖鹤云伸出手,不是提出某种邀请,而是真诚地向他告别。

肖鹤云没有回握她的手。他意外地沉默不语,仿佛在思考着什么。

他看着向他伸出手的李诗情,看着对方白皙的后颈上垂着几根柔软的细碎头发,脸上的皮肤白皙干净,和他那些用职业妆武装起自己的女同事截然不同。

她还是个没出校门的学生。

肖鹤云曾经很纳闷,不知道为什么这么普通的一个女孩子会遇到这么奇怪的"循环",甚至把他也扯进去。

现在他知道了。

也许正是因为她即使身处这样的困境中都不愿放弃,所以她才是车上最适合"拯救世界"的人选。

连老天都想给她留一线生机。

也因为她是这样的人,在那样绝望的情况下,也抱着"哪怕能救一个也好"的想法,他才能下车,才有了现在的挣扎和犹豫。

李诗情说她有负罪感,希望他离开,但她自己也可以离开。

李诗情没有等到想要的握手,尴尬地收回手。

在李诗情的眼里,肖鹤云已经是个"大人"了,他又一直表现得冷静成熟,越发显得她很"天真"。

此时此刻,她完全想象不出肖鹤云在思考什么。

也许她的自说自话,在他看起来很幼稚,很自以为是?

"那……那就这样?"

李诗情挠挠头,在沉默中尴尬得脚趾都要抠地了。

"我先……"

"如果我现在放手离开了,那我这辈子也不会成为一个很好的人。"

肖鹤云看着面前手足无措的女孩,叹了口气。

她的内心或许没有表现出来得这么潇洒,也许只是强忍着心中的恐惧和不舍,但她依然要用最大的善意,给他自由。

"是我想错了。这种事,逃避也没什么用。"肖鹤云淡淡地说。

"你可以不必……"

李诗情担心他是因为被道德束缚而放不下面子,想要再次劝说。

"我明白你的意思，不过我的自尊心不允许我做这种躲在别人后面心安理得地享受别人劳动成果的事情。而且，我认为，即使我逃过这一次，也未必能停止'循环'。"

肖鹤云之前的那些急躁、愤怒，现在都已经归于平静。

"既然不能停止'循环'，下车自欺欺人，又有什么意思？"

见李诗情更加不安了，肖鹤云知道刚才的走神让她误会了，故意带着笑意和她开玩笑。

"如果我感觉坚持不下去了，我会跟你说，放我'半天假'，让我下车去走走，行吧？"

"没问题，哪怕你随时要放弃，都没关系！谢谢你！"

说是那么说，没有人会在知道自己要单独面对这一切时不感到恐惧。

在肖鹤云决定不离开的那一刻，李诗情眼中又重新亮起了希望的光彩。

"我一定会努力想办法让我们都离开'循环'的！"

明明刚才能说出那样的长篇大论，面对别人的善意，她却只能用这么贫瘠的语言表达出自己的惊喜和感激。

"好了，我们两个还互相客气什么？都是一条船……一辆车上的人，已经是过命的交情了，接下来更要互帮互助。"

达成了某种"友好共识"后，肖鹤云看了一眼跨江大桥那边的方向，有些担心地说："现在不知道那边情况怎么样，不在车上就这点不好，能得到的信息太少了。"

他们到站下车，下车时才下午一点二十几分，好几次爆炸是在下午一点四十五分发生的，所以李诗情报案时也特别提及了这个时间。

但他们都知道，炸弹是随时可能被引爆的，他们并不知道警察有没有成功阻止此事。

"至少那个方向没有浓烟，也没传出什么震动。"

李诗情也抬起头眺望："如果又撞上了油罐车，肯定会天崩地裂吧？"

既然决定了要和李诗情同进共退，肖鹤云便没有再提过什么"瞒过警察就照常过日子"的话，而是打开手机，搜索起网上的新闻和消息。

李诗情的手机关机了，此时她只能坐在一旁，紧张地等待着肖鹤云搜出的消息。

"看这个！"

大约过了二十分钟，本地的论坛上有了一篇关于公交车爆炸的新闻。

"太可怕了！刚刚两辆警车在沿江路那个跨江大桥上把一辆公交车逼停了，我们还在看热闹想知道发生了什么呢，那辆公交车就炸了！车上的人全被炸死了，那叫一个惨啊！"

在这个帖子下面还有一段手机拍下的画面。

画面里，两辆警车一前一后地跟在一辆公交车旁边，警方用扩音器大声喊着"警察临检，靠边停车"，那辆公交车也确实跟着前面的警车慢慢开到了桥上的应急车道上，不少路过的车辆都放慢了速度，明显想要围观……

可就在几个警察上车的那一瞬间，公交车突然爆炸了！

随着一声"天啊，有炸弹！"，手机里的画面出现了剧烈的摇晃，坐在副驾驶座的拍摄者和司机同时惊慌地跑下车，拍摄也随之终止。

这个帖子被发上市民论坛后不到五分钟就被顶成了热门，上百人在下面留下了评论，大部分是质疑这段画面的真实性的，也有人说这是一段电影的现场拍摄画面。评论区众说纷纭，越发引发了大家的好奇心。

李诗情和肖鹤云自然也看到了这篇帖子，等看完手机拍摄的所有片段后，两人的脸色都像见了鬼一样苍白。

"知道有炸弹，不……不应该先封路吗……"

李诗情哆嗦着说。

"时间太短了，来不及。"肖鹤云也捏紧了拳头，咬着牙说，"你报警时虽然说得详细，但说完就关了机，这种事听起来又这么荒诞，警察肯定是要先去了解情况，确定不是有人报假警……"

就算从最近的派出所派人，时间也只够他们准确地找到那辆公交车。要做到疏散群众、控制道路，需要好几个部门同时合作，更别说"防爆"还是更加专业的部门才能做到的事情。

很快，论坛上的这篇帖子就被删除了，就在论坛里有人怀疑发帖的人是因为"传播虚假内容"所以才被删了帖子时，有人直接让大家去看微博，告诉大家这件事是真的。

肖鹤云怀着沉重的心情又打开了微博。

虽然本地论坛里的帖子被删了，可许多媒体和自媒体已经将这则新闻转发了出去，除此之外，还有不少当时在桥上的人上传了自己行车记录仪或手机里录下来的视频。

在这些画面里，没有一个人是能冷静的。

骚乱和恐惧像是一场瘟疫，迅速感染了当时在场的所有车辆和行人，视频里人们凄厉的尖叫声和车辆的喇叭声伴随着滚滚浓烟不停地响起，简直是一幅世界末日般的场景。

而事实上，事故现场发生的一切也确实足够让人胆战心惊：

爆炸发生时，有不少车辆因为剧烈的响动猛踩刹车，由此在桥上造成了连环车祸，祸及几十辆来往车辆，不少人因此受伤；

有司机以为遇到了"恐怖袭击"，当即不管不顾地选择在路中间掉头，却在半途引发了更大的交通事故；

沿江路的跨江大桥两边是有行人通道的，公交车爆炸时造成了巨大的冲击，车中的物体碎片飞溅到行人通道上，毫不留情地砸向了仓皇逃窜的路人，如今那些行人已经被送去就医，只留下一地染血的玻璃碎片以及那些已经变形、焦黑的废铜烂铁。

"我的天……"

李诗情看着那些画面里的骚乱景象，倒吸了一口凉气。

无论是她也好，还是肖鹤云也好，之前都没有直面过公交车爆炸的现场。

第一次下车那次，她下车就去了医院，虽然在医院里看到了不少被烧伤的人，却不知道现场是什么样子的。

肖鹤云更好，直接被烧得奄奄一息。

之后那次下车，他们很快就远离了爆炸现场，那一片区域也立刻被封锁，没有引发更大的骚乱。

除此之外，他们每一次出事都是在车上，和那辆公交车"共存亡"，眼睛一睁一闭，就又是一次"循环"，后面发生了什么完全不知道。

肖鹤云紧抿着唇，熟练地在网上寻找着可用的信息，可在现代社会，信息是以一种爆炸式的速度扩张的，这样高速扩张的同时也造成一种情况，那就是很难在海量的信息中甄选正确且真实的内容。

时间离事情发生还不到一个小时，在事情结果没有公布之前，大部分媒体也不敢随便臆测，更多的人只是对这样的惨剧表示愤怒、对无辜被卷入这场祸事的伤亡者表示遗憾和悼念，除此之外，没有多少可用的信息。

倒是有一两个小道消息，说警方会逼停那辆车是因为接到了报警电话，报警人声称那辆车上有炸弹，请求调查。

然而还未等警察核实清楚真实情况，车子就爆炸了，还炸死了上车排查的多名警察。

可这种消息，对他们这种"当事人"来说，是并没有用的。

"你说得对，这就是没有计划的结果。"李诗情颤抖着身子，满脸满眼都是悔恨，"我太急了，我应该再多找点线索……"

"在那种情况下，你还记得去报警，已经做到你该做的了。"

肖鹤云头也不抬地安慰她，不停地刷着本地公安部门的官方网站。

"时间太少了，很多事无法制止也是在意料之中。"

这一次的爆炸案不像之前那几次，之前那几次都是和油罐车相撞，现场没留下什么。这一次的爆炸应该留下了不少线索和证据，譬如爆炸物是什么、在车内的什么位置，再根据这些线索调查监控，应该能查到是谁将爆炸物带上的车。

但正如肖鹤云所说，时间太少了，也不知道是因为警察现在都在忙着救灾，还是因为案情没有明确进展之前不能急着公布，公安部门的官方网站上一点与之相关的消息都没有。

其间，李诗情和肖鹤云好几次转移了在公园里的逗留地点，最后藏在了一个假山附近，这边很少有逛公园的人靠近。

下午四五点时，肖鹤云也接到了警方的传唤电话，但直接被肖鹤云以"有事去不了"的借口给无视了，然后就不再理睬，所有打来的电话通通挂断。

两人打定主意要躲过这一天，死都不去警察局了。

眼见着天越来越黑，公园里也几乎没有人了，两个人还没在网上找到什么有用的线索，倒是李诗情打电话那件事被越传越邪乎。

有人说是歹徒内部不和，其中一个歹徒生了怜悯之心，报了警；有人说是报警者在自导自演，因为报警者是表演型人格；还有人说报警者是用这种方式向警察挑衅，就像某些悬疑影视剧里总是留下各种线索的大反派……

"我现在是出名了。"李诗情自我解嘲，"我怎么都没想到，我还有变成'大反派'的一天。"

肖鹤云的手机已经快没电了，他现在不像之前那样一直刷网站了，而是隔十几二十分钟就拿出手机查一下，看看有没有什么新的消息。

"你怎么了？"

李诗情见肖鹤云看着手机屏幕，好半天愣住不动，纳闷地伸过头。

那是条本地警方发布的通报，上面并没有解释爆炸事故的具体情况，只是公布了在这一次爆炸事故中因公殉职的警察身份。

亮起的屏幕上，正是那位看起来和蔼可亲的中年警官的照片和名字——

老张。

无论是李诗情还是肖鹤云，都对这位和气的警察叔叔有着很好的印象。

那些被"紧迫问讯"的经历，哪怕他们只是回忆一下都觉得很难熬，但这些经历中也不是没有让人觉得温暖的地方。

李诗情记得老张为自己掖过被子，还有老张那双因为事故太惨烈而红着的眼睛。

肖鹤云也记得老张，记得他给自己递的每一杯水，记得他问自己"要不要吃饭"，记得他的"无论多匪夷所思，我们都会相信"。

虽然老张到最后也没有相信，但肖鹤云也从没有怨恨过警方，更没有怪过他们这么折腾人，因为正是有了这些可敬、可爱又可畏的警察，才有了他们现在安宁的生活。

警察对待犯罪嫌疑人不够严厉，才是对无辜受害者的不尊重。

但现在，因为两人的"不谨慎"，这位可敬又可亲的警官死了，死在这场爆炸案里。

"我们还会'循环'的，对吧？"

李诗情看完了老张的生平事迹，心情越发沉重。

"等我们再'循环'时，他还会好好活着，是不是？"

老张只有四十六岁，是一位从业二十多年的老刑警，曾经协助破获过好几起轰动全省、全国的大案、要案，他四十岁时还勤奋好学，自学了心理学的相关课程，取得了犯罪心理学的学士学位，也是队里有名的谈判专家。

短短的通报里，载满了对这位警界精英的赞赏和痛惜。

"我不知道。"肖鹤云嘴里泛起了阵阵苦意，"但我希望能够再次'循环'。"

他们的"努力"没有制止爆炸的发生，反倒引起了更大的伤亡。

这是他和李诗情都不想看到的。

有了这样的"发现"，李诗情和肖鹤云心里都不好受，连再查找资料时都情绪低落，唯有悔恨和自责充斥心中。

肖鹤云再怎么节约用电，手机电量也总有用完的时候，当屏幕彻底黑下去时，肖鹤云无奈地将它收到了包里。

湿地公园夜晚不对外开放，现在已经是晚上七八点钟了，两人躲在这个假山上好几个小时，附近一直没人经过，也没有灯没有吃的，四下里一片漆黑。两人肚子里咕咕作响，只能靠闲聊排解寂寞和不安。

"下次下车前，先买点吃的和水。"肖鹤云揉了揉自己的肚子，"真奇怪，在车上就没觉得饿，下了车没几个小时就觉得饿了。"

"在车上我们就活几十分钟，怎么饿？"

李诗情看着远处深黑的影子有点害怕，不自觉地往肖鹤云身边靠了靠，脑子里却在想着其他的事。

"如果能回到车上，我们一定要找到凶手，同时搞清楚爆炸物是什么，再通知警方。"

"嗯。"知道她还在自责这件事，肖鹤云跟着附和。

"警方上车时，我们要协助警方控制住犯人，否则一车的人都有危险。"

她提醒着肖鹤云。

"嗯，好。"

"我们得提醒他们穿便衣上车。"李诗情又想到一点，"最好再提醒他们提前疏散人群，封锁交通。"

"是。"肖鹤云跟着点头，"如果我们真能回到车上，该怎么办？"

李诗情这次终于不再说"都听我的"："你不是最擅长列计划吗？咱们列个计划？"

"首先得排查车上有哪些人可疑。"肖鹤云不假思索地说，"公交车不大，车里也没多少人，如果犯罪分子能很隐蔽地立刻引发爆炸，说明那个炸弹应该是随身携带的，我们也许都观察不到他是怎么引爆的。"

"先查谁带着包或者大件行李？"

李诗情一点就通。

"是，先看谁带着东西，笨点的法子就是一个个排除。像我这样背着包的，还有那些脚下放着东西的，都要查一查他们是不是带着炸弹。"一想到他们的工作量，肖鹤云又愁得直叹气，"不过这样做的话，就要直接和歹徒对上，人家未必给你检查，搞不好又要直接丧命……"

真带着炸弹，谁给你看？说不定歹徒一感觉不对就把炸弹引爆了。

"而且别人还不一定给你搜，搞不好还要打一架……"

李诗情挠了挠头："要不，我们就用笨办法，你出其不意地制服东西的主人，我趁机打开人家的包或者行李检查？"

"只能这样了。"肖鹤云拍了拍胸脯，理所当然地回答，"我好歹是个男人，比你强壮，总不能让你去跟人打架吧？"

两人就这么在一片黑暗里，你一言我一语地慢慢完善着计划，时间一分一秒地过去，因为商议得太投入，他们甚至忘却了身体的饥渴与精神上的疲惫。

但没一会儿，意外就降临了。

"那边是什么？路灯开了？"

李诗情眼尖，指着东边一处光源示意肖鹤云看。

他们现在窝在公园的某处假山顶上，这位置地势高，旁边又有遮掩物，什么人来了他们一眼就能看到，还可以往假山里面躲一躲，竟真让他们躲过警方大半天。

"好像是手电筒的光，而且人还不少。"

肖鹤云眯着眼看了下，突然脸色大变。

"不好，是警察找来了！"

这种强光手电筒，还有这么多，不是警察在找人，还能是什么？

"来找我们的吗？这附近又没监控，为什么……"

李诗情一听"警察"就慌了，下意识就往假山里钻。

"也许是通过手机信号定位基站的位置，也许是有人看到了我们，就我们两个普通人，躲不过警察不很正常吗？"肖鹤云紧紧地抓住她的手，"你别怕，你手机一直是关机的，他们要找也是找我，我先下去试试看能不能把他们引开，你先在这里躲着。我要忽悠过去了，明天早上再来找你……"

眼见着手电筒的光越来越近，他想都没想，站起来就往假山下跑。

谁料，也不知是坐得太久站起来太急，还是天太黑又慌不择路，他还没跳起来走两步，就好像绊到了什么，往假山下栽下去。

"小心！"

李诗情手疾眼快，立刻飞扑过去抓住了他后背的衣服，然而终究还是力气太小，反倒被他带着一起滚下假山。

"啊！"

"什么人？"

"那边是谁？"

头部传来剧烈的眩晕感和疼痛感，眼前也有金光乱冒，李诗情隐隐约约感觉到有一束光照到了自己的脸上……

有人走到了他们的面前，她听见有人对着自己啧啧称奇。

"怎么有这么笨的犯罪分子？"

你才笨，你全家都笨！

心中一声大吼，她又气又痛，最终晕了过去。

李诗情板着一张脸，再次从公交车上清醒。

她怎么也想不到，他们两个人居然是用这么"乌龙"的方式回到公交车上的。

更别提肖鹤云上一刻还豪情万丈地说要帮她引开警察，下一刻，就直接把她带到坑里去了。

"我高度近视加散光，还有点夜盲……"一旁的肖鹤云不好意思地挠着头，"对不起啊，连累你了，不过你看，我们这不是回来了吗？"

"我会在意你连累了我吗？我在意的是我们这么被发现真是显得傻啊！"

李诗情压低了声音吐槽。

方才趴在地上被人嘲讽的耻辱感似乎还在她的周身萦绕不去，不必看，李诗情用脚指头想都知道如果他们没"回来"，接下来警方会怎么通报。

"犯罪嫌疑人某某某和某某某由于脚滑，失足从藏匿的假山上不慎坠下，成功落入警方的法网。"

好一个"脚滑"的犯罪分子！

她越想越懊悔，使劲地搓了把脸。

大概是因为前一刻"逞英雄"下一刻就"变狗熊"有些不好意思，肖鹤云干咳了一声，环顾了下四周，压低了声音对她说："你让我出去走走，我去观察下哪些人带了大件行李。"

听他说到正事，李诗情原本还带着几分羞恼的表情顿时变得正经，她忙不迭地给他让出一条出去的通道。

他们这次回来时间又提前了，现在还没到沿江东路站，但考虑到每次相隔的时间都没多久，估计很快就要到下一站。

假装自己起来活动手脚，肖鹤云甩了甩手又跺了跺脚，在车厢里踱了起来。

他和李诗情上车时都是在江东区，该区高校和高科技公司云集，他们上车的时候有不少人，所以才不得不坐在一起。

有不少人在江东区的商业中心区域下了车，到后来更是上车的人少、下车的人多，等空位一多，一些人就不愿意和别人坐在一起了，于是车中的乘客现在都分散在这辆公交车的各个位置。

李诗情要不是一直在睡觉，八成在中途也要换个空位坐下的。

从前走到后，肖鹤云在心里默数了下人数，除去司机、他和李诗情，也就九个人，前面和中间区域有四个人，其他人都在车后方，坐得非常分散。

他假装闲逛，从每一个座位旁走过，发现车厢里的人多多少少都带着东西，但是带着显眼行李的只有三人。

一个是后门前方坐着的老爷爷，老爷爷手边放着根短扁担，脚下放着两个蛇皮袋子。袋子里面鼓鼓囊囊的，看不出有什么，但能看得出里面放着不少东西。

一个是后排中间座椅上坐着的中年男人，男人皮肤黝黑，身材壮实，神色里带着体力工作者特有的那种坚韧。他旁边的座位上放着健身房里常见的圆筒挎包，但包身略显破旧，体积也不小，鼓鼓囊囊的。

中年男人一直没有睡觉，也没有看手机，但明显看得出在走神。

肖鹤云还记得这个中年男人，之前他被车上的乘客制服过几次，每一次，这个中年男人都是"主力"，能轻松地把他这个年轻的壮小伙给打趴下。

他甚至还记得自己被这男人用那双有力的手臂死死压制住的痛苦。

第三个是和他们隔着走道坐在前一排的穿花衬衣的大婶。

这个大婶看起来四十多岁，身材瘦小，长相也很普通，就像一般的家庭妇女。

和大部分家庭妇女出门的原因一样，她脚下放着一个大塑料袋，似乎是刚刚大采购回来。

但因为她坐在外侧，塑料袋放在里面的地上，大婶的腿隔绝了肖鹤云的目光，肖鹤云根本看不清那个塑料袋里面有什么。

就是这个大婶，之前说还要回家给家里人做饭，不方便耽误时间给李诗情做证。

由于肖鹤云长得斯文，人又白净，没有几个人对他走来走去的行为表示不耐，甚至还有人好心问他是不是不知道在哪里下车，可以帮忙告诉他。

肖鹤云在车上侦查情况的时候，李诗情也在仔细观察每个人的位置，努力回想每一次爆炸的气浪是从哪个方向掀过来的。

很快，熟悉的报站声又响起来了，公交车缓缓靠往45路公交站牌，并打开了车门。

这一次，并没有人下车，却有人从前门上了车。

那人一走进车厢，正在车厢里溜达的肖鹤云和在座位上向外打量的李诗情，身子齐齐一震！

两人瞪大了眼睛对视一眼，同时点了点头。

第 五 章

谁是凶手？

上车的是一个戴着黑色口罩、穿着黑色卫衣的男人，卫衣的兜帽还挡住了他的脑袋。

这人把自己裹得这么严实就算了，怀里还抱着个黑色的双肩包。

这口罩男一上车，完全不看前面的空位，自顾自地走到了车子的最后一排，找了个角落坐下来，但是手里的双肩包就没放下来过，一直抱在怀里。

李诗情和肖鹤云全程关注着他，见他在后排坐下来，肖鹤云也连忙坐回了李诗情的身边，压低了声音激动地问："很可疑对吧？对吧？哪有人坐个公交车打扮得跟抢劫犯似的？我们上一次下车的时候这个人上来了吗？他之前在不在车上？"

上一次"循环"是两人第一次正常到站下车，那时候并没有其他人下车，由于公交车是前门上、后门下，所以他们下车后，也没特意留意过有没有人上车。

"我没注意上一次有没有人上车。"

李诗情那时候光顾着记车牌号，满脑子担心动作慢了车跑了，哪里会回头看一眼前面有没有人上车？

"不过，虽然很可疑，但是这个人确实是一直都在车上的。"

"一直都在吗？"肖鹤云激动的心情因为李诗情的回答平复了下来。

"我记得我第一次'抓色狼'的时候，他伸出头看了一眼情况。"李诗情努力地回想着，"虽然没看清楚，但是我对他那个卫衣的兜帽有印象。"

那男人额前的兜帽上有一双倒竖的三角眼睛，仿佛一只怪兽在瞪着眼睛看你。

当时他伸了个头出来，李诗情的目光正好掠过那兜帽，由于那人只是伸了个头就缩了回去，所以其他的她是一点都没看到。

"那我怎么对他一点印象都没有？"

肖鹤云搓着自己的下巴回想，不肯错过记忆里的每一个细节。

"我想想……我喊'停车'被人制服的时候……"

"没有他。"李诗情接话。

"后来我拿安全锤破窗，被人直接按在地上的时候……他出现过吗？"肖鹤云仔细想。

"也没有他，你是被车上的几个大叔按倒的。"

说着说着，李诗情也开始觉得可怕起来。

两人不由自主地一起回过头去。

这一眼看去，他们立刻明白了为什么之前没有人注意到他。

刚刚上车的口罩男坐在最后一排就算了，还靠在最内侧，一般在那个位置，只要你自己不伸头，谁也不会注意到那里还有个人。

问题来了，正常人坐公交车，满车都是空位，会不就近找个位子坐下，而是特意窝在没窗的后排吗？

"我觉得应该就是他。"肖鹤云不停地回头，在李诗情耳边说，"你想想，你要是那个人，你也肯定不会选择提前太久上车，时间越长，这一路上的变故就多了。你要想干这样的坏事，最好是找个人少的地方上车，两站之间的距离又远，人流量又大。选上桥前的最后一站上车，车一开，连下车的机会都没有，可不是他最好的选择吗？"

"我也觉得是他。"李诗情连连点头，"你看，他带着那么大一个双肩包，看着也挺重的，这种包不应该背在身后吗？为什么他要一直抱在怀里？就算里面有贵重物品，现在他一个人坐在最后一排，也应该把包放下来了吧？"

她站起来飞速地看了后面一眼，坐下来后表情更惊恐了："那包没放下来，还在他腿上。怎么办？我们去抢他的包？要是包里真有炸弹怎么办？"

　　计划归计划，两个人还从来没做过这样的事，李诗情紧张得直吞唾沫。

　　"按照原计划，我去制服那个口罩男，你去抢包！"肖鹤云也没经验，只能自己给自己加油鼓劲，"不过我们不能这样过去，你假装和我吵架了，往后坐几排，最好坐他旁边。我等会儿上去把他按住了，你就立刻抢包。加油，我对你的演技有信心！"

　　张无忌他妈都说了，女人越好看，越会骗人！

　　此时车子已经开出公交站挺远了，时间不等人，李诗情想着总是要迈出这一步的，只好一咬牙站了起来，对着肖鹤云翻了个白眼，骂了句："你有病！"

　　他们两个之前一直低着头窃窃私语，看起来活像一对小情侣，现在女孩子突然翻脸骂人往后跑，车里的人也只觉得是小情侣吵架了，没太大反应。

　　李诗情假装气呼呼地跑到最后一排，找了个离口罩男最远的位子坐下，一坐进去就脸靠着墙，做出生闷气的样子。

　　口罩男见到李诗情直奔他这一排来了还挺紧张，身子下意识地往里面躲了躲，原本虚搭在双肩包上的胳膊更是直接夹紧了，直到看到李诗情在离他最远的地方靠着车壁坐下，那胳膊才放松了点。

　　虽然两人中间隔着个过道，但李诗情也算和"犯罪嫌疑人"近距离接触了，她看起来镇定，其实害怕到两条大腿一直不自觉地在抖，哪怕她努力让自己镇定下来，那腿还是抖个不停。

　　怕口罩男发现自己在发抖，她只好把手紧紧地按在自己的大腿上，做出一副气得发抖的样子。

　　其间，那口罩男好奇地看过她几眼，但也只是几眼，他明显不想多管闲事，更不想和李诗情搭话，从头到尾一副"生人勿近"的架势。

　　可怜李诗情颤颤巍巍地在后排左等右等，等了半天都没等到肖鹤云到后面来"按计划行事"，可又用余光看到口罩男有要悄悄打开双肩包的意思，急得重重一咳。

喀!

随着她这一声重咳，前面坐着的肖鹤云终于像受惊的鸟那样蹦了起来，硬着头皮往最后排走。

"我错了，我错了还不行吗？"

他把头压得低低的，一副来认错的样子。

车上不少大叔大婶都露出了会心的微笑，似乎觉得这对小情侣挺有意思。

一走到后排，肖鹤云紧张地推了下眼镜，背对着口罩男，拼命地对李诗情使眼色。

李诗情眨了眨眼。

接收到李诗情代表"准备好"的暗号，肖鹤云深吸口气，猛然转身，一下子扑倒了口罩男，伸出胳膊试图按住他的手。

感觉到自己的包被肖鹤云用身体压住了，口罩男骂了一声，像是突然被人捅了一刀似的，连脸色都变了。

"李诗情，快！"

感觉似乎有什么人闷哼了一声，肖鹤云急得大喊。

虽然按计划做了，可他这是在和人直接冲突，肖鹤云心里比口罩男还害怕，根本没敢看对方的脸色。

"啊！"

然而还没等李诗情找到安全拿出双肩包的办法，肖鹤云就被巨大的力道一下子掀翻了出去。

他被那口罩男恶狠狠地踹倒在地，连眼镜都滚出去老远。

"你是不是有病？"

口罩男前脚将肖鹤云踹开，后脚就紧张地要去打开自己的包。

"肖鹤云，快，他要打开包！"

这下，轮到李诗情吓了个半死，尖叫着上去夺包。

车上的乘客已经被这样的变故惊呆了。

"后面怎么了？"最前面，司机大叔听到了后面李诗情的尖叫，大声吼着问情况。

"有人抢劫！"口罩男边护着自己的包，边大声喊。

肖鹤云艰难地在地上摸到了自己的眼镜，站起身刚准备扑过去帮小姑娘，就被人从背后一把按住。

"你干什么？真无法无天了！"

突然，车子不受控制地向左倾斜，所有人都吓得不轻。

"啊！油罐车！"

坐在前排的乘客尖叫着。

肖鹤云惊恐地看向窗外，发现他们又到了那个熟悉的夺命十字路口。

轰！

公交车再一次撞上了油罐车。

所有站着的人都被巨大的惯性甩得东倒西歪，肖鹤云和李诗情更是直接摔倒在地。

趴在地上，两人绝望地抬头。

即使发生了这样可怕的车祸，那口罩男依然紧紧地抱着他的包，随着他一把打开背包将手伸进去的动作……

熟悉的热浪席卷了整个车厢。

"我看到了！他打开包伸手以后才炸的！"

熬过爆炸后的虚弱感和疼痛感，肖鹤云和李诗情又开始低头窃窃私语。

"我也看到了，都发生车祸了他还死死地拽着自己的包！"李诗情点头如啄米，"我们现在怎么办？我们先报警？"

"别，还是得先看看包里有什么，万一里面不是炸弹，只是引爆器呢？我们重点是要找到炸弹和真凶，然后才能移交给警方，否则会坑了警方的人。"一想到这个，肖鹤云就懊恼地拍腿，"哎呀，每次都太快了，我都没看到从哪里开始炸的！"

"那就再来一次。"李诗情一咬牙，"这次你先坐到后排去，他一上车我就去吸引他的注意力，你对他动手的时候我直接抢包！"

"你去直面口罩男？会不会太危险？"

肖鹤云有些犹豫。

"有什么危险？最多不过就是被炸！"说起这个，李诗情就有点恨铁不成钢，"还有，你说你怎么回事？你拿身子压着包，我要怎么夺包？还有，你说你去制服对方，结果就是直接把人扑倒？"

107

李诗情越说越生气："知道的是抓坏蛋，不知道的还以为你要非礼呢！"

"我……我那不是太害怕了吗？满脑子就是别让他碰到包……"肖鹤云尴尬地用手比画着，"以前我都是劝架的那个，劝架的人不就是用身体隔开双方吗？……"

"那你到现在还没被人打死，真是个奇迹。"

李诗情翻了个白眼。

说话间，车子再一次到站停车，李诗情用手肘撞了一下肖鹤云。

"快，你先去后排做好准备！"

肖鹤云被她撞得一激灵，猫着腰就去了最后排。

李诗情紧张得直搓手，眼睁睁地看着口罩男再一次从前门上车，直奔后排而去……

最后一排的肖鹤云紧紧地攥着双拳，脑子里也在不停地思考，思考着要从哪个角度、用哪个动作才能"一招制敌"。

眼见着口罩男向着后排越走越近，肖鹤云心跳如雷，双拳也攥得越来越紧……

蓦地，口罩男停住了脚步。

见到最后一排有人，他露在口罩外的眼睛里流露出一丝意外的神色，接着他茫然地看了下四周，然后……

在没人的倒数第二排的座位上坐了下去。

看到口罩男不按常理出牌，肖鹤云立刻伸出头望向李诗情，满脸都是求救之色。

李诗情会是轻易放弃的人？她当即就给了肖鹤云一个手势，示意一切"OK"，又晃了晃自己的手机，示意可以用刚刚交换的联系方式联络。

于是肖鹤云愁眉苦脸地开始想，用什么办法才能协助同伴完成这个艰巨的任务。

然而他想象力贫瘠，完全无法想象该怎么一下子制服一个成年男子，好在现代社会有时候不需要"绞尽脑汁"，肖鹤云实在想不出也就放弃了，认命地打开微博等所有能查信息的软件，开始搜索一个话题——怎么才能一招制敌？

李诗情焦急地在座位上等候肖鹤云发出"指令"，毕竟这一次负责吸引别人注意力的是她，要和歹徒直接接触的也是她，这种等候时间越长，人就越紧张。

过了好几分钟，肖鹤云终于学会了所有的诀窍，给李诗情发出了一条短信。

"我这边没问题了！"

看到短信，李诗情立刻深吸口气，打起精神，还特意拿出手机照了照自己的脸，觉得自己足够"柔弱无害"，才敢站起身。

她堆起笑容，往口罩男那里走去。

感觉到面前有人，一直抱着包的口罩男抬起头，充满警觉地看着李诗情，也不说话，浑身带着一种被侵犯领地的不悦感，活似一只竖起尖刺的刺猬。

李诗情心口怦怦直跳，有点结巴地开口："我……我看你这件卫衣挺好看的，我男朋友要……要过生日了，想问问你在哪儿买的……"

她也是没办法，情急之下，只能随便找个借口，谁叫她只对口罩男的黑色帽衫有印象呢？

在李诗情和口罩男搭讪的同时，肖鹤云像只乌龟一样，一寸一寸地移动着屁股，往口罩男身后的那个位子挪去。

听到面前女孩的问题，口罩男愣了一下，大概是没觉得自己的卫衣有哪里好看，但还是眼神古怪地吐出两个字："淘宝。"

完了，她聊不下去了……

李诗情瞬间就明白了面前这个口罩男是能把天聊死的"钢铁直男"。

"那个，你这个包也挺好看的，是特意为你的衣服配的吗？"

人家没认真接她的话，她也只好硬着头皮再开口。

一提到包，口罩男的眼神明显有些不自然，抱着包的动作也更小心了点，他皱着眉头，不愿说话，满身写满了"我不想聊这个话题"。

他甚至开始瞄车上其他还空着的位子，似乎在说"她再不离开我就换个位子好了"。

与此同时，一直在悄悄挪位置的肖鹤云也终于抵达了"终点"，悄悄对着李诗情伸出了一只手臂挥了挥。

李诗情心已经提到了嗓子眼，啊了一声指着前方的车门，突然喊了一声："看，那边是什么东西？"

"啊？"

口罩男茫然地抬眼，刚一放松，就觉得有一条手臂从后方绕上了自己的脖子。

肖鹤云已经从后座上跳了起来，用一只手臂死死地勒住口罩男的脖子，再用另一只手卡住自己的胳膊固定，将口罩男困在座位上，然后惊慌地提醒同伴："快快！动手！我不想出人命的！"

然而还不等李诗情伸出手，那口罩男就自行挣开了肖鹤云的"杀招"，非但挣开了，还顺势一把拉过肖鹤云的胳膊，狠狠地一个反扭。

"啊！痛痛痛痛，放手！"

肖鹤云整个人用一种怪异的姿势贴在前排的座椅后背上，疼得满头是汗，痛苦到大声叫唤。

李诗情也被这突然发生的变故惊呆了，伸出去的手竟吓得缩了回来。

口罩男狠狠地瞪了李诗情一眼，倒没有对她出手，而是把肖鹤云扯到身前，对着他的脸就是一拳。

"啊！"

肖鹤云捂住剧痛的鼻子弯下腰，眼镜再次被打飞了出去。

"后面怎么回事？"

前方开车的司机又一次询问情况。

"有人抢劫！"口罩男捂着自己的包，大声喊，"还是一对雌雄大盗！女的分散注意力，男的要强行抢我的包！"

这叫什么事！

事情发展到现在，李诗情大脑里一片空白，什么也不想了，也不指望肖鹤云了，扑上去就开始抢包。

从地上爬起来的肖鹤云见李诗情这样，也扑上去帮忙。

眼见着"犯罪分子"如此嚣张，车上原本不愿管这事的乘客被激起了怒火，只听得车子中间那满裤腰钥匙的大叔一声暴喝，车中五六名乘客一拥而上，齐齐地制服了正欲"逞凶"的"雌雄大盗"李诗情和肖鹤云。

当两人的脸被"热心群众"按在车壁上、从背后感受到熟悉的热浪时，李诗情的耳边似乎还回响着肖鹤云不甘的控诉。

"他怎么能挣脱呢？他怎么可能挣脱呢？！"

"他怎么可能挣脱呢？我用的可是格斗冠军教的'裸绞锁喉'！"

深受打击的肖鹤云还在座位上如神经病人一般地比画着。

"我这只手绕过他的脖子了，另外一只手抵住了他的后脑勺啊！"

他左手摆右手绕地看向李诗情，好似很想在她身上再试一次，最终那跃跃欲试的心被李诗情恶狠狠的一个眼神制止。

"你还想在我身上试？嫌脸在地上没贴够是吧？"

"两次了！连包的毛都没摸到一根！"

李诗情烦躁地说。

"我在这里要纠正你一个说法，包是没有毛的，那个包是一个防雨布做的包，理论上讲，你应该说，连包布……"

"你再说？"

女孩做出了一个"锁喉"的姿势，吓得肖鹤云连忙不敢再作声了。

"我觉得我们要换个方案，我们还是用智谋取胜算了。"李诗情顾及肖鹤云的自尊心，没有直接说他"不行"，压低了声音与他商量，"要不我们换个思路，等他上车的时候，你悄悄地把腿伸出去，等把他绊倒了，我们再过去夺包？"

"万一不小心引发了爆炸装置呢？"肖鹤云连忙摇头，小声说，"我觉得还是我的计划更行得通，我来制服，你来……"

眼见着同伴的眼神越来越凶恶，肖鹤云的声音也越来越小，直至微不可闻。

"你来制服？"李诗情被气笑了，捏着嗓子吼，"我本来不想说的，你还有脸跟我喊'你不想出人命'？没错，是，是差点出人命了，不过是差点出了你这条人命！"

有一秒钟都不到就被挣脱开的"锁喉"吗？

她今天算是见识到了！

"还有，你眼镜飞了看不见也不能乱抓吧？我和你一起去扑包，我都已经冲到人家怀里了，你把我的头发当包抓，硬把我从人家身上扯下来！眼瞎就不要帮倒忙啊！"

说到这个李诗情就是一肚子火。

"我这么明显的马尾辫，你也能抓错？"

在制服口罩男这一点上，肖鹤云确实理亏，次次拖后腿，所以也只能

111

像只落了水的鹌鹑似的，乖乖地听训，只是在特别委屈的时候，还是不免嘀咕几句。

"我这不是近视加散光吗？你们这些眼睛好的人根本不理解我们的痛苦……"

他这可是八百度近视，这度数是一百米以内男女不分，一百米以外人畜不分，再加上慌乱，抓错了不很正常吗？

"那个'裸绞锁喉'，我发誓我真看会了！我打不过他很正常啊，我以前只打过电脑，没打过人啊！而且他力气那么大，一定是个练家子，要不然就是我的身体因为不停'循环'而变得虚弱了！"

"我比你还多几次呢！"一件事反复做都做不成功，李诗情暴躁到想跳脚。

"你要不同意用智谋取胜我们就反着来，我去制服他，你来夺包！"

"那……那怎么好意思……"肖鹤云扭捏着一推眼镜，"那还是……还是用智谋取胜吧。"

要是口罩男没被他制服，被个女孩子制服了，那他不是更丢脸？

"所以你跟我争什么呢？"虽然同伴已经同意了自己的意见，李诗情还是忍不住吐槽。

她这个同伴每次都能把计划详细地列出一二三四五来，也每次都能把计划弄砸，她简直要疯！

虽然决定了要用智谋去夺取成功，但考虑到一个人不保险，于是肖鹤云和李诗情商议了下，还是分散坐开，隔着一个走道坐到两边，这样无论口罩男往哪边倒，他们都可以趁机抢下包。

车子又一次在熟悉的报站声中停下，口罩男再一次抱着包上了车。

李诗情和肖鹤云紧张地盯着口罩男的脚下，眼睛一眨也不眨地注意着口罩男脚下的每一处落点，肖鹤云甚至已经在计算口罩男步伐的节奏和迈出的距离，在心里飞快地估算起口罩男要走多少步才能到他这个位置。

他悄悄地准备抬起自己的脚，在数到第七下时将它伸了出去。

正常走路的口罩男没注意脚下多了个东西，突然感觉到脚下多了个东西，身子果然晃了一下……

成了！果然精密的计算才是成功的基础！

肖鹤云在心中惊喜地大叫。

"啊！"

然而下一刻，一阵剧痛就从他的脚趾处传来。

"啊！对不起！抱歉，没看到你的脚！"

口罩男没被脚下多出来的脚吓到，反倒被肖鹤云的惨叫吓得身子一抖，朝着相反的方向倒了下去。

一旁坐着的李诗情手疾眼快，腰一弯手一拽，就把口罩男手里没拿稳的包扯了出来。

直到那个沉重的包到了手里，李诗情还觉得有点不真实。

"就这么简单地……得手了？"

她感到难以置信，但反应很快。

见口罩男还没反应过来，她猫着腰从口罩男腋下钻过，抱着包就往车头跑，边跑边喊："大叔你别看我们，我们没事，你注意右边路口的摩托车！"

"喂，你干什么？"

口罩男见有人把他的包抢了，脸色一下子变了，扭头就要追，却被肖鹤云伸臂挡住。

"我跟你拼了！"

肖鹤云见到李诗情果然抢到了包，情绪一下子振奋起来，什么都不管了，朝着口罩男扑了过去。

"你今天什么都别想做！"

"哪里来的疯子，你干什么？"

口罩男被肖鹤云抱住，差点没栽倒在地上，靠手抓着座位靠背才没倒。

"李诗情，打开包！"

肖鹤云狂吼！

"不要！"

原本还怒火中烧的口罩男脸色大变，脱口而出。

然而他的喝止已经晚了，李诗情带着志得意满的笑容，唰的一下拉开了他的双肩包拉链，使劲地把包口拽开。

等看到里面装的是什么东西时，她脸上的笑容逐渐凝固。

被外套裹着的小猫崽感受到外面的光亮，从袋口好奇地往外张望，歪着头发出一声细细的——

"喵？"

虽然只是匆匆一眼，李诗情也看得出这是一只状况不怎么好的幼猫，不但长得瘦弱，声音更是虚弱，毛发上还带着流浪猫特有的脏污，只一双大眼因为太瘦而越发显得圆润水亮，衬得它楚楚可怜。

就连刚刚还满身尖刺的李诗情在看到这样的眼睛后都不由自主地柔软了起来，动作轻柔地又合上了包袋，小心地抱着背包，以免它从袋子里跳下去跌伤。

和刚刚上车的口罩男动作一模一样。

另一边，口罩男和肖鹤云的"争斗"以肖鹤云单方面被殴打得鼻青眼肿而告终，肖鹤云在看到猫头露出来的那一刻就失去了全部的斗志，发出了不甘的控诉："你包里装的是猫干吗要搞得这么小心翼翼？"

"你管那么宽干什么？怎么，我包里没有贵重物品还对不起你们了？"

口罩男却明显地误会了肖鹤云这话的意思，更加火冒三丈。

他甩开肖鹤云，两三步奔到了车前，从李诗情手里硬生生地拽走了自己的包，并没有因为她是女人而客气半点。

不，也许已经客气了，至少他没有对她动手。

车上的乘客亲眼见了这一出闹剧，议论纷纷。

"看着也漂漂亮亮、年纪轻轻的，怎么做这种事？"

"大白天在公交车上抢东西，太没王法了吧？"

"不过这年轻人带猫上车也不对吧？就不该将宠物带上公交车，万一有人对动物毛发过敏怎么办？"

李诗情和肖鹤云因为这场误会，被说得恨不得挖个地洞钻下去。

带猫上车被发现后，口罩男对这两人十分不满，尤其是车上已经有人开始议论"不能带宠物上公交车"了，他更是满肚子火。

明明他只要抱着捡来的小流浪猫好好地坐一站再下车就行了！

这气一出，再看两个"抢劫犯"还满脸无辜地站在那儿，好似真是一场误会的样子，他就越来越火大，在李诗情和肖鹤云还没有反应过来前，掏出了手机。

"喂，110吗？我要报警。"

口罩男刚刚拨响电话，就满意地看到了刚刚和他打架的"四眼田鸡"

男脸色大变。

这"四眼田鸡"男现在知道怕了？

该！

"不要！"

李诗情一看到口罩男在报警背后就是一凉，大叫着恳求："千万别报警！"

一旦报警就会……

"对，我在一辆45路公交车上，马上要上桥了，车里有两个抢劫犯，刚刚抢走了我的包。是的，他们还在车上，请尽快派人来……"

轰！

熟悉的热浪席卷了整辆公交车，所有人再一次粉身碎骨。

"我们只是在一个口罩男身上就浪费了三次'循环'，要按这个效率找下去，时间搞不好一直要退到终点站。"

从负面状态里摆脱出来，看着车窗后方隐隐可见的又一个站牌，李诗情心里一阵发凉，哆嗦了一下。

"现在快倒退到港务新村站了，如果一直倒退下去，会发生什么？"

这条公交线一共有十七站，李诗情和肖鹤云都是在首发站上车的，首发站在高校和创业公司扎堆的江东区，大部分人是从那里上车的。

其中，圆都广场是江东区的商业综合中心，住在江东区的人平时购物休闲基本都在这里，也是下车人数最多的一站。

至于后面的港务新村站、沿江东路站，上车的大多是为了去江北的老城区的人。

港务新村站是上桥前的倒数第二站，也是这条线上有大规模居民区的区域，由于周边小区房龄老，租房的价格就非常便宜，很多刚刚参加工作的年轻人和外来务工人员都住在这里，后面的沿江东路站就属于人比较少的站了。

李诗情坐这条线无数次，肖鹤云却是刚来这个城市工作没多久，平时连门都不出，这条公交线也没坐过几次，对线路也不太熟，听李诗情这么一介绍，也开始心中直犯怵。

从现在他们一直"循环"的情况来看，就仿佛老天爷要给他们机会似的，不停地"送"时间给他们，从李诗情第一次"醒来就炸"到现在可以"正常停站下车"，中间的时间足足差了二十几分钟。

可谁也不知道这时间一直"倒退"下去会如何。

如果一直"循环"到了终点站，他们都没有制止爆炸发生呢？

到时候，他们还能往哪儿倒退？

万一根本就没有他们想象中那么美好，假如"循环"真有次数限制，谁知道他们浪费掉的会不会就是最后一次求生的机会？

两个年轻人都不是笨蛋，稍微想一想就想到了其中的可怕之处，原本就沉重的心情现在更加沉重了。

"接下来，我们务必要一击得中，不能再浪费时间了。"

李诗情想着肖鹤云之前被口罩男打成那副鼻青眼肿的样子，心塞地说："如果'力取'不了，尽量使用'智取'。"

"行。"肖鹤云一边答应着，一边满是庆幸地擦着自己的眼镜，"亏得每次'循环'所有的一切都还原了，不然我就得瞎着过了。"

"这难道不是更可怕吗？"李诗情的声音一下子阴沉下来，"我们的身体、我们的状态，似乎每次都能复原，包括你坏掉的眼镜和我们饿得咕咕响的胃。

"可我们每次感受到的痛苦和每次'循环'前的虚弱又是真的，那我们究竟是以什么方式在'循环'？如果只是……"

"好了，别说了！"

肖鹤云擦着眼镜的手一颤，也连忙打断了她的揣测。

他拍了拍同伴的手，安慰着她，同时也安慰着自己："别想那么多，想得越多越心烦，我们现在应该想的是如何找到真凶、排除危险，从这个'循环'中出去。"

李诗情迟疑地看了他一眼，虽然心情沉重，但还是点了点头。

这一次他们清醒的时间是在下午一点二十分，刚刚驶出倒数第二站港务新村站不远，好处是这一次离预测的爆炸时间下午一点四十五分还有二十五分钟，比之前任何一次都宽裕，坏处是他们到现在还没找到犯罪嫌疑人和爆炸物在哪里。

由于上一次的失败经历太过惨烈，这一次他们决定从一个比较好下手的对象身上找回信心。

"就那个老爷爷吧。"

李诗情再三打量后，决定了人选。

"虽然我觉得这个老爷爷看起来是最没危险的，但他带的行李比较大，最好还是要排除一下。这次我去转移他的注意力，你负责把蛇皮袋拖走，没问题吧？"

"放心吧！"肖鹤云一握拳，做出个"不用担心"的动作，"我打不过那个戴口罩的，总不可能连个老头都搞不定吧？"

选好了对象，两人说干就干，李诗情站起身在车子里晃荡了一会儿，在老爷爷对面那个没人坐的位子上坐了下来。

公交车行驶得很平稳，但这个老爷爷像大部分带着行李的长辈那样，一直都没有选择打个盹，而是睁着眼看着窗外的路，基本也不会和车里的其他乘客有任何的眼神交流。

所以当李诗情和他搭话时，他还特别吃惊。

"爷爷，我看您带的东西挺重啊，您一个人提得动吗？要不要人帮忙？"

李诗情说了两遍，他才意识到她是在和自己说话，茫然地把目光转过来，指了指自己。

"你和我说话？"

"对啊。"李诗情挤出一个笑容，"我看您这袋子挺大的，东西又多，您一个人背会不会太辛苦了？"

"不会不会，做习惯了。"老爷爷拍了拍自己的胸脯，骄傲地说，"你别看我年纪大，力气却一大把，就这两袋甜瓜一根扁担就挑回去了，根本不用人帮忙。"

"哦，爷爷是卖甜瓜的吗？我最喜欢吃甜瓜了，能不能卖我一个？"

李诗情一听是甜瓜心就定了一半，但为了保险起见，还是决定想办法看一看。

"你这小姑娘心肠真不错，是不是担心我卖不掉啊？哈哈，要是以前我肯定送你一个，可今天不行。"

老爷爷看向李诗情的表情既温柔又和蔼，就好像她是那种"站在马路边捡了一分钱要急着交给警察叔叔"的小孩。

"这些甜瓜都是江北一个水果摊老板定的，我现在就是去送货的，人

117

家店里要多少个，我就得给多少个啊。"

李诗情见他不愿意打开蛇皮袋，有些犯难。

她和大部分受到尊老爱幼教育的年轻人一样，要是遇到蛮横的老人还好，遇到这种和蔼可亲的老人，就完全厚不起脸皮硬要看看人家蛇皮袋里带着什么。

"现在这世道啊，还是好人多。"老爷爷一打开了话匣子，便开始唠唠叨叨，"我种了这么多年甜瓜，现在买的人越来越少，年轻人都不爱吃甜瓜啦。现在西瓜一年四季都有，哈密瓜比甜瓜更甜，谁吃本地的这种小甜瓜呢？那个水果摊的老板知道甜瓜不好卖，还经常找我进货，就是担心我日子过不下去……"

李诗情尴尬地看了一眼肖鹤云，催促他想想办法。

那老人还在絮絮叨叨："你这娃娃也是好心人，不过我老头子有手有脚，只要还干得动活儿，就不至于吃不上饭，做活儿也是习惯了，一天不做还全身不得劲，所以你们也不用担心我……"

"我还没见过本地小甜瓜长什么样呢，爷爷你让我开开眼吧！"

眼见着公交车又在报站，李诗情还磨磨蹭蹭半天"下不了手"，肖鹤云也急了，动作表情都略显浮夸地走上前来。

"我看一下就还给你啊！"

说完，他蹲下身，从人家脚边扯走了蛇皮袋。

"你干什么？"

老爷爷见东西被人拿走了，吃了一惊，抄起靠在车窗上的短扁担就站了起来。

肖鹤云倒是成功地把蛇皮袋拖走了，可到了要抱走的时候又出现了问题。

那老爷爷说得一点都没错，没一把力气的人还真提不动这个袋子，肖鹤云用了吃奶的劲都没把袋子抱起来，只能拖着跑。

这一拖，老爷爷心疼得半死，追过去就死死地拽住了袋子。

"小心我的瓜！我不给你看你也不能硬抢啊！"

肖鹤云一手拽着袋子防止被老爷爷抢走，一手想打开袋口，可绳子扎得太紧根本就打不开。他急得满头大汗，死都不松手。

"你怎么能硬抢别人的东西呢？"对待肖鹤云这样的人，老爷爷可

118

没什么客气的，"这都是什么人啊？无法无天了，你要再不松手我不客气了！"

此时正好到了沿江路东站，戴着口罩的男人上了车，见到车里这个样子，又听到肖鹤云抢人家老年人的东西，路过时还鄙视地看了肖鹤云一眼。

好多人上来劝肖鹤云松手，李诗情也借着"劝架"的理由跑上去摸了蛇皮袋几把，发现里面确实是圆滚滚的物体，敲起来还有脆响声，八成真是瓜，于是对肖鹤云使了个眼色。

肖鹤云领会了李诗情的意思，手下意识地一松……

"哎哟！小心我的瓜！"

拉扯中失去重心的老爷爷跟着一大袋子瓜重重地跌落在地，袋子里的瓜应声而破。

黄绿色的汁水顺着蛇皮袋的缝隙流了出来，很快就洇出一大片痕迹。

与此同时，属于甜瓜的那种清甜香气也随着瓜体的破裂萦绕在车厢里，甜香四溢，再次用事实证明了这位老爷爷确实没有嫌疑。

但情况已经完全不受控了。

"造孽啊！我好好的瓜就这么没了！"

见到自己的瓜被人毁了，老爷爷一丢扁担，摸着自己的后腰哀号。

"哎哟，我的腰！"

肖鹤云手足无措地爬起身，连忙去掏口袋。

"爷爷，你别哭，别哭，这些瓜多少钱？我赔给你，我双倍赔偿给你！"

"老爷爷，你没事吧？"李诗情连忙去扶卖瓜老人，"你的腰怎么了？"

"这是赔钱的事吗？我跟人家做了这么多年的生意，该是多少就是多少，从来没有错过一次，你这是害我！你这是害我丢了名声啊！我的腰，哎哟！我的腰！"

老爷爷嗓门大，惹得司机频频回头。

"后面怎么回事？老人家，你没事吧？"

"司机大叔，你别回头，好好开你的车！"

肖鹤云见大叔又往后看，吓了个半死，连忙吼道。

"你这小伙儿，还挺横啊！抢了人家东西打了人，还敢威胁司机不

119

要管！"

腰上别着一串钥匙的大叔再一次"行侠仗义"，振臂一呼。

"司机，别听这小伙子的，把车开到派出所去，看他还横不横！"

他打人？

他只是松了手……

肖鹤云刚一委屈，就发现了哪里不对，惊慌失措地回头。

"司机，别听他们的，我没有……"

"老人家，你的腰怎么了？别动，可别伤了筋骨，是不是要打120？"

"打什么120？先打110，别让人跑了！"

"对对对，欺负老年人，就该让他吃次教训，快报警！"

"把车开到派出所去！"

"老爷子，你别生气，我这就帮你打报警电话，警察会帮你教训这个不知天高地厚的年轻人的！"

"不！"

不不不不不！

轰！

爆炸声中，李诗情和肖鹤云绝望地闭上了眼。

李诗情和肖鹤云再一次清醒，是被报站声惊醒的。

听到报站声，肖鹤云挣扎着掏出手机看了一眼。

下午一点十五分。

这一次清醒的时间点非常凑巧，正好是港务新村这一站上下车的时候。

两个年轻人还没有完全解除虚弱的状态，虽然知道车子到了站，却只能眼睁睁地看着车上好几个陌生的乘客下了车。

这一站下车的足有七八个人，等车里的乘客一下车，车厢里就空了不少。

下车的乘客走了大半时，提着包的健壮大叔上了车。

之前一直被放在座位上的健身包现在被他单肩挎着，鼓鼓囊囊的，连他的身子都不自觉地倾斜了一点。

大叔上车后，环顾了一下，最后选择了一个空位坐下，之后便如李诗情记忆里的那样，将那个大包放在了靠窗的内侧座位上。

紧跟着上车的，就是那个手里提着大塑料袋的大婶。

之前那个塑料袋一直放在她脚下还看不出有什么不对，现在这大婶提着袋子上车，任何一个人一眼看去，都能看得出那个袋子特别沉。

也因为袋子里面的东西重，所以大婶不得不用两层加厚的塑料袋兜起来，以免提到一半袋子破了，算是一种"双保险"。

他们看着大叔和大婶在座位上坐下，连放物品的位置都和前几次一样，分毫不差。

"他们是在这一站上车的？"

两人这还是第一次看到车里有人正常上下，都吃了一惊。

然而明明是新的发现，却没有什么有用的信息。

这种周而复始的经历让李诗情和肖鹤云都身心俱疲。好不容易从虚弱状态里恢复正常，两人看着已经渐渐远去的公交站牌，却一点都高兴不起来。

"你先休息会儿，我四处看看。"

肖鹤云像是突然想到了什么，站起身从座位里出去，在车厢里四处晃了晃。

等他看了一圈坐回来，李诗情压低了声音问："你干吗呢？"

"我在看之前下车的乘客有没有人丢什么可疑的东西在车上，或者有没有人偷偷藏起什么东西。"肖鹤云回答，"不过还好，没看到什么可疑物品。"

公交车这种公共交通工具，有什么奇怪的东西留在车上绝对是一目了然，这么多人上下，根本没办法藏，除非车上有人接应。

肖鹤云道："我估摸着也不太可能是团体作案。如果这件事是由某个组织秘密策划的，那一定是有什么诉求，比如控制人质索要赎金什么的，没理由冒这么大风险就为了炸一辆没几个人的公交车。"

这个问题李诗情早就想过了。

肖鹤云继续道："而且我们被警方那么盘问，说明这之前和这之后都没有什么组织提出过任何要求或宣称对此事负责，所以报复社会的可能性比较大。"

然而比起有组织有预谋的爆炸案，这种完全弄不清过程和动机的不可

121

控行为更加可怕，至少李诗情和肖鹤云两人除了知道犯罪分子一定在车上，到现在也没摸到什么头绪。

"那就接着查！"

肖鹤云点点头，深吸口气，不露痕迹地打量在这一站上车的健壮大叔和穿着花衣的大婶。

"那我们的下一个目标就定……"肖鹤云的视线从大叔隆起的肱二头肌和发达的背肌上扫过，目光猛地一紧，"就定大婶吧！"

"啊？"李诗情一愣。

"你看那个大叔，一看就知道是个不善言辞的人，随便搭讪肯定适得其反，反而会让他警觉性更高；你再看看他那个身材、那个皮肤，明显是做惯了体力活儿的，力气肯定不小，硬抢也抢不下来……"肖鹤云推了推自己的眼镜，正经八百地解释，"而且，他那个包放在内侧，你不可能在不动手的情况下越过那个大叔拿到那个包，但是真要和他动手的话……"

他干咳了一声。

"我觉得我们大概率不是他的对手。"

李诗情看了看那个大叔的长相和身材，再看了看那个健身包的位置，不得不承认肖鹤云说得有道理。

但是……

"其实你就是不想再挨打了吧？"李诗情偷笑着，"你不用解释那么多，我能理解的。"

"我这是给出最有效率的方案！"口气挺硬，但从表情看，肖鹤云明显是恼羞成怒了，"一共就四个可疑人物，用排除法，如果大婶也没什么可疑的地方，那就只剩带包的大叔了。在这种情况下，'拼命'才有价值……"

"好好好，有效率有效率，那我们还是老规矩，先用智谋取胜。"

李诗情从善如流地附和。

两人观察了一下方位，那个大婶就坐在他们右前方，中间隔着一条过道，从他们的位置看过去，只能看到她的一个后脑勺，没什么搭讪的可能。

而那个巨大的塑料袋就放在她脚边的空地上，真要用抢的，她完全不必弯腰就可以一把抓住袋子，硬抢的可能性也不大。

"你鬼点子那么多，快想一个。"

肖鹤云催促着。

李诗情绞尽脑汁地想了一会儿，想到了一个不怎么高明的主意。

"有个烂理由可以用用看。死马当活马医，我去试试，你见机行事！"

"什么办法？"肖鹤云问。

"哎呀，你别管，我去试一下，不行就回来。"

说完，李诗情猫着腰两三步跑到了前方那个大婶面前。

说起来，李诗情对这个大婶并不算陌生。

她第一次"抓色狼"时，因为这个大婶离她最近，她当时恳求大婶和自己一起下车去做证，然而却被这个大婶以"赶回家做饭"的理由拒绝了。

后来几次车上出事，这位大婶既没有帮腔，也没有出手帮忙，显然和那个口罩男一样，是个不爱多管闲事的人。

所以对这样的人能不能"上当"，李诗情心里一点底都没有。

"那个……"

"你有什么事吗？"

见到这个小姑娘站在自己面前一副扭扭捏捏不好意思开口的样子，这位身材瘦弱的大婶终于还是忍不住先开了口。

见大婶理会自己，李诗情眼睛一亮，猫着腰挤到大婶身边，和大婶贴得非常近，压低了声音小声地问："阿姨身上有没有带那个？就是例假来了用的那个。我例假突然来了，可是身上没带要换的东西。"

她嘴里虽然问着这么"无厘头"的问题，余光却悄悄地盯着这大婶脚下的袋子。

透过塑料袋层层的包裹，她隐约能看见里面是一个较大的铁灰色物体，而且还有一个长柄伸出了袋口……

嗯？还有个柄？

李诗情纳闷地猜想袋子里是什么。

"哎！小姑娘别贴我贴得这么近！"那大婶明显不习惯有人靠近自己，伸出手把她往外推了推，冷着脸摇头，"我没那个东西，你找别人问问，我都多少年没来过例假了！"

大婶拒绝得一点都不委婉，非但不委婉，嗓门还不小，压根没有保护

一个"羞涩"的少女微妙的自尊心的意思。

亏得李诗情是演戏，否则就这一嗓子，她怕是就要羞死。

其实即便是演戏，李诗情多少还是有点发窘。

车里不少人还是听到了大婶的那一声"例假"，尤其是正坐在位子上准备见机行事的肖鹤云更是当场傻了眼，偷偷地看着李诗情，满脸都是无奈。

她都用这种理由去"搭讪"了，他还见哪门子的机行哪门子的事？

他总不能跑上去说自己有吧？

"你怎么还不走？"大婶见李诗情被拒绝了还不走，皱着眉嫌弃地看着她，"你别一直站在这儿！"

"那大婶，卫生纸你总有吧？面巾纸也行啊！"

李诗情不肯放弃，硬着头皮在原地站着不肯走，小声地恳求着："随便拿点纸巾什么都行啊，我下一站就下车，要弄到衣服上我真没脸见人了。"

说着说着，她蹲在这位大婶的脚下，双手捂住自己的肚子。

"阿姨，帮帮我，这个你也知道，憋不住的！"

"你这孩子怎么脸皮这么厚呢？都说了没有！"

大婶一见她蹲下身不肯走脸色就变了，半站起身扫了一眼车厢，见车子里除了自己，还真没什么年轻一点的女人，脸色更黑了。

"下一站你赶紧下车吧！"

因为蹲着身子，李诗情离那个被塑料袋包裹着的物体更近了，几乎到了伸手就能碰到的地步，于是她一咬牙，选择铤而走险。

"大婶，我不信你没带纸，你就让我看一眼，没有就算了！"

她快速地丢出这句话，随即一把抓住了那个塑料袋，往自己的方向扯开！

"你干什么？"

见李诗情要翻自己的塑料袋，大婶慌得声音都变了，抬腿就是一脚，毫不留情地将李诗情踹开。

"哎哟！"

李诗情根本没想到大婶会用脚踹她，被踢得往后栽倒，原本扯了一半的塑料袋也没抓住。

她重重地栽倒在过道里，脑袋撞得嘭的一声响。

"你这人怎么回事？怎么踢人呢？"

一直紧盯着前头的肖鹤云没想到会有这样的变化，惊得跳了起来，飞奔过去要扶李诗情。

然而有另外一个人比他的动作更快。

"小姑娘，没事吧？"

和花衣大婶同一站上车的那个带包大叔将摔倒的李诗情扶了起来。

这一下摔得不轻，李诗情捂着后脑勺龇牙咧嘴。

"没……没事……"

看到扶自己起来的是另外一个"嫌疑人"，李诗情慌了，结结巴巴地回答："就……就只是摔了一下……"

见肖鹤云担心地凑了过来，她摆了摆手，示意肖鹤云不要担心，目光却不露痕迹地掠过了正紧张地拢起塑料袋口的大婶。

虽然只是轻轻一瞥，但也足够她看清楚了。

那袋子里，装着一个锅。

一个有把手、又高又厚实的锅。

作为一个要赶着回家做饭的家庭主妇，带着一个锅似乎没什么不对劲的，李诗情脑子里闪过了什么，一下子没抓住，只能硬着头皮和"嫌疑人"大叔道谢。

"大叔，谢谢啊。"

"没什么，现在的人啊，唉……"

穿着朴素的大叔确实如同肖鹤云猜测的那般不善言辞，即使对踢人的大婶有着不满也不好直说什么。

眼见着李诗情道了谢要走，大叔犹豫了一会儿，喊住了她。

"哎，小姑娘，你等会儿……"

李诗情和肖鹤云心里一惊，顿住了脚步。

只见大叔扭头回到了自己的位子旁，把放在旁边的大包拽了过来，竟就这么当着他们的面弯着腰打开包翻找了起来。

"小姑娘是要卫生纸吧？我这里有。"

大叔在前面坐着，隐约听到了几句对话，再加上刚刚那一声"例假"什么的，大致也能猜到小姑娘是找那个中年妇女要什么。

李诗情和肖鹤云都没想到事情会这么发展，彻底蒙了，瞪大了眼睛看着大叔就这么在他们面前翻着包。

那包里并没有他们猜测的炸弹，而是放着一大堆莫名其妙的杂物，有衣服、塑料袋裹着的几双帆布鞋，肖鹤云甚至还瞥到了一个碗，好似这个大叔已经把所有家当全部塞到了里面的样子。

"我走的时候什么都带上了，我记得还有一包没拆封的纸，啊，找到了，在这里！"他从包里翻出一包抽纸，"上次吃饭时没拆封，反正也付了钱的，我就带回去了。小姑娘，你放心用，没开封，干净的！"

李诗情讷讷地道过谢，从大叔手里接过了纸，全身发凉地跟着肖鹤云一起回到了座位上。

"不是口罩男，不是卖瓜的老爷爷，不是带包大叔，那就是……是那个……那个……"

肖鹤云说得舌头直打架，精神状况也没比李诗情好到哪里去。

之前因为大叔长得太健壮，他们直接跳过了大叔，先尝试着排查大婶，本来是抱着"排除法"的心思，准备先从看起来简单的人那儿着手的，可现在误打误撞，他们没用任何"智取"和"力取"的法子，就看到了好心大叔包里的东西。

如果用肖鹤云所说的"排除法"，那答案就只有……

"我想起来了那样子的东西是什么。"

李诗情一把抓住了肖鹤云的手，手心里都是冷汗。

她目光惊恐地望向同伴，将他的手越攥越紧。

"她带着一个高压锅！"

第 六 章

行动正式开始！

上一次正常下车时，李诗情和肖鹤云曾讨论过，在公交车里，是藏不住炸弹的，无论你是放在座位底下还是放在隐蔽之处，因为乘客的流动性，突然多出个东西很容易被发现。

考虑到之前随时都会炸的情况，这种炸弹被随身携带的可能性最大。

李诗情和肖鹤云也曾推测过如果炸弹太小会不会比较难以发现，但最后都被推翻了。

首先，这么多次爆炸里，即使除去撞油罐车的几次，其他几次也都是"尸骨无存"，至少李诗情和肖鹤云曾经站在车头过，还是被炸成了碎片，这样的爆炸范围，就决定了它不可能是一颗微型炸弹。

再换个思路，又用微型炸弹，又用引爆装置，花这么大心思，歹徒就为了炸一辆公交车？这动机实在无法想象。

而现在，整车随身携带较大行李的乘客都被他们"排查"过了，除去三个已经翻开包看过的"嫌疑人"，就只有这个大婶带着的高压锅是最不容易被发现的密闭容器，也是最有可能装着爆炸物的东西。

但是在这件事上，李诗情和肖鹤云又有了分歧。

"一个普通的家庭妇女，带着一个锅，很正常吧？"肖鹤云见李诗情

实在害怕得厉害，一把扶住了她的胳膊，"也许是要给家里人做饭，高压锅里炖着什么，怕味道跑了，索性连锅一起端着？"

"我的直觉告诉我，那个锅有问题。"

李诗情一想到她拉开塑料袋时大婶那过激的反应，心头就涌起深深的不安。

"如果你带的只是个普通的高压锅，别人打开你的塑料袋时，你会用脚去踹人家吗？在知道别人身体情况不太好的时候？"

"但也未必是炸弹，这种中年妇女就是警戒心强，也许只是不愿意别人翻她的东西。而且你演的那个戏，也太浮夸太假了……"肖鹤云偷偷地看了她一眼，嘟囔着，"也就大叔那种老实人能上当。"

两人说话间，下一站到了，口罩男再一次上了车，抱着他那只藏着的小猫。

见到李诗情没有在这一站下车，花衣大婶明显多看了她几眼，那个给李诗情纸巾的大叔也是欲言又止，但直到最后也没说什么。

眼看着车子再往前开，又要到那个经常撞油罐车的路口，李诗情和肖鹤云商量了一下，决定要在那个路口前解决掉"高压锅"这个高危问题。

"现在还商议什么计划？直接上手抢啊！"李诗情没有肖鹤云那么多顾虑，皱着眉头说，"反正只是确认，又不是要排爆，把高压锅打开来看一下不就行了？就算弄错了，最多被大婶打一顿或者当成精神病人，能有什么损失吗？"

"还……还要打开啊？"

肖鹤云结结巴巴地问。

"这样吧，你按住大婶，我去打开。"

李诗情有强烈的预感，她要的答案就在那个高压锅里。

已经"循环"了这么多次，失败了这么多次，也枉死了这么多次，他们吃了那么多苦，受过那么多罪，现在答案已经送到手边了，此时不拼，更待何时？

"我去吧，反正只是去确认，我去试试。"

见李诗情一个女孩都豁出去了，肖鹤云不可能在这个时候退缩，明明心里慌得要命，却还要咬牙坚持自己去。

"你之前找她借过东西，她对你已经有警戒心了，你和我一起去说不定适得其反。她只不过是个瘦弱的大婶，我从她脚下抢个锅应该不难。"

128

"万一要炸了……"

李诗情紧张地抓着他的手。

"早晚都要炸的。"

肖鹤云说到这儿，根本不给李诗情犹豫的机会，站起来就直冲那个大婶而去。

他的动作非常快，而且他没有任何犹豫，到了大婶旁边就蹲下身，一把拽住了高压锅的袋子往外扯。

那大婶见人来抢高压锅，果然非常惊慌，却没有像之前的口罩男或老大爷那样大喊大叫，只是沉默着使出全身力气和肖鹤云一起拉扯那个袋子。

眼见着自己没有肖鹤云力气大，塑料袋很快就要被抢走，她露出一个几乎是狰狞的表情，直接抬手拔掉了高压锅的限压阀。

轰！

限压阀被拔掉的一瞬间，巨大的冲击力伴随着惊天动地的爆炸声席卷了靠得最近的两人。

正拽着塑料袋的肖鹤云还未反应过来，全身就传来一阵撕裂般的剧痛，瞬间失去了意识。

又是一轮新的"循环"。

高压锅突如其来的爆炸杀死了全车的人，其中当然也包括李诗情。

但在这场爆炸中，身心受到最严重创伤的，却是直接面对爆炸物的肖鹤云。

再次从"循环"中醒来，肖鹤云情况糟糕到似乎下一秒就会死去。

他像一尾脱了水的鱼那般剧烈地喘息着，喉咙里不停地发出喘气声，仿佛下一秒就会因为窒息而晕过去，身体也在剧烈地抖动。

李诗情比他的情况要好得多，却也只能挣扎着抬起一只手，搭在他的胳膊上，跟着他一起颤抖。

在此之前，他们曾以为未知的恐惧最恐怖，那种因为不知道伤害他们的目标在哪里而苦苦追寻又求而不得的苦才是最可怕的；现在，他们找到了让他们痛苦的源泉，并亲眼见证了那场爆炸，才发现——比起之前那未知的可怕、意料之外的灾难，这种眼睁睁地看到爆炸发生在自己面前却无法阻止的可怕，更加让人绝望。

李诗情只感觉到了爆炸带来的碾压和撕裂，肖鹤云却体会更深。

近距离被炸的那一瞬间，疼痛从他的毛孔一直深入到血肉、骨髓之中，刹那间，他能感觉到自己的头部、肢体乃至骨骼全部脱离了他的"认知"。

他说不清楚最后自己到底是因为超越界限的疼痛而晕过去的，还是被自己的这种想象活生生地吓晕过去的。

这种恐惧，在提着高压锅的大婶当着他们的面再一次上车时，直接到了顶点。

"你怎么样？是不是特别难受？"

李诗情醒得早，意识也比肖鹤云更清醒。

眼睁睁看着那大婶旁若无人地在座位上坐下，李诗情也跟着肖鹤云一起颤抖，可颤抖的原因却不是来自身体的负面状态。

"你可千万别出事，你别让我一个人面对这一切，我……我害怕！"

那大婶带着爆炸物，就坐在他们的前排！

此时此刻，肖鹤云还沉浸在那种剧烈的痛苦中，根本听不清李诗情在他耳边说什么。

那是一种异常可怕的疼痛，你能感觉到全身每一寸皮肤的撕裂与破碎，却感觉不到自己任何一寸皮肤、肌肉与骨骼的存在。你的手和脚都无法动弹，仿佛一切都是假的，可唯有"疼痛"这一种东西还存在于你的身上，不停地提醒你这是真的。

肖鹤云感觉自己在被不停地打碎又重组，他从来没有经受过这样的痛苦，这种状态下的每一分每一秒都显得无比漫长。

某一个瞬间，他只愿赶快死去，也不要承受这样的疼痛；而另一个瞬间，肖鹤云又暗自庆幸着，幸亏是他一个人去了。

如果是小姑娘和他一起承受了这样的痛苦，那该多让人心疼啊……

好半天，当肖鹤云终于从那种可怕的疼痛中缓和过来时，第一眼看见的就是李诗情那哭得满是泪痕的脸。

他抬手想让她不要担心，却只能从喉咙里发出一串不明所以的气音。

"你怎么样？没事了吗？"

听到他沙哑的声音，李诗情眼泪掉得更凶了。

"好……好多了。"

肖鹤云疲惫地闭着眼靠在李诗情的身上。

"我再缓缓，让我靠一下就好。"

这一次他的情况太糟了，糟到他几乎以为自己会撑不过去，就这么"消散"掉。

这也让他隐隐地有了个预感……

"循环"中造成的伤害未必是对他们无害的，那些伤害也未必会通过"循环"而"回档"，一旦他们的意志力不够坚定，依然会发生很可怕的事情。

至少，就他刚刚经历的痛苦来说，生不如死。

李诗情任由肖鹤云靠在自己的身上，根本没有再催促或者询问他刚才发现了什么……

肖鹤云刚刚的情况将她吓坏了。

无论她愿不愿意承认，在两人"同生共死""不离不弃"的过程中，肖鹤云已经渐渐从一个不怎么熟悉的陌生人，变成了她心目中能让她信赖、依靠的精神支柱。

"下次无论什么事，我们都得一起面对！"

李诗情抹着眼泪，开始后悔让肖鹤云一个人去确定情况。

"哪怕一起死了，也比剩下一个人担惊受怕要好。"

他们都是再普通不过的人，一直以来，靠着互相支撑、互相帮助，跌跌撞撞地才走到这一步，到了这个时候，无论谁出了事，剩下的那个人都没办法坚持下去。

"这次是意外。"肖鹤云知道小姑娘这是被自己的惨态吓坏了，用手帮她擦了擦眼泪，尽量用平静的语气安抚着她，"你看，虽然难受了一点，但时间一过，不也恢复过来了吗？"

"你恢复了就好，我就怕你出事。"

知道肖鹤云担心她，李诗情也极力平复着心头的惊惧，让自己看起来没那么矫情。

"而且，刚刚那次的牺牲不是没价值的。"肖鹤云回忆着爆炸发生前的每一个细节，"我知道引爆装置是什么了……"

肖鹤云苦笑着说："是限压阀。虽然不知道是什么原理，但是那个高压锅顶上的限压阀被大婶一拔下来，高压锅就剧烈地爆炸了！"

知道了犯人是谁、爆炸物是什么，他们却没有更轻松一点。

因为这意味着他们将面临更严峻的考验。

但在面对这么严峻的考验之前，李诗情却给了肖鹤云一个更加"雪上加霜"的结论。

"刚刚你醒来时情况太糟糕，所以我先掏出手机看了时间。"

李诗情复述情况时，脸色煞白。

"我们清醒的时间还是下午一点十五分，时间节点卡在了大婶刚上车的时候……"

"什么？"

肖鹤云瞬间理解了李诗情话中的含义，只觉得眼前一黑。

"我也希望是我搞错了。"李诗情紧紧地靠着同伴，似乎只有这样，才能从他身上得到一点暖意，"但好像，老天不肯给我们更多的时间了……"

"从仅有的一次数据上，我们无法辨别到底是停止'循环'了，还是时间停止倒退了；如果是第一种，那就表示我们只有一次机会解决这个事情……"肖鹤云看了一眼时间，表情沉重，"但现在已经是下午一点二十二分了，之前我的状态太差，浪费了太多时间，我们的时间可能不够。"

岂止是不够，他们根本就等于眼睁睁地在等死。

"如果只是时间停止倒退了，我们就要考虑一下为什么会发生这种情况。"他心中忐忑不安，却还要强迫自己冷静下来继续推断，"时间停止在这一站，有两种可能。第一种，我们成功找到了爆炸物，也成功找到了犯人，唯心一点想，也许是因为我们'满足了'某种条件，上天觉得没必要再给我们时间去一次次试了……"

肖鹤云哆嗦了一下，又道："第二种可能，也许因为事情的'源头'在这一站。那么，我们就要考虑这一站发生了哪些事。譬如说，那个带着高压锅的大婶是在这一站上车的……"

因为悲剧的起因就是高压锅里的炸弹上了车，所以时间再往前倒退也已经没有意义，时间定格在这一刻，往这个方向去想的话，果然也很合情合理。

李诗情听懂了，心里却更慌了。

"咱们得把事情往最坏处想。"她抑制住心头的慌乱与不安，"如果不考虑后一种情况，如果我们这一次真是最后一次'循环'了，那现在要怎样才能制止这场爆炸？"

"未必就是第一种情况，都这时候了，我们更不能自己给自己泄气，何况现在的局面也不是太糟糕。"肖鹤云看了一眼已经错过的沿江东路站，强打起精神，向她解释，"……刚刚的爆炸也给了我们很多信息。首先，爆炸物是高压锅这是能肯定的，我目测到的引爆方式是拔开限压阀，所以我们在行动的过程中，绝对不能让大婶碰到那个高压锅。"

肖鹤云压低了声音在李诗情耳边说："这大婶态度冷漠、警戒心重，你去吸引注意力她根本不会搭理你，所以没办法'智取'，只能'力取'。

"好在她只是个身材瘦弱的中年妇女，如果我们两个一起上的话，有很大的概率能成功夺下高压锅。"

"你确定能行？"

不是李诗情瞧不起肖鹤云，而是肖鹤云一直以来表现出的"武力值"都特别令人堪忧。

他打不过口罩男，也抢不过老爷爷。

这中年妇女看起来是瘦弱，好像风一吹就倒的样子，但一个狠到能抱着炸弹跟公交车里的人同归于尽的人，真的能那么轻易被搞定吗？

"我之前是要'确认情况'，和这次真的要拼命是两码事。"肖鹤云知道李诗情担心什么，揉了揉她的头顶，语气十分肯定地说，"我都知道那锅里是什么了，事关你我的安危和未来，我肯定是要用上所有的勇气和力气的。"

"既然你觉得可以，我就先当我们能成功地抢下高压锅。那成功抢下高压锅以后我们该怎么办？"李诗情一针见血地提出了最实际的问题，"我们不能一直端着锅吧？就算现在报警，时间也肯定来不及了。"

"鉴于时间紧张，我初步的构想是这样的。"

肖鹤云拿出自己的本子再次写写画画起来。

"这里，这个路口，我观察过，之前好多次我们是在下午一点二十九分左右发生的车祸，如果司机没有分神，车子通常也能有惊无险地驶过这个路口，所以我们下手的时间不能在这个时间点附近，一旦造成司机分神，车子又会撞上油罐车……"

肖鹤云画出一个路口，并标注上"一点二十九分"几个字。

"我建议我们动手的时间放在下午一点三十分之后，成功经过那个路口后立刻行动。"

"可以。"

李诗情点头。

"过了这个路口就上了引桥，引桥上车子速度不会太快，我们在引桥位置动手。"肖鹤云在引桥上画了个叉。

"公交车上桥后是靠右行驶的，等抢下高压锅后，我们绝对不能让大婶碰到限压阀，等我制住了大婶，你就用最快的速度摘下安全锤，敲开右侧的玻璃，等玻璃一碎，咱们把高压锅从桥上丢下去。桥下是江水，爆炸造成的伤害会降低。

"至于安全锤，我之前夺安全锤时试过，车上的安全锤很容易摘，而且用很小的力气就能把车窗整个敲破，你不用留手，玻璃一碎立刻丢锅……"

肖鹤云在说着自己的计划时，李诗情一直在看时间，等到了下午一点二十七分时，她根本没空闲再和肖鹤云讨论什么，当即站起了身，走到司机旁边，提醒他注意路上的摩托车和油罐车。

和之前很多次一样，由于李诗情对大叔而言还算是"熟人"，司机大叔果然听进了她的话放慢了车速，成功避开了这个路口的摩托车和油罐车。

眼见着成功经过了这个路口，李诗情并没有立刻离开司机附近，而是耐着性子等到车子缓缓驶入引桥才回过头去寻找同伴的身影。

见肖鹤云微微站起身对她点了点头，她深吸口气，步履坚定地往大婶所在的方向走去。

与此同时，肖鹤云也两三步冲到了前排，用双臂架住大婶，使出全身力气，将她整个人提了起来，一把拖出了公交车座椅！

一直端正坐着的大婶压根没想到会有这种变故，当她尖叫着被肖鹤云拉离座位后，第一反应就是试图去够自己的塑料袋。

然而李诗情完全没有给她碰到塑料袋的机会。李诗情早就在肖鹤云把大婶拽出的一瞬间拖出了高压锅，小心翼翼地抱离了大婶能碰到的范围。

之前几次"循环"也不是毫无作用的，至少肖鹤云临时抱佛脚地学了"裸绞锁喉"的本事，在口罩男身上虽然没用，放在中年大婶身上却有了效果。

他用右手臂从后方紧紧地勒住了大婶的脖子，用左手手臂压住，并同时用上了腰力和腿力将大婶死死地控制在原地，确保她不能挣扎。

134

"都别碰高压锅，那高压锅里有炸弹！"肖鹤云见有人想起来制止，发出一声厉喝，"谁都不能碰，否则大家一起完蛋！"

几个正准备上前的乘客果然被吓唬住了，脸色大变地停住了脚步，高压锅附近瞬间变成了禁区，所有人都惊恐地离得远远的。

肖鹤云这声大喝喝住的不光是乘客，还有前面正在开车的司机。

司机原本并不知道后面发生了什么，但后来肖鹤云大叫了一声"高压锅里有炸弹"，大概是出于惊惧，司机大叔控制着刹车的脚便不由自主地踩了下去，公交车也开始慢慢减速。

但司机这一减速，计划里负责敲车窗的李诗情就急了。

如果车子开不到桥上，那炸弹就丢不到水里，如果没有江水缓冲炸弹带来的冲击力，结果就很可能还会造成伤亡。

"大叔，不能减速，继续开上桥！"

李诗情一边大喊着，一边飞快地摘下安全锤，往车窗上几个受力点使劲地敲。

正如肖鹤云所言，随着安全锤的每一次敲击，车窗的玻璃表面出现了雪花般的痕迹，并如同蛛网般蔓延开来，很快整块车窗玻璃就裂纹密布，只要轻轻一敲就会全部碎裂！

就在肖鹤云渐渐露出喜色，准备等同伴按照计划丢锅时，情况突变！

原本一直被肖鹤云勒住的大婶，不知从哪个兜里摸出了一把水果刀，反手恶狠狠地向着肖鹤云的腰上扎去！

肖鹤云根本没料到大婶还随身带着凶器，这一刀结结实实地扎在了他的右腰上，疼得他浑身一缩，困住大婶的力气也为之一泄。

"你……啊！"

还未等他反应过来，那大婶就已经挣脱了他的桎梏，扭过头来拔刀再刺！

肖鹤云始料未及，手臂、大腿等多处都中了刀，而那大婶也不知是穷凶极恶还是受惊过度，握着刀一直重复着刺的动作，动作又快又狠，几乎是眨眼间肖鹤云身上就出现了好几个血窟窿。

那些伤口一起往外冒着血，霎时间肖鹤云大脑一片空白，直勾勾地看着自己身上的血，好像连思考的能力也随着那些血液一起从伤口里流出去了。

眼见着车里出了人命，那些原本以为说车里有炸弹是开玩笑的人终于

害怕了起来，霎时间车厢里乱成了一片，别说上前阻止了，人们都千方百计地离这几个"疯子"远一点，纷纷挤到车门边。

他们有人尖叫，有人大声喊着"杀人"，还有好几个人不顾整座桥上前后都是车，硬是要求司机立刻停车开门。

李诗情已经被突如其来的变故惊呆了。

"别管我，锅……"

见到同伴好像被吓傻了，肖鹤云虚弱地喊着，可他气若游丝，除了他自己，谁也听不见他在说什么。

满脸狰狞的大婶已经直接推开了重伤倒地的肖鹤云，提着刀直奔李诗情而去。

见到大婶满身是血，仿佛从地狱里杀出来的恶魔一般直冲自己而来，李诗情下意识地掉头就跑，手里还紧紧地捏着那柄安全锤。

事实证明，那柄安全锤敲玻璃有用，但用在抵挡持刀行凶的歹徒上一点作用都没有，她根本没逃出两步就被疯了一样扑过来的大婶追上了。

"啊！"

后背突然传来的剧痛让李诗情浑身一僵，随即就感到头皮被某种大力给拉扯住了。

她被人拽住了马尾辫，不得不倒吸着凉气被迫向后扭过头去，那把短小却锋利的水果刀已经横在了她的喉间。

一张扭曲着表情的脸，赫然出现在她的眼前。

"救……救命……"

同伴阻止未果生死不知，自己又落到歹徒的手里，李诗情已经被吓得崩溃了，眼泪和鼻涕一起流了出来。

谁来救救她……

大婶的眼神从头到尾都是冰冷的，即使大婶正用刀架在一个少女的脖子上，那表情也跟一个普通的家庭妇女做饭前准备杀鸡放血差不多。

等等，杀鸡放血？

李诗情的脑子里刚刚浮现出某个念头，心里的害怕终于一瞬间到达了顶峰……

喉间一凉，她彻底失去了意识。

李诗情和肖鹤云再次清醒时，果然又一次回到了大婶抱着高压锅走向座位的那一刻。

李诗情看到大婶的下一刻便反射性地捂住了自己的脖子，喉咙里发出剧烈的喘息声，根本无法正常呼吸。

"别怕，别怕，都过去了。"

肖鹤云也是经历过这种濒死的痛苦的，一看就知道上一次的痛苦还停留在她的身上，心疼地把小姑娘揽在了怀里，一边抚着她的后背一边轻声安慰。

"而且我还在呢，我们都在。"

可怜李诗情只是个普通的女大学生，从小受到的教育就是"与人为善、共同提高"，之前遇到过的最激烈的争执不过就是同学间的几句口角，哪里遇见过这样凶残的人？

她本以为不停被炸已经是自己能遇到的极限了，却没想到还有更可怕的事。

"太……太凶残了……"

她害怕到了极点，反而流不出眼泪。

回想着大婶杀人如杀鸡一般的麻木眼神，李诗情捂着脖子，至今还能感觉到喉间那刺骨的凉意，连吸入的空气都带着一种血腥味。

那股阴冷血腥的凉意仿佛要透过她喉间被割开的口子，拼命地钻向她的四肢百骸，将她的每一寸灵魂都冻碎。

这是一种深入骨髓的冰寒。

"不要想之前发生了什么，把它们都当成一次次噩梦，有的梦做过了就过了，重要的是现在我们还活着。"

李诗情出事的时候，肖鹤云已经失血过多而昏迷了，所以并没有看到后来发生了什么，也不知道她为什么会怕成这个样子。

他还试图按住李诗情捂住脖子的手，让她打起精神来，可一感受到她手上那可怕的凉意，他心中不由得一惊。

小姑娘不会死太多次，死出创伤后应激障碍了吧？

肖鹤云心里又担心又难过，偏偏又不太会安慰人，只能笨拙地握住李诗情的手，将她抱在怀里，一遍又一遍重复着："别害怕，别害怕……"

也许是肖鹤云身上的温度驱散了那渗入骨髓的冷，又或许是来自同伴

的鼓励安抚了她濒临崩溃的情绪，在肖鹤云一遍又一遍的安慰声中，李诗情心头的暖意终于一点点复苏，她渐渐停止了颤抖。

"好点了吗？"肖鹤云低头看着她，担心地问，"如果你要真的觉得受不了，我们下一站就下车，先别管那么多了，去把心情调整调整。"

听到肖鹤云的建议，李诗情犹豫了一下，但最终还是摇了摇头，从肖鹤云的怀里慢慢直起了身子。

"不行，不能再浪费'循环'的次数了，谁也不知道下一次会发生什么。"她说，"我没关系的，我还能坚持。"

"你确定吗？"肖鹤云简直把担忧写在了脸上，只能反复确认，"我说真的，要是实在不舒服，我们就下车透透气。"

"真的。"李诗情再次点头。

看着李诗情明明害怕得要命还硬撑着要继续的样子，肖鹤云心里更难过了。

"那行吧。"可在同伴的坚持下，他也只能长叹一口气，尊重了她的选择。

"上一次和大婶交锋，让我确定了一件事。"李诗情说话时，总是不自觉地抚过自己的脖子，"那个大婶，八成精神状态有问题。"

"啊？"肖鹤云感到错愕，"这不是很明显吗？哪个精神正常的人能做出这种事？"

"不是那种精神有问题。"她说着说着，哆嗦了一下，"我从她的眼神和表情中，完全感受不到任何属于人的情感。"

被人伤害时会害怕，伤害别人时会犹豫，要杀人时会挣扎，这些应该属于正常人的情感，她在大婶身上统统感觉不到。

杀她时，大婶就像一块石头，还是那种一直立在瀑布中，即便被急流而下的水冲击几十年、几百年，也依然坚硬的石头。

仿佛即使有磨损的部分，那也是它自己愿意让水带走的。

"和这样的人是没办法沟通的，更别想着感化她。"李诗情反握住肖鹤云的手，说，"即使她现在表现出平静的样子，那也是为了把那副能把人拿来塞牙缝的真面目隐藏起来。"

如何能动摇一个完全没有感情的人？

"我们一直以来都忽略了一件事，那就是……"

她脸色苍白，几乎说不出话来。

感受到她的害怕，肖鹤云更用力地握住了她的手。

"我们要对抗的，是一个要用炸弹炸死一车人的疯子。"

她终于直面了这个事实，过程异常惨痛。

如果说他们之前遭遇的一切像是一部灾难片的话，那么和这位大婶近距离对抗的过程，就是一部惊悚片。

之前的每一次"爆炸"，他们面对的都仿佛是一种困境——找凶手、找爆炸物、找办法，虽然过程中两人很艰难，但那些困难更多的是未知的，只会在不经意间向他们展露狰狞。

尤其是前几次的"排查"，更是几乎有惊无险，像是一出出闹剧，将他们前几次好不容易培养出来的一点警觉感驱散的同时，也给他们带来了某种侥幸心理。

直到被现实打脸，他们才幡然醒悟。

至于肖鹤云那一套套的"大婶看起来更容易制服"什么的，更是说起来都是泪。

"你到底经历了……唉，算了。"

肖鹤云看着李诗情仿佛突然成熟起来的样子，几次欲言又止。

但他还是选择了不问，毕竟他的后腰此时还在隐隐作痛，又何必去刺激别人？

"那你想怎么做？是觉得我的计划哪里还不够完善吗？"

他对她质疑他的计划并没抵触心理。

"我们的计划没有任何问题，只是忽略了两点。"

李诗情死过一次，终于将那种依赖的心理统统收拾干净，开始认真学着补充肖鹤云计划里的遗漏之处。

"第一，我们的计划里，低估了大婶的'武力'，高估了自己的实力。"

他们会选择大婶而避开大叔，最根本的原因就是他们觉得"大婶比大叔好欺负"，无论是肖鹤云还是她，都被健壮大叔那一身结实的肌肉所震慑，因为有了一个对比人物，下意识地就觉得瘦弱的家庭妇女更好"对付"，在潜意识里放松了警惕。

"第二，我们错估了车上乘客的心理状况。"

一回想到听到"有炸弹"的高喊后忙不迭地散开的人群，还有大婶挥舞着染血的刀子时无人敢上前，自己拼命呼救也没人回应的绝望，李诗情不是不怨恨的。

毕竟，他们不光是在为了自己拼命，也是在为了这一车的人拼命。

但她也清楚，这种事，不能怪别人害怕。

她自己只是个普通人，难道别的乘客就是那种受过特殊训练、能在面对炸弹和歹徒时视死如归的终结者不成？

肖鹤云明显也想到了这一点，叹了口气，理解地拍了拍她的肩。

"情绪是会传染的，当有一个人表现出剧烈的恐惧时，所有人都会恐惧；在那种危险的情况下，没有人会愿意出头去做可能会挨刀的'第一个人'。"

"如果我们是穿着制服的警察还好，但我们……"

她看看肖鹤云，再看看自己。

一个是戴着眼镜看起来满是书生气的年轻小伙子，一个是身材娇小、满脸青涩的纤细小姑娘……

像他们这样的人大喊"有炸弹"，能有几个人会来帮忙？他们自己都一副靠不住的样子，又怎么能给予别人"帮我也不会有事"的安全感？

"如果什么都不知道就帮助我们，风险太大。"

肖鹤云浑身带着一种"我是斯文人"的无害气质，带刀的大婶却一看就不是正常人。在车厢这种密闭的环境里，大部分人遇到这种情况的第一反应是离开不安全的"危险区"。

李诗情回忆着肖鹤云中刀，乘客们惊慌失措地纷纷干扰司机开车的闹剧，又接着说："第三，也是我们最该做的……"

她抬头看向前方："我们应该寻求司机的帮助。"

"寻求司机的帮助？"肖鹤云一愣，下意识地担心着，"但是之前好多次'循环'里，都是因为司机情绪不稳才引发了车祸，这司机的反应能力和情绪控制能力未必有那么强吧？

"况且，如果知道车上有危险，司机还能安心开车吗？万一司机大叔一听说车上有炸弹，直接停车把我们丢在车上跑了怎么办？"

他说出了心中最大的担忧。

"但是你不可否认，如果没有司机的帮助，我们很可能因为种种意外而到达不了我们的目的地，更丢不出炸弹。"李诗情不准备把命交到车上的乘客手里，"上一次我们已经夺下了高压锅，差一点就成功，但不代表每一次我们都能这么顺利。如果车里的几个老头老太太惊慌去抢司机的方向盘怎么办？去袭击司机要求他停车，结果反而出事了怎么办？

"万一我们高压锅都抢到手了，人也控制住了，结果司机因为被惊慌的乘客干扰而出了车祸，那不是更亏？谁知道这炸弹是什么爆炸机制，产生碰撞会不会引发爆炸？例如撞上油罐车爆炸的那几次，全是因为碰撞引起的意外爆炸呢？"

她不停地抛出质疑，据理力争："你总得承认有这种可能吧？"

肖鹤云被李诗情抛出的疑问砸得有点蒙，但他并不是个会因此恼羞成怒的人，反而静下心来思考了一会儿。

"你说得没错。"

思考过后，他不得不承认，她设想的事确实很有可能会发生。

他对于司机的疑虑，是潜意识里对于不认识的人产生的不信任，从而干脆将其归结于"风险因素"，尽量少地将司机加入自己的"计划"里。

但随着现在情况一步步变化，这种"风险因素"却成了他们规避风险的最好选择。

"我们得控制住大婶，让她和高压锅一直分隔开。同时，如果我们得到司机的帮助，确保他能行驶到桥上安全的位置，在高压锅被抢下时停车、开门，混乱的人群就能立刻下车，我们也能用最快的速度'安全地'将高压锅扔到桥下去。"

李诗情和肖鹤云不同，她经常坐这条线，偶尔坐前排的时候也会和司机聊聊天，对司机大叔更加了解一些。

"而且，我不觉得司机大叔会是你说的那种丢下一车乘客逃跑的人。"

肖鹤云看着分析得头头是道仿佛"升了级"一般的同伴，震惊得半天都说不出话来。

"行吧，那就按你说的做！"肖鹤云看了下时间，熟悉的急迫感随之而来，"我们首先该干什么？去找司机？"

"不……"

听着前方即将到站的提示音，李诗情摇了摇头，看向肖鹤云。

"我们应该先找到可靠的帮手。"

老焦两眼无神地坐在公交车里，思索着晚上能去什么地方待上一夜。

他以前待的工地出了重大事故，开不了工，三个月前工头发了最后一笔工钱，让他们自谋生路。

城里工作难找，他已经四十多岁了，虽然一身力气，但别人还是更想要年轻的小伙子，更别说他嘴还笨，每次招工的人话问得一多，他就结巴。

一起在工地上干活的工友觉得在城里讨生活太艰难，有的人已经回了老家，有人劝他也回去，别把时间耗在城里。

可回了家就只能种地，他老婆死得早，家里的田地现在全靠老人照顾，家里还有个正在读书的女儿，光种地是肯定供不起她上大学的。

都说穷人的孩子早当家，他唯一的女儿从小就懂事，读书也肯花功夫，现在学习成绩不错，在县城里的中学上学，唯一不好的是孩子的生活费、住宿费对他而言是一大笔开销，全家都靠他一人在外打工挣钱，这根弦他时时刻刻得绷着，就怕耽误了孩子学习。

为了不让女儿辍学，老焦只能咬着牙继续在城里坚持，工棚没了，他就租了个便宜的车库先落脚。

本地人有时候会把老房子的车库当成普通房子租出去，这种车库虽然没有窗户，但高度还可以，放张床放个柜子，卷闸门一拉，就是一间独立的小屋。

车库里冬天冷夏天热，既不通风透气，也没有单独的厕所，普通人是不会租的，但胜在便宜，总有为了省钱不在乎这些的人。

工头发的"遣散费"不多，在找到新的工作之前，老焦觉得能省一点是一点。

他找了一个多月的工作，鞋都跑坏了一双，也没找到靠谱的活儿。好在以前在一个工地的工友在送外卖，赚得还可以，也想拉老焦一块儿干。

但跑外卖要自己买电瓶车，还要换个能装软件的好手机，虽然工友说能送他一个淘汰掉的手机先用着，可电瓶车的问题还没解决。

如果不买电瓶车，倒是也能先租一辆电瓶车，但是一个月光车子的租金就要五百块，如果前几个月赚不到什么钱，扣除房租、伙食费和电瓶车的租金，能不倒贴都算好的，还有没有钱寄回老家都成问题。

老焦以前干的活儿都没成本，只需要花力气，这是第一次要做这样的

142

"大事情"，少不得要犹豫一阵子。

偏偏屋漏偏逢连夜雨，最近有一处车库失了火，里面租住的租户出了事，现在满城的老小区到处都拉着"车库不能租""车库住人违法"的横幅，他的房东也不敢再把车库租出去了，退了他这个月的房租，让他走人。

大概是觉得过意不去，通知老焦离开时，房东把自己儿子不用的旧健身包送给了他，让他拿来收拾东西，省得大塑料袋小塑料袋地提着，看着越发凄凉。

其实像老焦这样的人，哪里又有什么家当？

几件衣服几双鞋，加上所有能塞进包里带走的杂物，将这个健身包填了个七七八八。这些就是他所有的财产。

没有和房东争执，接了那几百块钱，提着旧健身包走出车库，老焦喜忧参半，满脸茫然。

喜的是房东退了几百块，跑外卖第一个月租车的钱有了；忧的是他又没地方住了，如果再租房子，不但找不到这么便宜的，刚到手的几百块还要被当成押金搭进去，又干不成活儿。

招外卖骑手的劳务公司在江北区，老焦犹豫了好一会儿，拎着自己所有的家当，上了这趟去江北的公交车，开始思考这几天是去睡公园，还是睡火车站。

要不然天晴睡公园，下雨睡火车站……老焦在心里漠然地想着，这两个地方都有厕所，也有免费的水可以洗漱，凑合一阵子，等外卖的活计跑起来，我再去找个正经的地方住。

他想得出神，完全没注意到车子里有两个年轻人站了起来，更没想到其中一个年轻人还站在了他的面前。

等眼前出现一大片阴影时，他才后知后觉地抬起头，看见了一个戴着眼镜的小伙子。

还未等他说话，那小伙子就在他身边蹲了下去，递给他半张纸片。

"我不……"

这样的事情他也见过，有的是来发小广告的，有的是来卖东西的，虽然还是第一次在公交车上遇见这种事，但他还是下意识地把肖鹤云当成了推销东西的人。

可面前的小伙子对他做了个"嘘"的手势，硬把纸片横在了他眼前，示意他看。

纸片上是一行遒劲工整的字，写得非常端正，辨认起来十分轻松。

但上面写着的内容就挺荒谬了。

"你好，我是便衣警察，现在上车执行一项公务，需要您的协助。车厢后排一位身着花色衬衫的中年妇女携带炸弹与危险刀具，随时可能引爆炸弹，危害车上乘客们的安全，我需要您的协助，请帮我一起将她制服。"

老焦看到这里时眼皮子忍不住抖了抖，表情古怪地看着面前的小伙子。

"你……"他指了指纸片上"便衣警察"四个字，满脸怀疑，"小伙子，你没骗人吧？"

别觉得他是乡下人就好骗，现在当警察都要体检的，这小伙子戴着眼镜，还这么瘦弱，哪里像便衣警察？

别又是什么新型骗术，专门逮着老实人骗！

小伙子似是猜到他会有这样的怀疑，于是干脆凑到了他的旁边，轻声耳语："你的包里有两双帆布鞋、一条蓝色旧毛巾、军绿色的裤子、几双鞋垫、用红色塑料袋裹着的不锈钢碗和不锈钢筷子，哦，对了，还有一包没开封的抽纸。"

肖鹤云每说一句，老焦脸上诧异的神色便更深一分，尤其说到抽纸时，他更是难以置信地打开了自己的包，快速翻找了起来。

当他从包里翻出那包抽纸时，不由得目瞪口呆。

这些东西都是他早上匆匆收拾的，当时他沉溺在"马上没有地方住"的坏消息里，大脑里一片空白，很多东西他自己都没看就全塞了进去。

比如那裹着饭碗的塑料袋到底是红色的还是白色的，他就没有印象。

还有这个抽纸，是他在工头那里吃散伙饭时，看到没拆可惜，顺手拿回去的，一直都没有拆。

这都几个月了，谁还记得这么清楚？

但这小伙子不但知道他包里的每一样东西，甚至能精确地说出他包里东西的颜色，这就绝对不是靠蒙了。

大叔虽然长得健壮又凶悍，但人还是老实的，见到这个情况，脑子里就禁不住胡思乱想起来。

我听说有一种警察是专管技术的，什么东西都查得到，全是高才生，难道这个小伙子就是那种技术警察，拿着什么能照到人家包里东西的设备扫过我们的行李？

想到这儿，他心中又是一惊。

完了！如果他们能扫出每个人带的东西，难道这车里真有炸弹？

一想到车上有炸弹，老焦差点从座位上跳起来，连脸色都变了。

"可……可是警察办案，也要普通老百姓帮忙的吗？"他学着小伙子神神秘秘的样子，也压低了声音在他耳边问，"你们不知道多派点人上来吗？"

"我们怕打草惊蛇……"肖鹤云苦笑着说，"结果导致现在人手不够，只能请车上的乘客帮忙。"

"那……那是要怎么帮呢？"经过小伙子刚才"露"的那一手，老焦下意识地对面前的年轻人产生了一种敬畏之情，"我什么都不会啊！"

小伙子笑而不语，把那张纸片翻了过来。

那页纸的背后也写着字。

"后排那个穿花色衣服的中年妇女随身携带着一个高压锅，高压锅中有爆炸物，一旦她拔出限压阀，高压锅就会爆炸。我们需要您和我们一起控制住那个妇女，抓住她的双手或双臂，保证她不能碰到任何东西。她的身上还带着一把水果刀，在制服她的过程中有一定的危险，必须要小心谨慎，最好不要给她掏出凶器的机会。夺下高压锅后，我们会把它丢出车外。"

老焦胆战心惊地看完了这一大段话，盯着小伙子脸上的眼镜，只觉得后背生凉。

和警察同志一起制服一个中年妇女倒没什么，可关键是这个女的不但带着刀子，还带着炸弹啊！

车上这么多人，这小伙子第一个就找上自己，他何德何能？

"大叔，您帮帮忙……"小伙子眼神里满是恳求，"这件事毕竟事关全车人的安危，这一车乘客老的老小的小，像您这样既健壮又看起来可靠的没有几个，毕竟是……喀喀……真要出了事，车上的人一个都跑不了……"

"我……我觉得我不合适，你不能找别人吗？"

老焦紧张得直搓手，狼狈地回避着"便衣"恳求的目光。

"不是我不愿意帮忙，我家里父母年纪都大了，老婆死得早，家里还有个正在上学的女儿，一家老小就靠我了，万一我要有个什么事……"

他每说一句，小伙子眼中充满希望的光芒便暗淡几分，连蹲在那儿的动作都显出几分可怜巴巴的味道来。

"我知道了……"肖鹤云像一只被拒绝带出门的大狗那样耷拉着肩膀，试图继续说服老焦，"您……您其实可以再想想，这是救人啊，是件大好事……"

可说着说着，肖鹤云也说不下去了。

让一个上有老下有小、作为家里顶梁柱的人豁出性命去制服歹徒，说着轻松，做起来却像道德绑架。

肖鹤云看着大叔一身洗得发白的衣物，还有那紧紧攥着健身包一脸犹豫的样子，继续劝说的话怎么也说不出口。

"那行吧，我找找……"

肖鹤云正准备站起身，肩膀却被人按住。

"小伙子，我听说要是见义勇为，会拿到奖金，是不是？"

老焦像是突然想起了什么，眼神里透出某种热切，拉住了面前年轻人的袖子，带着羞愧和赧然。

"啊，有吧……"

肖鹤云似是没想到老焦会问这个问题，一下子有点蒙。

"有多少？一千有吗？"

想到自己现在马上要流落街头的窘迫，想到再租不起电瓶车找份新工作就要被迫回老家种田的结局，老焦心头一片苍凉。

比死更可怕的，是穷。

听到老焦想要的是钱，肖鹤云明显感到有些意外，但他很快就醒悟过来，从裤子口袋里掏出自己的钱包。

"有的有的，我现在就给你一千块。"

他飞快地从钱包里数出十张红票子，塞进老焦的手里。

看到手里真真实实地握着的钱，老焦一咬牙："行，这忙，我帮了！"

肖鹤云和李诗情需要帮手，摆在他们面前最重要的选择，就是找谁帮忙。

在各种打车软件风行的时代，还在坐公交车的不是老头老太太就是没什么钱的小年轻，像肖鹤云这样收入还可以的人会上公交车，纯粹是因为刚来这个地方，想靠这种方式了解这个城市，以往大部分时间，他出门也是打车。

不能年纪太大，这个标准一出，车里的乘客就有一半不合适，剩下来的乘客里，能帮忙的必须一要有足够制服别人的力气，二要有敢于上前的胆量，最重要的是，要人品可靠，不能临门一脚突然掉了链子。

如果按上面的三个标准找，最后能选的人就没几个，毕竟每一次"循环"里总有人惊慌失措，总有人冷眼相看，也总有人声音叫得最大、动作做得最小。

譬如那个腰上挂着一大串钥匙的大叔，每次喊得最响，却躲得最远，上一次"循环"时更是带头吵着要下车。

如果要请他帮忙，没准肖鹤云刚把车上有炸弹的事说出口，他就嚷嚷得全车人都知道了。

结合各方面考虑，最后李诗情和肖鹤云选择了健壮大叔和口罩男，健壮大叔是首选，口罩男是备选，如果两人都能答应最好，不能都答应，哪怕只来一个帮忙也行。

于是肖鹤云写了张字条，李诗情直奔后方，两人分别去请人帮忙。

肖鹤云要劝说的大叔坐得比较靠前，为了怕别人听到太多，用文字加语言的方式沟通是最方便的。

但那个口罩男就不一样了，他这次上车又选了最后排的位置，公交车里噪声本来就大，在那里压低了声音说话，更是谁都听不见。

相比肖鹤云的温和有礼，李诗情就要干脆得多。

"帅哥，我请你帮个忙……"

同是年轻人，李诗情选择了单刀直入。

能救流浪幼猫的口罩男，应该是个爱心充沛的好人吧？

"什么？"

口罩男一脸戒备地抱着包，看着这个莫名其妙跑上来喊"帅哥"的女孩。

他都裹得这么密不透风了，还能被喊帅哥？

女孩无事献殷勤，非奸即盗！

"你看到前面那个穿花衣服的大婶了吗？她有非常危险的反社会倾向，她随身携带的高压锅内装有炸弹，身上还藏着一把小刀……"李诗情顶着口罩男鄙夷的目光，继续说，"我们等一会儿要去制服她，但是我们人手不够，希望帅哥你能帮个忙，到时候跟我们一起按住那个大婶。"

"你是不是喝多了？"

口罩男下意识地打量着女孩。

如果不是喝多了，她怎么满嘴疯话？

"我知道你肯定不会相信，但事情真是这样。我们得知这辆车上有炸弹后，几乎把所有有嫌疑的人都排查过了，也包括你……"

李诗情倒没有直接说自己是便衣，只含糊地解释着，但态度很强硬。

"你现在捂着的包里装着一只小奶猫，橘白相间，用一件军绿色外套裹着。猫大约刚满月，毛发很脏，眼睛很大，因为营养不良而没有什么精神。"她说着口罩男包里的"秘密"，脸上却没有什么表情，"你知道坐公交车不准携带宠物，担心车上的人发现你带着猫让你下去，所以把猫藏在了背包里，一上车就找了最后一排坐下，以免被人发现。"

李诗情的话说得斩钉截铁，口罩男露在口罩外的眼睛也是越瞪越大。

"你们调查我？"口罩男是年轻人，首先关注到的是自己受到了"冒犯"，而后眼神不悦地控诉，"你们这是侵犯公民的个人隐私！"

"我们也是为了公共安全。"李诗情并没有直接解释这个问题，只是继续劝说，"我说的都是真的，那个塑料袋里的高压锅会爆炸，那个大婶身上还带着刀子。如果不能制服她，一车的人都要完蛋！我们需要你的帮助！"

如果李诗情没有准确地说明自己的包里有什么，口罩男也许只会把她当成个骗子或者疯子，可她说他包里有只猫的口气太肯定了，肯定到好似连他当时的心理状况都了解得一清二楚，这事就有些诡异了。

他小心地伸出头看了一眼那个"目标人物"，觉得那个大婶人长得挺瘦弱的，看起来也构不成什么威胁的样子，微微松了口气。

要是车上的是几个悍匪，他大概会更害怕。

"可以吗？"

李诗情掏出手机看了一眼时间，发现又过去了两分钟，口气有点急。

"你们是怎么知道我们带着什么的？是超能力吗？"

年轻人比年纪大的人更容易接受新鲜事物，出现这种"突发事件"，一开始的害怕和诧异过去后，口罩男竟隐隐还觉得有点刺激，反倒追问起李诗情来："难道网络小说里写的那些都是真的，我们国家还有什么'超能力'部队？"

"这位帅哥，炸弹都要丢到脸上了，你能不能严肃点？"

李诗情一口气差点没提起来。

"那好吧，好吧……"被人知道了"秘密"，口罩男抱着包的手也不自觉地放松下来，抬起头问，"你们要我怎么做？我先说好，太难的我做不了！"

李诗情回忆起他是如何将肖鹤云揍得鼻青眼肿的，忍不住想吐槽。

您可太客气了！

"你太谦虚了！我们的计划是这样……"她匆匆和口罩男说了下自己和肖鹤云设定好的计划，又说，"你的任务很简单，情况一乱，你就见机行事，如果我和我的同伴没有控制住大婶，就麻烦你帮忙一起压住她，不要让她碰高压锅。假如我的同伴将大婶控制住了，请你看好高压锅，别让任何人碰到它，直到我们把高压锅扔下桥。"

口罩男听到也许要和持刀的大婶搏斗，甚至还要看顾那个会爆炸的高压锅，眼皮子就直跳。

"我妈一直叮嘱我，别人的事少管，小心惹祸上身。"口罩男摸了摸自己的口罩，语气有点犹豫，"我裹得这么严实，犯罪分子应该认不出我来吧？之后不会被犯罪分子的同伙报复吧？我听说这种事一般都不会是单独作案，万一那个大婶有同伙，你们得保证我的安全……"

"不会认出你来的。"

李诗情彻底服了，她之前怎么会觉得这口罩男还有点酷的？

"你只要帮忙控制局面就可以了。"

她在和口罩男沟通时，注意力也一直放在前面和大叔沟通的同伴身上。

她见肖鹤云从口袋里掏出了钱包，数出一沓钞票给了那个大叔，然后站起身，给了她一个"OK"的手势。

他这么快就说服了大叔？

难道他是用钱请人帮忙的？

不管怎么说，他们能找到靠谱的帮手就好。

三个人，应该也够了。

"那你答应了吗？"

她再次询问口罩男。

这一次，不但问话的语气异常认真，她全身上下也带着一种"我马上要去战斗了"的凛然气势，让口罩男还准备多问一点的心思一顿。

他抛掉脑子里乱七八糟的想法，认真思考了一会儿，摇了摇头。

"太危险了，我不能答应。"口罩男又看了一眼那个大婶，"你说'我们'，说明不止你一个人对吧？我看那大婶挺瘦的，几个人制服她应该够了。"

万一大婶被制服了，只有自己身上多了几个窟窿，多亏？

大概觉得这么说显得太懦弱，他想了想，补充道："要不然，我帮你们盯着高压锅吧，我绝对不让其他人碰到它。"

李诗情本来已经不抱什么希望了，对方愿意答应看着高压锅都算是意外惊喜。她感谢过对方，告知了他自己的咳嗽声是行动开始的信号。

等嘱咐完，她往车窗外一看，发现马上要到那个出了几次事的路口了，连忙又急奔车头。

和同伴擦肩而过时，她悄悄地做了个"OK"的手势。

肖鹤云面色一喜。

"司机大叔，注意右边的摩托车，他们要闯红灯！"

提醒了大叔后，李诗情便没再走开。

"好险！"在李诗情的提示下，司机再一次避免了一场车祸，庆幸地舒出一口长气，扭头看向李诗情，"你这小姑娘反应还挺快，我都没发现。"

"我知道的东西可多了。"

见车子平稳地开在前往引桥的道路上，李诗情露出一个笑容，装作对开车感兴趣的样子，站在司机旁边，弯下了腰，轻轻地说："比如，我还知道车上有一颗炸弹。"

听清楚了小姑娘说的话，司机原本紧紧抓着方向盘的手一抖，他难以置信地扭过头看她。

"司机大叔，别看我，看路。"

李诗情能理解大叔现在有多惊慌，因为他们第一次知道车上有炸弹时，比司机大叔惊慌多了。

"哦，哦……"

大叔似乎还没回过神来，精神恍惚地握着方向盘，不住地想回头。

"大叔，你别回头往后看，小心被发现。"

李诗情的手机振动了一下，是肖鹤云提醒她该动手了。

时间急迫，李诗情也只能大致给司机"交个底"。

"大叔，我知道我说这个有点让人无法相信，不过车上真的有炸弹，就在后排那个花衣大婶带着的高压锅里。等下我们几个人会制服那个大婶，但是那个炸弹留在车上不安全，我需要您把车开上桥，找个没人的地方停了，我们好把炸弹丢到江里面去。

"等下我一喊，大叔你就停车开门，让所有人下车，行吧？"

"开到桥上，停车？"司机大叔脸色惨白地重复着李诗情的请求，"你确定？"

"嗯，等下可能有点乱，你要小心一点。车不到桥上可千万别停，不然被大婶发现了，炸弹可能会被提前引爆……"

李诗情匆匆地说。

"行吗？求你了，我经常坐你的车，不是什么怪人，你就信我一回？"

司机大叔紧紧攥着方向盘，看了她一眼。

大概是李诗情的表情太凝重了，他虽然神色迟疑，但还是点了点头。

太好了！

李诗情精神大振，重重地咳嗽了一声。

一切准备就绪，行动正式开始！

第 七 章

再次失败

从一开始，摆在李诗情和肖鹤云面前最大的敌人，不是歹徒，也不是炸弹，而是时间。

每一次"循环"，从一开始的只有几分钟，到最后停止倒退的三十分钟，虽然上天给予两个年轻人行动的时间在一点点增加，可给予他们应变的时间却太少。

更别提前面很多次"循环"的机会，甚至直接是被浪费掉的。

从他们意识到必须要做点什么来解决这一切开始，两人几乎是眼睛一睁就要先反省上一次的"错误"，再根据自己上一次的错误去不断修正和调整对策，重新制订新的计划。

他们所有的经验和方案都是建立在每一次错误的基础上的，这其中往往连思考的时间都没有多少，更别说执行了。

有些时候，他们事后也会懊悔，可回过头仔细想想，在当时那种急迫的情况下，除了选择当时那种做法，也没有其他办法。

如果等他们思考利弊得失做出最佳方案再动手，车子早就爆炸了。

在此之前，他们已经"循环"了十八次，也死亡过十几回，每一次的过程都很短，但这些"循环"和死亡并不是完全没有意义的。

正是有这无数次的失败作为基础，才有了两个年轻人这次最详尽、最妥善的计划。

在不知道每一次"循环"是不是最后一次的恐惧之下，李诗情和肖鹤云的心理状况已经到了崩溃的边缘，现在，唯有一个好的结果能够让他们得到慰藉。

在李诗情和司机沟通时，已经说服了大叔的肖鹤云就像是等待着发令枪响的运动员那样蓄势待发，咳嗽声一起他就立刻站起了身。

站起身时，他甚至能感觉到手臂上的肌肉都隐隐作痛——因为太过紧张，他一直用力地攥着自己的拳头，以至手臂肌肉都僵硬了。

一直紧紧注意着肖鹤云的大叔在他站起来后，下意识地碰了碰放在衣服内袋里的钞票，再三确定钱不会掉出来后，他也站起了身。

他们两个一个在车前，一个在车后，除了最后排坐着的口罩男，没有人察觉到这两个人同时起了身，直到他们两个一齐扑向同一个目标——

花衣大婶！

就是这个人让肖鹤云和李诗情死过那么多次、挨过那么多次打、受过那么多的罪，即使是脾气最温和的肖鹤云，在面对她时也是满肚子负面情绪，更不可能存在手下留情的情况，而是用最凶狠的力道将她扯了出来。

这个大婶的反应不可谓不快，刚被肖鹤云碰触到的那一瞬间她就想去够自己的塑料袋，只可惜他们知道那个塑料袋里有什么，肖鹤云对她早有防备，根本不可能让她碰到任何东西，甚至都不会让她有任何动作。

所以当她冷不防地被拉出来，连痛呼都没来得及，就被另一双大手死死地抓住了手腕。

健壮大叔出手了！

大叔是常年靠卖力气为生的壮汉，能一口气扛上百斤的东西上楼都不带喘的，此时只是控制住一个中年妇女，对他来说简直是轻而易举，唯一要担心的就是她身上带的刀。

一想到她身上还有刀，大叔抓住她手腕的动作变得更用力了。

"啊！"

感觉到手臂像被铁钳夹住一般无法动弹，手腕那里更是传来一阵钻心的疼痛，大婶眼里冒出凶光，发了疯似的用脚去踢面前的健壮男人。

在这种凶狠的反抗下，大叔也没办法很好地控制住对方，索性把她拖到了车厢前面，对着她的小腿肚子使劲一端，像是之前对付肖鹤云那样，直接把她按倒在了地上。

这一番动静太大了，车厢里的人都惊呆了，再加上健壮大叔那长相和一身肌肉看起来都很凶悍，有些人下意识地掏出手机准备报警。

李诗情是个女孩子，之前又在大婶那里得到了惨痛的教训，留下了心理阴影，所以这一次行动，为了她身体和心理的安全，肖鹤云不准备让她直接参与制服大婶的过程。

她被安排的任务是安抚车里乘客的情绪，以及随时和司机大叔沟通，方便策应。

在他们的计划里，如果司机大叔愿意配合，他们连用安全锤破窗的过程都免了，只要车一停稳，他们大可端着锅直接奔下车将锅丢到江里，少了一道流程，就少了无数变数。

"警察办案，不要害怕！"李诗情一发现乘客情绪有变，连忙高喊，"这个人精神有问题，身上带着刀，有危险倾向，你们不要靠近她。"

说话间，她已经蹲到了大婶的身边，伸出手在她身上细细地搜了一遍，果然在外套的大口袋里摸出了一把开了刃的小刀。

李诗情当着众人的面搜出小刀时，连最喜欢多管闲事的乘客都噤了声，没敢再多说一句，全老老实实地待在座位上待着，哪里还有上次那样惊慌失措到处乱窜的样子？

被死死按在地上的大婶在听到"警察办案"几个字的那一刻露出了绝望的表情，等小刀被搜出来后更是发了疯。

她不但不顾大叔施加在她身上的压力死命挣扎，口中更是发出了歇斯底里的嘶吼。

"王兴德，你王八蛋！你不得好死，我做鬼也不会放过你！"

一边骂她一边试图抓住任何手能碰到的东西进行攻击，嘴里也不住地发出可怕的尖啸声，这般情形让她看起来已经不像个人，活像是电影里正在丧尸化的染病人士，仿佛只要被她碰上一下，都会发生可怕的事情。

见到被"警察"压住的女人发了疯，之前那些噤声的乘客心里纷纷信了李诗情高喊的话语，有些乘客见这"疯子"被控制住了，原本紧张的心情也放松了不少，居然还看热闹不嫌事大，不但对着地上的大婶指指点点，还从口袋里掏出手机来对着他们一通拍。

到了这个时候，李诗情他们哪里顾得上这些乘客在干什么？他们只紧张地看着车外。

"司机大叔，再快点！"

当发现车已经平稳地开上了桥，正朝着江面最宽阔的路段开去，李诗情着急地喊："人已经控制住，您等下看哪里人比较少，赶紧停车！"

听到李诗情的话，在地板上疯狂地挣扎的大婶死死地抬起头来瞪着她，那目光简直能择人而噬，里面的恨意满到眼瞎的人都能感觉出来。

在这样仇视的目光下，原本还在冷静控制乘客情绪的李诗情背后一寒，下意识地抚着脖子倒退了半步。

"来帮帮忙，我快压不住了！"在大婶几近自残的反抗下，大叔很快感受到了压力，开始寻求帮助，"她挣扎得太厉害了！"

见到大婶开始剧烈地反抗和挣扎，一直小心翼翼守着高压锅的肖鹤云连忙喊了声口罩男。

那口罩男原本见局势已经控制住了，松了口气，以为自己可以看戏了，猛地听见戴眼镜那人大喊"戴口罩的那位来帮个忙"，只能胆战心惊地放下手里的包，颤颤巍巍地接过了高压锅。

他也不敢端着高压锅，只把它放在地上，用眼睛牢牢地盯着它，就像是这锅能自己长脚跑了似的。

公交车上，除了他们几人，没人知道这高压锅里有什么，自然也没有造成什么恐慌。

公交车在李诗情的催促下加了速，平稳地驶向大桥的中央，一切都有条不紊地按计划进行着，顺利得好似在做梦。

"大叔，停车，前面就堵了，就在这里下吧！"

李诗情看到前方车流开始大了起来，连忙又开始提醒。

司机听到她的催促，一脚刹车踩了下去，车子缓缓地减了速。

"肖鹤云，东西我下去丢！"

李诗情奔到口罩男旁边，从地上一把端起高压锅。

"你帮忙看下，谢谢了。"

怕大婶又弄出什么幺蛾子，也怕多拉一个无辜的人进"循环"，她决定自己单独下车。

肖鹤云一听李诗情的话就明白她担心什么，下意识地觉得有些不安。

因为太顺利了，他反倒担心事情不会那么简单就结束，特意多提醒了同伴一句："你下车时小心点，当心别被路过的车撞了！"

他话刚说出口，李诗情的"嗯"字尚且含在嘴里，被按在地上的大婶却像被什么刺激到了一般，突然发出一声凄厉的号叫。

这号叫声实在太可怕了，甚至都不像是人发出的声音。

李诗情此时已经端着高压锅到了后车门前，被这一声吓得差点没抓住车把手。

她使劲咬了咬下唇，用疼痛强行转移自己的注意力，让自己不受大婶的影响。

这会儿，车子已经完全停下来了。

"司机大叔，开车门！"

定了定神，李诗情深吸口气，对着大叔喊。

被死死按在地上的大婶不再号叫，而是开始号啕大哭。

那哭声充满了悲怆和痛苦，仿佛蕴藏着人世间最大的悲与苦，哭得所有人心里一片惶惶，难受极了。

不少原本还在拿手机拍视频的乘客被这种悲凉所慑，眼神复杂地放下了手机，也不再对地上的人指指点点。

唯有李诗情丝毫不为所动，只紧紧地盯着手里的高压锅。

"大叔，开门！"

她再次出声催促。

车停稳了，门却没有开。

这下，压着大婶的几个人都开始感觉到不对劲了。

"司机大叔，快开门啊！"

肖鹤云情绪激动地大吼。

"怎么回事，你们没商量好吗？"

口罩男知道那高压锅里是什么，吓得惊慌失措地冲到门边，使劲拉拽起后车门。

"大叔？"

李诗情端着沉甸甸的高压锅，连手臂都开始酸了。

她脑中突然闪过一个不可思议的猜测，蓦地扭头看向司机。

只见停稳了车的司机大叔将双手从方向盘上移开，在大婶悲怆的哭声

156

里仰倒在座位上，长长地舒出了一口气。

"肖鹤云，快想想办法！"

发生这样的变故，李诗情急得眼泪都流了下来，唯一能倚靠的只有同伴。

"你压着她！"

不必李诗情求助，肖鹤云早已放开大婶的手，站起身冲向了最近的安全锤。

车子里的其他乘客都没弄懂发生了什么事，面面相觑，不敢说话。

就在这时，熟悉的《卡农》铃声再一次响起。

李诗情和肖鹤云已经有很多次没听见过这可怕的铃声了，甚至在潜意识里将它忽略了，可这个铃声就像是一道魔咒，再次响起时，又重新勾起了李诗情和肖鹤云心底最深的恐惧。

李诗情头皮一麻，整个人如同落入了三九天的冰窟之中，遍体生寒。

"不！"

在剧烈的爆炸声中，李诗情意识里最后的画面，是司机大叔扭头看过来的一眼……

"去你的，就差一点！"

哪怕是一直表现得很绅士的肖鹤云，再次醒来时也忍不住爆了粗口。

"原来真有定时装置！"

这种临门一脚却失败的感觉实在太糟糕了。

李诗情的情况也没有好到哪里去。

和肖鹤云之前一样，这一次高压锅是在她端着的情况下炸的，爆炸一起，她当场就尸骨无存，清醒了以后，她完全感觉不到自己那双手的存在了。

但比身体上遭遇的痛苦更让人无法接受的，是司机大叔最后突然的"叛变"。

李诗情从来没有怀疑过司机大叔，一次都没有。

她不是本市人，一个人孤身来这个城市上学，为了多省点零花钱，和大部分大学生一样，她出门通常选择坐公交车。

她家里有车，在上大学之前，去远点的地方多是父母开车接送，去不

157

远的地方就靠走或者骑自行车。

学会坐公交车、看公交线路，还是来到这个城市之后的事。

因为这路车经过她的学校，所以她坐得最多的就是这45路车，遇见过最多次的司机，就是这位司机大叔。

刚开始学着坐公交车时，她经常出各种问题，有时候坐过站，有时候坐反了方向，有时候好心让了位给老年人却被年轻人抢了座……

很多次，都是在这位好心的司机大叔的耐心帮助下，她才能成功地到达目的地。

是司机大叔让她喜欢上这个有人情味的城市，喜欢上坐这个城市的公交车。

不同于死气沉沉的地铁、单调又无聊的出租车，坐公交车的乐趣实在太多了。

她喜欢它低廉的票价，喜欢在窗明几净的车厢里观赏车窗外的城市风景，喜欢用这种方式丈量这个城市的每一寸土地；

她喜欢听本地人在车厢里大声用方言聊天，喜欢每一次上车下车时人与人短暂的缘分，也喜欢和很多不同的人在车里一起度过这简单又充满生活气息的几十分钟。

每次上车，只要车厢里人不多，她都喜欢坐在司机大叔后面，不时和他闲聊几句，有时候甚至不用说话，只是坐在他背后的位子上就很安心。

只要上车时笑着央求大叔一句，她就根本不用担心坐过站的问题。

虽然李诗情从来没有和司机大叔说过感谢的话，但她从心里对这位好心的大叔充满了感恩之情，也一直想对他说声"谢谢"。

她想感谢他在自己刚到这个城市局促无助时提供的善意指点、无私帮助。

"公交车循环"事件开始发生时，她尝试过让司机大叔停车、让司机大叔掉头，甚至制造各种事件想要劝服他，可大叔每一次都坚持要把乘客送到站再将车开走。

那时候，她还在心里烦恼过他的过于"敬业"。

她的同伴不是没有质疑过司机大叔。

事情一发生，他就旁敲侧击地问过司机大叔精神状况是不是不太好所以才出车祸。

那一次，是她帮大叔解释，打消了他的疑虑。

他质疑过司机会不会有丢下一车乘客逃生或根本不相信他们话的可能。

是她非常肯定地否决了他的猜测，甚至直呼"他不是那样的人"。

是因为对大叔盲目信任，是因为对于自己的判断太过自信，她才执意选择了这种她觉得"最没有难度"的"通关方式"……

结果他们却功亏一篑。

司机确实不是会丢下一车人逃跑的人，他想要的——是没有一个人能下车。

李诗情的目光看向最前排的司机大叔。

司机正常开车，从她的位置看，只能看到一个背影。她又看向花衣大婶，她的注意力一直放在自己脚下的塑料袋上，和司机没有任何眼神交流。

李诗情收回目光，眼神放空，自言自语。

"为什么会这样……"李诗情陷入了深深的不信和怀疑中，"司机大叔为什么要这样？"

无论怎么想，她都没办法将穷凶极恶的歹徒与和善亲切的司机大叔联系到一起。

"不管是为什么，现在都已经能肯定司机和发疯的大婶是同伙了。大婶之前歇斯底里喊的'王兴德'，有可能就是司机的名字……"

快成功时却突然出现变数，肖鹤云的心情也很糟糕，但好在他本来就和司机不认识，也没有受到太多打击。

"他们可能本来就认识，这起爆炸案，他八成也是知情者。"

"但这没有道理啊。"

李诗情微微侧脸，皱着眉，神情中依然带着疑惑。

她还记得大叔最后看她的那一眼。

那眼神太过复杂，仿佛有许多许多话想对她说，最后却什么都没说出来。

她的人生阅历太少，不能明白大叔看她那一眼的含意，但她能看得出那眼神里蕴含着深深的愧疚和痛苦。

这不是一个想和人同归于尽的"歹徒"该有的眼神。

李诗情和肖鹤云此刻脸几乎贴着脸，姿势表现得很亲昵，如果没听见两人的对话，也忽略话语中的分歧，看起来很像小两口亲密地依偎在一起说着悄悄话。

"司机大叔在这条线上跑了好几年了，从我大一开始坐这趟公交，他就在跑这条线。"李诗情满脸写着不解，"他脾气很好，我从来没见过他和人主动起争执。他有什么理由……要和一个疯子一起，炸死一车的人？"

"不管有什么苦衷，有这种变数，计划就要跟着改变……"

肖鹤云拿下眼镜，揉着自己隐隐作痛的额心，略显烦躁地说。

他制订过这么多次计划，却从没有将"司机大叔"和"其他人"的部分加进去。

在他看来，所有除他和李诗情以外的人都属于不可控的因素，在他的计划里，除他们两人之外所有的因素都属于"风险"。

只要有风险，就会有变数，他没有把自己的命交到别人手上的习惯，所以他的计划方案从来不是"求助"，而是"自救"。

但李诗情不同，这个小姑娘还没有离开过学校，成长中又得到过太多人的善意，便从来不吝于用最大的善意去相信别人，遇到问题时，下意识的反应也是寻找可以求助的人。

从时间这么急迫她还要选择报警，就可以看出她的这种性格。

这种性格也不是不好，至少她从来没在关键时候掉过链子，而且永远保持着积极向上的乐观情绪和百折不挠的韧劲。

这种情绪也感染了他，让他没有因为遭遇这种可怕的事情而崩溃，反而努力地和她一起寻找出路。

但现在，也是因为她的这种性格，司机"叛变"的行为才会对她的打击这么大。

"都是我的错，是我的建议出了问题……"李诗情低垂着眼眸，小声道歉。

"也不是你的错，至少有了大叔和口罩男的帮助，我们确实能够很轻易地制服大婶，只不过谁也没想到司机根本不会开车门。而且如果司机是帮凶的话，我们其实也没什么机会，哪怕我们控制住了大婶，只要没下车，他想要制造车祸太轻松了。"

想到司机和大婶是一伙儿的，肖鹤云愁肠百结。

"唉，司机大叔也是帮凶，我们解决这件事的困难度就增加太多了……"

他们没人会开车，只要司机有心"自毁"，这一路上有无数办法可以让大伙儿一起丧命，更别说炸弹不仅仅是"拔开限压阀"这一种方式可以引爆。

"还有那炸弹，目前已知的，已经有两种引爆方式了。"

上一次的"循环"中，他们牢牢地控制住了大婶和高压锅，但高压锅还是炸了。

虽然没有时间看手机，但肖鹤云有八成把握肯定，那炸弹的定时装置一定是设在了下午一点四十五分。

"所以那手机铃声和定时装置有关吗？"

手动引爆加定时引爆，能确定的引爆方式已经有这两种。

如果定时装置是个手机，万一司机打通电话也能引爆，那可能就是三种……

这是无论怎么想都让人绝望的局面啊。

"大叔在这条线上已经开了几年车了，为什么要这么做呢？"李诗情还在纠结上一次的"循环"，一直在自言自语，完全走不出来，"大叔和大婶是什么关系？为什么要制造这起爆炸案？为什么每次都是下午一点四十五分？为什么要设在这个时候爆炸……"

"我们先冷静一下，再设定一个妥善的计划。"

肖鹤云有点担心李诗情的精神状态，伸出手准备摸摸她的额头，手臂却被李诗情推开了。

"别老想这些了，司机大叔既然是大婶的帮凶，那他们就是一路人。"

"不对，不对！"

李诗情想起了什么，声音突然变高。

见其他乘客被自己突如其来的叫声吸引了注意力，李诗情才重新控制住情绪，但表情中却依然带着一股倔强。

"有没有可能，司机是被胁迫的？那个大婶被你们制服后，一直在骂人。她骂的是个叫王兴德的人。按照你的猜测，王兴德就是司机。那……如果这起恐怖袭击是事先约定好的，大婶为什么还要喊骂他报警？除非，她一直防着司机大叔。"她虽压低了声音，可依然难掩语气中的激动，"而且，如果司机和大婶是同伙，那我们抢高压锅、制服大婶的时候，司机为什么不帮忙呢？那个时候，他只要制造一起车祸，谁也逃不掉吧？一个颠簸，限压阀就掉了，高压锅肯定炸。他可以撞油罐车，或者把车开下桥，这一车人的命本来都在他的手里，他根本不用炸弹，就能让我们全死啊。"

李诗情脑海中浮现出大叔的那一眼。

"我能感觉到，大叔和那个大婶不同！"她一把抓住肖鹤云的手，压抑住自己的情绪，"他也许是因为有什么苦衷才这么做。万一他是被胁迫的呢？万一他有什么把柄在别人手上不得不服从呢？如果能找到其中的原因，消除他的疑虑，说不定他就会放弃这个可怕的计划，选择帮助我们呢？"

"但是他根本没有开门啊……"

"可是他让我下车了。他让我们下车了！"

李诗情的手在颤抖。

她认为自己抓到了最关键的信息。

"如果司机大叔想带着一车人去死，那为什么我们能下车成功呢？"

就算是车上出现了色狼，他都要选择和所有人同归于尽了，又有什么理由在中途放他们下车？

肖鹤云一下子愣住了。

在此之前，他从来没有思考过这个问题。

"你说得对……"

肖鹤云轻叹了一声，回握住李诗情的手。

"既然如此，那我们下车吧。"

"嗯？"

听着耳边熟悉的报站声，李诗情茫然地看着他。

"你不是想找出真相吗？"

肖鹤云拉起李诗情的手，牵着她一直走到后门边。

车辆靠站，车门缓缓地打开了。

"那我们下车！"

肖鹤云带李诗情下车，其实也是无奈之举。

他们两个都不会开车，制服一个带凶器和炸弹的大婶尚且需要别人的帮助，再加上一个正在驾驶公交车的司机，根本无力回天，任何一个举动都有可能引发司机的过激反应。

更别说功亏一篑后，无论是李诗情还是他都开始有了点厌烦的意思，所谓"一鼓作气，再而衰，三而竭"，继续再硬耗下去，说不定两个人都要在车上发疯。

他们在公交车上能做的都已经做过了，现在又发现了无法排除的新障碍，怎么看都是个死局，不如下车找点有用的信息。

下车后，两人凝望着渐渐远去的公交车，不但一点也没有感觉到轻松，相反，他们的心情沉重到说不出话来。

"报警吗？"

目送着远去的公交车，李诗情这一次选择和同伴先沟通。

"你已经很累了，我们先松口气吧。"肖鹤云拍了拍李诗情的肩膀，"等车出了事，警方也许会打电话联系我们，到时候我们配合调查就是了。"

他一直很担心李诗情的心理状态，尤其是在大叔"背叛"后。

"那走吧。"

讨论过后，两人选择还是去上一次的公园。

找到某个凉亭坐下后，李诗情和肖鹤云没有商量过，不约而同地拿出了手机。

发现对方和自己的想法一样时，两人相视一笑。

"你查下午一点四十五分在桥上发生过什么事情，我查45路公交车有没有发生过什么事故？"肖鹤云询问着同伴，"一个中年家庭妇女要报复社会，不是子女出了事，八成就是感情纠葛，咱们往这个方向查。如果大叔是被胁迫的，那他和大婶应该在现实里也有交集。"

"好。"

李诗情打开手机里的搜索引擎。

接下来的时间里，两个人都没怎么交流，只静静地查找着新闻和信息，间或讨论几句。

"你看这个，这个45路公交线被当地人认为是'最容易发生矛盾'的路线，发生过的事情不少，就是因为有座隔江大桥……"肖鹤云将本地论坛里的一个吐槽帖给李诗情看，"一旦坐过站，来回就耽误四十分钟，经常有人自己坐过站了还吵着要下车。"

李诗情坐这条线坐了几年，当然知道这个情况，点了点头，道："确

实是这样，那要从 45 路公交线查起就难查了。"

如果网上有不少人对这条线产生过不满的话，没用的信息就会非常多。

"会不会是这个？ 45 路公交车上发生的偷窃案？"

肖鹤云看着自己的手机，自言自语。

但很快，他就否定了自己的猜测。

"哦，原来是偷手机，这个很常见，应该不是……"

另一边，李诗情关于"下午一点四十五分"的搜索也没什么太大进展。

45 路公交车途经的那座跨江大桥连接本市的两个重要区域，来往车流量巨大，所以每年遇到的事故也不少，大的小的都有，叠加在一起就是个很恐怖的信息量，会提到具体时间的更是少。

往大了看，有出连环车祸的，有货车撞上小轿车起火的；往小了看，有简单剐蹭引发斗殴的，有半路抛锚阻塞交通的……

哪怕只是搜公交车和时间，就有追尾别人的、被别人撞的、公交车里有病人发病不得不临时掉头的，各种各样的信息塞满了整个页面。

两个人看到昏头涨脑，结果却如同大海捞针，什么有用的信息都找不到。

现代社会高度发达，虽然给查找资料带来了方便，可如何在浩瀚如海的资料里准确地找到自己需要的信息，反而成了摆在他们面前最大的难题。

"你看看这个，有人曾在下午一点左右下车遭遇车祸，会不会是……"

李诗情突然翻到一个好像有用的信息，刚准备给肖鹤云看，就听见耳边传来一声闷响。

刚刚凑过头来的肖鹤云身子一震，两人都不由自主地看向跨江大桥的方向。

只见东北方向冲出了一股滚滚的浓烟，浓烟腾空而起，浓烈的黑烟像是狰狞的恶魔，张牙舞爪地撕破了晴空。

"那是……大桥的方向？"

肖鹤云哆嗦了一下，不确定地问李诗情。

他低头看了一眼手机上的时间，正好是下午一点四十五分。

164

"是大桥。"

李诗情目测了一下距离，心头也如坠重石。

"看来这一次是在桥上炸了。"

那滚滚的浓烟在提醒他们，有无数条人命已经从这个世界上彻底消失。

"不要想太多。"肖鹤云拉过李诗情的肩膀，不让她再去看那股浓烟，看着她的眼睛，认真地说，"你只要记着，我们现在休息，是'为了走更远的路'。"

李诗情眼神黯淡地点了点头，握着手机的手却越发用力。

"司机大叔为什么非要开到桥上再引爆呢？那个下午一点四十五分的爆炸时间，是犯人提前预测好开到桥上的时间，还是只是追求一种仪式感？又或者是一个对他们来说非常重要的时刻？"

这一次不是撞油罐车出事，可结局却更不明朗，李诗情心头的疑惑也越来越深。

"上桥、公交车、爆炸，这么多信息串联起来，根本不像是一个普通的报复社会的事件，倒像是……"

"像是献祭。"肖鹤云一怔，铁青着脸，将话接了下去。

这辆将所有人送入黄泉路的公交车，真的很容易让人想到奇幻小说里最邪恶的那种情节，而车里的乘客，实在太像是某种献给邪灵或恶魔的"祭品"。

这么一联想，两人心情更糟糕了。

远处滚滚的浓烟，更是让气氛变得沉重。

"别想那么多，其实换个角度想想，公交车在桥上爆炸，说不定对我们更有利！"肖鹤云摸着下巴，突然说，"前几次警方找不到线索，是因为公交车撞上了油罐车，爆炸现场被破坏得太厉害，找不到有用的线索，不得不靠盘问我们来取得进展……"

他皱着眉继续道："但这次不同，这次车是在桥上炸的，警方应该更容易查到某些线索，也许我们只要等一阵子，就能得到关键信息了……"

"不，那太慢了……"李诗情的眼里慢慢又出现了希望的光彩，"也许我们该尝试下主动向警方提供线索？"

"什么？"肖鹤云觉得脑子有点糊涂。

"为什么我们在网上找不到有用的信息？因为我们寻找的方式太没有效率了！如果我们能借用警方的力量呢？"

在肖鹤云之前的抛砖引玉下，李诗情努力理清自己脑子里的那一线灵光。

"我们现在已经知道大婶是犯人，随身带着一个装有炸弹的高压锅；司机大叔是同谋，至少也是从犯，从头到尾就没想过开门让人逃生……"

肖鹤云也反应了过来："你是说，我们查不到，警方查得到？"

"像大叔这样的老司机，在公交公司应该是有完整的人事档案的吧？警方想查司机大叔应该很容易。知道大婶可疑的话，他们通过上车的监控画面，也许能查到她的真实信息？"

李诗情虽然不太确定，却依然往这个思路去想。

"就像警方之前调查我们那样，只要能盘查到他们的社会关系、人际交往情况，和过往发生过什么事情，说不定就能知道大婶的动机，以及大叔为什么要帮她！"

"我们这一次是正常下车，没有值得怀疑的地方，根本不用担心警方会和前几次一样问讯我们。"她心情激动之下，连声音都在颤抖着，"与其像我们这样大海捞针地查，不如老老实实地配合警方办案，做一个'良好市民'，为警方提供有用的线索和方向！"

"这是个好办法！"就连肖鹤云也不得不承认，在目前陷入僵局的情况下，这确实是个有用的建议。

"那接下来，我们只要坐等警方传唤就行了！"

他们之前有过几次下车的经历，知道案件发生后，警方做的第一件事，就是通过电话和走访的方式，从之前下车的乘客身上搜集有用的信息。

作为最近一站下车的两个乘客，警方迟早会找到他们了解情况，到那时候，他们只要根据警方的问题，尽量多地提供线索就行了。

"来，我们来整理下思路，归纳下有哪些信息是关键的……"

有了方向，肖鹤云的大脑又开始转动了起来，掏出随身带着的纸笔。

"这一次，我们绝对不能无功而返！"

爆炸案发生在下午一点四十五分，由于这一次公交车是直接在桥上炸的，比起之前几次那般撞油罐车，造成的影响更坏，也更令人难以接受。

李诗情和肖鹤云商议好如何面对警方的策略后，一边等候着警方即将打来的电话，一边面沉如水地翻着网上出现的各种信息。

虽然他们知道光翻看新闻是徒然的，作为两个年轻人却很难控制住自己上网查看相关资讯的念头。

就这样过了快一个小时，肖鹤云的手机上首先打进了一个陌生电话。

"是警方吧？"

李诗情又紧张又期待地看着肖鹤云。

"应该是……吧？"

肖鹤云深吸口气，调整好自己的思绪，接起了电话。

但下一刻，他那一口气就泄了。

"啊？什么快件？我不在宿舍，你放在保安室就行了。"肖鹤云心虚地看了同伴一眼，想要快点结束这通电话，"什么？到付的？那你明天再送可以吗？或者我支付宝打给你……快递师傅，我现在真的很忙，要不您先解决下其他快件，不行我回头联系您好吧？"

那边明显还要说什么，可肖鹤云实在担心占线后警方打不进电话，只能匆匆结束了通话。

电话挂断后，气氛有点尴尬，也有点好笑。

"我在网上买的二手数码产品，卖家太抠，居然到付……"肖鹤云干巴巴地解释着。

前几次他要么关机，要么屏蔽来电，这还是第一次接到这通电话。

"希望你明天真的能收到这个快件吧。"

李诗情一语双关地送出了她的祝福。

"希望吧。"

肖鹤云苦笑着，对于明天能脱离这个"循环"不敢抱太大希望。

有了这个乌龙插曲，两个人一直提着的心竟稍微放松了一点，他们都想用更积极的心态来等着警方的主动联络。

又过了十几分钟，警方果然打来了电话。

"你们在一块儿？太好了，请立刻来 W 市刑警支队，我们会派人在门口接你们，地址就在 ×× 路上，请尽快协助我们调查！"

当得知当时下车的两个乘客在一起时，警察高兴极了，连语调都高昂

了起来。

李诗情和肖鹤云这一次选择主动回应传唤，出公园搭了辆出租车，一起前往刑警支队。

那个地址他们并不陌生，之前也曾去过，不过是被警车押运过去的，这一次他们自己过去，心情也越发复杂。

在去刑警队的路上，出租车司机一直在车里听着有关爆炸案的交通广播，广播里对爆炸现场事无巨细的描述让两人生理上和心理上都产生了不适感。

出租车狭小的空间，加上广播里频繁提起的"爆炸""公交车"这样的词语，都让两人感觉到窒息，李诗情更是有种要呕吐的冲动。两人只能靠紧紧抓住彼此的手来互相打气。

他们离刑警队越来越近，也想起了前几次下车时不好的记忆，刚刚在商量对策时的冷静和勇敢都荡然无存，眼见着很快就要到目的地了，两人手心都开始冒汗。

"你们还不知道吧，跨江大桥那边有一辆公交车爆炸啦！"

偏偏那出租车司机嘴巴还闲不住，老是和他们找着话茬。

"听说现场那个惨啊，炸得连尸首都认不全，公交车的车门都炸变形了，他们上去救人的时候全是从车窗里爬进去的！唉，你说都有炸弹了，哪里还有活人能救？

"所以说啊，还是坐出租车安全，公交车那种开放式的交通工具，谁知道什么时候就上去个疯子？以前就有什么公交车纵火的新闻，现在又来个爆炸，这世界上总有那么一两个疯子，要是刚好给你撞上了呢？"出租车司机还在絮絮叨叨，"你们觉得呢？"

"司机，我们就在这里下车！"

李诗情突然脸色一变，在离刑警队还有一点距离的地方要求下车。

当肖鹤云付完车费，匆匆忙忙跟着同伴下车后，就看见李诗情抱着路边的一个垃圾桶吐了个稀里哗啦。

作为每次做出"提议"的人，她的心理压力太大了。

"你还好吧？"

肖鹤云赶忙上前，有点心疼地拍着她的背。

"你别过来，脏……"

李诗情背着他摆了摆手，示意他不用过来。

"对不起，我又耽误时间了……"她一边弯着腰抑制住喉间的恶心，一边说，"让我吹吹风，一下就好。"

肖鹤云叹了口气，去路边买了瓶水，又买了包纸巾，从后面递给她。

当李诗情再直起身时，双眼微肿，连鼻子都是红的，也不知是呕吐引发了生理性的眼泪，还是心里实在难过，哭过了。

或许两者都有。

肖鹤云体贴地当作什么都没看到，打开导航看了一眼刑警队的位置，耐心地牵着李诗情的手往目的地走。

等到了刑警队门前，果然有一个穿着制服的警官在门口焦急地张望着。

看到这一对年轻男女走向门口，他眼睛一亮，速度极快地走到了他们的面前。

当看清楚了这位警官的脸，李诗情和肖鹤云往前的脚步渐渐放慢了。

下一刻，连肖鹤云的鼻子都无端地酸涩了起来。

"你们就是李诗情和肖鹤云吧？"警官的语气前所未有地热情，在得到对方肯定的回复后，他一边介绍着自己，一边伸出手，"之前我们给你们打过电话，自我介绍一下，我是负责这个案件的警官之一，你们可以喊我张警官，也可以和其他人一样，喊我……"

他紧紧握住了肖鹤云的手掌："老张。"

在这条时间线里，能看到老张，能感受到他还活着，这本身就是足以让两个年轻人感到高兴的事。

或者说，这简直是他们在经历过这么多次"循环"后，为数不多的能感觉到"我们这么努力还是有价值"的事情了。

李诗情刚刚才哭过，现在见着老张，心里又喜又悲，眼眶也红了。

"哟，你这是怎么了？害怕见警察叔叔啊？"老张一见这小姑娘要哭不哭的样子，笑眯眯地，像是哄小孩那样哄她，"不要害怕，警察叔叔不抓好人，只抓坏人。"

"我知道……"李诗情勉强对老张挤出一抹笑容，点了点头。

"她这是怎么了？"

老张领着他们往里走时，观察到李诗情和肖鹤云表现得很熟悉，肢体

169

动作也很亲密，于是把肖鹤云当成了李诗情的男朋友，小声地问他。

"怎么情绪不太对啊？"

"她心肠软，知道那辆公交车出了事死了那么多人后，就一直在难过。刚才来警队的路上，出租车里的广播正好又在仔细播这个事，她都没憋住，一下车就跑到旁边吐了一通。"

经历过之前那一遭，肖鹤云知道在这些训练有素的老刑警面前最好不要说谎，所以实话实说，

"刚刚还见到的人，突然说没就没了，心理上实在接受不了。"

"怎么能这么想呢？你们应该想着'发生这样的大事，我们还能没出事，真是太好了'！"

听到肖鹤云的解释，老张看向李诗情的眼神越发柔和，声音也跟着变轻了："小姑娘，你不用自责，也不要害怕……"

他学过心理学，明白有些幸存者会存在一种"道德创伤"，会觉得自己在灾难中做得不够好，或者自责于自己什么都没做，于是陷入很深的内疚中，从而产生心理上的问题。

这种"道德创伤"在心理学上被称作"幸存者内疚"，又叫作"幸存者综合征"。

和 PTSD（创伤后应激障碍）不同，人往往更重视 PTSD，却忽略了有"幸存者内疚"的人，等到悲剧发生的时候，往往已经来不及了。

李诗情还是个这么年轻的小姑娘，眼前的小伙子看起来也很斯文，老张当然不能坐视他们的心理状况出现这么大的问题，一边走，一边努力排解着两个年轻人的负面情绪。

"发生这样的事，谁也不愿意，你们不必觉得自己没做到什么，也别老是想那些太惨的事，更别觉得你们做错了什么或没做什么是错的，这和你们这种普通乘客根本就没关系……"

会产生这种创伤的人，往往都是道德感很强的人，一个自私冷漠的人反倒就没这方面的问题。

"我们该谴责和惩罚的是放置炸弹的人，不是你们这些险里逃生的幸运儿。"

有时候，懂事的人反倒会承受得更多，这也让老张更心疼这两个年轻人。

他反复强调了这么多，只为了传达一个信息：不是你们的错。

简单的几句话，却让李诗情彻底绷不住了。

他们努力了这么久，失败了这么久，曾见过希望的曙光，也经受过黑暗的没顶。

有时候，他们甚至觉得整个世界都在劝他们放弃，但他们不想服输，也不愿认命，受到的挫折再大、痛苦再深，一清醒，都还要咬紧牙告诉彼此——"再试一次"。

可即使他们已经这样努力了，却还是什么都拯救不了。

经历过上次的"循环"，李诗情的内心已经隐隐有些厌倦这一切，觉得像这样奇异的事情，根本就不配发生在她这样的普通人身上。

她这么蠢、这么弱，老天爷安排这样的"机遇"给她，根本就是浪费，她什么都做不好，也什么都做不了，只能一次次眼睁睁地看着全车的人去死。

可现在，有一个人在对他们说——"不是你们的错"。

听懂了老张话中的含意，李诗情竟痛哭出声。

大概是觉得这样又矫情又羞耻，她胡乱地抹着眼泪，用手臂紧紧地挡住自己的眼睛。

莫说李诗情，就连肖鹤云一个轻易不落泪的男子汉，此时都觉得有些控制不住，悄悄仰起了头。

他们太苦了，实在太苦了，苦到都承受不住别人的一句劝解。

老张并没想到自己安慰的几句话让两个年轻人情绪这么激动，然而出于直觉，他立刻明白了什么。

如果仅仅是从车上下了车，这两个孩子情绪不会这么激烈，他们一定是在车上知道了什么，却没有真的付诸行动，才会对此产生深深的内疚。

揣测到这一点，老张心中涌出一阵狂喜，对待两个年轻人的态度也更加慎重了。

警方打出了很多通电话请求下车的乘客协助调查，这两个人是所有人中接得最干脆、答应得最没犹豫的，也是来得最快的，现在老张又察觉出他们似乎知道什么，这说明他们会配合的可能性极大！

老张把他们带到了专案组的办公室，正在打着电话的杜警官看到他们进来，忙到说话的时间都没有，只远远地对他们做了个"坐"的手势，继续对着电话那头的人说着什么。

和上次直接进了审讯室不同，这一次肖鹤云和李诗情是作为"协助调查者"被请来的，除了出去接他们的老张和他们之前就见过的杜警官，办公室里还有许多警官来来去去，但每个人对他们的态度都还不错。

"痕迹科东西出来了没有？"

"没有！"

"档案呢？受害者的档案整理出来了没有？"

"法医还在辨认呢！"

不停有抱着案宗的警官急急忙忙地冲进来，又脚不沾尘地拿了东西就走，间或吼上两嗓子要东要西，忙得焦头烂额。

大概是太忙了，这些警察看到李诗情和肖鹤云两人，最多好奇地打量几眼，并没有给他们任何不适的感觉。

"哟，这就是最后一站下车的两个年轻人？可把他们给盼来了！来，方子，给他们倒两杯水！"有个警官路过，表情一松，高喊着。

正巧路过的警官顺手端了两个纸杯过来，放在肖鹤云和李诗情面前的茶几上，目光扫过李诗情，对老张一挤眼："这是怎么了？"

小姑娘怎么眼睛红红的？

"小姑娘听说车炸了，吓坏了。"老张没多说，一推那警官的背，"忙你的去吧！"

等杜警官结束了通话走过来，李诗情和肖鹤云也收拾好了自己的情绪，互相靠着坐在长椅上，安静地等着警方开口询问。

"感谢两位配合警方的传唤来警队协助调查这起爆炸案，我代表我们专案组，先感谢两位对警方的支持和信任。我是专案组的负责人，我姓杜，你们可以叫我杜警官。"杜警官是个沉稳严肃的人，说话也言简意赅，开场白就几句话，"相信你们也都知道你们坐的那辆公交车出事了。请你们来，是因为出事的公交车在爆炸中严重损毁，现场有很多痕迹都辨认不清，所以需要你们的协助。请你们尽量多地回忆车上的情况，为我们提供有用的信息。另外有些问题，我们也需要了解，还请你们如实回答。"

来了！

"好的，杜警官！"

李诗情和肖鹤云精神一振，不由自主地坐正了身子，像两个回答老师问题的好孩子那样点了点头。

"你们为什么要坐这趟 45 路公交车？你们是什么关系？"

杜警官首先问跟他们有关的问题。

"我要去江北区的青年书店买一些专业书，最近写论文要用，我们学校附近的几个书店都没有货，上网买来不及了。"李诗情说出自己的目的。

"我去江北区的苹果旗舰店看看最新发布的手机。"肖鹤云跟着回答，"我和她是朋友，上车偶遇，发现她今天也坐了这趟公交车，就干脆坐在了一起，一起走。"

"你们都是去江北区买东西的，为什么要在沿江东路站下车？"

杜警官眉头一皱，语气不自觉地严厉了起来。

"我来问吧。"一旁的老张看戴眼镜的小伙子脸色都白了，连忙"救场"，"就问个情况，不用搞得这么严肃嘛！"

"抱歉，我不是对你们不满，我这是职业习惯。"杜警官也意识到自己的语气过于严厉，抱歉地点了点头，"那老张，你来问吧。"

老张的态度就和缓多了。

"你们是在车上发现了什么异常情况吗？"他注意着女孩的面部表情，带着安抚的语气问，"因为感觉到哪里不对劲，所以下了车，是不是？"

因为可能出现新的突破点，杜警官和旁边听见这番问话的警官都忍不住紧张起来，屏住呼吸等着他们的回答。

李诗情抬起头，回望老张鼓励的眼神，点了点头。

"是什么？"

霎时间，每个警官的眼中都露出了振奋的光芒。

"坐在我们前面的穿花衬衣的大婶精神状况有问题，一直在唠叨着什么下午一点四十五分，什么王兴德，我就是觉得那个大婶整个人都不太对劲，潜意识里有些害怕，才拉着肖鹤云一起在下一站下了车。"

李诗情也不知道自己和肖鹤云商量的借口能不能让警方相信，只能紧紧地握着肖鹤云的手，从同伴身上汲取勇气。

"但是我们下车后没多久，就看见跨江大桥冒烟了……"

听到下午"一点四十五分"和"王兴德"几个字时，杜警官和老张对视一眼，表情异常凝重。

这起爆炸案发生的时间是下午一点四十五分。

而王兴德，正是这趟公交车的司机。

这两个信息都不会是普通乘客该知道的事情，他们提供的线索有可能是真的！

"穿花衬衫的大婶？你们还记得她长什么样子，随身有携带什么东西吗？如果拿车站上车的监控给你们看，你们能不能分辨出哪一个是她？"

老张的预感成了真，他激动到不能自已。

"她带了个高压锅。"李诗情根本不必回想，都能说出那个高压锅的特征，"双层超市特大塑料袋裹着的，锅很大，就放在她的脚下。"

她点点头，又说："我记得她，如果给我看监控，我能分辨得出。"

"方子，调监控，把携带高压锅上车的中年妇女的信息找出来！"杜警官当机立断，直接下令，"尤其是社会关系！"

"是！"

"老王，催痕迹科速度快点！确定下爆炸物是不是在高压锅里，重点分析所有可能是高压锅残骸的碎片！"

"是！"

"方子，一旦查出带高压锅的妇女是什么身份，立刻通知小江带队去搜查她的住处！"

"收到！"

专案组的其他警官听说有重大发现，都围了过来。

刚刚喊着找痕迹科要资料的警官，更是不知从哪里抽出两张公交车内部的平面图，递给李诗情和肖鹤云。

"沿江东路站后就再没有车站可以上车了，你们下车的时间最晚，而我们从沿途的监控中也没有发现有中途上车的可疑人士，我们推测，制造这起爆炸案的凶手，有可能当时就在车上。"刚刚找痕迹科要资料的警官说，"我们想要知道当时车上有哪些人，大概坐在什么位置，特别是你们说的那个可疑的花衬衫大婶。希望你们能尽可能地回忆，在平面图上标注下他们的位置。"

"我来吧。"

肖鹤云从老张手里接过笔，回想了一下，开始在平面图上标注。

"这里是一个老太太，这里有一个带着蛇皮袋的老头，里面东西圆滚滚的，应该带的是瓜果……这里是个大叔，带着个黑色的健身包，这里是一个拎着菜篮子的大妈。"

他用笔在平面图上一边打叉，一边标注出每个位置坐着的人，甚至还写出了他们随身携带的东西。

"这里，这里就是那个穿花衬衫的阿姨。"肖鹤云的笔顿了顿，继续画了个叉，"她带着个高压锅，就坐在我们前面。"

他根据自己的回忆，把所有人的位置全部画了出来，只除了后来上车的口罩男。

因为他们是在口罩男上车的那一站下车的，应该不会知道他坐在哪儿。

在他边画边示意时，就有好几个警官发出了惊叹。

"之前在公交车上发现了破碎的黑色健身包！"

"现场确实有发现甜瓜的痕迹！"

警方传唤下车的乘客来询问信息，只是搜集信息的一种方式，能够搜集到多少信息，全部得看配合调查的人能记得多少事情。

在以往的经历中，当事人受到惊吓后慌乱无措甚至胡言乱语的事情经常发生，即使有些表现正常的知情者说出的线索，也经常出现没有逻辑或者前后矛盾的情况，警方得反复查证才能取用。

但这一次不同，这一次配合调查的证人头脑非常清醒，而且所说出来的话、标注出来的信息，在现场都有足够的痕迹或证据来支撑。

"小伙子，真可以啊，记得这么清楚！"

老张兴奋地拍了拍肖鹤云的肩膀，对他们更加信任了几分。

"我的记性不错，我上车闲着无聊，喜欢观察乘客。"肖鹤云对于别人的夸奖倒是照单全收了，推了推眼镜，"能帮上忙就好。"

警察有了新的线索，方向一下子就明确了起来，再不用像之前那样从各个方面寻找信息。

一时间，整个专案组就像开足了马达的机器，快速高效地运转了起来，根据杜警官的每一次指令，有条不紊地进行着任务。

在此期间，李诗情和肖鹤云也不安地等待着警方调查的结果。

和警方对他们有所期待一样，他们也希望警方能够根据他们的线索为他们提供更多不容易被普通人调查到的信息。

大约等了一个小时，老张从各个同事那里搜集了足够的证据和信息，从手机里调出一张监控照片，赶到了两个年轻人的身边。

"你们看看，带高压锅的是不是这个妇女？"

照片有些模糊，让人看不清眉目，依稀只能见到是一个女人，手里拎着李诗情说的大塑料袋，完全没办法从监控里看出里面是不是高压锅。

但那身衣服李诗情和肖鹤云实在太熟悉了。

"是她。"李诗情点头，"她的衣服我记得。"

"确实是她，用的是全家福超市的袋子。"肖鹤云也很肯定地说。

"查！立刻去查这个女人的身份，看她和王兴德有什么关系！叫小江申请搜查程序，随时准备出发！"

又过去了一个多小时，痕迹科那边的消息首先传来。

"痕迹科那边已经确认了，爆炸物是在高压锅里！"

没几分钟，调查中年大婶的老张也匆匆赶来，在杜警官耳边悄悄说："老杜，小姑娘说得没错，这妇女有重大嫌疑……

"她和司机王兴德是夫妻关系！"

第 八 章

开端与真相

　　W市发生的爆炸案,是一桩骇人听闻的惨案,伤亡人数之多、产生的社会影响之剧烈,堪称几年来之最,也因为如此,无论是社会舆论也好,还是各方对专案组的反复叮嘱也好,都给负责调查此案的专案组带来了极大的压力。

　　即便没有各方带来的压力,但凡只要去过爆炸现场、实地勘察过这起爆炸案的惨状的警官,都会发自内心地想找到这起爆炸案的真凶和其行凶的动机。

　　他或者他们为什么要这么做?

　　他或者他们的背后是不是有更大的犯罪组织在对社会安全虎视眈眈?

　　侦破重大案件,光靠猜想是不行的,还要有完整的证据链和人证、物证对调查出来的事实进行佐证,寻找证据的过程,警察往往要花费一段时间。

　　何况车厢被破坏得如此严重,整辆公交车里更是没有任何人幸存,爆炸案发生后,连车上发现的尸骨都是残破不堪的,这让案件的调查陷入了瓶颈。

　　但现在,两个年轻人提供的线索给专案组提供了一个明确的方向,让专案组有了重大突破，局面一下子就明朗了起来。

有了方向，取证的过程就会被大大地缩短。

"老天有眼，天网恢恢，疏而不漏。"对于这么快找到线索的局面，老张只有这一个想法，"幸亏两个年轻人一个机警一个聪明，才给我们带来了这么大的帮助。"

"但是你不觉得他们也太机警、太聪明了吗？"杜警官想起那个青年接过分布图毫不犹豫就能"默写"出每个人位置的举动，总觉得有些不安，"寻常人遇见这种事，脑子里不乱成一锅粥就不错了，他却能记得分毫不错。还有那个女孩……"

既然她知道有问题，为什么不报警？

他没有把自己的不满说出来，但老张能明白。

"我知道你在担心什么，你的担心我也有，但是根据我的经验判断，这两个年轻人应该是清白的。一起爆炸案的嫌疑人不会主动去帮助警方、响应警方的传唤，更不会因为车上的乘客伤亡惨重而背上这么重的心理负担。"老张想起小姑娘被安慰后失声痛哭的样子，心里就难受得不行，"普通人遇见这种事都是自顾不暇，他们还能想到帮助别人，都是好孩子。何况我们不也都调查过了吗？他们身家清白、社交单纯，并无案底，并没有成为同谋的动机。

"这世上总有些偏门的天才，有些反应力极快，有些画面记忆力超强，也许小伙子就是有这种才能的人呢？他既然说平时就喜欢观察车上的乘客，在关键时候能回忆起来也没什么稀奇，而且既然女孩已经发现了前排的人情况不对，作为朋友，多注意一点也合情合理。"

老张能明白老杜对这起案件的愤怒和遗憾，但他在感情上，更倾向于相信两个年轻人："至于女孩子为什么不报警，我觉得这个没什么好纠结的，她又没有证据，只是觉得这个中年妇女自言自语很奇怪，人的直觉通常不能当作证据，很多人遇见这种事会觉得报警是小题大做。"

"你说得对。"杜警官叹了口气，"是我太紧张了。"

老张非常理解他的这种急迫："放松点，别把自己逼那么紧。

"我知道你责任心强，但保护人民安全、维护社会治安是我们的责任，你不能用同样的职业准则和道德去约束、去要求两个普通的年轻人。

"会积极配合警方破案，他们就已经做到他们能做到的最好地步了。"

另一边，作为协助者的李诗情和肖鹤云也很快从警方那边得到了他们想知道的答案。

　　"司机和那个大婶是夫妻？"

　　得知他们的关系后，李诗情和肖鹤云差点没控制住脸上的表情。

　　如果警方不说，谁能想到司机大叔居然和那个像疯子一样的大婶有这样的关系？

　　"您的意思是说，这辆公交车的司机有可能是从犯吗？"肖鹤云紧张地问。

　　"有很大的可能，但最终结果还要看搜查到的证据。"老张说。

　　"你看起来很惊讶，为什么？"杜警官虽然接受了老张的说法，但出于职业素养，还是一眼看出李诗情身上的不对劲，这已经是他们的职业病了，没办法控制。

　　"因为我和这个司机还算熟。"李诗情没有试图隐瞒，发自肺腑地说，"我坐这路公交车已经两年多了，我大多数是学校的放假日出行，遇见的都是今天这班车的司机，他挺照顾学生的，看起来不像是做这种事的人。"

　　听说这女孩和司机熟悉，杜警官也被提起了兴趣。

　　"哦？他挺照顾学生？具体呢？你跟我们说说。"

　　李诗情就把自己对司机所有的记忆和认知都对几位警官说了。

　　她刚到这个地方时，人生地不熟又面皮浅不好意思麻烦别人，但就是在这么一个陌生的地方，遇到的人大多是善意的，这也让她从来不愿意用恶意去揣测别人。

　　比起穷凶极恶的大婶，她更相信自己眼睛看到的、心里感受到的，她更倾向于司机大叔一定有什么苦衷。

　　"我们上车后，司机大叔和车上其他乘客并没有说过话，也包括那个带着高压锅的大婶。"李诗情讷讷地说，"我们都没想到司机大叔还能和那个大婶有这样的关系。"

　　"听起来确实像个不错的人，不像有反社会人格的样子……"杜警官摸了摸下巴，问身边的助手，"方子，这司机和嫌疑人陶映红是原配夫妻吗？有没有子女？"

　　"是原配，两人是二十五年前结婚的，老家在 S 省 Q 市，三年前来这个城市定居。"方子看着手上的资料，眉头渐渐皱起，"他们有一个女儿，

但是已经亡故了。"

李诗情和肖鹤云对视一眼，眼神更加惊讶。

之前李诗情和肖鹤云讨论过，曾怀疑大叔也许是因为家人被绑架而不得不屈从于犯罪组织，也曾预想过如果警方能查出这些，一开始就选择解救人质也许能拉拢司机……

可现在，警方调查的证据告诉他们，司机大叔所谓的"家人"就是那个疯子一样的大婶，而他的女儿早就不在世了……

这条路一下子就断了。

"查一下他们女儿的情况。"老张插话说，"能让一个中年妇女做出这种事的，多半和子女有关系。"

老张忧心忡忡地说："你们还能想起什么？请尽可能地都告诉我们，包括车上还有没有其他可疑的人，有没有团伙作案的可能……"

鉴于大叔和大婶被调查出来的情况，李诗情和肖鹤云仔细回想了下他们有没有什么疏漏，但最终还是摇了摇头。

"车上都是些不用上班的老爷爷老奶奶，我们没觉得有哪里不对劲的地方，至少我们没发现。"肖鹤云态度慎重地回答。

就在这时，杜警官的电话突然响起。

"小江那边的。"杜警官看了一眼来电提示，连忙接起。

"太好了，干得不错，继续搜查，看看还有什么发现！"

似乎是那边的人说了什么好消息，杜警官一贯严肃的脸上居然浮现出隐隐的笑意："我这边也会配合你们继续搜查。"

"怎么，小江那边有什么发现？"老张迫不及待地问。

李诗情和肖鹤云也不由自主地仰头看杜警官，眼中带着期待。

杜警官的目光扫过两个年轻人，他犹豫了一会儿，但还是没有回避，当着他们的面说了。

"小江在犯罪嫌疑人名下房产的独立车库里，发现了制造炸弹的工具和剩余原材料。现在已经基本可以确定，炸弹就是由这对夫妻制造的。"

"在居民区里？"老张听说发现原材料的地点，脸上露出怒色。

"他们买的二手房在港务新村，才买三年。根据对门邻居的回忆，平时家里男主人都住外面，一个星期回来两三次，女主人也差不多是在男主人回来的时候回家。夫妻俩平时很少和邻居们交际，看起来也很不好说话的样子。"

有了重要发现，杜警官倒不急了。

没一会儿，调查司机王兴德和其妻陶映红的警官也带来了资料，进入了专案组办公室。

"司机王兴德以前是大货车司机，在老家S省跑运输，妻子陶映红一直是Q市一中的高中化学老师……"他一边说，一边将资料递给杜警官，"三年前，王兴德通过劳务派遣公司应聘到本市的公交公司，经过一段时间的岗前培训后正式成为公交车司机，两年前正式调到这条线。

"同年，陶映红辞职跟随王兴德来到本市，因为化学专业的资历，在一家化工厂当质检员，半年前辞职了。"

这下子，不但犯罪嫌疑人可以确定，连制造炸弹的条件都有了。

"他们为什么要放弃在老家的稳定工作，到W市来定居？"老张道，"公交车司机的待遇不可能比大货车司机还高吧？"

无论怎么看，这一对夫妻的身上都疑点重重。

"老张，你和他们两个继续聊聊，看看有没有其他遗漏的地方，你留在组里居中调度。我们去和小江会合，有什么事电话联系。"有了线索，杜警官不肯浪费一点时间，急着要去调查更多的证据。

等杜警官走了，李诗情和肖鹤云坐在长椅上，看着一屋子忙得焦头烂额的警官，唯有他们清闲地坐在这里，顿时有些局促。

老张察觉到了两个年轻人的不自在，想了一下，笑着对他们说："这里是乱了点，这样吧，你们跟我去我的办公室，稍微安静些。"

因为肖鹤云和李诗情是唯一能准确说出车上最后所有乘客是什么样子的知情人，老张和老杜都没有让他们先回去的意思。

但是他们在查案的时候，就把这两个年轻人这么晾着，也确实不合适。

"我的办公室里有张行军床，你们要累了可以躺躺。也有充电线和热水，你们稍微休息下，玩玩手机什么的……"

老张领着他们进了自己的办公室，找了两把椅子让他们坐下，又翻箱倒柜地想找点招待人的东西，结果只翻出几袋扛饿的压缩饼干。

"不好意思啊，我没吃零食的习惯，没什么吃的。你们要是饿了，就先吃这个将就一下，晚上我请你们吃饭！"

老张尴尬地看着饼干。

"没关系,这个挺好吃的,我都好久没吃过了。"

肖鹤云接过了饼干,一点也没有嫌弃的意思。

肖鹤云的体贴让老张对两个年轻人更有好感了,在等待王兴德女儿资料的时间里,老张便陪着他们闲聊,大多是问车上的情况,想看看有没有可能再多知道一些疏漏的东西。

聊着聊着,李诗情脑子里有什么一闪而过,有些愣怔。

"怎么,你又想起什么了吗?"老张笑着问。

"张警官,我有个问题,我问了,您别笑话我……"她挠了挠头,像是很不好意思。

"嗯,你问。"

"假设啊,我是说假设……"

嘴里说着只是"假设",李诗情的表情却非常认真。

以为她有什么重要的事情要问,老张也跟着正色起来。

"假设,我明天眼睛一睁,发现自己正在这辆出事的公交车上……"

在肖鹤云惊讶的表情里,李诗情认真地问着。

"这时候离爆炸只有三十分钟,我和肖鹤云知道车上有炸弹,也知道犯人是大婶和司机,在有限的条件下,我们该怎么做,才有可能制止这起爆炸案?"

有不少人都有过这样的经历:一件事过去了很久,还会对之前自己表现得不好而耿耿于怀,甚至懊悔终生。

有可能是面试时一时失误,有可能是在一个重大决策前的选择错误,甚至有可能只是一次吵架中自己"发挥"得不够犀利,在之后若干年里,都会成为挥之不去的心结。

于是这个在旁人看来也许觉得有些"古怪"的问题,再次被老张当作了这个女孩对于不能提前示警而耿耿于怀的表现。

一个人的正义感要多么强烈,才会因为自己是"幸存者"而感到痛苦呢?

对于这一点,没有经历过的老张并不能感同身受,但这并不妨碍他对这个女孩产生敬意。

"啊，这个问题很有意思……"老张只是愣了下，就开始思索，"不过我没想过，我得好好想一下才能回答。"

一个年轻的女孩，在与死神擦肩而过之后，首先想到的不是逃避，而是帮助警方找到真凶，并且在这个过程中还在探寻"如果我遇见这件事该怎么做才不会留下遗憾"这种问题，哪怕这个问题看起来像是天方夜谭，但老张认为，她的问题值得被自己认真对待。

"你这个条件太苛刻了……"老张思考了一会儿，略微头疼地说，"首先，时间只有三十分钟，你要知道，如果你直接打报警电话报警的话，从接警到调度就需要一点时间，再加上出警……而且你坐的车还是一辆正在行驶的公交车，随着时间的变化，车的位置随时会改变……"

老张提出的，正是令李诗情和肖鹤云最头疼的问题。

他们也曾经报过警，而那次报警的结果，却直接导致老张在那一次"循环"里牺牲。

"那您的意思是，如果遇见这种事，我们不该报警，而是应该自己想办法解决吗？"

李诗情一边问，一边悄悄地用手机开了录音。

"不，遇见这种事，你们两个并没有解决的能力，无论来不来得及，都要先通知警方。"

老张没有顾及两个小年轻的自尊心，非常直接地说，"车上有炸弹，司机还是从犯，仅凭你们两个，无法对歹徒产生威慑力，也无法通过身份取得乘客的信任和帮助，你们自己解决，结果只会更糟，如果不能一击得手，也许还会提前刺激到凶手。

"几年前，我们处理过一起公交车纵火案，那个纵火案的凶手因为失业多年而对社会怀恨在心，想做一件'大事'报复社会。当时他带着两个装满汽油的水瓶上了车，车上有乘客发现了他身上有很重的汽油味道，在车里直接质问对方是怎么回事。"

老张叹道："那个犯人本来就做贼心虚，别人刚问出汽油味的事，他就直接砸碎了两个水瓶，用打火机点燃了汽油。那一起公交车纵火案影响也很恶劣，虽然司机及时开门，但仍然造成了很大的伤亡。"

老张担心这两个年轻人过于热血，用真正的实施案例提醒他们。

"面对穷凶极恶的犯人，最好不要直接面对面起冲突，更不要刺激他们，因为很多时候，犯人的内心也在剧烈挣扎不停摇摆，你不知道他下一刻会做出什么。"

唉，老张都说到点子上了。

肖鹤云在心里叹息一声，恨不得跟着狂点头。

"对于你们说的三十分钟这个时间，确实太短了。"老张说着说着，也激起了兴趣，随手拿起一张废纸画图，"我来想想看啊……嗯，公交车的移动速度通常是匀速的，每一站到每一站之间的距离你们用手机地图就能查出来，时间也大致能够估算……"

今天，他们这个专案组一直在研究这场爆炸案，对这条公交线的起始地和到达地已经烂熟于胸，老张一下子就画出了一条线路图。

"你说你们的时间只有半个小时，那大致是在这个位置，在倒数第二站港务新村站附近……嗯？"老张用笔杆搔了搔下巴，"这是不是就是陶映红上车的站台？"

"是。"肖鹤云点头，"我们假设她已经上了车，车已经开离站台了……"

"也是，要是她还没上车，你们在站台直接把她控制住报警就行了，再问我怎么制止爆炸没意义。"

刚才的话老张只是随口一说，自言自语了一会儿，又开始画。

老警察的直觉太敏锐了，吓死个人。

李诗情和肖鹤云暗暗松了口气。

"通过监控画面的显示，这辆车的车速平均在三十二公里每小时，根据距离估算出到下一站的时间在下午一点二十三分左右……"

老张通过估算时间，大致推算出了公交车到达每个站点的时间。

"但是中间只有八分钟到十分钟，从接警到出警，时间是不够的。即使你们能直接联络我们刑警队，我们用最快的速度出警，从这里赶到这辆45路公交车那儿，也得十五分钟左右。

"下午一点三十分的话，公交车大概到了这里……"

老张在地图上的十字路口处画了个圈。

他看了看这个位置，皱着眉头。

"就算到了也有个问题，就是如何能让我们上车。"

老张已经完全代入到李诗情的假设里去了。

184

看着地图，李诗情和肖鹤云对视一眼，心中都是一惊。

不知是巧合还是天意，老张圈出来的那个路口，恰巧就是他们第一次因为"抓色狼"而下车的那个出租车临时上下点。

"那……如果我们当时在车上，能想办法制造骚乱，让公交车在这个位置停靠呢？"

李诗情指着那个点，连忙追问。

"如果可以临时停靠，公交车停靠并开门的时候，我们可以趁机上车，但同时制服司机和携带炸弹的犯罪嫌疑人困难太大，因为是非正常靠站，突然上来几个人，很容易让犯罪嫌疑人警惕，甚至直接引发很严重的后果。"

老张否定了李诗情的"计划"，给出了解决方案："所以，如果是我，在得知你们有办法能造成骚乱的时候，正确的做法是教你们在第一站和第二站之间拖延时间，延迟公交车到第二站的时间。"

老张指着"沿江东路站"说道："如果能成功拖延时间到警方到达这一站，那我们就能伪装成普通乘客从这一站上车。

"一旦有伪装成普通乘客的警察上了车，我们就可以根据犯罪嫌疑人的位置布控，在最合适的机会将他们制服，并夺取携带着炸弹的高压锅。"

帅！

警察叔叔果然厉害！

两个年轻人眼睛一亮。

"但是！"

老张见两个年轻人似乎因为这个结果很兴奋，没忍住，突然泼了盆冷水。

"在我多年的办案经历中，得出了一个经验，那就是无论多完美的计划，在执行的过程中，都会出现各种各样的变故……

"你们提出来的这种假设，最大的难点和变故，就在于该如何控制一辆正在行驶的公交车。在我看来，即便我们警方能成功上车，并顺利地抢夺下高压锅，也并不代表百分百就能同时控制住司机。"

老张摇着头道："司机控制着方向盘，控制着刹车和油门，就等于控制着全车人的性命安全，何况他还是一个抱着'同归于尽'想法的危险者，在这个抓捕过程中，只要出现一点点偏差，最后的结果就是人车俱

185

毁，大家一起完蛋。"

随着老张的"解释"，李诗情和肖鹤云刚刚因为找到答案而火热起来的情绪，也随着老张泼来的冷水一点点冷却了下去。

"那即使时间可以扭转重来，也还是没有什么百分百解决这个事件的办法吗？"李诗情颓然地问。

"小姑娘，人生不是玩游戏，不是什么事情都能重来的，有时候就是一念之间，就造成了谁也不想发生的结果。"

老张知道他们想找到一个"答案"来安慰自己，可事实上，即使他们的假设发生在他这个从事刑警行业多年的老警察身上，也不敢说百分百能解决这个问题。

"不知有多少同志，就因为那一点点的变化，而在执行公务时牺牲。他们有很多人比我更聪敏，也有很多人比我更强壮，聪慧或健壮在某些情况面前没有任何用处，有时候靠的真的只是一点点'运气'。"

"如果真的跟玩游戏一样，可以一次次重来呢？"肖鹤云心中一动，突然问道，"假如能不停'纠错'和'尝试'的话……"

"哈哈，你们两个还真是想象力丰富啊！"

老张被肖鹤云的"假如"逗笑了，这下他可以确定两个年轻人是在开玩笑了，气氛也一下子从刚刚的沉闷变得轻松。

"要是能一次次试，那当然可以'纠错'啦！只要计划缜密，执行完善，又能成功制服司机，总有一次会成功制止这起爆炸案的。

"关键还在于司机，只要能控制住司机不让他产生'自毁'的念头，就有很大的可能成功。

"所以，了解司机夫妻这么做的动机，是非常重要的。"

老张指出重点。

说曹操曹操到，他们刚谈到这个问题，被叫作"方子"的警官就敲门进来了。

"老张，快看看这个！"

他手里拿着的手机正在播放一则几年前的新闻视频。

"四年前，也是下午一点四十五分，司机王兴德和其妻陶映红的独生女在跨江大桥上遭遇车祸，当场身亡！"

找到了当事人的名字和家庭情况，再去查她的生平，对于警方来说就太容易了，没多久，关于王兴德一家的故事就已经放在了老张的案头。老张打开手机将几位调查此案的警察都拉进群，开了语音通话。

　　说起来，王兴德一家的经历也并不复杂。

　　王兴德有一个独生女叫王萌萌，因为上大学从老家 S 省来到了 W 市，之前在 W 大学读书。

　　几年前的某一天，王萌萌坐 45 路公交线去江北区的时候不小心坐过了站，为了不耽误时间，她在公交车上态度激烈地要下车，司机为了不被干扰，违规在没有站台的地方将她放了下去，结果她在桥上穿越人行道时被一辆渣土车给碾轧了。

　　这起交通事故说起来并不算什么恶性事故，而且事故的责任也大半在王萌萌自己身上，即便王兴德的妻子陶映红几次来到 W 市为女儿的事"讨要公道"，最后判下来，正常行驶的渣土车和公交公司都只是次要责任，只不过因为出现这种事很让人惋惜，另外两个责任方都出于人道精神，对陶映红一家进行了经济上的补偿。

　　王兴德原本是个跨省跑运输的大货车司机，常年不在家，因为妻子是老师，家里女儿的生活和教育顺理成章地就全交给了妻子，陶映红在这个独生女身上花费的时间和精力可想而知，女儿这一出事，她直接就崩溃了。

　　刚刚出事的时候，她坚持要求公交公司对此负责，为此还和公交公司产生过好几次剧烈的冲突，好在公交公司的负责人非常理智，并没有让事情发展到更严重的地步，而且他全程没让陶映红和该车的司机见过面，甚至要求公交公司的人员隐瞒了当天开车的司机的信息，陶映红一个外地人，最终也没和那个司机见过面。

　　随后，在外跑业务的王兴德接到了消息，匆匆赶来 W 市，在各方调解之后，带走了妻子，接受了赔偿，处理了孩子的后事。

　　"不对啊，如果王兴德已经接受了这个结果，那他们夫妻为什么还要跑到 W 市来报复社会？"老张翻看着王萌萌那起交通事故的裁判书复印件，看着下面王兴德的签名，纳闷地问，"陶映红就算了，王兴德是大货车司机，应该知道他女儿半路下车很危险，这起事故的主要责任本来就在王萌萌身上。"

"当时事情是解决了，他们也回了老家，但家里出了这个事，王兴德很自责，还把运输公司的工作辞了，理由就是要回家陪老婆。陶映红也在女儿去世后的第三个月回了Q市一中上班，这件事虽然令人遗憾，但他们最终还是要回归正常生活的……"在外跑了一圈的方子喝了一大口水，接着说，"但是阴错阳差吧，有个电视台把她女儿这个事播出来了。"

"咦？播这个干吗？"

待在办公室的几个人都蒙了。

"不是有那种劝人家遵守交通规则的车祸集锦吗？播放各种各样的交通事故的那种。当时撞人的那辆渣土车用行车记录仪记下了全部的过程，车主后来把那段视频上传到了网上，因为画面清晰、过程惨烈，就这么被人剪辑成了其中的一段素材。"方子唏嘘着。

"你说人家一个当妈的，在家里听说女儿出事没了就已经快疯了，好不容易平复，一下子突然在电视上看到女儿具体是怎么被车碾死的……

"这还不算，还有很多博主把这段集锦转发到了网上，也不给人家出事的小姑娘打马赛克，被撞瞬间的画面清清楚楚，而且因为王萌萌的出事片段最惨烈、最血腥，当时一下子成了热门话题，标题还起个'不作死就不会死系列'。"

听到方子调查来的情况，老张紧抿着唇，脸色一改刚才的温和，严肃得有些可怕。

"这视频转着转着就转到他们当地的媒体上，再加上有媒体记者发现这个视频里的女孩是他们市的，也不知道是哪根筋搭错了，居然打听到Q市一中去问陶映红对这件事有什么看法，还问她以后会不会对自己的学生进行交通安全知识教育，以免再有这样的祸事发生……"

"这也太过分了。"肖鹤云皱着眉头，不赞同地说，"这算什么记者？"

"根据当地警方走访后传过来的消息，这段采访后来虽然没放出来，但还是对陶映红的生活造成了影响。"方子摇头直叹气，"陶映红的女儿出了事，原本别人只知道她女儿是出了车祸，对她都挺同情的，平时都想办法安慰她、开导她，在共事过程中尽力转移她的注意力，本来她的心理创伤都快好了，现在人家记者当着满办公室老师的面追着采访，所有人都知道她女儿的车祸是自己造成的了，不免就有嘴碎的人在背后说闲话，不用想也知道，肯定跟那视频里的标题'不作死就不会死'的意思差不多。"

"加上还有学生和老师好奇，去搜了那段视频。都是高中生了，有不少学生有手机，就拿着手机把视频下载下来，在班集体和学校里当八卦消息传阅。你们可以想象一下当时的那个情形……"

专案组的办公室里一下子安静得可怕。

"采访事件过后没多久，陶映红和学生发生了一次激烈冲突，据校方说，是陶映红先用椅子砸了学生的头，但是考虑到她家出了这样的事，而且负责传阅视频的学生也有很大的责任，无论是校方还是学生家长都没追究陶映红伤人的责任。"

办公室里，只有方子的声音在响着："但自那以后，陶映红的精神状况一天比一天差，经常会失神或暴起伤人，这种情况持续了近一年。

"再后来，她以'随丈夫离开本地'的理由向学校提出了辞职，学校考虑到她的状况也确实不适合再继续教学，很快就批准了。为了维护学校的名声，校方无论是对学生还是对外界都没有说过她辞职之前的状况不好。"

"但这也不构成他们夫妻报复社会的理由吧？"群组通话那头的杜警官狐疑地问，"仅仅是舆论压力的话，没理由他们夫妻会卖房子卖家当地来 W 市工作这么多年，最后还选择走这条路。"

"这也是其中曲折的地方。"

方子喝完了一杯水，又倒了一杯："据说，当年这件事在学校里刚刚引起风波时，陶映红曾经数次情绪激动地表示自己的女儿不是会因为坐过站就胡搅蛮缠要求下车的孩子，一定是因为身体不舒服或者在车上遭遇了什么不好的事情，她女儿不可能无缘无故地要求下车。

"我们也派人走访了公交公司当年这起事件的负责人，对方表示当年陶映红就她女儿的事与公交公司起争执时，也多次提出这个意见，认为自己的女儿不会无缘无故下车，并且要求和该车的司机当面对质。但考虑到当时她的情绪太过激烈，出于对这位司机人身安全上的考虑，该负责人没有同意。

"我担心陶映红的猜测是对的，还特意去交警队调取了那次事故的事故认定书，虽然陶映红认为她的女儿一定是有什么原因才下车的，但这个只是她的主观臆断，缺乏证据证明，对车上乘客的走访结果也都是没有异状，不能因为陶映红认为是这样的，主动要求下车的王萌萌就不用对此

189

负主要责任。而且当时王兴德在看完了事故认定书后，也接受了这个调查
结果。"

整件事说起来复杂，事情却很简单。

方子继续道："公交公司违规放乘客下车的那位司机也得到了惩罚，
被取消了驾驶公交车的资格，后来他辞职离开了当地，现在具体在从事什
么工作、在哪里工作，还在调查之中。"

"陶映红或许不是想追究是谁的责任，而是想弄清楚女儿下车的动机
吧！"杜警官听完方子调查来的结果后，恨铁不成钢地说，"那个公交公
司的负责人糊涂，就知道多一事不如少一事！一条人命啊，不把事情给人
家妈妈说清楚了，人家能认吗？"

"就怕都说清楚了，陶映红也不会相信。当妈的都护着自己的孩子。"
老张心情沉重，喃喃道，"事情已经过去这么久了，孩子都入土为安这么
多年了，何苦呢，唉……"

"那王兴德在整个事件里又是什么样的状况？和妻子意见不一吗？"
群组通话那头正在搜集证物的江警官问，"他为什么要去当公交车司
机呢？"

"当地警方也走访了王兴德在 Q 市的亲戚朋友，大部分人觉得王兴德
是个老好人，性格温和而且很擅长忍耐，从来不和人起冲突，就是性格有
些懦弱，在车队里就属于经常吃亏的那种人。"方子回答。

所有人都知道"老好人"是什么意思，很多时候，这就是"滥好人"
的代名词。

"也是因为这个，他当时并没有特别坚定地和妻子站在一边，被公交
公司和家里的亲戚劝说过后，很担心妻子陶映红因为这个出事，就选择
签字接受结果，先带陶映红回了家。

"因为这个，陶映红一直无法原谅王兴德，后来学校的事情发生后，
就传出王兴德在卖房子，想带妻子离开这个伤心地的消息，亲戚们虽然觉
得很遗憾，但都表示理解。"

失独家庭的痛苦，是普通人无法想象的。

事情调查到了这个地步，局面就已经差不多明朗了，再加上江警官和
杜警官在陶映红工作与居住的环境中查找到了大量的直接证据，已经足以
组成一个完整的证据链，到这个阶段，案子算是基本破获了。

"我们调查出，陶映红依靠职务之便，在网上购买了不少违禁化学制剂。她以前是高中化学兴趣组的责任人之一，后来又做了化工厂的质检员，有不少购买、获得化学用品的渠道，她在节假日的时候带上藏在工厂中的违禁品回家，在家中的车库进行组装，两处现场都遗留着大量剩下的原材料。"江警官说，"王兴德则一直居住在单位的单身宿舍里，没有人知道他还有个老婆，同事们都以为他的老婆孩子在老家。"

　　江警官继续道："根据陶映红在车库里留下的一些书面草稿，能大致推断出他们是早有预谋的，时间就定在今天下午一点四十五分，在她女儿死的同一个时间点、同一个地点引爆炸弹。"

　　"他们为什么要等这么多年？"老张对这个数字特别敏感，"有什么特殊的含意吗？"

　　"不是警方走访了，你们绝对猜不到！"方子提起这个，就忍不住吐槽，"王兴德老家那边有个习俗，生日过的是阳历，祭祀去世的人用的是阴历。

　　"王萌萌死的那一天正好是当年闰月的三十号，要好几年才轮到一次，今年刚好轮到这个忌日，当地警方走访王萌萌的大伯家时，他们老家的亲戚们正好都在为王萌萌的忌日准备香烛和祭品，说是死去的侄女三四年才能轮到一次这个'大日子'，所以多烧点吃的用的。当地警方觉得这也是一条重要线索，就把这个消息也发过来了。"

　　这下子，拼图所有的碎片都完整了。

　　因为女儿的忌日并不是每年都有，所以王兴德夫妻俩才选择了今年的忌日作为他们行动的时间。

　　为了能成功地达到"在特定时间将公交车开到特定地点"的目的，王兴德和妻子来到了 W 市，通过劳务派遣公司培训上岗，努力成为这条路线的公交车司机，并为未来的这一天做准备。

　　而他的妻子则利用这几年的时间，秘密地准备整个行动中最重要的道具——炸弹。

　　在这个约定好的日子里，他们孤注一掷，选择用这种方式一起离开人世间。

　　李诗情和肖鹤云也明白了为什么他们在网上找不到什么具体信息。

　　因为这件事的"开端"说起来并不算什么重大的事故，和在这个地点曾发生的"纵火案""连环追尾"等重大事故比起来，甚至可以说是微不足道。

如果不是有人将它剪辑进车祸集锦里，曾有一个女孩葬身在这座大桥上的事情，也许就如同大部分人茶余饭后看的八卦新闻一样，就这么消失在人们的记忆之中。

无论这个女孩是为什么下车，如今斯人已逝，她的父母也随着这起恶性事故离开了人世，真相究竟是什么，他们又是怎么想的，都已经无迹可寻。

随着警方一点点拼凑出事情的真相，得知了真相的人，只会唏嘘这个令人可惜的开始，惋惜这个让人心痛的结局。

根据李诗情和肖鹤云提供的线索，警方用最快的时间调查了整起案件，并提供了相应的证据，痕迹科从爆炸现场的残骸中提取了爆炸物的成分并且进行分析，正好和陶映红车库里的遗留物相吻合，在物证上得到了核实。

后来，警方又通过陶映红在网上的交易记录，得到了她购买化学制剂的清单，并顺藤摸瓜批捕了好多违规出售违禁化学物品的不法分子，并查获了大量的违禁化学物品。

王兴德的公司也证实王兴德是主动选择轮班这个时间段，而且一跑就是两年多。

周末和节假日是这条线路人最多的时间段，很多公交车司机都不愿意轮到这一班，就因为王兴德吃苦耐劳，又没有家累，主动承担下这个时间段的驾驶工作，公交公司年年都给他颁发"劳动标兵"的称号，他也渐渐地在这条线上成了"元老级"的员工。

事情发生后，根本没有几个同事相信性格温和体贴的老实人王兴德会是做出这种事的人，负责他女儿事件的领导甚至根本都记不起当年那个女孩的父亲是什么样子的，因为王兴德实在是个没什么存在感也没有什么个性的人。

警方推断出犯罪动机的同时，也得到了犯人完整的犯罪流程，此案终于告破。

得知整个案件的来龙去脉后，警方召集几家信誉良好的主流媒体开了发布会，对此案进行了通告和说明，正式宣告案件调查结束。

专案组从接受案件到破获案情，用了不过五个小时的时间，案件调查结果不但合情合理，也证据充分、事实清晰，这样的破案效率和速度引起了各方的称赞，也得到了网友们对当地刑警队办事效率的热烈讨论。

与此同时，网上无数媒体和网友也开始对当年那起事故开始了研究，也许还会酝酿出更热门的讨论事件……

但这已经不是肖鹤云和李诗情关心的问题了。

得知了想要的结果，也洞悉了司机大叔协助大婶的动机，两个年轻人作为此案的重要证人，在做完了完整的笔录和走完整个流程后，终于得到了可以离开的通知。

"再次感谢你们的帮助。"

他们来时迎接他们的是老张，送他们出刑警队的还是老张。

"真是不好意思，本来还说请你们吃顿饭的，结果还有许多事情要做，忙到这大晚上，还只能请你们吃个盒饭……"

"没事没事，盒饭也很好吃。"

肖鹤云和李诗情连忙表示不在意。

"需要我送你们回去吗？"

老张看了下时间，已经晚上九点了。

"不用了，我们散步回去吧。"李诗情摇摇头，苦着脸说，"我暂时不想坐任何车子。"

有了这几次"循环"，她脑海中有关坐车的"记忆"都太过惨烈。

不管是可怕的公交车，还是吓人的警车，哪怕是事故现场的出租车，都给她留下了心理阴影。

她宁愿踩共享单车，也不想再坐进任何车里了。

一直陪着她的肖鹤云选择陪同她一起回去。

"那行吧，回去的路上小心。"

老张理解地笑笑。

"张警官……"就在双方正准备分离时，李诗情犹豫了一会儿，突然开口唤起老张，"假如，我是说假如啊……"

她顿了顿，在肖鹤云"你又想干什么"的表情里，又开始向这个让他们信任的警官提出了她的"假如系列"。

"假如，今天您坐在办公室里，突然收到一个陌生人发来的短信，告知您某辆公交车上有炸弹，而且知道会在下午一点四十五分爆炸，急需寻求您的帮助，您会立刻帮忙吗？"

老张错愕了一下，想了想，点点头。

"我会的。"他斩钉截铁地回答。

肖鹤云脸上担忧的表情顿时变成了有些意外的神色。

"如果是有人存在主观故意的情况报假警，浪费了紧张的警力资源，无论他用什么方法掩饰，我们都会把他揪出来，法律会让他承担相应的责任，付出足够的代价。

"但如果这件事是真的，那就可以挽救无数人的性命，和这个比起来，浪费警力资源的风险，实在算不了什么。

"更何况，即使只是普通人、陌生人，只要有人向警方求助，我们都会义不容辞地提供帮助，这就是我们选择穿上这身衣服的理由。"

老张笑了。

"你可能觉得我在说一些冠冕堂皇的话，但我们真的会这么做，不需要怀疑。"

"我不怀疑，我相信你们是这样的好警察。"

李诗情粲然一笑，掏出了手机。

"那张警官，留个联系方式呗？要是我们还想到什么遗漏的事情，也好和您联系。"

从刑警队出来，两人站在下车的那个路口，竟有些不知何去何从。

"你说，真相都找出来了，我们还会'循环'吗？"

肖鹤云被夜晚的冷风吹得头脑一醒，喟叹着问。

"我觉得'找到真相'也许不是破除'循环'的办法，不过要是这样也能破除'循环'的话，那就太好了。"李诗情乐观地想，"说不定一觉醒来，我们就可以上学的上学，上班的上班？"

"希望如此。"

肖鹤云笑笑，嘴里这样说着，心里却觉得有些过于乐观了。

夜风吹拂着李诗情的碎发，街边的路灯给两个年轻人周身染上温暖的昏黄色调。

远处的黑暗像是蒙着一层朦胧的雾，间或有几缕车子的灯光闪起，划破这片静谧。

　　他们站在这柔和的昏黄灯光下，开始商量该去哪儿。

　　"那我们怎么回去？真用走的吗？"

　　李诗情刚刚用这个理由谢绝了老张开车送他们的好意。

　　于是两个年轻人拿出手机算了下走回去要多少时间，又默默地把手机放了回去。

　　"我觉得吧……"肖鹤云干咳了一声，"你看我们上两次'循环'，都是因为发生了意外。你是从椅子上跌下来摔了头，我是从坡上滚下来撞了后脑勺，说明在'循环'里，一旦我们失去意识，很大可能就会陷入'循环'……"

　　"那我们找个安全的地方，一晚上不睡，熬一夜吧。"

　　比起在车上不停地陷入"循环"，李诗情表示自己可以接受熬夜。

　　在讨论去哪里熬夜的时候，两人出现了分歧。

　　"我们去网吧？现在有那种可以包小包间的网吧，有沙发，可以在里面睡觉。"

　　说到熬夜，肖鹤云作为一个程序员，第一个想到的就是网吧。

　　"网吧的沙发也太脏了！"

　　但是作为一个不玩游戏的女孩子，李诗情表示不能接受。

　　"而且网吧里经常会出现各种纠纷，假如有人打架或者争执什么的，万一又波及到我们，不是太惨了吗？如果接下来还会'循环'的话，我们难道不应该找个安静点的、无人打扰的地方商量一下后面的对策吗？"

　　"哦，好吧，你说得也对。"

　　肖鹤云有些失望地赞同了同伴的建议。

　　"那我们去哪儿？"

　　李诗情往远处看了一眼，一片黑暗里，某个高楼上的灯光招牌特别显眼。

　　"你带身份证了没有？"她突然问。

　　"啊？带了啊……"

　　肖鹤云茫然地点头。

　　"那走！"

五分钟后，李诗情领着肖鹤云走到了刑警队附近的一家酒店门口。

肖鹤云原本心里就有点怀疑，当真的站到酒店门口时，脸一下子红了。

"去……去酒店？"他结结巴巴地说，"我……我们俩？"

"当然是住酒店啦，还有比住酒店更好的选择吗？难道你真想走回家？"李诗情奇怪地看了他一眼，"而且这酒店算比较高档的了，进出都有门禁，旁边就是刑警队，安全绝对没问题。"

只要平平安安过一夜，说不定就逃离"循环"了！

"那……就进去？"

肖鹤云说不清自己心里是紧张更多些，还是羞涩更多些，再见到进这家酒店的都是成双成对的年轻人，脸红得更厉害了。

倒是李诗情，一点扭捏都没有地先进了酒店的大堂，大大方方地到前台去办入住手续。

肖鹤云背着个包，跟在李诗情的后面，有点局促地看着同伴办理手续。

"一间还是两间？"

前台的工作人员问。

"两间！"

"一间！"

"你开两间干吗？钱多吗？"李诗情压低了声音，"这个酒店不便宜啊！我们只是找个地方熬夜，而且还要商量事情的，又不是真的开来休息！"

前台的工作人员已经用奇怪的表情看了过来，后面排队等着的一对小情侣也开始偷笑，女孩在男孩耳边悄悄地说着什么。

肖鹤云被看得尴尬，小声辩解："这……这不是为了你的名声着想吗？"

"这都什么时候了，还顾这个？"李诗情没好气地瞪他一眼，直接扭过头，对前台说："一间房，要安静点的房间，离电梯远点没关系。"

前台办入住的小伙子表情自如地给他们继续办入住手续，收走了他们的身份证，到了缴费的时候，肖鹤云坚持着付了钱。

"你还没工作呢，怎么能让你出？各付一半也不行！"

见李诗情还要给他转账，肖鹤云急了，一拉她的手，道："差不多行了，别较真了！"

李诗情一愣，见后面排队的小情侣已经用奇怪的表情看着他们了，就没再坚持，收回了自己的手机。

办好入住手续，一直面无表情的工作人员向肖鹤云递出了房卡，突然对他一笑。

"办好了，祝你们今晚入住愉快。"

"谢谢……"

肖鹤云从那抹笑容中理解出了什么，跟在李诗情身后，落荒而逃一般地进了电梯间。

他们的房间被安排在顶楼。

李诗情家境不错，定房间时考虑到是两个人，既追求安静又追求地方大，所以定了个楼顶的景观房，价格挺高。

当肖鹤云说他来负责房费时，她还有点过意不去，早知道不要求那么多了。

等到了房间，李诗情先换了鞋，检查了一下房间里有没有什么会造成危险的东西。发现水电都是好的，也没哪里有什么不对劲后，她松了口气。

"还好，我就怕又节外生枝。以防万一，我们晚上干脆都不要洗漱了，就在房间里待着吧。可别跟恐怖片似的，洗澡洗到一半摔跤或者漏电什么的……"

人生第一次和女孩子来酒店，肖鹤云原本心里还有点不自在，听着李诗情一本正经地商量着该怎么应对接下来的局面，他心里那点扭捏也渐渐散了，跟着点头。

"行吧，那我泡两杯速溶咖啡，免得犯困。"

"不要了，烧水危险！"李诗情急忙制止，"就喝喝矿泉水，聊聊天得了！"

两个人下车到现在，看起来好像终于可以放松，实际上已经是风声鹤唳、草木皆兵，过去的经历还是给他们留下了不可磨灭的阴影。

折腾了一天，两个人都有点累，为了防止太舒适睡过去，他们都不敢躺在更软的沙发上，索性在巨大的落地窗前席地而坐，一人握着一瓶矿泉水，开始闲聊。

"W市的这家酒店比我以前跟爸妈旅游时住的酒店大多了，豪华房就是不一样……不过也太让你破费了……你真不要我转账吗？这个提议还是我出的呢！"

受家庭教育的影响，李诗情对占别人的便宜感到不安。

"我爸妈给我的零花钱够我用的，你可别客气。"

肖鹤云才转来这个城市工作不久，还是个程序员，她可不想把人家半个月的生活费花了。

"我收入没那么低。"明白李诗情的意思，肖鹤云哭笑不得。

"再说了，如果真能挣脱'循环'，哪怕真一个月吃糠喝稀，我也高兴！"

"那倒是。"见肖鹤云没那么在意，李诗情也就不再纠结这个问题，转而开始谈正事。

"张警官给的电话号码，你记下来了吗？"

"记下来了。"肖鹤云流利地报出一大串数字。

"我也是。"李诗情拿出手机，从肖鹤云那儿要了充电线，一边充电，一边开了外放，播放之前在警局偷偷录的录音，"那我们开始商量接下来的策略。"

他们在警局里谈论这个案件的话题时，是零零散散地在闲聊，当时李诗情脑子里有很多东西，却都是一闪而过，当时那种情况，没办法问也没办法记，所以她全程悄悄录了音，想着之后找个安静的地方和同伴讨论。

"首先，连张警官都说了，半个小时时间太短……"肖鹤云依然是做具体分析的事项，凭着记忆，画出之前老张画的地形图，"按照他教我们的办法，我们要在港务新村站和沿江东路站之间制造骚动，迫使司机减速慢行，或者干脆先停车一阵子。"

"那还是用'抓色狼'的法子吧。"李诗情想了想，提议说，"我们之前用过许多办法，都没成功下过车，只有这个办法让司机停过车，说明这个办法的成功率很高。"

"那好，那我们到这个位置的时候就开始引发骚乱……"肖鹤云一边对应着手机上的地图，一边在地形图上标示，"我们的目的是让司机减速甚至暂时靠边停车，但是我们不能下车，场面到时候可能有点混乱，咱们得坚持住！"

肖鹤云在前排画了个圈："等便衣上车后，我们就不要坐后面了，我们到前面去……

"我们负责稳住司机，必要时，我们去试试抢手刹，强行让司机停车。"

"我觉得，既然弄清楚了司机这么做的动机，也许可以试试劝服他。"李诗情却抱有不同的观点，"张警官说，即使是警方，想要同时制止大婶和大叔都是很困难的，因为司机掌握着全车人的性命，如果……"

"李诗情，我知道你觉得司机夫妻遇见这种事值得同情，但是我认为，你还是不要对说服司机抱有太大的希望。"

道理李诗情都懂，所以她只是叹了口气。

"他们是成年人了，都知道自己在做什么。毕竟计划了这么多年，不太可能因为几句话就放弃。"肖鹤云担心她又心软，板着脸说，"况且，如果警方插手能让他动摇的话，我们假装便衣办案那次，司机就不会不开门。毕竟是夫妻，司机会对妻子心软，对你却不一定会。"

他一提到这个，李诗情耳边仿佛传来了大婶那撕心裂肺的号哭声。

那时候，他们不知道大婶遭遇过什么，只觉得她精神不太正常，哭得也太过凄厉。

现在想一想，她那时候绝望地哭泣，并且破口大骂自己的丈夫，大概是误以为大叔上车时报了警，所以才会有知情的便衣在车上，将她一举擒获吧。

如果司机当时有犹豫的话，在妻子被控制、炸弹被拿走的那一刻，就应该选择放弃，继而向警方自首，但是他没有，他选择停车关门。

停车的时候，司机大叔究竟在想些什么呢？

他们不知道，所以他们不能赌。

"好吧，你说得是对的。"李诗情认同了他的话，心里却有些说不出的难受，"我们优先尝试协助警方制服司机。"

接下来的时间里，他们又对"行动"的各个细节做了详细的优化，包括该说什么、该做什么，甚至跟两个深夜对剧本的演员似的，在房间里演练了起来。

在这期间，张警官和李诗情的室友们都分别打了电话过来，询问他们

199

现在的情况，想让他们报个平安。

当得知李诗情在附近的酒店住下的时候，张警官没说什么，只嘱咐她好好休息。

倒是李诗情的室友们很担心她现在的心理情况，叽叽喳喳聊了好半天，等听说她在外面住不回寝室时，又是好一阵焦心。

李诗情"循环"这么多次，这还是第一次有这么放松的时候。

听着室友们担心的问候，耳边响着熟悉的声音，她仿佛回到了没上车前的那个时候。

她的每一天原本都是惬意和轻松的……

大概是因为紧张了一天，一放松下来，困意就特别浓，所以等肖鹤云在卫生间里用冷水洗完脸出来后，就发现李诗情手里握着电话，靠着窗睡着了。

"……"

肖鹤云看着手里从冰箱里拿出来的矿泉水瓶，自嘲地一笑。

他走到落地窗前，准备上前推醒李诗情。

"算了……"

看到李诗情那张写满疲惫的侧脸，他轻轻地摇头，从她手里小心地抽出已经挂断的电话，调成静音后放在了她的手边。

既然他还没进入"循环"，说明李诗情睡着应该没什么关系吧？

"我是不是该让她睡得舒服点？"

他这样想着，试图伸出手把李诗情抱到床上去睡，但他想了想，还是把手缩了回来。

最后，肖鹤云选择了坐在她的身边，将她的头小心地拨到了自己的肩膀上，好让她的脸不会一直靠在冰冷的窗户上。

落地窗外，城市的夜景也渐渐陷入黑暗，不再似方才那般灯火辉煌，仿佛这一切都只是一场大戏，随着时间的推移，终将落幕……

"要是还有明天就好了……"

肖鹤云凝视着窗外的夜景，目光扫过玻璃窗上两人靠在一起的影子，自言自语。

怕自己也睡过去，他拿出手机，开始翻阅今天结案后网上各方的消息，想要从中获取更多的信息。

他翻着翻着……

听着熟悉的报站声从公交车上醒来，李诗情和肖鹤云对视一眼，不约而同地发出了一声——

"什么？"

"我昨晚睡着了？"李诗情擦了擦自己的嘴角，总觉得好像那里有什么。

"我看你睡得太香，没忍心喊醒你……"肖鹤云语气虚弱地解释。

"那你是怎么回事？"

"我不知道啊，我就看着手机，看着看着就……"对于那段记忆，他脑子里一片模糊。

"算了，都是命！"李诗情看着熟悉的车厢，认命了。

"睡了一觉也好……"她深吸口气，"有力气干活！"

"好了。"

用最快的速度编辑完整条短信，李诗情把信息发给了张警官。

"港务新村刚刚离站的一辆45路公交车上有炸弹，车牌号×××。车上第六排靠车门一侧穿花衬衫的大婶携带的高压锅里有炸弹，司机是同谋。高压锅阀门被拔掉会爆炸，还有定时装置，爆炸时间定在下午一点四十五分。请立刻派便衣在沿江东路站上车支援，请务必同时制服司机和大婶，我会设法拖延时间，行动前请不要惊动司机和大婶。"

发完信息以后，她又拨了一通张警官的电话。

电话接起后，她听到对面的张警官在问："你是谁？刚刚那个短信是你发的吗？"

"我现在就在车上，不方便打电话。"李诗情努力让自己接电话的方式更自然点，"时间快来不及了，请按短信上面的做好吗？我不是骗子，如果是骗人的，有什么后果我愿意承担。"

她怕继续说下去耽误宝贵的时间，说完这句话就挂断了电话。

李诗情紧张地看着窗外的风景，等到了他们昨晚约定好的地点，连忙碰了碰肖鹤云的胳膊，提醒他注意："到了！"

这里是两站之间道路最平缓的地方，车辆少行人也少，车辆减速也不容易出事。

肖鹤云会意地一伸手。

"色狼！"李诗情尖叫一声，一巴掌拍到了他的手背上，大叫起来。

"司机师傅，车上有色狼！"这一次，李诗情是指名道姓地向司机大叔求援。

"怎么回事？"正在开车的司机果然放慢了速度，扭过头来看了一下情况。

"司机，我隔壁的这个人乱摸我！"李诗情一回生二回熟，迅速入戏，"你能不能掉头去派出所？"

让司机掉头是不可能的，车掉头了司机就要掉头了。

"这里没法掉头！"果然，司机完全没这么做的意思。

接下来，李诗情和肖鹤云按照前几次那样，一个硬说"他摸了"，一个非说"我没摸"，两人吵着吵着，一路吵到了司机旁边，非要司机评理。

司机并没有很关心肖鹤云摸没摸人的问题，只是很烦躁地喊："你们要吵到后面去吵，别在这儿干扰我开车！"

"谁吵了？我这不是在跟她讲道理吗？"肖鹤云依然站在司机旁边，不肯离开。

"再说，谁说我摸了她？有人看到吗？"肖鹤云提高声音，"都没人证的，光她一张嘴，就要赶我下去？"

他摆出无赖的嘴脸，对着车子里的人喊："你们看见了吗？谁看见我摸她了？"

和前几次一样，大部分人不是在睡觉就是在休息，李诗情和肖鹤云又坐得靠后，基本没人看见，肖鹤云问到谁，谁就摇头。

李诗情求助时，车上的乘客纷纷说不知道，不愿惹这个事。

虽然只是演戏，但这个孤立无援的局面再次出现时，李诗情还是忍不住在心中叹息。

随着情绪的低落，她站在司机旁边垂着头的样子就显得格外可怜。

"哎，哪有人无缘无故拿这种事讹人的？你这小伙子也不像有钱人，要讹也不会讹你。"

那个卖瓜的老爷爷摇着头道："你要是真的做了，给人家小姑娘道个歉，好好说！"

肖鹤云当然不认。

202

李诗情见司机大叔还在开车，并没有要减速的样子，一咬牙，再一次用"下车报警"的套路请求大叔停车。

"下一站就快到了，小姑娘，你再等等。"司机看了一眼两个年轻人，声音并不大地道，"你下一站就下吧。"

这下，莫说李诗情愣住了，连旁边站着的肖鹤云都有点蒙。

"我现在就要下去。"

李诗情看了一眼车外，发现速度并没有降多少，急了。

"和这种人待在一起，我一分钟都坚持不了！"

车上的乘客见这两个年轻人在司机旁边越闹越大，也不乐意了。

"你们怎么回事？你们这么干扰司机开车，是要出事故的！"

带钥匙的大叔喊得比谁都响。

"有问题能不能自己解决？你没手机吗？不会自己报警吗？"

带钥匙的大叔这边一说"你自己报警"，司机大叔那边突然就降了车速。

"那我打电话……"

李诗情看有戏，假模假式地掏手机，顺便看了一眼时间。

下午一点二十五分，离张警官之前预计的出勤最快时间还差几分钟。

"算了，我靠边停车，让你下去吧。"

见李诗情要报警，司机大叔突然开口同意了李诗情的请求，将车子慢慢开到路边。

肖鹤云和李诗情一看司机果然减速停车了，心中都是一喜。

李诗情磨磨蹭蹭地走到了后车门前，并没有立刻下去。

司机等了一会儿，见小姑娘没下车，皱着眉头问："怎么回事？你不是说要下车吗？"

"司机大叔，我还是不下去了。"李诗情厚着脸皮，一边看着手机上的时间一边朝前面道，"我想了一下，下去再打车可能来不及，还是麻烦您送我去江北吧！我赶时间。"

"搞什么？"司机大叔明显表现出心中的不悦，却也没说什么，利索地关上了后车门，重新开车出发。

演了这么一场戏，虽然两人没有下车，但也不好再坐在一起了，李诗情选择在后门附近的空位上坐下，肖鹤云则顶着不少人鄙视的目光坐在了

203

李诗情的前排。

经过这么一耽搁，他们成功地延长了五六分钟的时间，现在已经是下午一点二十九分。

按照老张的说法，如果警察以最快时间出警，在下午一点三十分时应该能到达沿江东路站。

大概是因为路上耽误了时间，接下来的路程司机开得非常快，没花几分钟的时间，李诗情和肖鹤云就看到了前方的公交站牌，隐隐约约地可以看到站牌下站着好几道身影。

李诗情和扭过头的肖鹤云对视一眼，眼中都有着兴奋之意。

警察果然来了！

之前每一次"循环"，这个车站上车的都只有口罩男一人！

他们死死地盯着窗外，眼看着车子一点点接近沿江东路站，紧张到口干舌燥。

近了，近了，更近了……

不对，车子怎么没减速？

李诗情第一个发现不对。

她立马站起来，奔到后门边，对着司机大叔喊："大叔，我要下车！快停车！"

此时，车子已经开到站牌附近了，她甚至能通过后门的玻璃看到站牌那儿站着的熟悉的身影。

张警官和江警官，带着另外两个警官，穿着普通的休闲外套，伪装成要上车的乘客，正在站牌那儿等着。

之前在这一站上车的口罩男却不见踪影，应该是被警察们劝走了。

"你今天到底是怎么回事？一下要上车一下要下车的！"司机大叔没好气地吼，"你刚刚不还说要赶时间吗？"

"可是有人要上车啊！"李诗情指着车窗外喊，"站牌那儿有人啊！"

"来不及了，路上耽误了太多时间，现在没办法停！"

然而司机根本不理会李诗情的"提醒"，丢下这么一句，头也不回地直接加速冲过了站，直奔上桥前的十字路口而去。

见司机根本不停车，张警官给出的计划完全派不上用场，李诗情和肖鹤云彻底慌了。

肖鹤云坐在座位上，扒着窗户猛往外看。

车子已经开得离车站有一段距离了，肖鹤云能模模糊糊地看到刚刚还在公交站牌那儿等车的几个警察急急忙忙地往前面跑，边喊着什么边跟着车子追了一段距离。

当发现车子完全没有停下的意思时，他们停止了追赶，掉头往路边方向冲了过去。

完蛋了！

李诗情心里慌得不行，站在后门前，心中涌起一股绝望。

他们怎么上不了车？

就在这时，公交车后突然传来警笛声。

"靠边停车，前方的公交车，立刻靠边停车，所有人员，立刻下车！"

警车里，警方用着扩音器大声对这辆公交车呵斥着。

两辆外表普通的轿车加速冲了过来，车顶上放着警方执行公务时才用的警车灯，试图逼停李诗情他们坐的这辆公交车。

这下，两个年轻人彻底手脚冰凉。

刺耳的警笛声即使在平时都会让人心慌意乱、不知所措，更别说在这个让人紧张的关头。

车里的乘客一看有警车追上他们的公交车，纷纷慌了。

"司机，怎么回事？快靠边停车！"

"不会是车上有什么逃犯吧？司机，停车啊！"

拼了！

肖鹤云反应比李诗情快，眼睛死死地盯着花衣大婶。

现在公交车还没上桥，出车祸总比被炸死强，肖鹤云打算先把炸弹抢下来！

他抬起头，和李诗情对视了一眼，眼中有了决绝之意。

李诗情明白了他的意思，冲他点头。两人在乘客们惊慌失措的叫喊声中，一齐冲向后排坐着的大婶。

窗外，两辆警车丝毫不顾危险，一前一后地包夹住了公交车，逼着它减速靠边，禁止它开往车流量更大的跨江大桥。

就在李诗情抓住大婶手的同时，肖鹤云也扑到了大婶的身上……

可是已经来不及了。

伴随着司机大叔狠狠地撞向前方警车的剧烈震动，花衣大婶伸脚使劲踢翻了座位下的高压锅。

李诗情眼睁睁地看着高压锅的限压阀猛地被撞下来，红色的限压阀骨碌碌地滚在了车子的地板上，随着碰撞造成的震动，就这么滚向了远方……

"不！"

轰！

第 九 章

全员生还

再次醒来，李诗情和肖鹤云满脑子都是问号。

没有什么会比计划得十分周全，整个事情却不按计划走更让人恼火了。

"他是急着去投胎吗？"

肖鹤云抬眼看向前方的大婶和大叔，眼中少有地充满了戾气。

根据警方的调查，在女儿出事后的那几年，大婶陶映红明显精神已经有些不正常了，经常陷入暴躁和失控中，平时对人也很冷漠，明显是有情绪障碍，但司机并没有。

每一次，就在他和李诗情认为司机那里还可以"活动一下"的时候，司机就会狠狠地给他们一记当头棒喝，打得他们昏头涨脑。

"可不是急着去投胎嘛……"李诗情使劲敲了敲自己的头，想让自己更清醒点。

"那现在怎么办？我们又陷入一个怪圈了。"肖鹤云冷着脸说，"如果我们不在港务新村站和沿江东路站之间拖延时间，警方就上不了车帮忙；如果我们拖延了时间，司机会担心耽误定时爆炸的时间，根本不到站停车，警方还是上不了车……"

经过这么多次，李诗情还没有放弃希望，可肖鹤云压抑着的负面情绪已经到了爆发的边缘。

一次次给予希望，又一次次让希望破灭，别说是人，就算是神仙也忍不了。

肖鹤云嗤笑一声。

"所以老天爷这是什么意思？劝我们别想着靠别人了，最好自己靠自己吗？"

除了下车报警那次，肖鹤云还从未表现得像现在这样，简直浑身是刺。

"不管怎么样，先报警吧。"

李诗情掏出手机，准备再次编辑短信。

"别试了，来不及的。"

一只手掌从侧方伸过来，盖住了李诗情的手机。

李诗情抬起头，撞入脑海的是同伴一双满是血丝的眼睛。

她的手顿时停住了。

肖鹤云的样子不对劲，非常不对劲。

"好。"她温顺地收回了手机，"都听你的。"

现在没有任何事比他重要，包括这辆车马上要爆炸。

一直以来，她的这位同伴都没表现出太多的"个性"，虽然善于出谋划策，但并不坚持自己决定，而是习惯于不停地依照团队的需要修改自己的计划，宛如那种在古代经常出现的谋士。

两人之中，好像看起来是性格比较强势的李诗情做出的决定更多，但李诗情心里知道，其实能一直支撑着他们走到现在的不是她，而是总有着春风化雨般魔力的肖鹤云。

而她，不是主心骨。

她如果不是好运碰上一位"谋士"队友，早就成"炮灰"了。

肖鹤云才是她的精神支柱，肖鹤云绝不能倒。

李诗情没办法想象，如果肖鹤云在一次次的"循环"里真的精神崩溃了，留下她一个人孤独地轮回，会变成什么样子。

那对她来说，也许是寻死都做不到的人间地狱吧。

想到这里，李诗情用最温和的态度反握住了他的手，紧紧地握住他冰冷的手掌。

"你准备怎么做？我们一起想办法。"

他现在需要的是一个发泄的"出口"。

"别老想着警方了，根本来不及。"

肖鹤云不再期望警方的帮助。

上一次"循环"，警方没有上车，竟果断选择了"牺牲"，在明知道车上很可能有炸弹的情况下，依然试图用警车逼停公交车，为的不过是禁止这辆车驶入人流量更大的跨江大桥。

那些警官难道不知道车子上有炸弹他们也会死吗？

他们知道的，可他们还是这么做了。

就因为炸弹的爆炸范围是有限度的，在越狭窄的空间里造成的伤害越大。

引桥下是郊外空旷的道路，为了不让车在拥挤的跨江大桥上爆炸造成更大的伤亡，在当时那种急迫的情况下，警察不得不用这种方式迫使公交车靠边，干扰它的正常行驶。

在公交车不愿停车的情况下，连警方都要靠"牺牲"自我才能避免更大的伤亡，又怎么保证在车上的他们可以安全？

一直坚持"自救"的肖鹤云决定看清事实，不再想着靠别人了。

"司机和大婶不是夫妻吗？"肖鹤云虽然情绪已经在爆发的边缘，头脑却没有糊涂，"既然你觉得司机会让你下车是因为还没完全泯灭人性，那我们就从这里着手！"

李诗情不由自主地看向大婶。

大婶眼神空洞地看着窗外，一只手却保持着随时能抓住塑料袋的姿势，似乎那已经成了她的本能。

李诗情凝视着大婶，耳边则是肖鹤云近乎咬牙切齿的声音。

"我记得那把小刀就在大婶上衣右边的外口袋里，等下我们还是按原来的方法，先寻求健壮大叔的帮助，然后一起按住大婶。"肖鹤云从头到尾的语气都是冷静的，眼神却带着一股凶狠，"等我们把大婶制住了，我就把她的刀搜出来，架在她的脖子上，威胁司机停车。"

李诗情彻底惊住了。

她怎么也没想到，肖鹤云会想出这么一个烂主意。

"可是他们本来就是要自杀的啊……"李诗情目瞪口呆地说，"你……你确定这样能行？"

"我们这就是赌司机会怎么做了。"肖鹤云冷着脸说，"我们控制不了司机，就只能赌那万分之一的机会。只要他有犹豫，我们以后就可以从司机那儿找突破口。

"能活着，谁想死？如果有一个机会让他不用死呢？老婆被胁迫，不得不停车放弃计划，那他也就不用死了吧？连理由我们都给他找好了，司机也许能过了自己心里那道坎呢？警方不是说他是个老好人吗？

"他的女儿是可怜，但她的死是自己造成的，就算不是她自己造成的，冤有头债有主，凭什么要那么多人为她陪葬？他们配吗？他女儿配吗？"

肖鹤云不像在分析，更多的像在发泄自己的怨气。

"如果他不明白，我就说给他听！"

李诗情看着这样"任性"的肖鹤云，心里隐隐有些不安，她的直觉告诉她，肖鹤云选择这么去"尝试"很可能只是白费机会。

可最终，她对肖鹤云心理状况的担忧还是占据了上风，只能无奈地嗯了一声。

"那行吧，你说，我去做。"

一番简单的计划之后，他们成功地用字条和"奖金"让健壮大叔再次同意了帮忙，口罩男也答应帮着照看高压锅。

这一次肖鹤云连半点时间都不愿意耽误了，几乎是在健壮大叔同意的下一刻，就率先扑向了大婶。

哪怕肖鹤云只是个"战五渣"的"弱鸡"，对付同一个人这么多次也有经验了，再加上有健壮大叔的帮忙，虽然大婶挣扎得很剧烈，但还是被控制住了。

健壮大叔反扭住大婶双臂的时候，肖鹤云从她的口袋里掏出了刀，一把架在了她的脖子上。

"别乱动！叫你丈夫停车！停车！"

那刀横在大婶颈间的那一刻，一车的乘客都开始惊恐起来。

大婶紧抿着嘴唇，不但没有说话，反倒冷笑了一声。

肖鹤云又转而呵斥司机停车。

司机也没有停车。

在回头看了他们一眼后，他竟默默地加速了。

李诗情内心一片苍凉。

本来就希望渺茫，现在这种情况更是直接告诉他们，用性命威胁司机和花衣大婶，门都没有，只会刺激到司机，让司机选择更加快速地执行计划。

"小伙子，你要干吗？"

"小伙子，你把刀放下！"

"同志，你刚刚不是这么说的，你说只是让我帮忙抓人……"

连健壮大叔都吓得脸色发白。

这小伙子没说要他帮忙杀人啊！

"李诗情，破窗！"

肖鹤云看着开始加速冲向桥上的公交车，示意刚把高压锅交给口罩男的同伴自救。

肖鹤云和李诗情从头到尾都没说几句话，车上的乘客也没弄清楚什么情况，报警的报警，拍照的拍照。

"你们是警察？"明明脖子上抵着刀，大婶却没有任何害怕的表情，只声音沙哑地问。

"是。"肖鹤云面不改色心不跳地撒着慌，"你们的事情我们已经知道了，我也知道那个高压锅里装着什么，虽然我对发生在王萌萌身上的事情感到很遗憾，但这不是你们带着一车人去死的理由。你们现在选择停止作恶，用自首争取从宽处理还来得及。"

听到"王萌萌"几个字，大婶愣了下神。

下一刻，她整个人都绷直了。

"你知道我女儿？你们调查过她！"她嗓子沙哑，"你们为什么不早点调查？为什么在她出事的时候不调查？她死了，她都死了四年了，你们现在告诉我你们很遗憾！没用的，你们说什么都没用了。"

李诗情在肖鹤云的指挥下用安全锤成功破开了窗，但车速太快，公交车已经冲上了桥，而且司机一直在强行变道，硬是挤上了车多的那条道。

桥上全是车辆，而且公交车开得很不稳，她根本没办法找到安全的地方把炸弹扔下去。

"王兴德，你们夫妻现在带着炸弹上桥自杀，别人不会觉得你们一家

三口可怜，只会觉得你的女儿更该死了！"

肖鹤云开始高喊。

"什么，炸弹？"

车上的乘客听说车上有炸弹，脑子直接蒙了！

他们有的疯了一样地冲向后车门，拼命地拍着车门上的紧急开门装置要求下车，有的则直接朝窗外大喊着"警察救命"之类的话语。

但没有人顾得上这些无头苍蝇一样的乘客，司机和花衣大婶的表情都十分冷漠。

而肖鹤云的眼睛只盯着前方的司机。

"你觉得你们这样做，别人会怎么想？一个自己下车的女孩遇到了车祸，她的父母就因为这个去报复社会，带着炸弹想和桥上的人同归于尽？你们知道这要死多少人吗？这是在给自己的女儿增加新的罪孽，让她永世不得超生！"

肖鹤云仿佛只顾着发泄，言语好似利剑，丝毫不顾忌会不会刺激到这两个"凶手"。

"这件事会被网友们再次翻出来，你们女儿死亡的视频会再次被人一遍又一遍地翻看，现在更好，还要带上你们夫妻俩拖着一车人同归于尽的视频，被所有人骂这一家子都该死！

"你以为你们这是在报复？你们以为这样就能让社会关注你女儿的事？不会的，你们这是想让你们的女儿被人'鞭尸'！"

"你们懂什么？"司机开到了预定的位置，直接刹住了车，终于忍不住怒吼了出来。

他站起身，铁青着脸转过身，直面挟持着自己妻子的肖鹤云，双目仿佛喷着火。

"我的女儿从小乖巧听话，却被你们说成胡搅蛮缠、自作自受的蠢货！我只是想让女儿早日入土为安，想让老婆不那么难过，才选择不再深究，你们却热嘲冷讽，说我们自作自受、心虚卖惨！我们要早知道是这个结果，哪怕我们夫妻两个当场死了，也不会就这么随便算了！

"前一刻还请我们'节哀顺变、注意身体'的人，下一刻就笑我们的女儿'自作自受'，责怪我们没教好孩子！我女儿怎么死的，我们要怎么活、怎么死，又和你们有什么关系？我们辛辛苦苦养了二十年的孩子就这么没了，还不够惨吗？为什么非要一次次提醒我们？

"你们这些人除了在网上热嘲冷讽，还做过人做的事吗？"

"我的女儿……"陶映红听见丈夫的控诉，颤抖着身子，泪如雨下。

"你们现在还追究什么死不死的，已经晚了！"司机看着窗外混乱的景色，再看着被端在口罩男手中的高压锅，冷笑着从手上摘下白手套，狠狠地掷在地板上。

"你杀了我老婆吧，时间到了，我们夫妻俩马上要和女儿团聚了！"

"走！等下把高压锅给我！"

肖鹤云和司机他们对峙的时候，李诗情已经领着口罩男奔向车窗，车一停，她就闭上眼从车窗跳了下去。

就在她跳下车窗的下一刻，花衣大婶的方向传来熟悉的《卡农》铃声。

"别管了，快丢！"

李诗情脸色一变，不顾脚踝上传来的剧痛，整个人慌乱地向车窗边的口罩男伸出手。

口罩男急急忙忙地探出身，要将高压锅从窗口递下去，然而已经来不及了。

公交车的变故已经被不少人发现，仓皇逃命的乘客一个个从公交车里跳了下来，跨江大桥上的交通一时混乱了起来，再加上先跑下车的乘客已经在喊着"车上有炸弹"了，不少私家车不顾拥堵，要么直接掉头，要么顶着车加速，现在不但这辆公交车不能动，就连前后的车辆也都被堵得死死的。

李诗情只是扫了一眼身边，就知道自己绝对没可能穿过这样拥堵的车流将高压锅丢到桥下，只能认命地闭上了眼睛，迎接着即将到来的命运……

轰！

从可怕的爆炸里清醒过来时，李诗情觉得自己的脑袋都被炸成了糨糊。

耳边一直在嗡嗡作响，眼睛里全是白光，就连皮肤都传来烧灼的痛感，她短暂地忘却了自己在哪儿、在干什么，剧痛让她不得不趴在前面的座位上无声地忍耐。

她实在连叫的力气都没有了。

好半天才从那种难受的状态中脱离出来，李诗情第一件事就是去看身边的肖鹤云。

他的状况也不好，满头都是冷汗，脸色苍白，可是面上却带着笑容，他甚至笑出了声来。

在李诗情听来，那笑声中有种说不出的满足，像在那种很难的考试上考到了提前押上的题、第一次约会时做出的安排全部很讨女朋友喜欢的那种笑。

可问题是，他刚刚功败垂成了！

完了完了。

李诗情脑子里顿时一片空白。

肖鹤云还是疯了！

满额头是汗还带着诡异笑容的肖鹤云戳了李诗情一下，压低了声音，在她耳边轻轻地说："向老张报警，请求支援。"

"什么？"

李诗情还沉浸在肖鹤云可能被逼疯了的噩耗之中，傻乎乎地问。

"编一条短信……算了，我来吧。"

见李诗情表情呆滞，肖鹤云以为同伴还没从刚才的死亡里抽离出来，选择自己报警。

等他短信快编辑完了，李诗情也回过神来，伸过头看了一眼。

"张警官，我们发现港务新村站刚刚离开的一辆45路公交车上有炸弹，爆炸时间应该在下午一点四十五分，爆炸地点为跨江大桥，车辆预计在下午一点三十分至四十分上桥。请立刻封锁桥上的交通、疏散车辆，但不要禁止该车辆上桥，因为司机是同谋，要避免他发现桥头被封后直接引爆炸弹。我和我的同伴正在车上，会设法控制携带炸弹的犯人并将装载着炸弹的高压锅丢到桥下，请在该车辆停下后接应。时间紧迫，无法再联系，请相信我们！"

"你这是又有什么新的方案吗？"

李诗情看着肖鹤云将短信发给了张警官，吃了一惊。

"刚刚那次'循环'，让我确定了一件事……"收起手机前，肖鹤云看

214

了一眼时间，对李诗情说，"你说的是对的，司机可以被打动。"

肖鹤云说："面对我的逼问和热嘲冷讽，他愤怒了。

"一个一心求死别无所求的人，在必死的局面前，不会愤怒，最多就像大婶那样，临死前再嘲笑我们一通。

"发怒，代表他有遗憾，这遗憾不是来自别人，而是来自他自己。"

肖鹤云慢条斯理地擦干净眼镜，为接下来的行动做好准备："而有遗憾，就有弱点。"

李诗情也不傻，相反，她有着优秀的共情能力，所以她只是回想了一会儿，就成功理解了司机和花衣大婶的心结。

"大婶一直在指责别人为什么现在才来调查她女儿的事，说明她的遗憾是'时间'。"

四年前，王萌萌刚出事的时候，交警曾经认真调查过当时那辆公交车上的情况，结果车上并无异常，司机虽然中途将王萌萌放下有过失，但不是王萌萌遇难的主要因素。因为王萌萌下车并无他人胁迫的因素，最终交警下了王萌萌为主要责任人的事故判决书。

但是大婶一直怀疑这个结果，也希望警方能给她想要的答案，以证明她女儿不是无缘无故下车的。

王萌萌已经死了，责任在不在王萌萌其实都已经于事无补，却能安抚花衣大婶。

但调查结果一切正常，又没有人证和物证，仅凭大婶的猜测，警方没有介入这件案子的必要。后来遭遇那样的舆论风暴，大婶心里应该是希望有人能给她一个公道、一份支持的，而在公信力上最容易让别人认同的，就是警方。

可车祸案早已经结束，人也已入土为安，时间无法再回到最初。

"司机大叔一直在强调'别人这样''别人那样'，控诉别人因为他的妥协而嘲笑他，实际上只是为了逃避自己当初一时的懦弱。陶映红在女儿刚出事时是希望继续深究下去的，但他在意他人的目光和来自大家庭的压力，选择签字回家，结果就等于承认了她女儿是主要责任方。"

如果后来他们从伤痛里走出去，一切都恢复正常，司机也许会觉得他当时的妥协是对的，但后来事情变成那样，司机的内心肯定自责过。

这也许是司机会同意和妻子合谋在女儿的忌日做出这件事的原因。

从警方的调查中可以看出，司机平时是个"老好人"，是个公认不会起争执、经常妥协的人，可能在他的心里，也希望做出这么一件"大事"，好证明自己不只是个"老好人"。

"是的。"肖鹤云点点头，做出了总结，"而追根究底，他们有这样那样心结的原因……是他们都不相信，自己的女儿是那种会胡搅蛮缠要下车的人。"

"所以你上一次那么凶，硬要拿大婶的命去威胁司机停车是在演戏？"李诗情在听完了肖鹤云的解释后，恍然大悟，"你是想试探出能打动他们的软肋是什么？"

"也不全是演戏。"肖鹤云赧然地笑着，"一开始确实气疯了，想着这么发泄一下也好，但马上就回过神来了，觉得用'性命安全'去威胁两个要自杀的人很蠢……大概也和你之前一样，突然灵光一闪，脑子里就出现了这个想法。"

他提起上一次的"循环"，并不准备说太多："总之，我觉得这么做还是有希望的，咱们再来一次。"

"好！"

李诗情对他竖了竖大拇指。

短信发出去后，剩下的就是具体的执行。

经过这么多次"循环"，两个人的默契已经培养到仅靠眼神就能沟通交流的地步，有些细节不需要提前规划，只在"劝服"司机这点上，肖鹤云稍微多叮嘱了点。

"还和以前一样，大婶这边交给我，司机交给你。"他压低了声音，在李诗情耳边低声说，"也许你还没发现，司机对你和其他乘客是不一样的。"

"对我不一样？"李诗情愕然。

"还记得我试图劝说司机注意右边的摩托车那次吗？我和司机说话时，司机根本不搭理我，但是你劝了，他就听了。"肖鹤云回忆着过去的一些细节，"车子上出现动乱时，别人呼救或者大喊大叫，他最多问怎么回事，只有你叫喊的时候，他会一直回头；只有你的疑问，他有耐心回答。"

肖鹤云看着自己的同伴，温柔地说："还有，最重要的一点，他有让你下车。"

"就像你说的，他让你下车了……不仅是你坚持要下车他才这么做，他也曾提议让你在下一站下车。

"李诗情，也许他不想你死。"

听见肖鹤云的话，李诗情的眼中有些茫然，她有些不敢相信，更多的则是难过。

经过这么多次的残酷折磨，李诗情的那双眼睛里依然能露出带着天真的惊异之色。

肖鹤云不想让她难过。

无论是过去还是现在，他都觉得李诗情的这种"柔软"十分珍贵。

"警方不是说了吗？大叔的女儿当初就在 W 大读书，和你是一个学校，也是经常坐 45 路公交车。他对你那一丝恻隐之心，也许是因为你和他的女儿有些相似之处，也许只是因为你和他相熟，人在面对熟人时会更容易心软……"肖鹤云感慨着，"不管怎么说，你会进入'循环'，也许并不是一种偶然。冥冥之中，有什么事情，或许是非你不可的，所以上天才会给你这份'幸运'。"

经历过这么多次磨难，连肖鹤云都觉得自己在经过这么多次事后心变硬了，放在以前，他是无论如何也做不出把刀架在别人脖子上的事情的，哪怕那个人是个罪犯。

但现在，如果有必要，他觉得自己甚至可以毫不犹豫地杀了那个大婶。

可李诗情不同，也许是男女性别不一样，想法也不一样，都到了这个时候，李诗情也依然保持着自己的底线，不愿意"豁出去"。

哪怕遇见这样的事，她还是希望是由警方审判这两个人。

这一次的"赌博"，与其说是赌他们能击中司机内心的薄弱之处，不如说是他爱护同伴的一种方式。

也许每个女人都希望故事的结尾能完美而不留遗憾，所有人都皆大欢喜，所以他也想试一试。

"所以，你来试试吧……"

肖鹤云拍了拍她的手。

既然事情由你起头……

"来试试看，结束这个悲剧。"

也请由你结束。

这条路王兴德已经开了整整三十个月，熟悉到闭着眼睛都能清晰地在脑海里浮现出前方的路段。

他曾是一位大货车司机，开车已经是深入肌肉记忆的本能。

他的人生有大半时间在路上，有时候，他甚至觉得自己除开车以外什么都做不好，甚至为此焦虑过。

而让人觉得讽刺的是，正是因为他仅有的这份"自信"，让他轻而易举地淘汰了那些开车不如他的人，成功被公交公司录取。

刚刚被录取时，他是愤怒的。

他并没有为"复仇"而隐姓埋名。

"王兴德"这个名字应当因为半年前发生在王萌萌身上的事故而迅速被人想起来，当看见这个名字时，至少会有一些人对此而产生某种质疑。

在那些因为悔恨而辗转反侧的夜晚，他曾经一次次想象着自己在面对"质疑"时如何"回击"，他甚至想好了对女儿之死的每一句控诉，等待着"复仇行动"被揭穿的那一刻。

王兴德迫不及待地想看到这些人从高高在上到惊慌失措的嘴脸。

然而直到他都进行完了上岗前的所有培训，拿到了驾驶公交车的资格证，都没有一个人发现他就是那位王萌萌的父亲。

"王萌萌"这个名字，就像是故事里人鱼公主变成的那块泡沫一样，随着第二天阳光刺破薄雾，就这么消失在所有人的记忆里。

连王萌萌的名字都无人记得，更别说只是出现在那份事故认定书上的王兴德了。

是的，一开始，他根本不认为妻子的"复仇"能成功，甚至觉得这个"计划"很荒谬。

在他的想象里，他都不需要露出别的破绽，只要负责录取他的高层一看到他的名字，妻子的计划就会"流产"。

会答应妻子来 W 市，陪着她做这个做那个，都只是因为那个时候妻子的精神状况太差，他甚至发现好几次她试图走上马路寻死，为此，他干脆辞去了工作，天天陪着妻子。

他没有什么本事，只想让她开心点，哪怕这件事在别人看来并不正常。

他已经失去了女儿，不想再失去妻子。

刚刚接手这条线路时，带他的老师傅开车带他熟悉这条路线，告诉他这一路上有哪些地方路况不好，每站之间要花费多少时间，因为这条路线是让她女儿死亡的"黄泉路"，他常常走神，老师傅也不以为意。

终于有一次，当车子行驶到女儿死去的位置时，他忍不住提出了内心的疑问。

"这条路上是不是出过事，因为提前下车死过一个女孩？我以后是不是要注意一下这个桥上的交通情况？"

"啊，也许有吧。"带他的老师傅这么轻描淡写地回答，"哪条路上没出过事，哪条路上没死过人？谁能管那么多，你别让自己出事就行了，车上的乘客也不会在乎路上出过什么事，他们就关心自己能不能准时到，这个才最重要。"

"谁能管那么多"，这就是对他女儿短暂的一生最后的结论。

他常年在外奔波，可那是为了生存，并不代表他就不疼爱自己的女儿。

十几年来，每一次跑长途，无论路途多遥远、时间多紧迫，他都像女儿童话书里那个父亲一样，在临走前询问她要什么样的礼物，并给她带回来。

住处虽简陋，但因为有家人的陪伴，在他心中那就是世界上最美好的地方。

出车虽枯燥，但因为有家人在等候，他的每一次归途都充满雀跃。

他的女儿乖巧可爱，能弹钢琴，还会跳舞，笑起来时眼睛弯得像月牙儿，无论什么时候，他只要想到她的笑容，所有的疲惫就都会消散。

他开车十几年却没出过任何重大事故，就因为他一直记着，家里还有盼望着他安全回去的人，别人也有家人在盼望着他们安全回家。

可是老师傅的一句话，让他惊觉不是每个人都会这样在乎这一切的。

"所有人都是罪人。"

直到那一刻，他才开始觉得妻子的念头是对的。

他的愤怒像是突然被点燃的山火，就那么燃尽了一切。

他的理智、他的侥幸、他的犹豫，还有他的爱与家庭，都在一层又一层的轻描淡写里——被烧光了。

在这三十个月里，在日复一日的枯燥工作之中，他成功地成了这条路线上的老师傅，他完全掌控了这条路线，也掌控了这一辆车，让它随着自己的心意改变。

他三天两头调坏车上的监控，锁死门上的应急开关，从来不主动报修，其他的同事也对这辆车的"时好时坏"习以为常，谁也不会料想到这个年年被公司评为"标兵"的优秀员工，会做出这样的行为。

就像连老天都支持他们进行"复仇"似的，妻子那边也进行得非常顺利，凭借着化工厂质检员的身份，"不合格"的原材料一点一点地到了她的手里。

他们像两只蛰伏在暗处的蜘蛛，编织出了这张名为"复仇"的大网。

今天，便是那个收网的日子。

一切都非常顺利，唯一让他觉得有些遗憾的，是有个他熟悉的女孩上了车。

他没想到她会上车。

在这个时节，大部分学生已经放假回家，她本不应该留在 W 市，不应该留在学校里，更不该在这个非周末的时段出行。

那是个和他女儿一样，笑起来眼睛像弯月的姑娘，也像他的女儿一样天真可爱，甚至读着一样的学校，学着一样的学科，她总让他忍不住想到自己的女儿。

她每次上车，只要他身后还有空位，她一定坐在那个位子，和他聊几句家常，问候几句他的近况。

因为她，他曾不止一次地想，如果当年女儿来 W 市上学，他没有继续开大货车，而是选择辞去工作陪女儿来到这个城市，在女儿上学的路上当一名公交车司机，会不会女儿就不会死？

他的女儿会不会像这个女孩一样，坐在他身后的位子上，叽叽喳喳地说着一天的见闻，撒着娇求他下班后一起去哪里逛逛。

他胆子不大，开车小心，是绝不会让任何人出事的。

每一次陷入想象，悔恨与思念都让他心如刀绞。他憎恨这个世界，更憎恨那个懦弱又可悲的自己。

可惜开弓没有回头箭……

"对不起……"

220

王兴德看着渐渐出现在前方的大桥，眼眶渐渐地被什么染湿。

他们一家，终于要团聚了。

这一次"循环"，所有人都非常小心，包括李诗情。

当她坐在司机的身后时，司机甚至没发觉后面的空位上多了一个人。

车子一过那个十字路口，肖鹤云率先发难。

这一次他更有经验，提前找口罩男借了裹小猫的外套，从花衣大婶身旁走过时一把将外套罩在她的头上。

"干什么？"

原本紧盯着窗外的大婶视线被突然从天而降的外套遮蔽，下意识地就要伸手去抓自己脚下的塑料袋，却被健壮大叔一把抓住了双手，从座位里提了起来。

肖鹤云趁机从她口袋里掏出了那把小刀，和大叔一起，把她摁倒在了车子的地板上。

"然后呢？接下来怎么办？"

口罩男知道那高压锅里有炸弹，战战兢兢地从座位里把塑料袋拖了出来，也不敢抱，蹲在那儿一脸的慌乱无措。

乘客们已经蒙了，搞不明白车里到底发生了什么，也没人主动开口去问。

"小伙子，这人就算带了一把刀，你们也不能这么按着人家啊……"钥匙大叔仔细观察了下，大概觉得肖鹤云不像什么坏人，忍不住又开始发动了"口炮"技能，"要是他们真犯了什么事，你们自己解决，让我们先下车，行不行？"

几个"循环"下来，肖鹤云最烦的就是这个钥匙大叔，什么忙都帮不上，话却最多。出了事，钥匙大叔大喊着叫别人上，自己跑得比谁都快，恨不得多长两条腿。

见钥匙大叔还要絮絮叨叨，肖鹤云眉头一皱，厉声道："没你什么事，不要啰唆！"

那钥匙大叔被他顶撞了，脸色当即有些不好看，刚想再说些什么，就见到刚才呵斥他的肖鹤云带威胁意味地瞥了他一眼。

那一眼充满不耐，带着一种势在必得的狠意，更别说肖鹤云手里还拿着一把从大婶身上搜出来的刀。

钥匙大叔愣是吓得把准备说出口的话硬生生地咽了回去。

他话这么多，这么多年还没出事，就是因为他知道什么人不好惹、什么人能惹。这下子他不敢再开口，又乖乖缩回了座位上。

事情发生得特别快，司机只来得及回头看一眼。

匆匆一眼，只能看到一个小伙子和一个壮汉把他的妻子摁在地上，具体什么情况，他根本推测不出来。

他心里已经有了不安的预感，看了一眼后就收回了目光，假装什么都不知道，继续开车。

但肖鹤云接下来的话，却打破了他最后一丝侥幸。

"王兴德，你的妻子已经被我们控制住了，高压锅也在我们的手里，现在收手靠边停车，还有改过自新的机会。"

肖鹤云没有把罩着大婶脸面的外套拿开，只对着车子前方的司机大喊。

"警方是不会允许你们的计划得逞的，趁着事情还没闹大，自首吧！"

听到制住他妻子的乘客不但喊出了他的名字，更说出他们心里最大的秘密，王兴德脑子里嗡的一下，心跳如雷，差点把不住方向盘。

"你们怎么发现的？"

被按倒在地的大婶脸上罩着外套，看不清发生了什么事，但也明白事情已经暴露了。此时她的声音从外套下面传来："我们没有跟任何人透露过这件事。"

肖鹤云完全没有回答她的意思，只紧张地盯着前排的李诗情。

他能做到的事情已经做到了，剩下的就看李诗情发挥得怎么样了。

同样的问题也萦绕在司机王兴德的脑海中。

他们怎么知道的？

难道很早以前我们就被盯上了？

这小伙子什么来路？难道车上全是便衣？

虽然依然凭借着本能在开车，但他的脑子里已经乱成了一锅粥，车上突然发生的诡异变故让他感觉到哪里都不对劲，越想越多。

就算车上有警察，也不能拿我们怎么样……

突如其来的变故让他无法清醒地思考，何况他原本就不是什么心思缜密的人：他们现在是在我车上，一切还是我说的算。

我只要在下午一点四十五分之前上桥，一切就结束了。

对，我只要先开到桥上，锁死了车门，他们想跑也跑不掉。

没几分钟炸弹就要炸了。桥上都是车，他们拦不住我们……

肖鹤云单刀直入说明来意的做法还是刺激到了王兴德原本紧绷的神经。

为了避免节外生枝，王兴德加大了油门，直奔桥上而去。

"哎哟！"

公交车突然的加速让不少乘客身子一歪，惊慌地叫了起来。

"你倒是开慢点啊！"

负责"看管"高压锅的口罩男更是吓得不轻，车子突然加速之时，他心慌意乱地按住了塑料袋，紧紧地将它固定在地上，就怕高压锅随着颠簸突然炸了。

横冲直撞的公交车快速地掠过了引桥，驶入了跨江大桥的车流之中，看到开过来的公交车车速这么快，原本还在上桥点按秩序等待过桥的车辆纷纷向两边避让开，由着这辆超速的公交车先上了桥。

公交车到了桥上，王兴德心里方才一定。他回头看了一眼妻子所在的方向，这一次，他没看到妻子，目光却扫到了另一个人。

怎么回事？王兴德心里一怔，她怎么坐在这儿？

注意到他的目光，李诗情和他对视一眼，如同平时一般，对他亲切地一笑。

王兴德顿时像被什么刺了一下似的，蓦地将目光收了回去。

"王兴德，到哪儿了？"

看不到情况，制服自己的人除喊过一嗓子外一直沉默着，这让大婶先沉不住气了，尖叫起来。

"我们已经到桥上了！"王兴德慌慌张张地答，"你放心！"

可开着开着，他开始感觉到不对劲。

开过刚刚上桥的那一段，桥上的车辆慢慢变得稀少起来，根本不是平时车水马龙的样子，等他再往前开，整座大桥都变得空空荡荡的。

作为连接这个城市两个最繁华区域的交通要道，王兴德为了适应这里复杂的路况，也不知为这一日在这条线路上经历了多少个来回，却没有任何一次看见过这样冷清的大桥。

没有车辆阻挡，之前还加了速，疾驰的公交车比王兴德预计时间更早

一步到达了女儿车祸的地点。

嘎吱——

随着轮胎剧烈摩擦地面的声音，司机机械地抬手，将车停在了空旷的大桥上。

无车无人的跨江大桥像是被精心安排的某种布景似的，让人根本找不到真实感。

"怎么回事？"

车上的乘客大多是本地的居民，对这座桥熟悉无比，他们惊疑不定地看向车窗外，露出仿佛在梦游一般的神情，小声自言自语。

"怎么一辆车都没有？"

即使不用别人解释，他们也能感觉到，什么大事要发生了。

不安的情绪如会传染一般，在整个车厢中蔓延着，有些乘客猛地站起来，又茫然地坐下去，好像一只受惊以后却不知道到哪儿去藏身的小动物。

有些脾气暴躁的乘客，则直接喝问肖鹤云。

"你们在搞什么？司机开车门啊！"

"你按住她，千万别让她动！"

在骚乱之中，肖鹤云放开了大婶，直奔最近的安全锤，拔出安全锤就开始敲车窗。

"王兴德，发生什么了？"

安全锤敲击玻璃的声音乍一响起，被按着的大婶像是触了电似的扭动起来，用沙哑的嗓子喊："车子怎么停了？"

王兴德没有回答妻子。

他意识到有什么事情已经朝着他无法想象的方向滑去，下意识地将手摸向了挡位。

"王叔叔，放弃吧。"

一道娇小的身影突然出现在司机的身侧，用手紧紧地抓住了他的手腕，试图阻止他再次发动公交车。

"你别拦我！"

王兴德神色复杂，伸手的动作却毫不犹豫，准备把这个突然蹿出来的女孩推开。

"王叔叔，王萌萌不会希望你们这么做的！"李诗情咬紧牙关，用另

224

一只手拽住了方向盘，大声叫着，"如果连你们都死了，就真的再也没有人关心她当年发生了什么事！"

听到女儿的名字，王兴德握住李诗情肩头的手一哆嗦，他目瞪口呆地看着这个女孩。

就在李诗情和王兴德僵持的时刻，原本等候在大桥另一头的警车也用最快的速度赶了过来，呈包夹之势围住了这辆车。

领头的那辆车里下来了两个警官，一下车就拔腿狂奔，径直跑到那扇被砸碎的车窗下，向上方伸出手。

"东西呢？放炸弹的高压锅在哪儿？把东西递下来交给我们处理！"张警官放声大喊，"小心点放！"

"王兴德！王兴德！"

"再来几个人帮帮忙，我快压不住她了！"健壮大叔整个人像是从水里捞出来的一般，大婶一直在挣扎，他也跟着一直用力，现在连肌肉都在抽搐，就快坚持不住了，"她和司机在车上放了炸弹！"

随着健壮大叔的这声大喝，王兴德知道事情已经完全暴露，知道警方甚至已经在桥上和车上布了控，哪里还顾得李诗情在说什么？他用尽全身力气将面前的李诗情推了出去！

"啊！"

李诗情一头撞在风挡玻璃上。

公交车再次发动，王兴德握紧方向盘，立时要加速冲出去。

这时候车上的乘客才仿佛恍然大悟一般，急急忙忙地冲上前去，一起七手八脚地帮着健壮大叔死死地压住了大婶。

抱着高压锅的肖鹤云听到同伴的惨呼，心惊肉跳地屏住呼吸，强迫自己忍住回过头去看的冲动，用尽全部力气探出身去，将装着高压锅的塑料袋递给在车窗下接应的张警官。

车子猛地往前一动。

"小心！"

眼见着肖鹤云差点连人带炸弹一起掉下车去，在一旁帮忙的口罩男差点吓得魂飞魄散，手疾眼快地一把将他拽了回来。

肖鹤云手里的塑料袋摇摇欲坠，离底下接应的张警官就差一点距离。

被推倒在地的李诗情连忙爬起身，一咬牙，直接扑过去抱住了司机

225

大叔。

"王叔叔，我知道你们委屈，我知道的！我们会帮你，我们都会帮你，求你们不要这么做！"

李诗情说不清自己到底是害怕，还是太过紧张，原本想好的话全迫不及待地冲出口，完全没有条理，眼泪也夺眶而出，哭得是一塌糊涂。

"如果你的女儿真的有什么冤屈，你们现在这么死了，不就让害死她的人得意了吗？那些笑话你们的人不会因为你们死了就内疚的，他们只会更开心！"

她哆嗦着，因为太紧张，连说话都在打嗝："网上也不全是坏人，我知道王萌萌身上发生了什么事，我回去就帮你发帖子，我告诉大家你们的委屈，我发动网友找当年的知情者！这条线这么多人坐，总有人会知道当年的事！

"求求你，别放弃！警方也会帮你们的，不要自杀！"

"你怎么知道的？"

听见她在说什么，王兴德低头看着怀里的女孩，震惊到一时忘了动作。

"我知道，我都知道！我知道你们今天是来见女儿的！你女儿就在这里看着你呢！"

李诗情觉得自己差劲极了，只知道号啕大哭、胡言乱语。

"是她让我阻止你们的！是她不想你们这么去见她！她不想要更多的人和她一样死得不明不白啊！

"她在这里啊，大叔，她就在这儿！"

为什么偏偏是她进入了"循环"？

为什么她偏偏是在这一天进入了"循环"？

难道真的不是因为王萌萌在天有灵吗？

渐渐地，脸上蒙着外套的大婶挣扎得越来越慢，慢慢地不再剧烈挣扎了。

"小伙子，松手！"

见车子没再发动，张警官连忙当机立断地发号施令。

肖鹤云将手一松，高压锅被底下的张警官和江警官稳稳地接住。

高压锅到手，张警官抱着高压锅，没命地奔跑在空旷无人的大桥上，江警官也跟着在后面狂奔，眼睛死死地盯着张警官怀里的高压锅。

"四十四分了！"

眼睛扫过手机的屏幕，肖鹤云将头伸出窗外，两眼通红地对他们的背影嘶吼着。

"快丢！"

"啊！"

张警官突然抓起塑料袋的提手，右手划出一道巨大的弧线，狂叫一声，将高压锅掷下桥去。

轰——

高压锅受到了剧烈的震动，在刚刚掉下大桥的时候猛然爆开！

伴随着惊天动地的巨响，炽热的气浪将距离最近的两个警官掀了起来，爆炸物的碎片像下霄一般溅到了桥柱上，传出叮叮当当的闷响。

其他警车上的人早就得到了叮嘱离得远远的，高压锅一脱离张警官手，立刻呈卧姿趴伏在了地上，下意识地捂住了耳朵，即便是这样，依然有人被飞溅物的碎片砸得不时痛呼一声。

躺倒在地的张警官仰面看着天空，耳朵里缓缓流出了两道鲜血，脸上却露出一抹满足的笑容。

赌对了啊……

他开心地想着，心中猛然一下子松懈下来，任由意识陷入了一片黑暗。

"老张！"

"快开车门！"

"快快快，打电话找最近的救护车，快让医生过来！"

等爆炸过去，车上的乘客惊魂未定地面面相觑。

"她……她怎么不动了……"

最先清醒过来的是作为帮手的健壮大叔。

当发现被他按着的大婶一动不动时，健壮大叔惊慌地扒开蒙在大婶脸上的外套。

"别……别是闷死了吧？"

之前还剧烈挣扎的大婶仰倒在地板上人事不知，脸色憋得发紫。

刚刚那个情况，一群人围上来光顾着控制住她，按衣服的按衣服，压肩膀的压肩膀，也不知是不是情况太乱，谁按住了堵住她口鼻的外套，竟把她憋得窒息了。

"不是我们干的啊，是你叫我们帮忙的！"

"我刚才压的是她的腿！"

听说可能死了人，一群围着的乘客一哄而散。

"停车，开门，你们被包围了！"

警察在车门外喝令着。

眼见大势已去，司机王兴德缓缓松开了握着方向盘的手，突然对着李诗情唤了声："萌萌……"

李诗情耳朵里全是爆炸时的巨响声，茫然地擦着满脸的泪，根本没听见司机在说什么。

"萌萌，你别怪爸爸。"司机苦笑着道，"是爸爸窝囊，没本事。你妈说，我们这么做了，警察就会去查当年的事，就会给你一个公道……但是既然你不想我们这么做，我们就不做了，爸爸妈妈去自首。"

他按下开门的装置。

随着气阀被放开的泄气声，前后车门一起打开。

警官们一跃而上。

司机却只顾着看自己的"女儿"。

"你别哭，哭了就不漂亮啦……"

警察们一上车就控制住了司机王兴德，并抬走了在地上人事不知的陶映红。

然后，他们开始撤离车上的乘客，对这辆车进行彻底的排查，防止还有更多的爆炸物，拍照并保护犯罪现场。

就在肖鹤云和李诗情被仓皇下车的乘客们裹挟着推下车时，D大调《卡农》的音乐声突然响起。

"天！"

还来？

李诗情和肖鹤云头皮一麻，吓得脸都白了。

"快走啊！"

车上的乘客们听到奇怪的铃声，更加惊慌失措了，根本是用跑的离开的这辆公交车。

即使下了车，所有人也还是惊魂未定的，各个都小心翼翼地离公交车远一点。

李诗情和肖鹤云也想逃，可惜应激反应让他们四肢冰冷无力，根本失去了反抗的能力。

他们站在车下，眼睁睁地看到一部手机被警官从陶映红的口袋里掏出来，两人表情惊恐得好像随时有什么要在他们脸上炸开。

"别怕，就是个闹铃！"

一位警官戴着手套小心翼翼地把那部手机回收到证物袋里，一抬眼看见他们两个这副见了鬼的样子，笑着说："喏，设置的下午一点四十五分，刚好到了。"

"就……就是个闹铃？"李诗情结结巴巴地问，"不是什么炸弹的定时装置吗？"

那他们之前听到那么多次的铃声，难道不是高压锅的定时装置？

"就是个闹铃。"那警官笑了，"就算是什么定时装置，现在高压锅里的炸弹也已经引爆了，总不能再炸一次吧？"

司机一被逮捕，刑警们就已经非常仔细地将车子搜查了一遍，包括车子的底盘，没有发现任何可疑物品，包括爆炸物。

从车里下来的乘客们因为是犯罪现场的证人，暂未允许离开，三三两两地或坐或站在空空荡荡的大桥上，有些在给家里人打电话报着平安，有些则情绪激动地互相讨论着刚才犹如电影一般的惊险情节。

口罩男一下车就急急忙忙地打开了自己的包，包里那只可怜的小猫已经被之前那惊天动地的巨响吓坏了，它直接在口罩男的包里尿了，这次没有外套裹着。

"别怕别怕，就是打了个雷，回家我们就找点好吃的。"

口罩男却丝毫不生气，摘下自己的口罩，用口罩随便擦拭了小猫身上的脏污，心疼地把吓坏了的小奶猫抱在自己的怀里安抚。

"坏人已经被抓住了，不会再打雷了……"

健壮大叔一脚踏实地，就长长地舒了口气，直接瘫坐在了一片狼藉的大街上。

整车这么多人里，就数他最辛苦。

控制住一个人不乱动说起来容易，做起来却难。

更别说他还知道那中年妇女带着炸弹，身上还有凶器，内心的紧张和压力可想而知。

即使有小伙子的帮忙，可小伙子的体格和年纪摆在那里，真要出了什么事，他难道要几个孩子去豁出命？

他肯定是要多担待一点的。

现在警方赶过来接手了，坏人被抓走，炸弹也已经引爆在大桥下面，大叔心里那口一直提着的气才终于松了下来，顿觉浑身肌肉僵硬酸疼得不行，跌坐在地。

他摸着藏在上衣内口袋里的一千块钱，感受着钞票在怀的充实感。

有了这一千块，他可以买辆二手电瓶车，也可以选择租个小房子，不管怎么说，未来还在，希望也还在，所有人都没有出事，这命豁出去得值。

钱已经稳了，也留了命去花了，原本该是件很高兴的事情，可刚才的紧张和急迫一过去，他才终于开始感觉到辛酸和后怕，默默地抹起了眼泪。

有些人连悲苦都是无声的。

等警方完全控制了现场，救护车也送走了受伤的张警官和失去知觉的陶映红，杜警官才得出空闲寻找"报警"的热心市民。

"请问是哪位报的警？"

杜警官在桥上高声询问。

"是我。"

肖鹤云看了一眼李诗情，举起手示意。

杜警官带着几个警察走到他们面前，与肖鹤云握手表示感谢。

"非常感谢你提供线索，并且和车上的乘客合力制服罪犯！"

"也不光是我的功劳，毕竟凶犯是车上好几个乘客一起帮忙制服的……"

肖鹤云愣了下，连忙解释。

他指了指前面的李诗情，又指了指摘了口罩抱着猫的青年。

"还有那个大叔，他和我们一起把人制服的。"

其他警察听到他的话，都吃惊地打量起这个年轻人来。

李诗情和肖鹤云两人，一个看起来不过二十出头，另一个一看就是还没出校园的学生，竟然是制止了这起爆炸案的主要功臣？

他们刚收到短信时，因为短信内容言简意赅又条理分明，指出了所有

230

的重点，还以为发现这件事的是有经验的退伍老兵或者正在休假的警察，连手机号码的来源都没查证，接到了报警信息就急忙通知交通部门封锁交通，并直接赶往大桥。

"小伙子，了不起，勇气可嘉啊！"一位警官夸奖他们，"幸亏有你们，不然这次就酿成大祸了！"

"没给警方添麻烦就好。"

李诗情和肖鹤云对视一眼，心里却依然不能肯定这件事是不是彻底解决了。

为了这一天，他们实在过得太累了，也用尽了所有能想到的办法，如果还不能终止"循环"，他们肯定要疯。

"各位，请跟我们一起回警局录个口供，辛苦大家了！之后会有车子送大家回去，请配合我们警方的工作。"江警官在另一头高喊着过来，"马上会有一辆大车过来，请大家上那辆车！"

没有多久，一辆警方的大巴车缓缓开上被封锁的大桥，载走了被滞留在桥上的所有乘客。

看着越来越远的大桥，感受着从车窗吹进车厢的阵阵微风，李诗情嘴角露出一抹微笑，靠着肖鹤云的肩膀，甜甜地睡着了……

半个月后，某间茶馆的包厢内。

"最近过得怎么样？"李诗情进了屋，摘下头上的帽子和脸上的口罩，问候先到的肖鹤云，"听说你被人追着采访了半个月啊？"

"哪有你那么快活，干脆跑到国外去旅游半个月。"肖鹤云哭笑不得，"你发个长微博人就不见了，其他人不来采访我怎么办？"

"我可没想抛弃战友！"

李诗情耸耸肩，一点内疚都没有地大笑着。

"我爸妈怕我留下什么心理阴影，带我去心理医生那里疏导了一个星期。也是心理医生劝他们带我出去玩玩，暂时脱离这个环境，我才被带出去旅游的。我其实一点都不想走，就想赶紧在国内看看事情有没有新的进展！"

"说起来真是老天保佑，事情能这么顺利地解决。"肖鹤云叹了口气，对他们这么简单就摆脱嫌疑满怀感恩。

事件发生后，警方提出的第一个问题就是他们为什么会知道张警官的手机号，好在他们那天晚上在酒店商量了好久，其中就包括真要成功该如何应对警方接下来的调查。

那天晚上在酒店里，他们在网上搜索过张警官的手机号，发现之前公交车纵火案发生时，本地警方平台曾经放出过老张的手机号。

当年那起案件的纵火人在点火时首先把自己烧了个面目全非，后来尸体更是被烧得根本无法辨认，当时警方留的夜间联系电话就是负责人张警官的手机号，目的是让知道纵火人情况的知情人士方便向警方提供线索。

肖鹤云对警察说，自己在发现情况不对时，第一时间先搜索了"公交车案件警方"的关键字，通过搜索内容找到了这通电话号码，并且发送了短信。

收到短信后，张警官曾回短信问情况，只是当时车上情况紧急，他们没时间回复，但确定那个号码警方还在用，就给他们奠定了很大的信心。

警方后来经过尝试，发现确实能通过这种方式找到老张的手机号。

事后，警方还夸赞了肖鹤云的聪慧，除了庆幸当年那通信息时隔多年还能查到，还肯定了他直接联系刑警队的举措。

不然如果靠110报警再分警，流程复杂，速度太慢，很可能被犯罪嫌疑人提前察觉。

至于他们是怎么发现公交车上有炸弹的，他们用的依然是"我们坐在大婶后面，听到大婶自言自语"的理由。

他们告知警方，他们会报警，是因为李诗情听到大婶一直在念叨"炸弹在高压锅里""下午一点四十五分去见女儿""王兴德快开车""快点到桥上"什么的，觉得不对劲。

李诗情说，自己因为发现大婶不对劲，就找旁边的肖鹤云商量，然后决定报警，并因为时间紧迫，尝试着在车上寻找帮手，先控制住犯罪嫌疑人。

而她经常坐这条线路，和司机熟悉，知道司机姓王，由此推断出大婶口中的"王兴德"有可能就是司机，觉得司机有可能是同谋。

其实，这个理由只要和大婶陶映红一对质，就有很大概率站不住脚，可寻找真相的那次"循环"中，张警官曾透露出陶映红的精神状况一直不好，她很可能有精神方面的疾病，他们就是赌大婶可能在这方面有问题，即使对质也没办法作为他们有疑点的证据被采信，才继续用的这种说法。

结果也不知是老天爷觉得他们太可怜了开了眼还是怎么的，陶映红在清醒过来后，精神真的出现了问题。

当时她被惊慌失措的乘客们一拥而上压住了，不知是昏迷引发的大脑损伤还是知道计划破灭后无法面对现实，在精神方面受到了刺激。后来虽然在医院里被救了回来，但她现在对任何外界的刺激都没有反应，宛如一个活死人。

她的后半生就算不是在监狱中度过，也只能在相关的医院里被关着。

而大叔王兴德，同样从头到尾都没向警方透露过李诗情知道自己女儿的事情，只是说总觉得李诗情很像自己的女儿，事情发生时她哭着求自己停手，让自己想到了女儿，一时心软，再加上炸弹已经被送下车，大势已去，才选择了放弃。

因为陶映红精神失常，王兴德又不知出于什么目的隐瞒，这件本有疑点的事也就没了对证。如此一来，两个年轻人表现良好、过往清白，说出的理由充分合理，在接受简单问讯后，很快就被送了回去，不但没有受到责难，反而还得到了社会各界的奖赏。

两个人离开警局后没有各自回家，还是去附近酒店住下了。

这次，他们吸取教训，又是喝咖啡又是看电影，硬是熬了整整一宿，直到天亮。看到窗外渐渐泛出的鱼肚白，太阳冉冉升起，再三确认他们是真的来到第二天了，才敢放松神经，直接昏睡过去。

结果他们这一觉醒来，网上已经天翻地覆。

W市出现的这起爆炸案一经媒体曝光，就迅速成了网上最受关注的新闻。

这起爆炸案，按照两个犯罪嫌疑人的原定计划，原本会造成很大的伤亡，却因为两个年轻人的机警被提前发现。他们不但提前报了警，最终还和车上的乘客一起制服了凶犯，并成功协助警方提前引爆了炸弹……

原本仅仅是爆炸案就足够耸人听闻了，再加上这样离奇曲折又富有"传奇性"的解决过程，这个案件在极短的时间里就上了各大媒体平台的热搜。

当事人之一的李诗情这时候于自己的微博中撰写了一篇长微博，详细讲述了自己和同伴当时在车上发生的一切。

在得到了警方的同意后，她在这篇微博里加上了她在警方那里配合调查后得知的一些信息，并且在微博的末尾，征求当年坐过王萌萌那班车的知情者的信息。

李诗情的那篇长微博作为第一手的资料，在半个月内被转发评论超过百万，甚至还有知名导演和编剧通过各种方式找到他们，想将这个故事拍成电影。

也因为如此，李诗情、肖鹤云，还有健壮大叔王勇、口罩男方潇都进入了公众的视野之中，成了人人夸赞的英雄。

在这起爆炸案中受伤的张警官，因为在关键时刻勇敢地抛掷了炸弹，从而制止了爆炸的发生，荣获一等功，不但得到了警队的嘉奖，在病床上也受到了各方团体和当地市民的表扬与感谢，每天鲜花水果不断，探望的人源源不绝。

只可惜他因为剧烈的爆炸导致突发性耳聋，经过诊断耳朵要半个月甚至一个月才能恢复听力，所有沟通都只能用写的，所以很多人来探访他他也只能一直用笑容面对，没办法和以前那般笑呵呵地和旁人开玩笑。

不过他也自嘲，要不是这样，每天这么多人来探望他，他肯定觉得吵死了，现在好，只要眼睛一闭，就能安心休息。

在健壮大叔的生平和那"一千块"的故事被媒体挖出后，健壮大叔立刻就收到了本地多家企业抛来的橄榄枝，大多是安保类的岗位。

最后，健壮大叔依然选择了做一个外卖骑手，那家聘任他的公司直接奖励了他一笔五位数的"见义勇为"奖金，并送了他一辆崭新的电瓶车作为他就职的礼物。

大叔拿着这笔钱在公司附近租了一个稍大点的房子，下一步就是督促女儿赶紧考到这个城市的大学，方便自己就近照顾。

口罩男和他的小奶猫也出了名，现在，这只叫"安安"的小猫已经成了网红小猫，每天有不少人蹲在口罩男的微博下面，就为了看看这只劫后余生的小天使。

半个月过去了，车上的乘客似乎都已经渐渐走出了当时的阴影，只有李诗情仍然想知道当时王萌萌身上发生了什么事，但并没有得到太多的信息。

"一点线索都没有吗？"

肖鹤云听完李诗情这半个月来的情况，皱着眉问。

"毕竟过去了太长时间，能提供确凿信息的证人并没有找到，但也不是完全没有线索……"

李诗情拿出自己的手机，示意肖鹤云看其中几条私信。

这几条私信都是陌生人发来的，开头都是说自己没在王萌萌那辆车上，所以不能提供当时的情况，但她们当年也和王萌萌一样，经常坐那条线路出行。

她们都有一个共同特点，就是在这条线路上遇见过"咸猪手"。

坐这条路线的女孩子，大多是在终点站上车的高校女孩，正是青春靓丽、朝气蓬勃的年纪，加之还没有进入社会，缺乏一些历练，稍显稚嫩，最容易成为这些猥琐男的目标对象。

当时她们年纪小，胆子也小，人多时遇见这种事都不知道是谁干的，不是选择匆匆下车，就是下次找个男伴一起出行，这么多年过去，那种恶心的触感似乎还停留在她们的记忆里，尤其是随着她们毕业、参加工作，有了更多的胆量和见识，就越发后悔当年遇到这种事时没有站出来。

"但这种私信，还是不足以成为证据吧？"肖鹤云泼了她一盆冷水，"既然是'咸猪手'，做这种事的人就一定很隐蔽，只要抓不到人，这也就只能当作猜测，不能当成王萌萌下车的原因。"

"我知道。"李诗情点了点头，神情并不气馁，"但至少，这能给很多女孩一个警醒。"

肖鹤云一怔。

"我已经得到了这几个女孩的同意，我要把这件事公布出去……"李诗情认真地说，"作为一个普通的女孩，在车上遇见这种事，第一反应都是害怕，而羞涩和恐惧往往让她们不敢寻求其他人的帮助，要么默默承受，要么仓皇离开，却越发助长了这种人渣的气焰，他们会将魔爪不停地伸向下一个受害者。

"也许这并不是王萌萌当年下车的原因，但只要有这样的人在，悲剧就一直会发生，谁也不知道下一个女孩会不会就是下一个王萌萌。"

李诗情提到王萌萌，至今还难掩可惜之情。

事情发生后，媒体果然挖出了王兴德夫妻俩背后的故事。王萌萌是个非常清秀，看起来也特别娇小柔弱的温柔女孩，从小品学兼优，在学校也

235

乐于助人，别说胡搅蛮缠，和别人起争执的事情都没发生过。

但也因为如此，在人渣寻求目标时，这样柔弱温柔的姑娘往往会成为他们首选的对象。

很多父母在教导女儿时，教会了孩子乖巧、温柔，教会了她们娴静、有教养，独独忘了教她们怎么保护自己。

"也许有人会信，也许有人不信，但这都不是重点。"李诗情对此有更多的想法，"我希望看到经历过这种事的女孩子，下次在乘坐公交车时遇到这样的色狼、人渣，都能够勇敢地站出来，面对这种恶心的行为，绝不妥协、抗争到底。

"也希望她们能在面对困境时，有破局的勇气和信心。"

听到李诗情的"豪言壮语"，肖鹤云不但没笑话她幼稚，反倒鼓励道："你的想法不错。"

"说到色狼，我一直有件事想对你说，之前又不好意思。"李诗情翻着私信，仿佛不经意地说，"你每次装色狼的时候，其实不用真的伸手的，只要我尖叫就行了，真的！"

"喀！"

肖鹤云正在喝茶，闻言后狼狈地咳嗽了起来，绯红的颜色从脸庞一直蔓延到了耳根。

李诗情正准备收起手机，不小心点到了什么，突然弹出了一段视频。

"这是什么？"

肖鹤云迅速地转移注意力。

"是刚刚发布的一篇采访报道，是采访马上要押送入狱的司机大叔的。"

李诗情眼神复杂地看了一眼视频，犹豫了下，还是选择了点开。

事情发生后，大婶精神受损成了活死人，大叔则主动透露了案件的前因后果，并提出承担所有的责任。

虽然除一位警官以外没有更多的人员伤亡，但大叔最终以"以爆炸物危害公共安全罪"被判处，将要面临长期的监禁。

李诗情对这位大叔的感情很复杂，停止"循环"后，她也一直回避着有关司机大叔的新闻和消息，这还是她第一次关注这位大叔的后续情况。

采访是记者直接面对大叔进行的。

"涉及一车的乘客，还有桥上可能被波及的无辜群众，知道炸弹可能会伤害到他们时，你就没有一点犹豫和后悔吗？"记者问。

"我和我老婆，那时候心里只有恨。"司机王兴德态度很冷漠，"如果真要说有犹豫，那大概是车上有一位经常坐我公交车的女孩子，我一直觉得她和我女儿很像。看到她上车的时候，我是有犹豫的。"

李诗情和肖鹤云都愣住了。

"所以你就眼睁睁地看着她去死了是吗？"记者知道那个女孩就是后来阻止司机夫妻作恶的年轻人之一，便接着问，"要是你知道她后来会报警并且制止你，你还会遗憾和犹豫吗？"

"这记者……是要搞事情啊！"肖鹤云气愤地说。

大叔只是被关起来，又不是被判了死刑，以后还是要出狱的，这记者现在这么挑起矛盾，不是唯恐天下不乱是什么？

"她是个好孩子。"王兴德似乎对记者非常反感，说话有些夹枪带棒，"比某些只顾着在背后议论的人要好多了！"

虽然没有记者的画面，但那记者明显很狼狈，迅速换了话题。

"如果事情重来一回，你还会选择这么做吗？"

"我不知道。"王兴德语气低落，"刚当上公交车司机时，我特别恨这些人，只知道机械地开车，根本不在乎车上的乘客情况如何，也根本不在乎乘客突然下车会发生什么事。等我开了几年车，才发现有些事情并不是完全能由司机控制的，有些人也根本没办法讲理。其实，大家都不容易……"

"可你即使知道了当公交车司机的不容易，还是这么做了，为什么？"记者气愤地问。

"因为我女儿死了。"王兴德麻木地说。

"这条线路长达一个多小时，你和你的妻子就没有想过路上会被人发现的可能吗？你是怎么能保持这么冷静地开车的？"

"我想过的，而且我并不冷静。"王兴德疲惫地说着，"这一路上，我经常走神，并胡思乱想，特别是对于那个女孩，我总希望她能提前下车……

"路过路口时，我看到闯红灯的摩托车，就想着我要不要剐蹭一下，制造点小摩擦，靠边停车，让车上的人下车……

"我还想着，车上要是有人出点什么事，比如突然生病或者起争执什么的，我就能靠边停车让人下车，但是车上大部分乘客在睡觉，就没什么争执的可能……"

随着司机阐述着自己脑子里曾经出现过的一个又一个想法，李诗情和肖鹤云脸上的表情也越来越凝重，甚至结结实实地打了个哆嗦。

"你说，我们经历过的，会不会只是司机的一个想象？"

李诗情才刚刚开口，肖鹤云就手疾眼快地关掉了视频。

"别看了，别胡思乱想，我们已经逃出'循环'了！"肖鹤云厉声说着，"事情都过去了，无论是什么情况，都已经不能影响到我们！"

可王兴德的想象，和他们经历的"循环"都对得上啊……

李诗情一想到某个可能，就忍不住遍体生寒。

"别想那些，想想好点的事，想想你和你父母的团聚，我和我父母的团聚。想想带包的大叔终于有钱买电瓶车了，戴口罩的方潇有了猫，我们已经下车了！"

肖鹤云见李诗情的精神状况有些不对劲，一把抓住了她的手。

虽然他们看似已经逃脱了"循环"带来的阴影，但他们心里都知道，"循环"已经给他们造成了太大的伤害，这种伤害绝不是一天两天能够脱离的。

而现在他们该学会的，是回归正常的生活。

"不管现实如何，只要我们还活着，还在生活，身边的一切都没变，就够了！"

李诗情被肖鹤云喝得一愣，也渐渐回过神来。

"是，你说得没错……"她重新打起精神，深吸口气，"生活还要继续。"

番 外 一

宿命尽头的快递

（1）

你是一个刚上岗没多久的快递员，业务范围在高新区的科教路两侧。

今天是你第一天离开师父的带领，尝试独自一个人送快件。

你不是本地人，当兵退伍后来到这个城市，你不习惯朝九晚五的坐班生活，向往自由自在的工作氛围，所以选择了做一名快递员。

在跟师父踩路线了解环境的过程中，你自信已经在自己的业务范围内踩得特别熟悉，对辖区范围内每一栋楼都如数家珍。

你负责的科教路附近是高新区最先开发的地段，房龄大多数很老，小区没有电梯、没有物业、没有保安室，是每个快递员的噩梦。

但是你不怕，你是一个退伍的老兵，你认为自己最擅长吃苦，觉得你一定能做到最后。

一大早你就带上了等待派送的快件出发，开始由北向南逐一派送。

路上，你路过了一个早点摊，随便买了点煎饼馃子当早餐，但快递车开出去后，你在马路边发现了一位无家可归的流浪老人，于是你下了车，把煎饼馃子给了那个老人。

这直接导致你后来爬楼爬得头晕眼花，因为很多人家不同意把快件放在小区门口或者保安室，非让你送到他们家。

而不愿下楼的人，大多住在高楼层。

你考虑到自己是第一天独自上岗，绝不能收到投诉电话，于是咬着牙又送了好几家。

有一户顶楼的人家在你送达时正在吃早饭，看见满桌的包子，闻见鼻端的肉香，你肚子咕咕咕地叫了起来。

这家的小胖墩孩子在听见你肚子响了以后哈哈大笑，就在你为此不好意思的时候，你看到小胖墩飞快地爬上了餐桌，拿了个大包子，朝着你走来。

但就在下一刻，已经签收完毕的女主人关上了你面前的门。

于是你决定等下去买几个肉包子。

你在附近的农贸市场门口买到了肉包子，吃到包子的那一刻，你满足到想哭。

呜呜呜，真香。

你吃上包子时已经是十一点多，你不知道这顿包子到底算是"中饭早点吃"，还是"早点吃中饭"，总而言之，你中午应该不用吃饭了，可以将更多的热情放在送快件的事业上。

你开始蹬着快递车往号称"程序员一条街"的七街公寓骑去。

这个片区住着的都是在附近科技公司里上班的程序员，也是这个片区的快递员重点派件和收件的区域，属于比较好的公寓区，都有物业和电梯，也可以暂时寄存快件。

不好的是，这些公寓的保安和物业总把你们当作可疑人物，每次快递员不能随便进去，非得蹲在一个小小的储藏室里，逐一在物业那里登记是哪一家的快件，要送给哪一户的什么人，还得留下快递公司的名称和电话。

每次你送快件只要五分钟，登记却要半个小时。

物业师傅看你是生面孔，像抓贼那样盘问了你半天，还拍下了你的工作证，才招呼你进去做记录。

你吭哧吭哧地写了几十分钟，写到手都酸了，终于把全部的快件登记完毕，开始分拣、给收快件的业主打电话。

有些人说知道了，让你放在保安室；

有些人说东西贵重不能放保安室，请下午再来送；

有些人干脆就打不通电话。

你留下了可以送达的快件，码放在物业室一侧，带上送不到的快件，开始去往下一个小区。

到了下午两点，你终于送完了大部分小区的快件，这时候你的师父打电话给你，叫你立刻回快递点，又分拣出一批新快件，需要你下午送去。

你的快递公司要求两个小时派一次件，于是你开着快递车又回了一趟快递点。

帮忙装车的过程中，你听到几个同事在小声聊天。

他们说这里的小区开始装一种可以暂时存放快件的柜子，只要用短信码就可以收发快件，等这种柜子普及以后，公司肯定要大规模裁员，收件的提成也会变少。

怕丢工作，你愁得水都来不及喝一口，装上新的快件，又重新开始出去派件。

下午的快件更多，你的手机都打到了没电，还有人嫌弃你吵醒了他/她的午睡，对你不住地抱怨。

你忍着委屈，接受了批评，并请他/她下楼接快件。

终于，轮到你送一份显示收件人是"肖鹤云"的快件。

这是你特别小心放置的一份快件，因为它的包装箱上写着"物品贵重，轻拿轻放，当面开箱，无误则取"。

资料显示这里面装着的是贵重的数码产品，还是一份到付件。

你拨通了肖鹤云先生的电话，却发现没人接。

这是快递员最害怕的一种情况，到付件没人接就算了，还是一份贵重物品，必须时刻小心着不要磕着碰着。

你送完了这个小区的其他快件，再次拨打这位肖鹤云先生的电话，依然无人接听。

这时你确定这封快件是不可能即时送达了，于是你头疼地给肖鹤云先生发了条短信，希望他看到短信后和你联系，就带上这封快件离开了。

到了要下班的时间，你也送完了一天的快件，累得像只狗。

开
端

你开始觉得如果要是有那种储藏柜的话，其实也挺不错的，至少你不会每半个月就穿坏一双鞋。

当然，前提是那些被裁掉的人里没有你。

回程的路上，你看到商场外的大屏幕上正在播放一则有关公交车爆炸的新闻。

下午在本市的跨江大桥附近，发生了一起公交车撞油罐车后爆炸的重大交通事故，伤亡惨重，令人惋惜。

你唏嘘着现在交通状况的可怕，庆幸着自己负责的不是那个片区，开着快递车回了快递点。

交接了今天的工作后已经是晚上八点，师父对你没有继续拨打肖鹤云先生的电话、没有将快件准时送达而感到很生气，他担心里面的贵重物品如果在此期间损坏，快递点说不清楚。

你独自送了一天快件，现在觉得很累了，在承诺如果肖先生的快件有损毁由你个人承担后，师父放你下班回家。

你在外面随便吃了碗牛肉面，回到租住的地下室，简单洗漱了一下就睡死过去。

第二天早上六点，你精神抖擞地洗漱完之后准备去上班。

这次，你提前吃完了早点，到了公司，准备接受今天被分拣到你这里的包裹。

进门时，你听到蹲在外面抽烟的老王在打电话，犯愁女儿的志愿到底是该报清华，还是报北大。

你觉得老王应该是被女儿的高考逼疯了，因为昨天你上班时老王也这样蹲在门口，为一模一样的问题发愁。

你进了公司，师父见到你来得这么早非常高兴。

"很好，实习期结束后独立工作的第一天就是要这么有干劲！"

你怔住，表示你昨天就已经独自干过一天了。

结果，你看到师父收回了刚才赞赏的表情。

"啊，小伙子原来还没睡醒？"他对你说，"你要不要去洗把脸？"

你迷迷糊糊地被指引到洗手间洗了把脸，在洗手间对面的墙上看到了本月分配任务和完成任务的公示。

你宋卜道的名字后面，显示本月快件完成数量为"0"。

你怒火中烧，跑出去找组长争论，因为你昨天已经完成了每日派送一百五十件的新人任务，本月快件完成数量不应该是"0"。

你的组长冷着脸拿出记录你昨天工作的调度本扔在了你的面前。

"实习期跟着你师父干的不算业绩，今天才是你第一天正式上岗，哪里来的一百五十件？"

你拿过调度本，调度本上登记的你最后一次工作记录是前天，昨天一整天的记录，包括两次回点取件的记录，都没有了。

起初你非常生气，你觉得他们是在欺负新人。

但是你注意到，你的师父和你的同事们同样没有昨天的记录。

你开始觉得哪里不对劲。

你的组长看你没说话只顾着翻调度本，便提醒你已经到上班时间了，如果还要这份工作，就快点去装车准备出发。

你强忍着内心的不安，和师父一起将今天的快件装车。

看到快件上面的名字，你开始越来越害怕。

你记得这个"百花苑"小区的业主，你记得那人家里有个胖墩墩的小宝宝，也记得他家的包子香。

你记得这个"大湖新村"小区的业主，他家住在七楼，你爬得累死上了楼，他磨磨蹭蹭不给你开门，硬让你在外面等了五六分钟。

你疯了一般翻查今天被分配的快件，发现绝大部分是昨天已经送过了的快件，那个你最担心的肖鹤云先生的快件不在其中，因为那是一份中午才分拣到点的快件。

你失魂落魄地后退了一步，掏出手机看了一眼上面的日期。

这不是今天的日期，而是昨天的日期。

你不肯相信，飞奔到派件员的电脑面前，查看右下角的系统日期，发现显示的时间还是昨天的。

"小宋，你在干吗？"

快递点的同事们都觉得你很奇怪，你的师父更是一把抓住了你。

"不干活，乱窜什么呢？"

你看着你的师父，心里乱得不像话。

你觉得你应该是睡太少产生了错觉，所以问了句能不能休个假回去再睡会儿。

冷面组长告诉你，请假可以，工作别要了，于是你表示刚刚的话只是开玩笑，耷拉着脑袋选择继续送快件。

哪怕发生什么奇怪的事情，你饭还是要吃的嘛。

你的师父怕你是紧张，拍了拍你的肩膀，用一脸慈父般的表情看着你："小宋啊，知道你离开我第一天去送快件很害怕，不用紧张，每个快递员都迟早有这么一天的！"

你："……"

你想吐槽已经不是一天两天了，却硬是忍住了。

到底是做梦还是现实，你决定再送一次快件来验证自己的想法。

这一次，你提前分拣好了你记得的那些送不到的快件，但你昨天送的快件太多，很多还是记不清，于是你决定先去送七街公寓那边的快件，一回生二回熟，填单没关系，快件放在保安室也比较省时间。

你的师父看你在车子里分分拣拣，对你有条理有想法的工作表示赞赏，并夸奖你天生就是吃这碗饭的。

你开着小车出发了。

你提前买了一份煎饼馃子、一份豆浆、一包烟和好几根棒棒糖，选择了和上次一样的路线。

你在路边再次看到了那个流浪的老人，下车给了他豆浆和煎饼。从聊天中你知道他今天是第一次在这里"歇息"。

过去好多天他都睡在天桥下面，而昨天开始，本市针对天桥下的环境开展清洁工作，他作为有辱市容市貌的一部分被"清洁"了出来。

你觉得很心酸，给老人留下五十块钱，离开了。

你来到了"程序员一条街"，这次你主动给物业出示了你的工作证、名片，并向几位保安大叔发了烟，获得了保安大叔的信任。

"马屁精！"

在其他家公司快递员既鄙视又羡慕的眼神中，你被带到了物业室。

物业室里有水有桌椅，你坐着轻轻松松地登记完了你要送的快件，又和保安大叔一起把快件搬到了储藏室，才开着你的快递车离开这里。

剩下的，就全部是要费功夫的快件了。

你为自己加油打气，开始去往那个包子很香的人家。

提前打了电话，爬上了七楼，你敲开了"包子家"的门。

带着一脸疲惫的女主人抱着正在哭闹的小胖墩开了门，请你帮她把快件放在玄关。这次你来早了，主人家饭桌上没有包子。

你失望地吸了吸鼻子。

小胖墩吵着要出去玩，不停地在女主人身上挣扎，你看她独自在家带孩子不容易，从口袋里掏出几根才买的"不二家"棒棒糖，去哄小胖墩。

小胖墩不哭了，拿着你的棒棒糖玩，女主人松了口气，终于有空余的手从你手里接过签收单，并签下了名字。

"不好意思，吃了你的棒棒糖。"拿了你的棒棒糖，女主人表示过意不去，"我正在蒸包子，快好了，你带两个走吧，自家做的，肉馅绝对安全！"

你强忍着拼命点头的欲望矜持了一下，结果女主人硬塞给你两个肉包子，并客气地把你送到了门口。

你下了楼就开始狂啃包子。

真香！

吃饱了肚子，你再没有头晕眼花，爬楼也爬得更有力气了。

你飞快地将手里能送完的快件全送完了，掏出手机一看，只用了两个小时你就完成了上午的任务指标。

现在刚刚十点，新的快件还没分拣出来，你的师父没给你打电话，你想了想，决定趁着这个空闲时间出去逛逛，摸摸头绪。

你的心指引你来到了彩票站。

你从来没有买过彩票，但这不妨碍你有中大奖的梦，虽然你连彩票怎么买都不知道。

从彩票站长那里你得知现在的奖池已经囤了五个亿，随时可能出大奖，而开奖的时间是晚上的九点十五分。

你谢绝了站长劝你买彩票的提议，并在他不解的表情中表示晚上九点十五分再来。

从彩票站出来，你又打了十几通电话，决定先把手上的快件送了。

送完几家快件，有一户人家要求你下楼时顺便把垃圾带下去，你看了看墙角污水横流的垃圾，拒绝了他的请求。

结果你刚下楼就发现被人打了差评，还投诉你"不愿上楼送快件"。

你怒气冲冲地上了楼，敲门意图讲理，结果这家的主人拒绝给你开门，并表示你只要把垃圾带下去就删除差评。

迫于生计，你咬着牙把沉甸甸的垃圾带下了楼，丢进楼下的垃圾桶后，你发现差评果然被删了，评论内容也成了"还会主动帮助丢垃圾"。

你开始烦恼如果其他人看到这一条评论，会不会也跟着要求你丢垃圾。

你丢完了垃圾，正准备开着楼下的快递车离开，从单元楼里跑出一个老太太，拿着拖把朝你劈头盖脸地打过来。

你手疾眼快地抓住了拖把，阻止了满是腥臭的拖把布盖上你的脸。

但下一刻老太太就开始破口大骂，原来你带下楼的垃圾里流出的污水弄脏了楼道，也弄脏了她家的门口。

小区没有物业，卫生全靠自理，她认为你污染了楼道的卫生。

在解释无果后，你认命地拿过拖把，顶住旁人异样的目光，把单元楼的楼道拖干净。

出了这个小区，你觉得你浑身都是垃圾的恶臭味道，于是你把车停在一个公共厕所的门口，简单地清洗了下自己。

出来后，你暂时不想送快件了，于是你选择回到快递点休息。

师父检查过你的快递车后，夸奖了你的勤奋和努力，并再次肯定你作为一名快递员的天赋。

吃午饭时，你向同事们吐槽早上帮人带垃圾的事情，师父告诉你，下次遇见这种事可以录音录像并向公司申诉，没必要委屈自己，也不必妥协于旁人无理的要求。

你得到了师父的支持，感觉浑身又充满了力气。

吃饱饭，分拣员分拣出一车重新被装满的快件，你再次出发。

时间是下午两点，你提前找出那些睡午觉不会接你电话的人，将他们的快件放在右边，决定晚点再送；

你又找出那份肖鹤云先生的快件，重新打了一遍电话。

电话依旧关机，你表示很烦恼，为了不弄坏这份"贵重"的数码产品，你决定不把它带走了，暂且寄存在快递点。

你又开始了新的征程。

顺利地送完了大半的快件，你打电话给一个快件的主人，请她下来拿快件。

快件的主人声音很动听，是那种"萝莉音"。

她表示快件很大很重，希望你送上去。

你看着标注着"猫砂"的大件包裹，突然记起了这份快件。

昨天你连电话都没打通，这个大包裹一直留在车上，今天电话好歹打通了，而且听声音对方应该是个很柔弱的女孩，你只犹豫了一会儿就表示会送上门。

你把小区其他的快件送完，将车停在她家的楼下，扛着重达二十斤的猫砂，吭哧吭哧地爬上了五楼。

但是当你按响门铃后，没人开门。

你想到自己扛着二十斤的东西爬楼累了个半死，对方连门都没给你开，便生气地再次打起了她的电话。

你听见电话的铃音在门内响起，门后有撞动什么的声音，顿时一愣。

以往也有这样的情况，收快件的主人或衣冠不整，或正有急事，会麻烦你和师父在门外等一会儿。

但从来没有这样过，快件的主人连一声都没吭。

你感觉到情况不对，又拨了一遍女孩的手机。

电话这次在门内被人挂掉了，门后依然没有人回话，你开始敲门。

你锲而不舍地敲门敲了有一两分钟，里面终于有男人回应，告诉你他女儿睡了，叫你不要再敲门了，晚点再来送快件。

"好的！"

你嘴里这么说着，但狐疑地蹲下身，把耳朵贴在门上，造成你已经走了的假象。

"死猫敢抓我！小畜生，你想死！"

几秒钟后，你听见里面有人这样怒吼。

自家养的猫怎么会袭击人？

你见势不妙，一边打电话报警，一边开始踹门。

这家的业主用的是非常严实的那种防盗门，你把脚都踹肿了，门框也只是有一点变形。

这家人隔壁的邻居被你弄出的剧烈声响吓到，打开了门。

你告诉了老爷爷你的身份，并传达了你做出的猜测，你觉得小姑娘在家可能遇到了坏人，所以没办法给你开门。

隔壁的老爷爷同意了你的猜测。

这个女孩是租户，且是一个人住，并没有和爸爸住在一起。

你担心拖久了她会遭到更可怕的事，开始急得在门口转圈。

这时候，老爷爷告诉你，两家的阳台是通的，小姑娘早上好像没有关阳台的窗户，你可以选择从他家的阳台跳到隔壁。

虽然已经报了警，但出警可能还要时间，你救人心切，跟着老爷爷来到了他家的阳台，隔壁小姑娘家的阳台果然没有关窗户。

由于是五楼，两家都没有装防盗网，你可以攀爬过去。

你看了一眼楼下，全是水泥地，没有草坪和花丛缓冲，一旦失足落下，就有摔死的危险。

隔壁开始传来凄厉的猫叫声，这时，你面临着重大的选择。

你是等待警察到来，同时对屋内高吼吓跑可能有的坏人，还是直接攀爬五楼的阳台，跳过去救人？

（3）

你只是犹豫了一下，就选择跳过去。

在当兵时期，"攀爬越障"的训练项目你次次都名列前茅，还曾多次对新兵做示范演练，你对自己的攀爬能力非常有信心，认为这区区的障碍并没有超出你的能力范围。

你吩咐老伯去楼下等待警察，自己则身手敏捷地从阳台的空调架上攀爬了过去。

你刚刚爬上对方的阳台就见到一个中年男人也背着绳子和包袱跑向阳台，似乎是想要从阳台逃走。

你和他直接打了个照面，对方长得黝黑凶恶，一看就不是好人。

见你想要从阳台的窗子爬进来，他立刻铁青着脸，向你冲去。你心中不安，想立刻通过窗户，却被这人丧心病狂地一把推出了窗外！

你感受到失重的眩晕，还有急速落下时的恐惧。

恐惧刺激了你的肾上腺素，使你的精神无比集中，千钧一发之际，你凭借着过人的臂力和超强的反应能力，紧紧地抓住了三楼阳台上的防盗网，身体悬在半空中。

你挂在三楼的阳台上，左右察看，想办法自救，心里十分担心楼上姑娘的安全。

一个敢把人推下楼的人，必定是穷凶极恶之辈。

就在这个时候，你感觉到头顶上有什么声音传了下来，你抬头一看，发现是那个中年男人借着绳索从阳台下楼。

此时你的手臂已经用力到了疼痛的地步，你不敢向三楼的住户呼救，担心头顶的恶人发现你。

就这么支撑了三四分钟，你看到那个坏人踩上了三楼的防盗网，正准备继续往下。

对方低下头找路径的时候，再次与你视线相交。

看到对方准备抬脚踩你，这次你选择"先声夺人"，先松开了右手，恶狠狠地拉向对方的脚踝，将他用力往下扯去。

对方失去了平衡，从三楼的防盗网跌下，你手疾眼快地跟着飞扑了出去，挂在对方的身上。

对方的安全绳救了你们一命，你用手臂箍住坏人的身体，你们都悬挂在了二楼的窗外。

此时警察终于赶到，你大声呼救，警察看到了悬挂在二楼窗外的你们，将你们解救了下来，并制服了皮肤黝黑的坏人。

你告知警方你就是打电话报警的人，邻居老爷爷也为你做证，你担心楼上女孩的安全，跟着警方一起上了楼，警方提前打电话叫了开锁师傅，没多久开锁师傅到了，打开了防盗门。

房间里一片狼藉，到处都是被翻找过的痕迹，你们在客厅的沙发上找到了打电话的女孩，对方衣衫不整，头部有明显的伤痕和血迹，倒在沙发上昏迷不醒。

沙发下面躺着一只奄奄一息的猫，见到你们过来，艰难地睁开眼看了你们一眼，又无力地闭上了。

女孩被警方送去了医院，你和犯罪嫌疑人一起去了警局，作为证人协助调查和举证。

你向你的师父打电话汇报了这件事，说明自己今天的快件任务可能没办法完成，请师父帮你代个班，顺便来警局开走你的快递车。

你的师父很担心你的安全，并表示快件可以明天再送，让你安心协助警方办案。

于是你在警局一直待到了傍晚。

作为一个"见义勇为"的热心快递员，你受到了警方的表扬，同时也得到了不少批评。

他们对你"跳窗""扑倒犯人一起下楼"等危险动作表示了否定，并认为这样很容易造成过失伤人，自己也会有生命危险。

经过警方的调查，你知道入室犯罪的坏人是一个曾经犯了强奸杀人罪刚出狱不久的罪犯，对方现在以空调修理和外机清洗为生。

事发前，他本来应该去楼下的人家清洗和维修空调，但跑错了楼层。

女孩在没有询问的情况下就给这个空调修理工开了门，并且将他误认为了送猫砂的快递员。犯人在发现这女孩独居后萌生了犯罪的念头，利用女孩放松了警惕心的机会强行进屋，准备实施犯罪。

但是他很快被刚好来送快件的你惊吓到。

女孩在听到你敲门的时候剧烈挣扎，为了不让门外的你发现不对劲，犯人用硬物猛敲女孩的头，使她失去了意识，并想用言语将你支走，继续实施犯罪。

在这个过程中，女孩的猫对他进行了攻击，它被猛踹了好几脚，身受重伤。

意识到无法从门口逃走，犯人搜刮了屋子里值钱的东西后，准备运用自己修空调锻炼出来的身手从阳台逃走，却被也想通过阳台进入房间的你拦截，最终落入法网。

离开警局时，你知道女孩还陷入昏迷之中没有清醒，女孩的家人想见见你并当面对你表示感谢，你拒绝了对方见面的请求，心中十分内疚。

你认为是自己愿意送猫砂上门的举动使得小姑娘失去了防备心，轻易为陌生人开了门，而你动作太慢，没有尽早将猫砂送达，没能使她逃过一劫。

你担心是自己踢门的动作刺激到了犯人，又责怪自己为什么没有发现不对立刻选择从隔壁人家跳窗，而是尝试破门……

带着悔恨，你开着快递车回到了快递点，却发现冷面组长没有下班，一直在等你。

组长亲自清点了你剩余的包裹，在发现没有缺失后松了口气，表示今天情况特殊，虽然你的任务没完成，但可以不罚款。

但是，之后他委婉地提醒你，你才第一天正式上班，并没有工伤保险，而且如果因为这种事情出事或者受伤，公司在理论上可以不予赔偿，希望你下次遇事最好不要冲动，更不要逞英雄。

你心情低落地回到了租住的地下室，手臂的酸痛和后背的撕裂感在提醒你，你还是在今天惊险的那一幕里受了伤。

但是你还没有医疗保险，只好独自忍受。

你找了点红花油，孤独地给伤处上完药，忍受着身体上的酸楚痛苦，闭上眼结束了这波折的一天。

第二天一起床，你再一次精神抖擞。

感受到身体上的轻松，你开始意识到你可能又开始重复起了昨天。

手机上的日期告诉了你，你的猜测是正确的。

昨天过得太过惊险刺激，直到现在你才突然想起，你居然忘了查看昨晚彩票中奖的信息！

你心疼到差点没动力起床，但一想到今天还有开奖的机会，还是强打起精神，起床开始洗漱。

吃完了早饭，你给快递点的同事们带了早点，第一个到达了快递点。

你的师父第二个到达公司，并为你开了门。

从你的手上接过早点，他高度赞扬了你第一天上班的精神面貌和对公司同事的认同感，并向后来的同事吹嘘自己带出来的徒弟多么乖巧懂事。

你用最快的速度将快件分拣、装车，动作熟练得好像已经工作了很久的老员工。

你的师父担心你完成不了这么多任务，但你表示你可以。

重新买了烟、早餐和棒棒糖，你照例先将早餐送给流浪的老人，然后

去"程序员一条街",用烟交好保安,送完了比昨天还要多的快件。

你爬了无数次楼,用最快的速度送完了一些再晚点就送不到的快件,又去小胖墩家,成功地用棒棒糖换到了两个包子。

剩下来的时间里,你回到了快递点,帮着快递点的分拣员将新到点的快件进行整理,重新分拣出一批新的待送快件。

冷面组长对你和颜悦色,恨不得再多招几个你这样的"勤快"员工。

你匆匆吃了一点饭,一刻都不肯耽误,准备带一车新的快件出发了。

这时又有一批新的快件到了快递点,其中就有那位肖鹤云先生的到付件。你的师父打电话建议你回来重新再装一点新到的快件再走,你拒绝了他的建议,告诉他你已经开出去好远了。

你不准备送下午这批到站的快件,这批快件的主人不是要在家睡午觉,就是和肖鹤云一样不开机,要么就是还在上班,请你晚上再送。

"秦柔柔吗?你的猫砂到了。"

你翻找出车里的猫砂,打通了昨天那个姑娘的电话。

你答应了她送猫砂的请求,并着重提醒她千万不要给陌生人开门,你到了门口会给她打电话。

女孩在电话里对你的细心表示感谢,答应你绝不会随便开门。

你用最快的速度扛着二十斤的猫砂上了楼,在打过电话确认身份后,女孩为你开了门。

昨天她满脸是血你没看清,今天才发现原来这个有"萝莉音"的女孩不是个小姑娘,而是个身材姣好的成熟女人,只是声音比较年轻。

你把猫砂放在了玄关,对方的猫冲你喵喵叫,在你的脚边蹭来蹭去。

"真奇怪,我这个猫很不亲人的……"

这个叫秦柔柔的女人略感意外地蹲下身,抱起了她的猫。

"大概它和你投缘吧。"

你不知道一个人要怎么和猫"投缘",等签完了快件,你反复叮嘱她一个女人独自在家不要随便开门,即使是快递员或者维修家电的,也要核实了身份、确认没有危险再开门。

女人再次对你表示了感谢,并希望能和你交换个私人的手机号或者微信号,以后有快件送的时候,好确认是你本人。

你:"……"

难道这个女人天天要你送猫砂？

天天二十斤扛上楼你会累死的好吗？

你十分坚决地拒绝了对方要你微信号的要求，对方很失望地送你出门。

出了门以后，你没有立刻离开，而是在楼外继续打电话，请这个小区其他人家到这栋楼外拿快件。

你在这里磨蹭到了两点，看着昨天那个空调工进了楼道，便跟着他走了进去。

空调工再一次找错楼层到了楼上，你在下一层楼紧紧地关注着情况，发现女孩没有为他开门，才松了口气。

但你发现这个空调工没有离开，反而在女孩门口询问一些有关需不需要空调保养的问题，于是你冲上五楼，大喊了一声："干什么的？干吗在我家门口不走？"

你成功吓跑了空调工，再一次拒绝了女孩开门请你进去坐坐的请求，目送着空调工去了四楼修空调的人家。

你打电话报了警，告知警方你在这栋楼看到一个空调工在"踩点"，很可疑，在等到警方派人上门核实后，你开着快递车离开了小区。

这一次没有人受伤，你非常高兴，而你今天的任务已经完成得差不多了。

此时，你可以选择下午把车停在一个安全的地方，然后出去"摸鱼"，也可以选择重新开回快递点，再装一车货，多赚点钱，顺便赢得同事和领导的认同。

你开始犹豫。

（4）

你是一个很耐得住枯燥的人，哪怕一件事反复重复也不会觉得疲累，你的体力也很好，送快件上下楼对你造成的消耗并不及当年的拉练。

但你开始担心如果第一天上班就超水平发挥，之后会有更多的任务指标等着你。

所以你想了想，决定把车停在一个可靠的地方，出去晃一晃。

锁好了车，你开始思考这半天时间你可以干什么。

为了节约在大城市生活的开支，这几个月来你过得都很省，现在你觉得既然时间会重复，不如狠下心挥霍一把，吃点好吃的。

你掏出了口袋里的现金，一共五百二十块钱。

你的支付宝和微信钱包里有两千多块，是实习期攒下的基础工资，你看着你的全部积蓄，突然对自己能吃顿好吃的有了信心。

你拿出手机，开始用软件搜索本地的精品美食。

十分钟后，你看着价格推荐里"人均200""人均300"的信息陷入了沉默，然后果断关闭了"精品美食"的推荐，转而搜索起"特色小吃"。

一个人吃山珍海味太浪费了，还是吃点小吃吧。

你对自己这么说。

你来到了本地有名的"小吃一条街"，开心地大吃了起来。

蒜蓉小龙虾、麻辣蟹、铁板烧、牛肉面、红豆糊……你将平时舍不得吃的小吃点了个遍，吃了个肚子浑圆。

大概是没见过这个点跑到小吃街大吃特吃的快递小哥，有不少人偷偷地对你指指点点。

你穿着公司的制服，瘫坐在小吃档前的椅子上，接受着其他人异样的目光，觉得应该去换身衣服。

你平时上班都穿制服，原来在部队里也习惯了穿军装，自己带来的衣服并不多，只有放假的时候才会穿。

现在天气渐渐转凉，你却一直没时间给自己添置新的衣服，也不敢随便进店，担心一不小心就花掉了半个月的生活费。

但现在不同，等你买了彩票，也许就有好几亿了，哈哈哈！

于是你来到了本地一家非常有名的商场，直奔高档男装所在的三楼。

商场的橱窗里陈列着新上市的秋冬男装，每一件看起来都特别气派、特别有质感，你左顾右盼，表情满足得仿佛可以买下整个商场。

你看中了一件帅气的飞行员皮夹克，于是踏进了店里，却发现没人接待你。

你没找到那件皮夹克在店内的位置，只好找了一个接待的柜员，询问门口那件橱窗里的皮夹克在哪儿。

结果那个柜员眼睛都不抬，也不回答你的问题，只说你不适合那件皮夹克，劝你去五楼看看。

五楼是运动品牌所在的楼层，你纳闷地问为什么。

"这是意大利进口绵羊皮，你送快件的吧？绵羊皮娇贵，皮面容易磨损，不适合你穿。"柜员这么说着，上下打量着你，"而且这一件要八千八，打完折也要八千多……"

你听完了价格，突然觉得这件皮衣也没有那么好看了，灰溜溜地离开了商店。

出了店门，你开始反省自己为什么会"露怯"。

你觉得还是钱包里钞票的数量限制了你的思维，那几个亿毕竟还没到你手里，你舍不得花钱，也没钱花。

于是你穿着快递员的制服，听从了那个柜员的建议，噔噔噔地上了五楼。

五楼卖运动品牌的店员热情地接待了你，并向你推荐各种耐磨、防寒的店内产品。感受着她们和风细雨般的接待，再回想之前那柜员爱搭不理的态度，你一咬牙，为自己买了一件防寒服，新添了一双球鞋。

你懒得去试衣间，就在大厅里试了外套，结果衣服一脱，几个店员都开始夸奖你身材好，称赞你十分健壮。

你知道这是卖衣服的套路，抵挡住了"糖衣炮弹"，拒绝了对方再拿两条裤子让你试的建议。

漂亮的柜员小姐姐用失望的目光扫过你的腰和你的腿，又劝了几遍，但你还是板着脸拒绝了。

"不行，我没穿衬裤，在试衣间换裤子麻烦！"

你怕热，冬天都只穿一条裤子。

试衣间里闷热，换裤子不似换外套和鞋，又要注意臀围又要注意腰围，还要衡量裤长，换来换去麻烦。

听了你的话，漂亮小姐姐更失望了。

你为你新买的鞋和外套付款，看着支付宝里的余额飞速减少，你的心在滴血。

早知道你就不吃那么多肉了。

麻辣蟹和小龙虾又不能穿在身上！

付完款，刚刚劝你买裤子的小姐姐委婉地问你可不可以加个联系方式，你警惕地望着她，断然拒绝了。

开玩笑，加了以后天天被她推销新到店的衣服裤子吗？

作为一个穿制服的男人，你不需要那么多新衣服！

你回到你存车的地方，开着快递车回了趟家，将新买的衣服裤子放好，决定这个星期轮休时穿它们。

一看时间，已经是六点了，你开着快递车回了快递点，并在路过一个卤菜摊时买了点卤菜，准备给同事们加个餐。

回到快递点，你检查了一遍今天没有送达的快件，发现那个肖鹤云的快件还在快递点，不由得庆幸今天不是自己接了这个快件。你的师父看着你基本送空的小车厢，对你的工作能力表示了极度的赞赏。

你拿出你买的卤菜，让师父给同事们加个餐。师父见到有卤菜，开心地拿出几瓶啤酒，决定晚上好酒好菜享受一番。

这时，你试探着问师父和冷面组长，说自己晚上有点事，能不能先下班。

鉴于你今天完成了工作任务，又带了好菜，冷面组长大开方便之门，允许了你提前下班。

同事们开开心心地拉开小桌板吃饭时，你听到有人在表扬你，夸你"虽然自己节约，却不抠门"，又有人可惜你享用不了今晚的好酒好菜。

你闻着肉香，走出公司，忍不住打了个饱嗝。

下午吃太多，连嗝都是麻辣味的。

回家的路上，你看了一眼时间，发现离彩票开奖时间还有几个小时。

忙碌了几个月，刚刚在这个大城市扎根，你还是第一次这么早下班。看着华灯初上的马路，你竟不知道自己有哪里可去，能和谁聊聊天。

这个城市这么大，你每天也在为在这个城市生存而忙忙碌碌，但它的欢乐和繁荣好像都不属于你。

你不会眼睛一睁就知道明天要完成什么目标，再也不会想每天都要努力超越昨天的自己，身边也没有那些如果睡着就会一起挨训的战友。

你开始有点怀念你的部队，怀念睡在你下铺的兄弟，哪怕他们十个里有八个都脚臭。

情绪低落的你回到了租住的地方，看着床上新买的衣服，你决定奢侈一把——去大浴场洗个澡。

你住的地下室是车库改建的，没有卫生间，只有一个可以简单洗漱的水池，原本是为了洗车方便。

夏天你还可以将就着擦洗，现在天气凉了，洗澡就变得麻烦。

你已经两个月没好好洗过澡了，所以你根本没有多纠结，就决定去传说中"什么都有"的大浴场消费一把。

你带上洗漱用品，跟随手机地图的指引，开着快递车到了最近的浴场"华清池"。

门童把你当成了来送快件的，指引你去了后门。

你迷迷糊糊地在后门停了车，进了门，跨入了豪华的浴场大堂。

大厅里放着欧式风格的沙发和茶几，点着你说不出味道的香熏，你的脚下踩着厚实的长毛地毯，一脚下去软绵绵的，完全没有脚踏实地的感觉。

你抬起头，被穹顶上西方油画风的无数裸体画像惊呆了。

上一次见到这样夸张的穹顶，还是你跟随师父去某浮夸的五星级酒店送快件的时候，但那个穹顶上的天使们是穿着衣服的。

你觉得这大概是浴场的某种特色，有些不太自在地去了前台。

"送快件去后面吧……"穿着西装笑脸迎人的前台人员对你说，"前面不好接快件的。"

"我是来洗澡的。"

你这么说。

听到你的话，旁边微笑着的服务员立刻为你端来了一杯花茶。

你正好有点渴，一口喝干了那杯茉莉花茶。

"请问您是要洗浴、湿蒸、干蒸、水疗，还是养生组合呢？"

前台人员客气地问。

"啊？"

霎时间，你以为对方要把你做成一道菜，正在询问你有多少种吃法，于是你有点蒙。

"就……就洗浴吧。"你犹犹豫豫地说。

"要用餐吗？"前台人员又问，"我们这里有晚餐。"

你一听说还有饭吃，心中感慨着大浴场果然和传说中一样"什么都

257

有"，然后表示不需要晚餐。

你的肚子里还有很多没消化掉的小吃。

"不含餐，不含任何项目，一共是一百五十八元。休闲区、健身房、各种浴池都是免费使用的，三楼是休息区可以睡一会儿，一楼有餐厅，有服务员会指引你进去寄存物品。"

前台人员帮你做好了登记，向你递出了一张通行证。

你听说洗个澡要一百五十八元，觉得自己进了一家黑店。

看着对方微笑着的脸，你心疼地拿出手机支付了自己的"洗澡钱"。

跟随着工作人员寄存好东西，更换好浴袍和拖鞋，你决定要把这一百五十八元收回本，好好地享受一番。

最好今晚你就睡在这里！

你先去淋浴区简单冲洗了一下，然后去大浴池好好地泡了个澡。

把身体埋入热水池的一瞬间，你舒服地长叹了一声，仿佛连毛孔里的疲惫都被带走了。

泡完澡，你像个孩子一样把所有免费的区域都探索了一遍。

你去休息区看了半天的枪战片，然后去健身房举铁。

看着你不费吹灰之力地举着健身房的杠铃，其他几个身材魁梧的小伙子对你产生了兴趣，围过来要你和比一比。

你找到了在部队里被人"点名"的熟悉感，欣然同意了接下来的比试。

脱掉了身上的浴袍，你赤着上身开始举铁。

你们的杠铃开始一点点往上加码，围观你们的人越来越多。

当加到第五层时，和你比试的几个小伙子纷纷表示体力不支，你抓着加到第五层的杠铃，姿势标准地做了几下蹲举。

这场比试是你赢了，虽然没有赢得任何奖品，但你依然很高兴。

围观的人开始对你身上的肌肉感兴趣，询问你在哪个健身房当教练，又或者在哪个地方健身。

你告诉他们你不是健身教练，只是个快递员……

"原来是个卖苦力的，难怪这么有力气。"

你听到输掉的一个小伙子这么说。

"你每天肯定要扛不少货吧？"

"我以前是个军……"

你准备说出口的后半截话，被对方鄙视的目光噎回了嘴里。

看着周围的人对你给出的答案表示"意外"，你突然觉得兴味索然。

你拿起自己的浴袍，随便披在了身上，离开了健身房。

刚刚举了铁，让你有点疲累，你返回浴池泡了泡，舒缓了下紧张的肌肉，然后再次起身，决定去休息区眯一会儿，放松放松。

你来到了休息区，看了一眼休息区挂钟上的时间，已经八点半了。

趴在躺椅上，你希望隔壁看电视的大爷能在九点十五分叫醒你，得到对方肯定的答复后，你慢慢地闭上了眼。

没过一会儿，你被人摇醒，你以为是大爷喊你起床，却发现一个身材枯瘦的小伙子鬼鬼祟祟地蹲在你的躺椅前。

"什么事？"

你扭头，发现刚刚答应喊你起来的老大爷人已经不见了。

"先生，来我们这里，什么套餐都不享受很吃亏的啦！我看你一个人来也有点寂寞，要不要……"

小伙子看着你，露出一抹有点猥琐的笑容。

"来个'大保健'？"

（5）

作为一个当兵以后就蹲在部队里没怎么出过门的"宝藏男孩"，你理所应当地不知道传说中的"大保健"是什么。

所以你的第一反应就是这人要来骗钱。

"什么'大保健'？"你皱着眉问，"你们这儿还顺便推销保健品吗？"

猥琐的男子愣了一下，反应很快地回答："不，就是让你身心舒畅的那种保健服务……"

他手舞足蹈地比画起来。

"真的，很舒服的！"

你突然想起来浴场是有人帮忙搓背的，还有什么精油开背！

在部队时，队友们训练得太狠，连手都抬不起来时，就是互相帮忙擦背、上红花油活络油什么的。

刚刚举了铁，你觉得背肌如果被按摩下会比较舒服，所以只犹豫了一会儿，抱着"来了也来见识见识"的心态问："好吧，那按摩一下要花多少钱？"

猥琐男子见你有想法，开心地回答："那要看你要什么标准的了，三百、四百、五百、一千的都有！"

你听到这个价格差点跳起来。

"什么？还要三百、四百、五百、一千？"你觉得难以置信，"你这个价格，我接受不了！"

开玩笑，万一明天不"循环"了，账户里不到一千块，你土都吃不了！

"那……那你要多少？"

猥琐男见你这么抠，傻了眼。

"最多一两百，多了没有！多了我自己来！"

谁还不会上个活络泊啊？要不是背上自己按不到，你连这一两百都不出！

"行吧，不过你要想好，一两百的质量不太好。"

听说你可以自己来，猥琐男用一言难尽的表情看着你。

"而且我们只收现金。"

你同意了，猥琐男将你请到一个单独的"休息室"里。

没一会儿，进来一个瘦弱的中年按摩师傅。

你看了一眼对方的小胳膊小腿，不满意地皱眉。

"我身上都是死肉，结实着呢，这个太瘦了！换一个吧？"

瘦弱的按摩师白了你一眼，出去了。

又进来个比较胖的女人。

你更加不满了。

"怎么还是女人？这女人手上能有劲吗？而且女师傅我也不方便啊！"

你拉过浴袍遮住自己。

"刚刚带我进来的那个男的呢？叫他带个手上有力气的男师傅过来！"

"你可真有意思！"

胖女人听到你的话，突然扑哧一下笑了，像看什么稀罕东西一样打量着你，然后扭着身子走了出去，大喊猥琐男的名字。

过了会儿，猥琐男表情难看地走了进来。

"你这人怎么回事？"他看你的目光犹如你是个傻子，"你就这么点钱，还要找个男的，还要有力气的？我们这儿不提供这种保健服务！我们这儿可是正规的洗浴中心！"

"不是你说能让人身心舒畅的吗？"

你被气笑了。

"你找细胳膊细腿的女师傅能让谁身心舒畅啊？手上没个一百斤的力气能揉得动我这身腱子肉吗？要不是看给我按摩费力，我连两百块都不出！

"还有，这不是男宾区吗？女技师就该去女宾区那边擦背，你这地方职责划分也明显有问题！"

猥琐男突然明白了什么，感觉一阵头疼，从口袋里掏出两百块，一把拍在你的面前。

"你的两百块，还给你，走走走！我这里没你要的！"

"你没人还做什么生意？"你见他一点职业道德都没有，恶狠狠地瞪他，"逗人玩有意思是不是？"

猥琐男见你看着他，害怕地护住自己的胸。

"你别看我，我不做生意！"

"有毛病！浪费时间！"

猥琐男不做生意还拉什么客？他还护着胸，简直不可理喻！

就算要揍人，你也不会往人家胸口上砸小锤锤！

你气呼呼地收回那两百块钱，套上浴袍，大步流星地离开了单人休息室。

被人耍着玩了以后，你心情很差，再加上之前在健身房的那一遭，你决定离开这个连力气大的男技师都没有的破地方。

广告上还写什么"豪华享受"，这是坑人呢！

你再也不来了！

你穿戴好，拎着自己的脏衣服出了这家洗浴中心的门，并且在"大众点评"里给了它个差评。

"这家服务太差了！在男宾区找人按摩擦背，里面全是女的，一个力气大的男师傅都没有！这到底是按摩还是挠痒痒啊？就这样还敢要

五百一千的，坑人！”

评论完，你觉得自己像个快意江湖的侠客，潇洒地提着脏衣服去找彩票站。

"大保健"浪费了你太多时间，等你找到一家彩票站走进去时，彩票已经开奖快半个小时了。

明明已经九点多了，彩票站里却站满了人，一个个满脸红光、热血沸腾。

你莫名其妙地挤进去，就听见里面有人在高喊。

"五个亿啊！谁会把一个号码买一百注？"

那个两眼喷火的中年大叔不停跺脚，说着一些诸如"这肯定有内幕""我们就是韭菜"等你听不懂的话。

"隔壁省那个中了一百注的人，有种不藏头露面地去领彩票！我倒要看看能中五个亿的是什么样的人物！"

这是有人中了五个亿？

你明白了。

等等……

五个亿？

你听到这个数字，倒吸了口凉气。

"正常人不会把一个号码买一百注吗？"

没有买过彩票的你懵懵懂懂，心里却难掩激动。

管他呢，反正有人买了能中，换你也能中！

明天就轮到你买一百注了！

你赶忙凑到坐在电视机前的老板面前问："是哪一注中了？哪一注？"

老板指了指小黑板上的一组数字，并善意地提醒你彩票已经开过奖了，这号码没用了，根本不会出现两组一样的号码中奖这种事。

但你依然借了纸笔，将那组号码记在了手心。

你上学时学习不太好，对数字也不太敏感，所以在回家的路上，一路都在背着这组数字，比上学时背课文还要用心。

"请明天一定要'循环'啊！"

你回到租住的地下室，一边心里这样想着，一边默念着这组号码，渐渐地闭上了眼睛。

你的一天结束了。

又是新的一天。

你睁开眼，第一件事还是摸手机。

时间显示告诉你，这不是"新的一天"，而是"旧的一天"。

你支付宝里的余额和身上黏糊糊的感觉也告诉你，这还是"过去的一天"。

但是你第一次这么开心。

"哈哈哈，我马上要有五个亿了！"

一想到你昨天晚上背下的数字，你就忍不住从床上一跃而起，像个疯子一样在床上跳了起来。

"五个亿！哎哟！五个亿！

"哎哟！"

乐极生悲，你蹦着蹦着，床板终于发出了嘎吱一声，塌了。

你把脚从陷下去的行军床上拔出来，看着脚上蹭掉的一大块皮，收敛了下心中的狂喜。

你在简易衣柜里没找到刚买的运动服，也没找到你刚买的鞋子，这时候你才想起来，时间又后退了，你现在只有制服穿。

叹了口气，你认命地穿回制服，出门去买彩票。

你起得太早，天才刚刚亮，彩票站还没有开门。

反正你马上就要有五个亿了，你摸了摸肚子，去了一个特别出名的港式餐厅，想去尝一尝传说中的"早茶"。

你要了"虾皇饺""叉烧包""蒸凤爪""蒸排骨""蒸肠粉"，不顾旁人诧异的目光，开开心心地大快朵颐。

你吃得腰都挺不直了也只吃了十几种点心，而且还没有吃完。

你惋惜地看着菜单上那四十多种早茶餐点，决定每天都来吃一点，直到把这四十三种全部吃遍。

付账时，你心疼了一下，但一想到你马上就要有五个亿了，心就不疼了。你美滋滋地付了账，让服务员为你打包了剩下的点心。

现在已经是八点半，可彩票站还没有开门，于是你提着点心去了快递点。

此时你已经迟到了，你看到同事老王还在门口，不过他这次没有再蹲在地上纠结，而是遥控指挥家里的女儿去报清华，因为他从网上看到北大退档了一个贫困县的学生。

"去清华，校风好！"你听见老王一本正经地说着，"我们家条件不好，我怕你会被歧视！"

老王的口气不像是在开玩笑，你摸了摸下巴，感慨老王居然有个学霸女儿。

来到快递点，不出意料，你被师父和冷面组长一起骂了，理由是你正式上班的第一天就迟到了。

你想到马上就要有五个亿，被骂了不但不难过不愤怒，反倒笑眯眯地全部接受，还把你从那家港式餐厅带来的点心双手捧给他们吃。

吃人家的嘴软，看到港式餐厅的打包袋，看到你买了这么贵的点心，师父和冷面组长不好意思再训你，给你多加了五十件快件的任务，便开开心心地去吃你带来的点心了。

你多了五十件快件的任务，心里有点不高兴。

但一想到晚上就有五个亿了，你又开心起来，反正任务完不成，罚的钱也没多少。

不对，你都快有五个亿了，还工作个啥？

你满是干劲地开着快递车直奔彩票站，这一次，你忘了那个路边的流浪老人，因为去彩票站不经过他所在的地方。

你兴冲冲地奔进已经开了门的彩票站，把你记住的号码买了九十九注，花了近两百块钱。

彩票站的老板劝你不要这样买，会打水漂，但你还是坚持花了这两百块钱，并小心翼翼地收好了这张彩票。

出了彩票站后，你本来想继续"摸鱼"，但你的本性是个负责任的人，所以你的理智还是唤醒了你。

你认为上一天班，就要做好一天的事。

于是在彩票站外，你开始分拣车里的快件，颇感新鲜地看着今天多出来的五十件快件。

这五十件快件是你师父早上应该送的，考虑到每天都是送一样的地方也挺无聊的，你决定优先送这些你没送过的快件。

怀揣着五个亿的梦想，你开始继续送快件。

送到第三十几份时，你照例拨响了一份快件主人的电话。

接电话的是个女人，告诉你她在外面出差，但家里有人，希望你能把快件送上门。

你看着上面三楼的地址，没怎么犹豫就同意了，可对方又提出了个请求。

原来快件的女主人经常出差，她怀疑家里的丈夫出轨了，经常趁机带女人回家过夜，却找不到证据。

她希望你上她家送快件时能帮她看一眼，看看家里有没有女人，如果有女人在，最好能偷偷给她拍张照片。

因为她不想离婚还给这种人渣分钱。

她说他会重金感谢你。

作为一个马上有五个亿的男人，你当然不会因为"重金"而动心，只是觉得一份感情走到这个地步实在是很可惜。

电话那头的女人语气悲切，哀声恳求着你，你开始犹豫。

究竟你是帮她拍照查看，还是只送快件，其他不管？

（6）

你从小就不爱管别人家的事情，在部队里也不关心别人家是干什么的，现在进入社会了，你也并不太想管这种闲事。

所以你对电话里的女人说，你不需要什么重金，等会儿送快件的时候会顺便帮她看看，拍照就算了，你觉得这窥探了别人的隐私，不太好，劝她去找个专业的人。

快件的主人听说你不会拍照，有些失望，她说她是个长途列车的乘务员，工作繁忙生活圈子又小，不知道怎么去找私家侦探，不过还是谢谢你。

你听出她是一个讲道理的人，会抓住你求助，也许只是病急乱投医。

带着这样的感慨，你敲响了她家的门。

开门的是一个长相儒雅戴着眼镜的男人，他带着疑惑开门，当看到你身上穿着的制服时，疑惑变成了然。

265

"谁的快件？"

他很自然地伸手去接。

你告知了快件主人的名字，并请他代签。

这时，你听到卧室方向有脚步声，抬头一看，出来的不是女人，而是个年轻的小伙子。

是个男人，原来这家女主人的猜测纯属庸人自扰，太好了。

你心里想。

戴着眼镜的男人没有慌着先签字，而是当着你的面拆快件。

"是她送我的生日礼物。她走之前告诉过我，让我先当面拆了再签，免得弄坏了。"

他当着你的面拆起了包装盒，露出了里面最新款的 iPhone（智能手机品牌）手机。

"哇，那个女人对你还挺好，是部 XS，256G 的现在要近万吧？"那个小伙子挤过来，下巴靠在眼镜男的肩膀上，伸手从盒子里拿出了手机，羡慕地说，"真好，我也想要一部新手机。"

你觉得这小伙子有点怪怪的，但又说不出哪里不对。

"回头我给你买一部，这部是她送的，不好给你。"

眼镜男笑着捏了捏小伙子的鼻子，把字签完，将单子给你。

他对你倒是很客气，颔首提醒："我检查过了，没问题。麻烦你了。"

你听出他在委婉地催促你离开，所以你接过单子，转身就走。

对方大概以为你会和大部分外卖师傅一样顺手关门，所以没有注意到你并没有关门。

"你还要和那个女人演戏到什么时候？不是说把你爸妈糊弄过去就离婚吗？"

你隐约听到那个小伙子抱怨。

"我天天跟做贼一样，还得等她上班才能和你聚聚！"

"这样不好吗？反正她一上班就出门几天回不来，一个月聚少离多，离婚不离婚有什么区别？"

你心里的不对劲感越来越重，你的直觉让你掏出了手机，在顺手关门的时候，悄悄将手机举到门内，盲拍了一张照片。

拍完照片，你看到果然拍到了人影，心跳如雷。

轻轻关上这家的门，你像逃难一般跑下了楼。

第一次做这种事，你感觉跟做贼一样，心跳好半天不能平复。

骑着快递车跑出去好远，你才拨响了那家女主人的电话。

"怎么样？"

女人带着几分期待，又带着几分犹豫，在电话那头问你。

"你家没有女人。"你回答她，"但是有个年轻男人。"

女人在电话那边沉默了好半天。

"那请问你拍了照片吗？"她小声地问，"如果拍了的话，我可以加你的微信吗？我可以给你看我的身份证，我家的地址就是你送快件的地方，这房子是我爸妈在我上学时给我买的，我不是什么奇怪的人。"

你没有犹豫，选择了加她微信。

这时，你从手机里翻出了刚刚偷拍的照片，准备给她发送过去。

看到照片里模模糊糊的人影，你顿时一愣。

刚刚太紧张没注意，现在你看全了画面的内容。

那个儒雅的男人和小伙子抱在了一起，以情侣拥抱的那种方式！

你脑子里冒出了一个古怪的猜测，但性情单纯私生活简单的你没敢往那个方向多想。

在核对了对方身份证上的照片和地址后，确认这个向你求助的女人就是那家客厅里婚纱照里的女主角后，你叹着气，还是给她发了这张两个男人抱在一起的照片。

"难怪我在家里找不到长头发，也找不到女人留下的痕迹。"

你看着她一个个打出来的字。

"但是每次回家，我的私人用品都被人动过，而且我经常发现，床单也被换了。

"还有我的丈夫，从相亲结婚到现在五个月了，他就没和我亲热过。"

你心里的震惊无以言表，木讷的个性更是让你不知道该用什么话安慰对方。

"我也曾想过找认识的人帮忙，但是我很怕这件事传出去，最后沦为别人的笑柄。我到三十岁才相亲、嫁人，所有人都觉得我终于找到一个好的归宿，只有我自己知道这归宿有多么让我痛苦。可是我又没办法不顾及旁人的目光，更不敢遵从我的内心。谢谢你愿意帮我，也给了我追求真相的勇气。"

即使你没有回应，这个女人还是打出了一串串文字。

此时你意识到她不是在向你倾诉，而是想找个人发泄苦闷而已。

所以你就静静地看着，没有安慰她。

"你放心，你愿意帮我，我也不会牵连到你。知道了真相，之后我会在家里偷偷装个摄像头取证，这张照片我不会拿出去当证据。等会儿你就把我的好友和通话记录一起删除了吧，你就当我从来没找过你，我也会自己处理好这件事。"

"好的，希望你能成功，加油！"

你笨拙地打出了这几个字。

"快递小哥，你是个好人。如果事情能够圆满解决，希望有一天，我能加回你的好友，我们做个朋友。再见。"

她发出最后一条消息，然后删除了你。

你抹去了所有和她联络过的痕迹，感激她保护你隐私的体贴，也赞叹她当机立断的坚强。

但同时，你也不明白这样自强独立的女性为什么会遇见这种事。

难道人言可畏到这种地步，连这么坚强的女人也逃不过世俗的桎梏？

五个月没有亲热关系的婚姻足以证明很多事，为什么还要靠这种方式才敢借外人的手打醒自己？

长吁短叹一番后，你感慨着你根本没谈过的恋爱，抛却这些喜怒哀乐，继续开起了你的快递车，去送那多出来的其他快件。

事实证明，师父分给你快件时一定没有分类，东西南北什么方向的快件都有，等你送完以后，已经到了回快递点接下午快件的时间。

你吭哧吭哧地回了快递点，在公司随便吃了点东西，又重新去装新的快件。

不再节奏一致的工作内容和怀里的彩票让你忘了许多事，直到你从分拣堆里抱出那袋笨重的猫砂，你才想起来你忘了什么！

一看墙上挂钟上的时间，你连剩下来的快件都来不及装车，急急忙忙地开着小车就往秦柔柔所在的小区去。

你听到你的师父追出来喊你回去，告诉你还有不少快件没领，但你根本来不及回头了，只能跟你的师父对吼："我等下再回来取一趟！"

268

快件再重要也没有小姑娘的安危重要！

你的快递小车最高时速限制在四十码，怎么也跑不快，你急得闯了好几个红灯，还差点撞了几个行人，才用最快的速度赶到了那个小区。

你匆匆忙忙之下顾不上锁车，扛着猫砂大步流星地奔上楼，开始打电话给那个叫作秦柔柔的女孩。

电话没人接，你也没听到房间那边有电话铃响。

此时已经过了你前几次来送猫砂的时间，你担心"猫砂女孩"在家里遭遇了不测。

敲了好几下门没人理睬后，你心慌意乱地敲开了女孩隔壁邻居大爷家的门。

大爷开了门，以为是儿子寄来的快件，等听你说隔壁可能出事了后，将信将疑地看着你。

"我没看到什么可疑的人。"他皱着眉问，"会不会只是主人不在家？"

他不乐意让你借他家的阳台到别人家去，而且觉得你很可疑，警告你再不走他就报警。

你心急如焚，又觉得这件事说不清，于是直接挤过了他，往屋里奔去。

你来过一次老爷爷的家，目标明确地直奔他家的阳台。

老爷爷吓得半死，不敢跟着你过去，反倒出了自己家的屋子，关上了自家的门，然后打电话报警。

你听到身后大门被关上的声音，但已经顾不上别的了。

你觉得要是那个女孩出了什么事，就全怪你忘了这件重要的事情！

奔到阳台，你爬上了老爷爷家的台子，忍住头晕目眩的感觉，向着对面女孩家的窗户跳了过去。

你成功地跃了过去。

但由于太着急，你落地不稳，往前一个踉跄，直接摔进了别人家的阳台。

你根本顾不得脚踝上的疼痛，一瘸一拐地冲进了屋内。

这一次，女孩家的屋子没有被歹徒翻乱，鹅黄与嫩绿的软装营造出一种温馨舒适的氛围。

客厅与阳台交界的地方铺着一张纯白的羊毛地毯，被阳光照射着看起来特别温暖。但你从阳台进来时没注意，一脚踩了下去，给羊毛地毯添上了两个漆黑的大脚印。

你扭头四顾，没有看见上次被制服的坏人与女孩。你担心她已经遭了毒手，一边喊着"秦柔柔"，一边往唯一有门的卧室走去。

你的动静太大，终于惊动了卧室里的人，在你充满戒备的表情下，卧室的门被缓缓打开……

从卧室里走出来一个穿着睡袍、衣冠不整的女人。

四目相对，你们都吓了一跳，明显刚从午睡中被惊醒的秦柔柔大声尖叫起来。

你惊觉这一次可能没有什么空调工上门犯罪，对方没接你的电话也有可能只是睡得正沉，手机关机或静音而已。

弄明白自己闹出什么乌龙事件后，你被对方的尖叫吓了一跳，后知后觉地发现你的行为属于非法侵入他人的住宅。

"我不是坏人！我是给你送猫砂的快递员！"

你的神情变得惊恐起来，你试图安抚这个受惊的姑娘。

"送什么猫砂？"

对方听到你的解释，停止了尖叫，转而狐疑地看着你。

"送猫砂干吗要从阳台进来？"

对方的胆子似乎很大，好奇心也挺重，你看着她，不知该如何解释你的行为。

是把发生在你身上的事情和盘托出，希望她能相信……还是只是将你的担心说出，试图让她相信这只是一场善意的误会？

（7）

因为对方的质疑，你非常慌张，脑子里拼命地想着该如何让她相信你只是担心她的安全。

但你这么一个木讷的汉子，压根不会"巧辩如簧"这个技能，嘴巴这么笨的你，又怎么会撒谎？

所以你嗯了半天，在对方越来越质疑的表情里，心一横牙一咬，选择把发生在你身上的诡异事情和盘托出。

270

至少这是确实发生过的事情，你解释起来不会磕磕巴巴。

好在你总共也没"循环"几次，所以没用太长时间，这个故事就被你说完了。

干巴巴地说完这个完全不精彩的"故事"，你心底一片冰凉，认命地等待着被当成精神病人的那一刻。

你没有被当成精神病人，不过也没好到哪里去。

"你说你每天都在'循环'，然后你继续选择天天送快件？"秦柔柔用看傻子的眼神打量着你，表情古怪，"每天？继续送？"

你不知道她在诧异什么，老老实实地点头："嗯，每天继续送。"

"你觉得你说的话我能相信吗？"

秦柔柔像是被气笑了，斜着眼看你。

你没有觉得害怕，反倒有些尴尬地挠了挠耳朵。

哪怕秦柔柔此刻气势惊人，可她操着一口娇滴滴的"萝莉音"，根本听不出有什么咄咄逼人的架势，倒像是在对你撒娇。

你知道这样想不对，所以态度诚恳地确定："真的，我真的每天都在送快件，只有一天下午，我抽空去买了个衣服，洗了个澡……"

"你不觉得你说的这些很荒谬吗？就算你能每天'循环'，你就不知道拿这些'循环'干点有意义的事？送快件、买衣服、洗澡，你觉得正常人会这么干吗？"秦柔柔不想再和你啰唆，"请你立刻出去，不然我就报警了！"

"我说的都是真的！以前我每次都没有来这么早，第一次我是送完了其他快件才来，后来是刚好碰上，今天我怕耽误时间，一路超速过来的……"

你开始分析自己为什么出了这么个乌龙事，得出的结论是你关心则乱，结果反而来早了。

如果再晚一点，她刚好结束午睡，正好就能接到你的电话。

说话间，秦柔柔家的门被敲响了。

"你刚刚说隔壁邻居报警了，不会是警察吧？"穿着睡袍的秦柔柔不自在地拢了下外袍，"那就麻烦你自己出去和警察解释你的那套'循环论'吧。"

你自知很难得到对方的信任，只能苦笑着去开门。

271

结果门一开，门外站着的是那个挎着绳子和工具箱的空调修理工。

开门的瞬间，他下意识地往门里望了望，像每一个不怀好意的可疑人物。

当看到开门的人是你时，他意外地收回了目光，挤出一副属于老实人的微笑。

"不……不好意思，我是来修空调的，请问四号楼……"

"我知道你是干什么的，也知道你是谁，我劝你除了修空调，别的想都不要想。"

你一改刚才的可怜无措，目光如剑，气势迫人。

"你坐了那么多年牢，才刚刚从监狱里放出来，就该珍惜重新做人的机会。国家让你在监狱里学会电工、学会家电维修，是为了让你出来用这个作恶的吗？不是！是为了让你重新进入社会，活出一个人样来！"你不自觉地站出了军姿，用当年班长训新兵的劲头对面前的人呵斥着，"修空调就修空调，不要楼上看看、楼下看看，你以为你出来了就没有人盯着你？402在楼下，这里是502！你要再想进去，我就成全你！"

空调工没想到自己的来历被你一语道破，就连藏在心里的小心思也被你扒了出来，一下子抖得像是筛面粉的筛子。

"原来……原来我们出来，真有人跟着？"一看到你端正的军姿，他就吓得面无人色，哆哆嗦嗦地说，"领导，同志，我真只是想想！真的，我什么都没做！"

他把你当成了那种伪装的便衣，或武警战士。

但这也太狡猾了，居然伪装成快递员！想到刚刚在楼下看到的快递车，他在心里绝望地大喊。

在监狱里待了太久，空调工已经有点和社会脱节。

此刻，他害怕连修空调的那通电话都是"国家"对他的考验，吓得把心里所有的想法都倒了出来。

"我就是这么多年都没有女人了，心里想得太难受了！我知道我这是病，我会想办法去治，不行我就正经八百地找个媳妇过日子！我这次是鬼迷心窍了，以后我绝对不会再做坏事了，我保证！我发誓！你们可以看我的表现！"

他又是指天誓日，又是捶胸顿足，还几次惊恐地回头看向走道，生怕从那里冲出一群身着制服的警察，再一次将他带走。

"你自己说的，你要洗心革面、重新做人，最好不要存有侥幸心理，否则你就给我回牢里去！"

你只是个普通快递员，又不是真的警察，疾言厉色地吓唬了他一通后，你摔上了门。

空调工吓得屁滚尿流地跑了。

经过这么一遭，他觉得背后有无数双眼睛盯着，哪里还顾得上"修空调"？他跌跌撞撞地下了单元楼，还没跑到小区门口，果然就看到有一辆警车开到了小区门外，从车上下来两三个身着制服的警官。

真有人盯着他！

明明他已经出狱大半年了，这大半年也什么都没干啊！

空调工胆战心惊地掉头就跑，从小区后门翻墙爬了出去。

你凶巴巴地吓跑了不怀好意的空调工，一扭头，就见到秦柔柔半信半疑地看着你。

"真会发生这种事？"秦柔柔一想到刚刚你说过发生在她身上的事情，就感觉不寒而栗，"你们不会是合伙骗我的吧？"

"我找人骗你这种事干什么？"你无奈地抹了把脸，"先非法入侵，再骗他一起去派出所吗？"

看了一眼墙上的挂钟，时间已经快走到两点，你脑子里突然浮现起一件事。

"我记得，我第一天正式上班时，好像看到哪个商场外面的大电视在放一个新闻，说沿江东路有一辆公交车撞上了油罐车，事故应该挺严重的……"你实在没有什么可以再取信于人的信息了，"我要没记错的话，播新闻的时候刚好两点……"

秦柔柔愣了一下，回卧室拿出手机，开始查了起来。

她的心里其实已经有八分相信你的话了。

毕竟没有哪个入室抢劫或盗窃的坏人，会在被揭穿后不夺门而出，或者趁机做些什么，而是好声好气地在客厅里讲这么一个匪夷所思的故事。

而且还正好那么巧，有一个出狱不久的空调工来敲门。

这时，秦柔柔家的门再一次被人敲响，你以为空调工去而复返，板着一张脸打开了门。

"不是说了让你……"

看着门外的邻居老爷爷和几位警察，你傻眼了、卡壳了。

"什么情况？我们接到报警，说你硬闯到别人家里，还从阳台跳到这户人家？"见你横眉怒目的样子，上门调查情况的警方下意识就去摸腰上的手铐，"你知不知道非法入侵他人住宅是犯法的？"

大概是没见过这么"嚣张"的犯罪嫌疑人，知道报了警还没跑，而且还赖在受害者的家里，几个警察脸色都很难看。

"我……"

你知道免不了要浪费这一天了，准备向警方开口乖乖认错。

"他是我的男朋友，我昨天和他吵了一架，一直没接他电话……"

突然，秦柔柔走了过来，帮你向警方解释。

"他怕我在家里想不开，怕我出事，才做了这种糊涂事！"

所有人都是一怔，包括你。

"不是，我……"

你脑子没转过来，刚想解释，被秦柔柔狠狠地瞪了一眼。

"你什么你？你再着急也不能这么干啊！还惊动了警察同志，丢脸死了！"

秦柔柔一巴掌拍在你的脸上，把你的半截话打了回去。

听到秦柔柔的解释，这局面就变得合情合理起来，邻居老爷爷松了口气，脸上又出现了笑容："原来是一场误会，是误会就好，我以前没见过这小伙子，不知道他是你男朋友啊。我看那小伙子硬闯到我家去，我才报的警……"

"对不起，实在对不起，他就是脑子一根筋，太担心我了。也是我，睡得太死，根本没听见电话响！"

秦柔柔身上还穿着睡袍，让她的话更可信了。

"我刚刚就骂他了！"

"那门口的大袋子是怎么回事？"

有个警察指着入口处放着的一大袋猫砂问。

"喵喵喵……"

274

迈着优雅小碎步的小猫从卧室走了出来。

"那是猫砂。"你瓮声瓮气地说。

"啊，我男朋友不是快递员嘛，所以我让他把猫砂给我扛上楼，二十多斤呢，太沉了！我实在是扛不动。"

秦柔柔反应很快，想起之前你说的给她送猫砂的事。

你也知道二十多斤太沉了！你腹诽。

"那邻居怎么说以前没看到过你？你以前不用猫砂吗？"

警官揪着每一个不合理的地方问。

"我今天是第一天正式上班。"你意识到秦柔柔是在保护你，从脖子里拉出自己的工作证，"我现在负责她这个片区，送上楼只是顺便。"

"明白明白，找个理由上门来哄女朋友嘛，我年轻的时候也经常这么干。"老爷爷笑眯眯地打着圆场。

警察需要查看你的身份证件，你递出了身份证、退伍证、工作证。警察调查了你的身份，发现清白无案底，所有身份也核实无误，将这些证件还给了你。

在取得老爷爷和秦柔柔的谅解后，警察叔叔严厉地批评了你一顿，警告你下次不能再干这么危险的事情。

在诚恳地接受了批评和教育后，你灰溜溜地送走了警察，心里对自己浪费了宝贵的警力感到非常内疚。

但转念一想，至少谁也没有出事，于是你又开心起来。

"谢谢你帮我。"你觉得秦柔柔真是个好人，"这么荒谬的事情，我自己都不相信……"

"你先看看这个。"秦柔柔拿出手机，调到刚才的页面，递到了你的面前。

下午一点四十五分，有一辆公交车和油罐车发生了碰撞，车身当场起火爆炸。

根据现场来往的目击车辆的车主叙述，车祸发生前车厢里好像发生了争执，分散了司机的注意力，所以引发了车祸。

但因为车内的监控摄像头已经彻底被损坏，又没有直接证据，所以这种得不到事实依据的叙述，只能视作一种猜测。

"如果你不是真的经历了这一切，那就只能说明……"秦柔柔看着你，

冷着脸说，"你和车上分散司机注意力的那个人可能是同伙。"

"我没有，我不知道什么公交车上的人……"

秦柔柔的表情实在太严肃太冰冷，你被她无端的猜测吓得脸色苍白。

"是的，我也觉得没太大可能。"刚刚还板着一张脸的秦柔柔突然笑了起来，"所以那就只能相信你说的话是真的啦！"

原来她是开玩笑，但是你一点都不觉得好笑。

你被吓得浑身冷汗，只想着赶紧离开。

你要离开，然而秦柔柔一把拽住了你的胳膊，不肯让你走。

"我从来没遇见过这种事情！"她眼睛亮得可怕，"我还没有介绍过我自己，我叫秦柔柔，是一名编剧，不知名的那种……"

她双手合十，做出一副恳求的姿势："求求你了，能不能请你不要走，多给我讲讲你'循环'的事？我们也算是共患难过了，你就当交个朋友呗？"

你看着她，挠了挠头，开始犯难。

你是应该留下来，和她交个朋友，还是不要告诉她太多，继续去干你自己的事？

（8）

对方刚刚才掩护了你，让你免于被警察带走，你觉得自己就这么拔腿走人，好像显得有点自私无情。

但是你还有一堆快件要送。

"那……那我就再留半个小时？"你看了看时间，犹豫着说，"我下午还要送快件，只能给你半个小时时间。"

"行行行！"

为了抓紧时间，秦柔柔都来不及去换睡衣，去卧室取出来一个笔记本就开始和你聊起了你"循环"的事。

她在知道你即使得到了"白给的"时间依然在送快件后，有点恨铁不成钢。

"你就不能用这半天时间干点什么其他的事吗？"她指点着你，"你看过这种类型的电影吗？有这半天的时间，你可以拿来去学点东西，也可以去尝试你人生中没敢尝试过的事情……"

她简单地和你说了几部有类似这样情节的电影。

"我尝试了啊。"

你把你买衣服和吃大餐的事情告诉她。

结果她的表情更加惋惜了。

"你就不知道试试你以前不愿买的东西吗？吃东西也是，山珍海味至少也要来一点尝尝，才算是一种人生体验啊！"

"然后呢，第二天醒来突然发现时间没有'循环'，能把山珍海味吐出来继续过日子吗？"

你是个务实的人，从不愿相信老天会有无缘无故的好事给你。

"我才正式上班第一天，还有一个月才发工资呢！"

秦柔柔叹了口气，大概觉得心累。

"你都有这种奇异的经历了，还考虑什么上班？每天都在送快件不枯燥吗？像你这样的选择，哪怕我把它写成剧本，也无聊到没人看的。"

"我每天还是继续送快件又有什么关系呢？那么多人没有'循环'，还不是每天干着一样的事？"你说。

秦柔柔愣住了。

"读书的学生每天都在读书，办公楼里的职员重复着朝九晚五的工作，工厂里的工人天天都在流水线上忙碌，部队里的士兵日复一日地完成着同样的训练……"你举出了许多例子，"所以我每天都在送快件，又有什么问题？"

"但是你可以不用每天都送快件的，你和他们不一样，你有选择的机会……"

秦柔柔试图"开解"你。

"如果每件事注定第二天都会回到原点，花心思做这些有什么意义呢？你吃过很多的东西、看过很多的风景，会让你'循环'时变得更快乐吗？不会的，得而复失只会让你更痛苦。"

你经历过花心思挑选的衣服突然不见、洗干净的身体又继续黏糊糊的失落感，这仅仅是两件你能承受的"失去"，那滋味都不好受，如果是更多的呢？

"谁也不知道我第二天会不会就停止'循环'了，与其以后求而不得，

还不如就把这一天当成普通的一天，做我该做的事情。"

"可万一如果你要永远停在这个'循环'里……"秦柔柔咬了咬下唇，对你说出这个可怕的可能，"如果你身边的所有人和事都一成不变，只有你困在其中，你一直做着一样的事，不会痛苦吗？"

"应该会吧。"

你想象了一下，不得不承认这样很可怕。

"但我现在没'循环'几次，也不知道以后会发生什么事，也许第二天眼睛一睁就到明天了呢？如果真的和你说的一样，我一直被困在这一天，也许为了不发疯，我也会选择和你说的那样，去尝试不同的事情，但那也是以后的事了。

"但是我希望老天不要这样惩罚我，最好还是早点发现发生在我身上的这个错误。"

你由衷地希望着。

秦柔柔知道了你的想法和选择，不再劝说你利用这些"循环"去尝试新鲜事物，反倒对你这个人感兴趣起来，转而问起你的私人情况。

你觉得这些有点交浅言深，只说了个大概情况，看看时间就想告辞了。

临走前，秦柔柔给你递上一张名片。

"这里有我的联系方式，你可以存一下……"

看着你充满疑惑的眼神，秦柔柔不自在地撩了一下鬓边的头发，微红着脸解释："你现在才刚刚开始'循环'，也许并不觉得对你的生活带来多大困扰，可如果日复一日都困在同一天的话，也会很累，想找个人聊聊吧？

"我是个编剧，看过很多类似你这样经历的影视作品，这些片子里的很多主角到后来都承受着很大的心理压力，有些甚至濒临崩溃。"

她担心地看着你道："我是想，如果有一天，你真觉得重复这种日子挺没意思的，我愿意陪你一起尝试不一样的选择，多个人分担一下也许没那么痛苦。你也别觉得是打扰了我，反正对我来说也只是花费了一天的时间陪一个陌生人而已，对吧？"

"可是你现在愿意聆听，不代表每个'循环'里的你都愿意啊。"

想着刚才差点闹出的乌龙事件，你说出了自己的担忧。

"那就定一个暗号吧,一个只有我知道的暗号。"

秦柔柔见你并不排斥这样的"交往",眼睛一亮。

"嗯,我想想……"她倚在门边,想了一会儿,"如果下一次你再来找我,可以直接跟我说,我小学三年级的时候暗恋过我们班的班长,还偷偷地往他的窗户底下放了一个月的路边野花……"

听到她的"秘密",你忍不住笑了。

"这件事我从来没有跟任何人说过,这个世界上除我以外没有人知道,只要你和其他时间线的我说了,我就会相信你的话。"她也开始不好意思,"如果你想换换心情,就可以来找我,你要相信,以我的职业素养和丰富的想象力,我能接受这样离奇的事,也愿意和你交朋友。"

毕竟,不是什么人都会每天拼命去救一个和自己不相关的人的,而且是冒着从五楼阳台掉下去的危险。

这一次,你接下了秦柔柔递给你的名片,并答应她会记住她的电话。

从今天起,你要记住的东西除了中奖的这组彩票号码,还有一组新的数字——你新交的朋友的手机号。

下了秦柔柔家单元楼的楼梯,你悄悄摸了摸藏在口袋里的彩票,紧张地擦了擦汗。

幸亏我机灵,坚持说我每天都要送快件……

你在心里庆幸着。

否则万一她问我要彩票号码,我到底给还是不给?

怀着没有带新朋友一起"发家致富"的小小内疚,你选择继续送剩下的快件。你在秦柔柔家里耽误了太久,一晃都快三点了,快件还有一大半没有送完。

你分门别类地分拣了剩下的快件,按照前几天的经验快速完成了剩下的工作。在回公司的路上,你花钱买了点卤菜,回到了快递点。

冷面组长一见你回来就围住你问下午发生的事,问为什么会有警方打电话调查你的信息,问你有没有在外面惹事。

你没敢用"女朋友"那套糊弄组长,只是说出了你当时的担心和闹出的乌龙事件,也解释清楚警方已经批评教育过你了,组长却依然不肯放过你。

他告诉你,他们公司对违法犯罪的行为从不姑息,小到偷拿快件主人

寄送的快件，大到作奸犯科，一经发现，一律开除。

今天你非法入侵他人住宅为实，虽然警方没有追究，事主也原谅了你，但你不能仅凭主观臆测就擅闯别人的房子。

你的行为已经属于"违规操作"，给公司的声誉造成了损失，所以按照公司的规章制度，你明天可以不必过来上班了，这两天就办交接。

他还告诉你，劳务合同里规定了，如果你的行为对公司产生了任何不好的舆论影响，你都要负责赔偿公司因此所产生的损失。

你明明是想见义勇为，却得到了这样的误解，这让你感觉很憋屈。

你试图向组长解释你当时急迫的心情，也试图向其他同事求援。

然而面对你求助的目光，其他同事纷纷移开了视线，你的师父硬着头皮向组长求情了几句，却反被训斥了一顿。

你铁青着脸交出了自己的工作证，走出了快递点。

等你走出了好远，你的师父追了出来，远远地大喊着你的名字。

你以为是事情又有了转机，心怀期待地停下了脚步，等待着师父说出也许能让你振奋的消息。

而他只是追上你，默默地递上了那袋你在路边买的卤菜。

"你晚上还没吃饭，这事……唉，反正你记得要吃饭，别饿着肚子。"他结结巴巴地说着，把装卤菜的袋子塞到你的手里，"天大地大都没有吃饭大，工作没有了还可以再找，你有力气、有毅力，这个城市很大，不缺工作。"

你僵硬着身子接下了袋子，低着头向这个手把手教了你两个月的师父道谢。

师傅长吁短叹地走了，你坐在了路边。

虽然你知道今天公司开除你的决定，对你的"明天"也许没有影响，也知道你怀里的一百注彩票可以保证你即使在明天没"循环"的情况下也能不工作好好生活一辈子……

可你还是感觉到了羞耻和难堪。

你觉得你辜负了师父这两个月来对你的栽培和期待。

上一次有这样的感觉，还是你不得不为了你妈而选择退伍时。

你是遗腹子，参军的父亲早逝后，你的母亲单身抚养着你。

你的父母很大岁数才结婚生子，所以你的祖父母、外祖父母早已经去世。

你虽然是城市户口，家里条件却不好，所以你没有继续读书，而是选择和父亲一样，去当了兵。

你喜欢在军队的生活，想靠自己的努力一直留在这里，从而改变家人的生活。

然而你的母亲得了癌症，让这个希望最终也破灭了。

为了给她治病，你卖掉了老家的房子，舍去了尊严去借钱，借遍了所有能借的亲戚。

到最后，为了筹到足够的救命钱，也为了还清欠亲戚的债，你选择了脱下那身军装——只为了那一笔退伍金。

你的领导在你离开时塞给你一个厚厚的信封。

他当时惋惜的表情，和你的师父刚刚送你走时的表情一样。

那信封里，装满了战友们凑出来的捐款。

你最终也没有救回你的母亲，但这笔钱最终让她走得没有痛苦，对此，你并不后悔，只觉得遗憾。

母亲死后，你变成了一个"孤儿"。

于是你离开了老家那个伤心地，选择来到父亲出生的城市打拼，这是你转业后自主就业的第一份工作，你只想努力做好它。

你从来不愿当一个逃兵，也不愿辜负别人。

可命运总是捉弄你，让你尝到什么叫"事与愿违"。

被主动放弃、被误解，口齿笨拙的你不知道该怎么为自己辩解，也不知道怎样才能被人相信。

这时候，你才发现——并不是每个人，都像那个叫秦柔柔的女孩。

你从口袋里掏出了秦柔柔的名片，努力记住了她的号码。

背完了号码，你拍了拍灰尘，站起了身。

好在，也许你还有"明天"可以选择。

明天，你要努力做得更好，不要让任何人失望。

拎着本来够一个快递点同事聚餐的卤菜，你一点都没有吃它的欲望。

你突然想起了那个流浪老人，你决定和他一起分享这份令人苦涩的美食。

于是你提着卤菜去了每天遇见老人的那个街角。

但是那个流浪老人不在，路上只有一大群人围着那个位置指指点点。

你满心疑问地挤了过去，却听到人们在议论。

"哎哟，太惨了，那车子就这么轧了过去！"

"大概是饿的吧？我看他站起来时路都走不稳！"

"唉，早知道我下午从这儿过的时候就给他点吃的，这种流浪汉有了上顿没下顿的，许多都有低血糖，一饿就会头晕眼花！"

你听着他们七嘴八舌的讨论，心里涌起一个不好的猜测，这猜测让你神色慌张地挤开了围观的人群，询问怎么回事。

从他们的回答中，你知道那个流浪老人在横穿马路时突然晕倒，由于天色已晚，开车从这儿经过的人没注意到躺在视觉盲区的流浪老人，不慎碾轧了过去。

你来得不巧，救护车刚刚送走了出事的老人。

得知事情的经过，你手里的卤菜脱手落地，你也失魂落魄地跌坐在路边。

刚刚的委屈不甘和现在良心上的负罪感一起压倒了你，你双手抱住头，将脸藏在了膝盖间。

此时，你是应该去打听流浪老人被送往了哪家医院，探望下他是不是安全……还是该努力排解心里的负罪感，将希望放在"明天我会做得更好"上？

（9）

你从来就没有什么救世主情结，即使遇见这种被困在"循环"里的情况你也从没想过要去拯救世界，只是把它当作你漫长人生里额外多出的一些日子，努力把每一天过好而已。

你会随手救助老人，只是单纯地见不得老年人受苦，那会让你想到自己家中的长辈。

但你从没有想过，原来你随性而起的一个举动，真的能改变一个人的命运。

你茫然而无助，不懂老天爷让你"循环"的意义是什么。

是为了让你救那个被空调工伤害的秦柔柔，还是为了让你救这个因饥饿而引发低血糖晕倒在马路上的流浪老人？

　　你肩负起自己生活的重担尚且如履薄冰，又何德何能要肩负起这么多人沉重的人生？

　　"你怎么了？是跟刚才那个老头认识吗？"有人见你听到消息就失魂落魄地坐在马路边上，推了推你，"既然认识，还在这里傻坐着干吗？打听一下送到哪家医院去了，赶快去看看啊！"

　　这人这一下推醒了你，你如梦初醒一般站起身。

　　还好事情刚发生没多久，涉事的车主正在跟随后赶到的交警交涉，你过去打听了下老人被送往的医院，发现没多远，一路小跑了过去。

　　等你气喘吁吁地跑到医院打听这位老人的情况时，急诊科接待台的小护士问你和那老人是什么关系，说老人正在急救中，不接受陌生人探视。

　　你又一次茫然了。

　　在这一次"循环"里，你和那个老人认识吗？

　　不，你们不认识，非但不认识，甚至连送一份早点的交情都没有。

　　就算你和他见上面，你们能说什么呢？

　　他已经这么惨了，难道还要在病痛中接受陌生人的围观吗？

　　"我就是在现场的一个路人，想知道他怎么样了。"

　　你卡了壳，无奈地笑笑，在急救室外找了个地方坐下来等。

　　虽然见不了面，至少也要知道他最后会不会安好。

　　医院实在是你再熟悉不过的地方，脱下那身军装后，你在医院里陪你母亲度过了她人生的最后几个月，见过了太多的悲欢离合。

　　但没有任何一个地方会像急诊科这样，让你觉得时刻在和死神赛跑。

　　你看着高大的救护车司机和随车医生一起推着推车冲入急救室内，也看到病人的家属号哭着从急救室出来；

　　你看到病人哭喊着"救命"，也见到被救的人大喊着"我不要活了"。

　　老人那边一直没有消息。

　　你从隔壁一直等候着的家属那里知道，今天下午发生的那起公交车与油罐车相撞的事故波及了许多人，因为这家医院的烧伤科比较好，很多病人被转诊到了这边，现在急诊科这么繁忙，全是因为下午那场事故。

　　你听说这场事故伤亡惨重，目前死亡人数已经超过了二十人时，吃惊极了。

急诊科的小护士原本以为你是这个老人的亲戚，结果发现只是个路过的好心人，好奇地不停打量你，帮你打听老人现在的情况。

流浪老人有严重的营养不良，年纪又大了，这次因为饥饿无力晕倒在道路上，被迎面而来的轿车碾扎了。

好在事情发生在市区，车子的车速都不快，司机又反应及时，没有造成二次伤害。

但因为老人本身身体素质太差，身上有一堆毛病，骨质又疏松，让原本不算复杂的急救变得有些困难，脏器也有不同程度的受损。

其间，涉事司机终于赶到了。

遇到这种事，大部分人首先会联想到的可能是自己是不是被人碰瓷了，但这个司机从头到尾都表现得很善良。

他不但缴纳了相应的费用，还表示自己的车上了保险，保险公司会负责老人的后续治疗费用，请医院尽最大的努力治疗这位老人，知道这位老人是流浪者后，还提出老人在医院的护理费和生活费也由他支付。

你在一旁听完了司机的话，心里松了一口气。

你也想为这位老人做些什么，比如帮他交点费用，可你实在太穷了，浑身上下所有的钱加起来都不到三千。

三千块，可能还不够一场手术的费用。

这时候，有医生匆匆从急救室走出来，一边走一边打电话。

"我不管你们那么多，刚刚车祸送来的老人是 AB 型血，现在我们科 AB 型血储备不够，你们不给我想办法搞血来，是要出人命的！"

可能是沟通不是很顺利，她简直像是在骂人。

"我知道今天出了爆炸案用血紧张，可你们血库要是都没血，我们该怎么做手术？怎么救人？我们做的是急救工作，这些血都是等着救命的！不输血，这个病人就会死！

"我不管你们怎么筹集的，就是抽你的，也得给我把血送来！"

打完电话，她找护士要了个什么东西，急急忙忙就又要往手术室里赶。

"抽我的吧！"

听到医生刚刚低吼的内容，你不由自主地站了起来，冲到了医生的面前。

"医生，我是 AB 型血，我应该去哪里献血，才能给刚才的老人用血？"

你从来没有这么感谢过上天，还能让你帮上忙，救这位老人一命。

在经过医院的检验后，你的血被证实可用，于是你在医院指定的采血中心捐献了四百毫升的血，又匆匆赶回医院，等候着老人急救的情况。

你在急救室外等候了一个多小时，老人终于结束了手术，生命没有什么大碍，被转到了普通病房。

得知这个结果，你在急诊科里如释重负地长舒了一口气。

晚饭没吃，高度紧张，再加上被抽了四百毫升的血，现在心情一松，你整个人好似虚脱一样，瘫坐在长椅上，不停冒着虚汗，半天站不起身。

刚刚负责接待和指引你献血的小护士见你这样，急忙端着一杯糖水过来，扶着你喝下，又喂你吃了点面包和零食。

你谢过她的帮助，正准备离开，就见小护士左右看了看，悄悄依偎到你的身边，在你耳边说："那老爷爷已经转到普通病房了，我见你挺担心他的，我带你去看看他？"

你担心这有些不合适，但小护士跟你说没关系。

于是你跟着小护士到了后面的住院楼，在一间四人间的病房内看到了那个刚刚被送到病房的流浪老人。

由于找不到家属，身上也没有有效的身份证件，撞伤老人的司机和被派过来的交警在忙前忙后地帮助老人完善住院手续。

见到你被小护士引过来，知道你是为老人献血的好心人，他们都对你表示了赞赏，并感谢你的无私帮助。

你苦笑着接受了别人的称赞，走到病床前去看望老人。

就在你弯腰为他拉好被子时，他突然醒了。

见到你，他似乎把你当成了其他什么人，虚弱地握住了你的手。

"你别学我！"他手指无力，目光却死死地盯着你。

他一个字一个字地说着："你要把每一件事都做好，每一件事都很重要！不要变成我这样。"

你被老人的冰凉手指触得一个哆嗦，表情诧异地看着他。

"他醒了！"

正在等候病人清醒的司机和警察都围了过来。

医生和护士匆匆赶来，量体温的量体温，问话的问话。

可惜把你的手放开后，老人意识并不清醒，话也说不清楚，嘴里喃喃自语的都是别人听不懂的话。

在别人都围过来关心老人的情况时，你收回了手掌，悄悄离开了病房。

两人本就是萍水相逢，只不过因为一些偶然而产生了情感上的联系，可真要说感情有多么深厚，又怎么可能呢？

只要知道他还活着，也有人照顾，你就放心了。

你现在才算是真正放下了心里的负担。

在离开医院前，那个漂亮的小护士忽闪着一双大眼睛希望你给她留个联系方式，这样以后老爷爷有什么情况，她可以给你发信息或者打电话。

你谢绝了她的好意。

和你说的一样，你只是个普通的路人，你给予了你的善心，却并没有认为别人的人生是你的责任。

原本因为你的疏忽而导致的结果，也因为你献了血而弥补，你对流浪老人并没有遗憾。

而明天不一定还是明天，那老人之后怎么样、你留不留电话，没有什么意义。

你像做好事不留名的侠客那样离去，没看见小护士在夜风中郁闷得直跺脚。

你离开医院后已经是晚上十点，早已经过了公布彩票中奖信息的时间。

但是没关系，你可以用手机上网查到今天开奖的结果。

折腾了一天，你终于饿了，找了个便利店，在窗台前泡了一碗泡面，拿出手机开始搜索今天开奖的结果。

刚刚从怀里掏出彩票放在泡面前面，你一面吸着面，一面等候着搜索出来的结果。

几分钟后，彩票被你丢到了垃圾桶里。

开奖了，依然有人中了五个亿，但号码不是你买的这个，中奖者也变成了另一个省的幸运彩民。

而你买的彩票，现在已经成了一张废纸。

这是在你这个阶层唯一能改变人生的办法，如今也破灭了。

你手捧着热腾腾的泡面，身体却像坠入冰窟一般寒冷。

原来所有事都有可能发生改变，只有你被困在这一天不会变。

（10）

你回到地下室，又困又累，脑袋一挨床就睡了过去。

你再睁开眼时，依然是在那个昏暗狭小的地下室，依然是那样熟悉的精力充沛。

你年轻的身体仿佛有使不完的劲，无论前一天爬了多少层楼、跑了多远的路，只要一觉醒来，就能恢复如初。

可你的心却疲惫到不愿起床。

你的身体与意志出现了诡异的"分割感"。

躺在床上，你懒洋洋地想，像你这样普通平凡的小人物，就连身上发生这么奇异的事，都不会是轰轰烈烈的。

但很快你就想到了那个在路边的流浪老人，想到了某一次被空调工侵犯了的秦柔柔，也想到了昨天师父那惋惜的目光、临退伍前领导殷切的叮嘱……

你抹了把脸，认命地重新坐了起来。

把自己的被子叠得方方正正、床铺得整整齐齐后，你换上昨天差点就脱下的制服，洗脸刷牙，整理干净出了门。

你在路边买好了三份早点，自己在店里吃了一份，带给师父一份，路过街角时给了流浪老人一份，并嘱咐他过马路时一定要小心。

你不早也不晚地踏进了公司，把买的煎饼递给了师父，安静地去搬运你今天要送的快件。

出门时，你听到老王又在嘀咕着女儿到底是上清华还是上北大的问题，便随口对他说："上清华吧，就算你现在选了北大，下午还会让你女儿改清华的。"

在老王疑惑不解的表情里，你开着快递车出了快递点。

这一次，你没有递烟给物业的人，而是和其他快递公司的同行一起，听着他们吐槽这个"磨人"的规定，和他们一样，吭哧吭哧地填表格、搬快件。

临走时，你顺手带走了堆在传达室里的垃圾，扔到了外面的垃圾桶里。

你给那家有小胖墩的人家送去了快件，在小孩子哭闹的时候随手用纸折了架纸飞机给他，成功转移了他的注意力。

你没有再想那个大包子，毕竟你已经吃过了米其林级别的早茶，现在肚子也很饱。

你不快也不慢地送掉了大部分的快件，没送到的也不着急，你像个老快递师父那样，中午又回到了快递点。

和组长、师父他们聊了聊早上送快件的过程，你吃完了午饭，看着师父又给你装了一车快件。

于是你开始送下午的快件。

你先找出肖鹤云的那份快件，打了几通电话，发现没人接后，给自己上了个闹铃，每隔一个小时打一次。

然后你等到快两点给秦柔柔打了个电话。

确认对方在家后，在她家单元楼下坐了半个小时等她睡醒的你，扛起那袋猫砂，给秦柔柔送上了门。

你在门外送了猫砂，没有进去，叮嘱她不要穿着睡衣随便给陌生人开门后又回到了楼下，继续坐在花坛上等。

你看到那个空调工进了单元门。

你尾随着他，看着他在 402 的门前站了一会儿，突然上了五楼，去敲502 的门。

去过秦柔柔家阳台的你，知道那是为什么。

她家的阳台外晾晒着许多属于女人的轻薄衣物，每一件的颜色和样式都精致可爱……可并没有属于男人的。

秦柔柔没有开门，你见到空调工一下子耳朵贴门，一下子想掏工具，心里升起一股无名火，三两步蹿上前，勒住这个空调工的脖子，将他扯了下去。

他剧烈挣扎着，从监狱里养出来的反抗本能使他攻击着你。

可你毕竟比他年轻、比他更有力气，也接受过相关的训练，所以在楼道里，你结结实实地揍了他一顿。

"鼠老三，刚从牢里放出来就不老实？"

你一脚踩住他试图从包里翻出锤子的手，居高临下地看着他。

"你要再敢摸上五楼的门，我见你一次揍你一次！我知道你家在哪儿，也知道介绍你工作的老刘在哪里，你要敢做什么，我不会放过你……"

上次在派出所里，你大概知道了这个空调工的身份和来历。

你看着对方又惊恐又诧异的表情，冷笑着吓唬他。

"反正像你这样的人，死在哪里，也没人在乎，对吧？"

对方被吓得涕泪交流地跑了，发誓不会再来这个小区。

你知道对方只是暂时被吓到，时间久了，还是会产生犯罪的念头。

这样的人，根本就是心理有病，没治好之前，就不该被放出来。

所以你打了个电话报警，告诉警方你看到有人在别人门前有撬锁的意图，你告知警方你制止了对方的行为，并从争执中知道了那个空调工的姓名。

警方回复你会去需要修空调的那家看看，顺便调查下空调工登记的身份。

从秦柔柔家出来，你又拿起手机，添加了那个被出轨女人的微信，申请信息里填上你看见了她丈夫和一个年轻男人交往亲密，然后就没有再管。

再路过彩票站时，你在门口停了一会儿，最后选择掉头离去。

你保持一个小时打一次那个肖鹤云的电话，但一直还是联系不到对方。

你摇头叹了口气，把肖鹤云的快件和其他那些送不到的快件放在一起，不再试图去联系它们的主人。

送完快件，回到快递点，你汇报了今天的工作，让组长登记。做完一切手续，你下了班。

今天，你不想回潮湿昏暗的地下室睡。

看了看账户里的余额，你选择去了单位附近的一家五星级酒店，花了一千多块钱订了一晚房间。

也许是看你穿着经常给他们送快件的那家公司的制服，也许是因为今天并非节假日空房有多余，前台的小姐姐免费帮你升级了房型。

你只花了一个普通房的钱就住上了视野特别好的行政豪华房。

你从来没有住过这么好的房间，连厕所都比你住的地下室大。

你也根本不用带任何洗漱用品进来，酒店里准备好了你要用到的一切……

也许还包括用不到的。

捏着浴缸旁边摆放的润肤乳和化妆棉之类的东西，你默默地想。

躺在浴缸里，你从可以俯瞰整个城市的落地窗往外眺望，窗外的车水马龙、灯红酒绿都让你觉得分外地不真实。

反正像你这样的人，死在哪里，也没人在乎，对吧？

你想到你今天揍那个空调工时说的话。

其实，这些话又何尝不是在说你自己？

你在很努力地生活，很努力地在这个城市扎根，你关心身边的每一个人，努力改变其他人的命运……

但没有人在乎，也没有人会注意到你。

为了摆脱突如其来的低落情绪，你从浴缸里起身，吹吹空调的冷风清醒了一下，然后才披上浴袍，赤脚踩在客房柔软的地毯上，开始在这个套间里进行"探索"。

一开始你还觉得新鲜，一下子看看酒店免费的电视节目，一下子开开冰箱看看里面那些价格让人咋舌的付费食品。

翻开酒店送餐服务的菜单，你看着上面的价格目瞪口呆，然后生出了一个念头：

你觉得自己要是以后不送快件了，可以选择在五星级酒店比较多的片区去送外卖。

你开始好奇五星级酒店的阳春面和你妈下的面有什么区别。

于是你打了个电话，要了个送餐服务。

事实证明，五星级酒店的阳春面和你妈做的面没有什么区别，除你妈做的面分量比酒店的更足以外……

最初的新鲜感一点点过去，你看着空荡荡的房间，觉得索然无味。

房间再大，陈设再豪华，没有家人陪伴，也只是个让人睡得舒服点的空壳。

失去了家人又卖掉了老家房子的你，已经没有家了。

你突然觉得一个人住这样的酒店实在太浪费。

你生出一股强烈的愿望，想要和什么人聊聊天，一起分享你这次低落后的"冲动消费"。

此时，你有两个人选。

你是试试联系一下秦柔柔……还是去路边找一找那个无家可归的流浪老人？

（11）

你作为一个男人，花前月下、良辰美景，自然是希望有红袖添香的，但看一看现在的时间，你直接放弃了这个想法。

晚上八点多打电话叫一个女人来五星级酒店"彻夜长谈"，这是人干的事？

你想起了那个在街边流浪的老人。

你知道他住的桥洞被整治了，他没地方可去，那今晚他又该在哪里歇脚？

还有昨天他在医院里说的那些话……

你觉得这样胡思乱想今晚不可能睡得着，于是你穿上外套，带上房卡，走出了酒店的大门。

你快步走向老人白天逗留的位置，你不确定他还会不会留在那里。

那不是个可以休息的地方。

你匆匆忙忙地穿过几条马路，正准备穿过最后一条马路去寻找老人，就看见那个流浪老人站起了身子，往你这条路走过来。

"老人家，红灯了！"

路边红灯亮起，你焦急地看着毫无知觉般往这边走的老人，急得直叫唤。

只见老人走得好好的，被你的叫声一吓，竟突然身子一晃，就这么在马路中央摔倒了。

你看着他趴在地上不再动弹，又想起之前发生在老人身上的事，再也顾不得什么不能闯红灯这样的规定，一个箭步冲了上去，弯腰抱起流浪老人就往前面跑。

你刚刚抱着老人跑离原地，就听得耳边响起一阵刺耳的刹车声。

惊魂未定的车主从车上下来，担心地问你们有没有被他的车碰到擦到，在发觉你们都没事后，才擦着冷汗一脸庆幸地把车开走。

目睹了这一切的路人们纷纷围了上来，夸奖你勇于救人的义举，唯有老人像是被吓坏了，怔怔地站在你的背后出神。

等人群散去，你转过身，拉起老人的手脚检查有没有问题。

"小伙子，你不该救我的。"枯瘦的老人叹了口气，"我刚刚是自己不想起来的。"

"您说什么？"

你怔住了，半天回不过神。

你和老人的相逢，每一次都是在清晨，唯一一次在夜晚，还是在医院里。

除了那一次，你从没有关注过这个老人晚上是在哪儿，有没有继续坚强地生活下去。

难道说，昨天老人会在路中央摔倒爬不起来，根本就不是因为低血糖而饿晕了，而是和今天一样，本来就存着死志？

"你说我这样的人，活着有什么用？根本就是浪费时间。"老人坐在路边一脸麻木，神色晦暗，"你让我自己去奔个痛快，也许还是种解脱。"

你看老人情绪严重不对，就这么放着他不管还不知道会发生什么事情，便强硬地带着他回了那家五星级酒店。

已经没有求生意志的老人像个傀儡般随你拉扯，似乎去哪里都已经无所谓，这让拉着衣衫褴褛的老人往酒店里走的你看起来很可疑。

于是一个穿着制服的快递小哥，一个落魄的流浪汉，一齐在门口被酒店的保安拦下了。

无论你怎么解释你是这家酒店的客人，而带老人来是因为看出他有求死的心想让他换个心情，酒店的安全管理人员都不同意你们进去。

你带着流浪老人，站在灯火辉煌的酒店大堂外，明明向前一步就是四季如春的地方，你却只感到刺骨的寒冷。

你挥舞着房卡，却没有起到任何作用。

好几个保安像驱赶骚扰客人的乞丐那样围住你们，他们以你们会影响到其他客人的体验与酒店的格调为由，让你们换家酒店，并愿意给你一定的补偿，只希望你能退房。

你接受着出入客人们的指指点点和好奇的视线，感觉自己正在被他们冷漠的目光一遍又一遍地凌迟。

流浪老人却似乎早就猜到了会这样，此时并没有任何屈辱的表情，反倒嘿嘿地笑了起来，看起来越发显得精神不太正常。

他们不允许你进去，你带着一个老人也不想节外生枝，最后只得不甘地选择了他们的方案，被迫退了房。

保安部的负责人从前台拿来了两千块钱，用一脸你占了大便宜的表情塞给你，告诉你那是你被退回的房费和他们给的违约金。

你搀扶着老人走出了这家酒店。

"想开点，不是还白得了好几百块钱吗？"离开酒店，老人还在安慰你，"这世道，光有钱也不是什么都行的，就算你中了彩票身怀巨款，人们更看重的，还是你身上披着的这张皮。以后这种事，你会遇到很多。"

一瞬间，你以为你听错了。

等确定听到的是"彩票"两个字，你毛骨悚然，难以置信地看向他。

以为老人家知道发生在你身上的奇异事情，你心跳如雷，哪里还顾得上什么悲愤和不甘？你拉过老人的手，奢侈地打了个车，直接把他带到了你租住的地下室里。

一路上，老人家逆来顺受，对你也没有任何好奇，直到坐在你那张简易床上时，他都没有再说出什么话来。

直到你烧开了水，给他端上了一碗被泡得热腾腾的方便面。

没有辣椒的红烧牛肉面，里面加了一根火腿肠，焖面的盖子打开时，逼仄的房间里满室生香。

人类最基本的生理需求最终战胜了一切，老人接过面，只犹豫了一会儿就开始狼吞虎咽起来。

一碗热面下了肚，老人整个人像是活了过来，连麻木的脸庞都重新染上了光彩。

"谢谢你。"

他好似终于被启动的机器，突然有了其他模式。

"是我连累你这么好的小伙子陪我一起受罪，还遭人白眼。"

"不是你的错，是那些人有问题。"你担心老人家一个想不开又去自寻死路，连忙劝慰，"我受点委屈不打紧，哪有人一辈子都不会受委屈的？"

老人看着你，欲言又止，最后只是叹了口气。

你见气氛正好，顺势问出了彩票的事。

除此之外，你还一直在意着昨天晚上他抓着你的手说的话是什么意思，只是现在并不适合问这个。

听到"彩票"两个字，老人打量了一下你，觉得你目光清澈不像是个坏人，突然笑了起来。

"说了你也许不会相信，其实我也是中过彩票的。"

你像个正准备听故事的孩子，适时地给他递上了一杯热水。

于是老人捧着温热的杯子，开始说起了属于他的故事。

很多很多年前，老人还是个青年时，顶替了父亲的工作，到了某厂上班，端上了当时的铁饭碗。

但老人是个很讨厌机械工作的人，从小就厌恶一成不变的事情，所以无论是学习还是工作，只要一坐下来机械地重复做一件事，就受不了。在学校时他常常因为这个和老师顶撞，到了厂里也和领导与同事处不好关系，受尽了旁人的热嘲冷讽。

可当年那个年代远没有现在这么开放，除了在工厂上班和在田地里耕作，就没有什么能活命的正经营生，做个"个体户"那时候还是让全家蒙羞的事，要做生意也只能在见不得人的黑市里折腾。

老人受不了在工厂里跟机器人一样日复一日地工作，天天偷懒，最终被工厂开除了。

当年，被开除就等于背上了"污点"，再也没有什么正经单位会要他，也不会有好女人愿意嫁给他，还是青年的老人半是迫于无奈半是感兴趣地开始偷偷摸摸在黑市里鼓捣"走私夹带"的生意，最终被稽查队抓住，关了好多年。

等他被放出来时，时代已经发生了变化，他也从青年成了中年，和大多数因为飞速的时代变化而迷茫的普通人一样，他不知道自己能干什么，只能浑浑噩噩地过日子。

被开除过，又坐过牢，还没有钱，像他这样的人当然得不到任何姑娘的青睐，连家人也不待见他，渐渐地疏远他，唯有当年一个看着他长大的堂伯可怜他，让他在自己的单位帮忙，每次单位有货要卸的时候就把他叫来，他就负责给工厂卸货，赚点力气钱。

原本这样的工作虽然辛苦，却也有被工厂看上长期合作的可能，除了没有正式岗位，赚得和普通工人也没有什么区别，可是发生了一件事，让已经是中年的老人辜负了堂伯的一片苦心。

当年非常流行那种"全民彩票"，两块钱三块钱刮一张，奖品小到脸盆牙膏，大到洗衣机、窗式空调、桑塔纳轿车，都有。

许多疯狂的人拿出全部的积蓄抱着一盒又一盒的彩票，就坐在展示着桑塔纳轿车的舞台下一张张刮，却最终只能刮出一堆脸盆牙膏，然后破口大骂地离开。

但老人就非常幸运，他拿出所有的积蓄赌了一把，竟然真中了一部桑塔纳轿车。

中了桑塔纳后的那段日子，对他来说就像一场疯狂的大梦。

该看不起他的人不会因为他中了一部桑塔纳就看得起他，会被吸引来的都是各怀异心的小人。

唯一对他好的堂伯，苦口婆心地劝他不要把桑塔纳卖了，去考个驾照，拿着这车去当个出租车司机，或者给有钱人当司机，学会一门手艺。

做出租车司机最大的门槛就是车，他已经得到了车，只要有张驾照，这辈子都不愁吃穿，堂伯甚至愿意借他一笔考驾照的钱。

可是他那时已经被"中大奖"的好事冲昏了头脑，再加上旁边有各种各样的人蛊惑和撺掇，他最终还是把车卖了。

不但把车卖了，他还听了那些人的鬼话，觉得堂伯不让他卖车就是不想他过好日子，想他一辈子给别人打工。

在"万元户"就已经是富人的那个年代，桑塔纳不是用钱就能买到的，多的是花十几万要买车的人，他高价把车卖了，得了一大笔钱，却完全没有计划和目的。

老天爷眷顾他，给了他一次改变人生的机会，可他拿到那笔钱后，整天花天酒地，按照当年那种物价水平，身怀十几万的人看什么都像便宜得不要钱。他开始被一群酒肉朋友围绕，一下子吃吃喝喝，一下子又被劝着做各种生意，最后更是被人带去学会了赌博……

在这种情况下，他被富贵冲昏了头脑，跟那位堂伯渐渐离心，他的堂伯恨铁不成钢，最终也只能对他敬而远之，不再与他来往了。

而他，手握着十几万的"巨款"，看到什么都想买、都想试一试，最后只换成了一堆当年也许值钱，后来却一文不值的废品。

他在狐朋狗友的撺掇下各种"创业"，做什么赔什么，最后钱都被别人弄了去。

赌博也从小赌变成大赌，大赌变成被人设局，十几万巨款，没有两年的工夫，就被他挥霍得干干净净。

没了钱以后，他以前的朋友一哄而散，真心待他的朋友一个都没有，还都把他当成冤大头和糊涂蛋。

当年看不起他的人，他中奖以后都看不起他，他腐化堕落后就越发看不起他了。

此时他已经人到中年，一事无成，偏偏又过了两年纸醉金迷的生活，什么都尝试过了，再也受不了过普通的日子，心理落差太大，又眼高手低，几年过去，精神也出现了问题。

他依然受不了一成不变的生活，一直靠着在各地做零工为生，年轻时还能卖力气，到老了就无以为生，偶尔拾荒能拾到一点东西就吃一点，拾不到就饿着，身体也每况愈下，全身是病。

你今天遇到他时，他一直栖身的桥洞没了，早上你虽然给了他一袋煎饼，可到了晚上他早就饿得不行，连路都走不动了，寻死都做不到。

他想到自己的一生最后落到这个下场全是咎由自取，又想着反正迟早不是病死就是饿死，不如早点死了算了……

于是在摔倒后，他失去了求生的意志，干脆就躺在那里不起来了。

你没想到他摔倒后"晕倒"还有这样的原因，心情十分复杂，不知道该说什么。

老人的精神状况确实不太好，他将当年的事情说得颠三倒四，有些不知是他幻想的还是做的梦，反复说了好多回。

譬如说他堂伯劝他考驾照的那件事，他一下子说他答应了，一下子又说他没答应，还有一次说他答应了去考驾照，可是觉得学东西没意思就又去卖车了，说出的话前后颠倒、不符合逻辑。

如果是一般人听到了，肯定觉得这老人是个老疯子，疯子已经分不清梦境和现实。

可你不一样，你经历过好几次的"循环"，听见什么类似的事情都会往上面想。

你开始怀疑老人年轻时是不是遇见过一样的事情，只是性格原因，实在受不了开车的枯燥，才在结束"循环"的那一刻还是选择了卖车。

这样的猜测，让你对今后的选择更加慎重了，因为如果老人的"疯言疯语"是真的，你一个错误的决定，很可能让自己的一生也陷入和他一样的噩梦里去。

半是试探，半是真心求教，你把发生在你身上的事情说给老人听了，虚心求教自己该怎么办。

"别想东想西，你不像我，干不了活，老发生一样的事情就烦躁得要死。"

老人的精神很差，身体更是虚弱，人精神一放松，又吃饱了肚子，靠在床头就昏昏欲睡。

"等第一天的快件都送完了，一天就结束了，然后开始送第二天的快件……"

听到你像是神经病一样的言论，他却好似听着什么稀松平常的事情，半梦半醒地说着。

这听起来还是跟疯子说的话没两样。

你本来就是在送快件，也本来就是送了一天的快件，第二天还在继续送……

等等！

你身子一震。

老人家说的是"把快件都送完了"。

所以重点不是你怎么选择，而是要送完手里所有的快件吗？

你摇了摇老人，还想多问一点，可对方已经躺在你的床上鼾声如雷，怎么喊也喊不醒。

你表情复杂地把他扶到了床上躺好，给他盖上被子，在床尾搭了个板凳，想着老人给出的答案，和衣而卧。

第二天，你再次清醒，第一件事就是去看床上。

昨夜被你搀回来的流浪老人已经消失得无影无踪，你也丝毫找不到他存在的依据，仿佛昨晚你经历的一切都只是一场梦。

你茫然地坐起身，看着放在远处的板凳，还有盖在自己身上的被子，竟生出一种不知今夕是何夕之感。

但下一刻，你看到挂在墙上的制服时，眼神渐渐坚定。

反正也没有别的办法了，你不如就按老人说的试一试。

今天开始，你一定要把所有的快件全部送完！

（12）

这一次，你决定什么都不改变，和你第一天正式上班那样，接收所有分配在手里的快件，不贪多也不偷懒。

你踩着上班的点进了公司，不出所料，你的师父已经把你今天早上要送的快件分拣出来了，用小车堆在你的车子下面。

你走完了所有的流程，拉走了你今早该送的快件。

你买了足够吃一天的食物，先去了流浪老人蜷缩着的街角，把你准备的食物给他，又塞给他两百块钱。

离开那个街角后，你在网上搜了下本市流浪人员救助站的电话，告诉他们在这里流浪的这个老人无家可归且有轻生念头，然后就去工作了。

等你再路过这个路口时，正好看到流浪人员救助站的工作人员接走了老人。

你在网上看过了，那里有心理辅导员、社工、志愿者，有他们的帮助，也许老人的求死之心会被改变。

接下来的时间里，为了空出足够找到所有疑难快件的时间，你送快件的速度特别快，你上下楼的时候都用跑的，打电话也不跟别人多啰唆，叫你上楼就上楼，叫你等一等就等一等。

只有一点你不同意，就是让你第二天送的。

对于那些有人不在家希望你第二天送的，你都请对方给一个能签收的地址，可以是朋友家，也可以是楼下靠谱的小店，你不介意再多送一趟或送远一点，只求对方能够有办法接收快件。

快递员重视自己的快件是一件好事，绝大部分人听到你的要求，都告诉了你可以暂时寄存快件的地点或帮忙签收的人，但也有一些完全没办法解决的。

"我刚换工作来这里，没亲戚也没朋友，我没地方寄存。"一个小伙子在电话里对你说，"送单位也不行，我那是培训机构，单位今天不上班。"

面对这样的快件，你头疼不已。

"你就没什么处得好的同事吗？"你想到了自己的师父，提醒他，"能麻烦同事代签一下吗？我可以送到你同事那儿去。"

"可是我才上班没多久啊，怎么好麻烦别人？"

一般人听到你这样的建议，肯定是要反问为什么非要今天送到了，但这个小伙子只是迟疑着，明显不是什么性格强势的人。

"同事之间相处，就是你麻烦我，我麻烦你，算得那么清，永远没办法融入进去啊。"你听得着急，开始传授你在军营里和战友们打成一片的宝贵经验，"你看，你刚上班，不好意思请人吃饭、不好意思和人聊天，但是别人帮你代收过一次快件，你们之间就有了谈资，也有了交情。你欠了人家人情，你得还回去，这就有了来往，人和人之间就是这么熟悉起来的，怎么能怕麻烦呢？你就没什么特别想接触一下的同事吗？这就是个好机会啊！"

对方听着你一本正经地胡说八道，居然真被绕了进去，一愣一愣的，扭捏着吐出了一个女生的名字。

"那……那我给我同事打个电话，你等我一会儿，我确定了给你回个电话。"

说服了一个，你舒出了一口气，继续去送下一家。

你揣着棒棒糖给蒸包子的人家送去了快件，顺便哄了下别人家的大胖小子，还谢绝了女主人的大包子，你确实没时间吃。

你口袋里塞着一个大塑料袋，爬上了之前给你差评的那户人家，不用别人吩咐，你就抢先用自带的大塑料袋兜住了垃圾，大步流星地下了楼。

丢完垃圾你才发现对方不但给了你长达一百字的好评，把你的颜值和服务夸上了天，还给你发了五块五的"汽水钱"。

你莞尔一笑，发现这个人也挺有意思。

刚走出去没两步，那个性子软和的客户打来了电话，语气激动地告诉你那个女同事愿意帮忙代签快件，并用短信给你发出了她的地址和手机号码，请你再送一次。

你看这个女同事住的地方正好和你下面要送的人家是一个方向，便一口答应下来。送上门的时候，对方好奇地问了你一句，是不是那个小伙子主动提出请自己帮忙代签的。

你照实说了是你建议的，小伙子挺腼腆，还怕麻烦别人。

女孩子松了口气，爽快地签完了快件，顺手还发出了几件快件请你寄出去，让你又赚了点外快。

你按照这个办法，解决了之前大部分没人收件的快件，虽然有些要绕路有些要多跑一趟，但看着快件一点点变少，你心里也越来越轻松，仿佛已经看到自己从这个不知道还要循环多少次的"循环"里挣脱出去。

到了中午，你接到了师父让你回去的电话。你开开心心地开着没剩多少快件的快递车回到了快递点。

你的师父打开你的快递车后吃了一惊，震惊于你的签收率，然后除了你该送的部分，又欣慰地给你多装了一点。

"今天你运气这么好啊？那就多干一点！"

你："……"

吃完午饭，你筷子一丢，就开着你装得满满的快递车踏上了工作的道路。

你拿出那封被你当作"疑难杂件"的肖先生的快件，再次设置上闹铃，开始送起了你下午的快件。

你看了下时间，现在秦柔柔应该还没睡觉，你提前送了她家的快件，并且再三叮嘱她千万不要随便开门，也不要把贴身衣物晒在阳台外面，独居在家的年轻女士应该注意安全。

在她半是惊恐半是狐疑的表情中，你帮她放好了快件，随手摸了把在你脚边蹭来蹭去的猫，帮她关上了门。

你又跑到楼下，敲门问楼下的空调外机是不是需要清洗，在得到对方肯定的答复后，你拿出在路上找的一家正规家电修理清洗店的名片，递给了房东，告诉他现在很多在外"打游击"的空调工和管道疏通工都不靠谱，可以考虑下这家正规的家电维修店。

然后你离开了这个小区，继续去送其他人家的快件。

一切都看似很顺利，你按照这个效率送下去，也许今天把所有的快件都送完也不是不可能的事情。

你的快递车开到一户老旧小区的单元楼下。

这些多出来的快件你并不熟悉，是你师父中午硬塞给你的，所以这个小区你也是第一次来。你拿着分拣出来的几份快件，茫然地站在几栋楼的前面分辨东南西北和栋号。

"哎哟，那是谁家的孩子？家里大人呢？"

你听到有人在家里对着对面楼喊，你下意识地抬头张望了下……

于是你发现有一户人家的小孩脑袋从四楼防盗网的小窗口里伸了出来。

见到这个情况，你吓了一跳，立刻丢下手里的快件就往前跑，险而又险地接住了刚刚从楼上跌下来的小孩。

接住小孩的那一刻，你的双臂感觉像是被一记大锤砸中了似的，疼痛使你的五官都扭曲了。

你曾经受过的训练让你下意识地抱着小孩往后滚了一个半圈，卸力的同时也把孩子抱在了你的怀里。

可是你的手臂已经疼到举不起来，腰似乎也扭到了。毕竟是突发事件，不是常规训练，你没有办法及时调整姿势。

之前那个在窗口张望的人家以为你被小孩子砸死了，吓得对你大声招呼，又赶紧在窗口打 120 急救电话。

你已经疼得满头大汗，你怀里调皮的小孩还在胡乱挣扎，你没有办法阻止他，只能眼睁睁地看着他踩着你可能已经断了的手臂想要站起来。

混乱中，你被小孩踩得一声惨叫，终于痛晕了过去。

一个多小时后，你在医院里醒来，旁边站着的是你的师父和一位你不认识的老人家。

看到你醒了，两人都很激动，让你不要乱动，因为你的双臂都骨折了。

"我还要送快件……"

你醒来后，挣扎着要起身做的第一件事就是送快件。

"送什么快件？医生说你要恢复不好以后两只手臂都会留下毛病，给我好好歇着！"

师父一把按住你的脑袋，用力把你压了回去。

"那……那我的快件呢……"

你心心念念着你那些没送掉的快件，急得脸都红了。

"有没有人送？"

"你出了事，身边就一个工牌，医院和派出所的电话打到公司来了，

301

大家伙儿都急死了，哪里顾得上你的快件？你的车还锁在人家楼下呢！"

你的师父看你一根筋光想着快件，根本不顾自己的手臂会不会留下后遗症，恨铁不成钢地骂你。

"你说你怎么想的？你当你是超人吗？还徒手去接掉下来的孩子！"

"你怎么说话呢？这小伙子可是英雄，救了我的孙子！那掉下来的可是个人，能不救吗？"

听到师父的话，旁边的老人脸都黑了。

"你要关心你们家孩子就看紧点，让小孩一个人玩，你自己睡午觉算什么带孩子？家里有小孩，装了防盗网还开窗，你想什么呢？脱裤子放屁吗？"你的师父已经憋了半天，现在终于忍不住了，"你就知道孩子孩子，就你家有孩子？他要出了事，我怎么跟他爸妈交代？"

老奶奶被你师父顶得说不出话，当着你这个恩人的面，也不好再争，只能悻悻地在原地生闷气。

听到师父的话，你这才知道发生了什么事情。

你从来没有跟公司里的同事提过你家的事，自然也没人知道你父母双亡，孑然一身。

但听到师父维护你的话，你的心里还是暖乎乎的，眼眶也有点湿润。

"我当时是下意识的反应，没想那么多的。"你试图缓解气氛，又问那个老奶奶："孩子没事吧？"

得知孩子没事的消息，你松了口气。

也是，孩子从楼上掉下来还蹦跶呢，应该没事。

不过从楼上掉下来都没哭，还在别人身上乱踩的孩子，得胆大且精力充沛成什么样？这样活泼好动又好奇心重的孩子，靠一个年纪这么大的老奶奶带，也确实难了点。

松了口气的同时，你又开始懊悔，因为出了这样的事，今天送快件的时间肯定是被耽误了。

"唉，今天的快件送不了了。"

你抬了抬打了石膏的手臂，感觉到了剧烈的疼痛感，只能摇头叹气。

"你放心，你的误工费我肯定不会让他们家少赔给你！"师父以为你在担心这个，苦口婆心地劝你安心养伤，"你还年轻，不知道后遗症的厉害，一定要好好保养啊！"

"是是是，小伙子好好养病，误工费、医药费、营养费我们家都不会少给的，你可救了一条人命，好好照顾你都是应该的！"

老奶奶也连忙附和。

又过了一会儿，孩子的父母赶了过来，原来小孩的父母是双职工，中午都没办法下班回家，晚上下班也晚，孩子就交给了爷爷奶奶照顾。

但孩子太淘气了，吵得两个老人白天夜里都休息不好，今天中午奶奶没忍住睡了过去，爷爷又在厨房洗碗收拾，就没注意孩子爬上了桌前的防盗网。

偏偏早上家里在防盗网下吊了东西在晒，窗口忘了锁，才出了这么件事。

孩子的爸妈对你千恩万谢，还要包红包给你，被你婉拒了。

毕竟今天的快件肯定是送不成了，明天又要重来，这红包你拿了也收不到，对孩子的爸妈来说却是真的付了出去，你何必给人家加重负担？

你的师父再一次用手戳你的脑袋，恨不得替你把钱收下来。

接下来的半天都是乱糟糟的，一下子是什么记者听到消息过来采访，一下子是本地电视台收到居民提供的线索过来拍摄，你根本无法好好休息，等所有人散去，还没到九点，你就睡了过去。

临睡前，你还关心着那车不知道有没有被运回公司的快件。

第二天一早，你眼睛一睁，立刻就去摸自己的双臂。

谢天谢地，发生在昨天的事情没有给你留下什么阴影，你的双臂也依然活动如常。

你心有余悸地爬起身，第一次从出租屋里翻出一个小笔记本，开始一板一眼地记那些重要的信息。

　　　　流浪老人；

　　　　秦柔柔、空调工；

　　　　被出轨的女乘务员；

　　　　记得丢垃圾；

　　　　下午两点左右小孩要坠楼；

　　　　打肖先生的电话，告诉他下午有快件，别关电话。

你逐条逐条看下来，发现送个快件还会有这么多事发生，而且随着"循环"的次数变多，要管的事情也变得越来越多，你不由得长长叹了口气。

事情有了条理，你心里也不慌了，起了个大早，去了唐阁吃了顿早茶，把你心心念念没吃过的剩下的品种一样吃了一点。

吃完早茶，你打包了特意点了没动过的点心，上班时给了师父。

师父很高兴你给他带了早点，对你越发热情。

你告诉师父第一天单独送快件怕不熟悉，中午就不在公司里吃饭了，装了下午的快件以后在路上解决，实际上却准备去吃点好吃的犒劳自己。

你也不贪心，中午只是想找个好饭店，就点一两个菜，这样既满足了口腹之欲，也不怕第二天结束了"循环"身上没有余钱。

即使"循环"不结束，这样每天点的菜还能不重样，你不会吃厌。

其实你已经开始担心你要陷在"循环"里会不会变成流浪老人那样，开始给自己的"循环"找点乐趣，以免和他一样最后疯了。

开着快递车出门，你在路边给肖鹤云打了个电话。

前几次你每隔一个小时打他一通电话，现在这电话号码你都会背了。

接到你的电话，听说有份快件下午到，这位肖鹤云先生非常警觉。

"下午到的快件为什么你现在就给我打电话？你让我提前付款那你把东西放在哪儿？我怎么能确定下午就有到付件？如果里面的东西有损坏我要怎么索赔？还是东西其实已经坏了，你在用这种方法逃避责任？"

他提出的疑问，嘴笨不会撒谎的你一个都没办法回答。

而现在快件还没被转运中心分拣过来，要等中午转运中心把肖鹤云的快件送过来，你才能被委任派送他的快件，现在也确实拿不出快件去给他送。

但还好，他说了下午不会关机。

"我下午不会关机，等你的电话，如果真有到付件，麻烦你晚点送，我下午出去有点事，要到四点钟才能回来。"

这是你第一次看到了希望的曙光。

你开开心心地把记事本上的未尽事宜一项项解决，中午又去了一家环境很好的餐厅享受了一顿精美的午餐，然后下午抽空去把猫砂送了，敲了小孩子坠楼的那户人家的门提醒他们锁好防盗网。

你把重要事项都做完后，开始努力送走每一份没办法送到的快件。

在你恨不得把别人的电话打爆的架势下，不少快件的主人都选择了让别人帮忙代收，让自己的快件有处可去。

还剩下电话打不通的，你干脆就没打电话，直接上门去敲门，有些有家人在家，又送掉了几户。

此时，你手里就只剩下六七份送不出的快件，你决定不送完不下班。

可是你折腾了整整一天，发现只靠你一个人根本送不完所有的快件。

尤其是那件肖鹤云的快件，他明明早上允诺你不会关机，可电话还是没办法接通。

出于气愤，你下班时违规带走了他的快件，按照上面的地址找到了他家，干脆就坐在了他家门口等候。

他总不能彻夜不归吧？你准备等到他回家。

你在楼道里等了整整一夜，等到你都熬不住靠着墙睡了过去肖鹤云也没有回来。

再次睁开眼睛，你觉得心情非常烦闷。

就只剩一个快件没送出去的挫败感，让你渐渐失去耐心。

而一个人的能力和精力毕竟有限，你开始觉得要靠你一个人在一天时间送掉所有的快件，根本是不可能的事。

你觉得你的情绪状况不太对，如果不调整下自己的状态，精神可能会有问题。

此时，你可以选择：

去找秦柔柔倾诉，或向你的师父求助。

（13）

你的理智告诉你，送快件这事，师父才是内行，你应该找师父帮忙。

可是你的内心却只想找一个能相信你的人吐吐苦水。

从陷入"循环"以来，你将每一天都当作普通的一天度过，救这个、帮那个，偏偏自己却好像毫无着落，也看不到任何希望。

今天认识的人，明天就会把你忘掉；

305

今天救下来的人，明天倒成了你肩上一直扛着的责任。

你不是个感性的人，不知道这股疲惫和失落感来自哪里，不过你知道，性格和你一样务实的师父，肯定也不是个感性的人。

所以你决定鼓起勇气去找秦柔柔聊一聊，看看能不能开拓下思路。

又是一大早出门，你给流浪老人送去了早餐，在街角给流浪人士救助站打了电话，然后随便吃了点早点，去了公司。

师父照例夸奖了你一番，然后亲自为你将快件装了车。

你用最快的速度送完了早上的快件，一直熬到中午时分接到师父电话，才返回快递点接了下午的快件。

吃完午饭，已经快要一点，你提前打过电话，便扛着猫砂，送到了秦柔柔家里。

也许是因为她的职业特殊，她不需要出门，无论你什么时候来，她总是穿着一身睡衣，这让你有点不自在。

这不似前面几次，你之前每次面对她都是因为有紧急状况，像这样明明是两个陌生人，却还要想办法搭上话，你怎么看都觉得奇怪。

你感觉自己有点像看到女孩子穿得单薄又长得好看就想搭讪的人渣。

考虑到你只是个一穷二白的快递员，还可能被人当成癞蛤蟆想吃天鹅肉的人渣，你好几次鼓起勇气想要对她开口，目光都在接触到对方那身玫红色丝绸睡衣时又收了回去，半天张不了嘴。

"你有什么事吗？"

倒是秦柔柔看你送完猫砂却一直不走感到奇怪，皱着眉冷脸问你。

"没什么事……"

你开不了口，想着干脆算了。

就在你拿着签单准备嘱咐她小心陌生人时，她养的猫不知道从哪里跑了出来，两条前腿扑在了你的小腿上，像是要攀爬树干那样往上跳，一边跳还一边喵喵喵地叫着。

"啊，不好意思，皮皮平时很怕人的。"

秦柔柔没想到自家养的猫会把上门的快递员当成猫抓板，吓了一跳，连忙去捞猫。

然而她越捞，猫抓得越紧，连爪子都伸出来了，就算快递公司的制服质量再好，也经不住猫的爪子这么挂着，你觉得自己的小腿像是瞬间被锥子扎了无数下，而且那"锥子"还大有挂在你腿上往上扎的意思。你立马傻了。

这猫一看就是名种猫，你踢又不敢踢，可再爬就要蹿到你的裤腰处了，那可是要害，怎么能给猫挠？

你又气又急，秦柔柔也担心得不得了。你不敢乱动，秦柔柔就在你腿上拉扯，眼见着她试图安抚小猫的手越来越往上，你终于忍不住按住了她的肩头。

"我自己来，我自……自己想办法！"你整张脸都涨红了，磕磕巴巴地说，"真的，你越抓它越疯！"

等秦柔柔回过神来抬头看你时，立刻也察觉到了这个姿势很尴尬，连忙尴尬地往后退了几步，看你蹲下身用特别温柔的声音哄小猫。

最后，小猫皮皮像是个撒娇的小姑娘般躺在了你的怀里，任你抚着它的后背，喉咙里发出舒服的咕噜声。

你救了自己的裤子，也救了自己的下半身，虽然大腿小腿都有点刺痛，但还是松了口气。

"你的腿没事吧？要不要抹点药？"

等你抬起头，却发现秦柔柔也红着脸。

虽然不明白她为什么要红着一张脸，但有了这么一出，你原本的担忧消散了不少，抱着小猫，你犹豫了一下，终于向她开了这个口。

"秦小姐，其实……"

半个小时后。

"所以，是我告诉你，当终于忍受不了的时候，找我来倾诉一下？"

坐在你对面的沙发上，秦柔柔裹着一条羊绒披肩，以一种非常放松的姿态听着你述说你的经历，不时提出几点疑问。

"是的，我也不知道你为什么会相信我，还告诉我这么私密的事情。"

你不解地说。

对陌生人说出小时候的暗恋对象，说起来是有点羞耻的，更别说这件事据说全世界只有她一个人知道。

"你应该是个很好的人吧……"

光是从你干巴巴叙述的那些"循环"里，秦柔柔就已经拼凑出一个既

有责任感，又有上进心的正直形象。

愿意对只有一面之缘，而且还说了这么奇异的故事的人交出善心，秦柔柔肯定那个时间线的自己，一定是对你很有好感。

即使是现在，秦柔柔也生不出戒备的心，反而觉得你这个小哥让人很愿意亲近。

虽然不知道这些话是不是你用来美化自己的，但她选择再一次相信你。

此时你怀里还抱着小猫皮皮，不管你怎么哄，它就是不肯离开。

因为你在和年轻女人近距离相处，又在掏心地说自己的事，紧张和局促使你的手一直放在小猫的背上，不住地抚摸。

你在用这种方式缓解自己过分紧张的心情。

就在这个时候，门被人敲响了。

"啊，应该是那个空调工来了。"

你如梦初醒般站起身，手里还抱着猫。

"我去打发走他。"

秦柔柔挑了挑眉，默不作声地跟在了你的身后。

门被打开，门外果然站着个带着工具的空调工。

见到是个年轻男人抱着猫开的门，空调工愣了一下，下意识地告诉你他走错了，但你已经不耐烦他这样"三番五次"地找机会实施犯罪了，恶狠狠地赶走了他。

扭过头，你见到秦柔柔稍显诧异地看着你。你有些不好意思地抱紧了猫。

"我是不是太凶了？"你担心秦柔柔把你当坏人，"这也是没办法的事，他怀着作恶的念头，不凶点让他害怕，我怕他下次还来。"

"没有没有，我是看你哄猫那么有耐心，没想到你厉害起来也挺让人有安全感的。"

秦柔柔用她那"萝莉音"夸奖着你。

你感觉头皮一麻，脸再一次红了。

此时，秦柔柔已经完全相信了你的话，在更多地了解了一些细节之后，她从屋里抱出一台笔记本，开始和你认真地分析了起来。

"一般来说，会发生这种'循环'，大多是有什么奇特的事情发生在了你的身上，或是杀身之祸，或是什么值得纪念的事情、特殊的日子……"秦柔柔在纸上记着你第一次"循环"的时间，抬起头问你，"你确定你第一天'循环'时，什么奇怪的事情都没在你身上发生吗？"

"没有，就是很寻常的一天，那天是我正式上岗的第一天，但实际上这条路线我已经跟我师父跑了两个月了，很熟悉。"你也曾思考过这个问题，"一直到我送完快件睡一觉起来，我都没发现又过回去了，正常得不能再正常。"

事实上，什么流浪老人、秦柔柔、被出轨的女人，还有掉下楼的孩子，都是送快件之后你自己发现的特殊事件。

但这些人实际上和你一点关系也没有，即使你不去救，也不会让你有什么"杀身之祸"。

"难道'循环'的根源不在你的身上？"秦柔柔不自觉地转着手里的笔，"那事情的开端能是什么？"

"我遇见过一个老人……"

你把流浪老人告诉你的办法说了。

"这也许是一个正确的方向，但你们快递员送快件，要想把快件全部送完，没那么容易吧？"秦柔柔问。

这其实也很容易想象，上百件快件，总有无法联系到人或地址错误等问题造成无法送达的情况，能百分百送到，应该是个艰巨的任务。

"是的。"

你将你最头疼的几个快件说了，其中就包括那个肖鹤云的到付贵重件。

"你说他电话早上还打得通，下午就打不通了？那现在呢？"秦柔柔提醒他，"你现在打一个看看？"

你当着秦柔柔的面拨通了肖鹤云的电话，并按了免提键。

提示音告诉你们他不是关机，而是根本无法接通。

"你第一天有这个件没有？"

秦柔柔突然问。

"有的，第一天就没送到。"

你不知道秦柔柔为什么这么关注这个快件，纳闷地回答。

她转着笔，思索了一下，自言自语着："一个人买了东西，还是贵重

309

东西，一定会一直关注着自己的快件到了哪里，会不会损坏。如果这时候早上有快递员给你打电话告诉你下午会送，你肯定不会关机，以免错过了快件的派送。

"你说他一到下午电话就无法接通，而且你曾守到半夜，发现他还夜不归宿……"

她忍不住拢了下身上的披肩，哆嗦了一下。

"你有没有想过，也许是这个快件的主人在下午出事了？"

屋子里突然一片寂静。

如果是以往，你听到这样的话，肯定不会有这么大的震动，但经历过这么多次"循环"，你见过了太多诡异的事，再也无法把这一件件快件当成一个个普通的物品。

它们或承载着人们的爱恨情仇，或体现着一个人目前的生活状况，没有哪一封快件不是满载着主人的希望被派送出去的。

那些收件人里，有被辜负的妻子，有受到侵害的年轻女人，有无法融入集体唯恐麻烦别人的腼腆白领……

你曾直接或间接地改变过他们的生活或人生轨迹。

既然是这样，也许这个叫作"肖鹤云"的人身上，正在发生着什么让人无法意料的事情？

"那怎么办？你的意思是让我想办法解决这个肖鹤云遇到的麻烦吗？"

半晌后，你愁眉不展。

"我只是个快递员，既不是警察，又不是救世主，我现在到哪里找这个肖鹤云去？"

（14）

你和秦柔柔在网上茫然地搜索了一遍有关肖鹤云的信息，结果却像大海捞针一般，找不到什么切实的信息。

虽然你用你的职务之便可以查到这位肖鹤云先生的住址、电话和身份证信息，却对追踪他的行踪没有任何帮助。

即使你切实救过不少人，但你也没有什么所谓的"救世主"情结，否则你最该拯救的不是什么流浪老人和被侵犯的女人，而是该关注下午一点四十五分发生的公交车事故，全国大大小小那么多起的天灾人祸……你的力量能渺小到什么地步呢？

大概是连想抬头挺胸地踏入一家五星级酒店都不可得的那种程度吧。

"是这样啊……"

秦柔柔作为一个普通女人，自然对"英雄"怀着某种向往的心理。

在听说你对如何拯救一个你根本不认识的人完全摸不着头绪后，秦柔柔脸上第一次出现了茫然的表情。

她开始帮你想办法。

"如果他早上还能接电话的话，你能不能一大早守在他家大门口，等他一出现就把他绑起来，等下午快件到了就给他送过去，逼他签收？"

秦柔柔脑洞大开地问。

"那万一不'循环'了，我不就成了绑架犯吗？"

你惊慌失措地摇头。

"你现在不已经是时间的囚犯了吗？"

秦柔柔摊手。

"我宁愿每天'循环'，也不要去坐牢！"可惜如此文艺的说法无法引起你的共鸣，你的头依然摇得像拨浪鼓。

没办法，她又开始帮你想办法。

"那你能一大早赶去你们快递公司的分拣中心，提早把肖鹤云的快件拿到手，早上就送去吗？"秦柔柔又问。

"拿不到，每个部门都有自己的职责，快件在没有被电脑分配到我们的快递点之前，我们不能主动去要什么快件。"你无奈地回绝了这个提议。

"要不然你提前报警，就说他出了事？"

"那警察问我他出了什么事、在哪里出事的，我怎么说？我也没办法说清楚我怎么知道的，万一真出了事，我被警察当成帮凶抓起来怎么办？

"唉，我干脆认命，就这么'循环'算了！"

问题越讨论越陷入了死胡同，秦柔柔的建议对你也没有什么抛砖引玉的作用，你沮丧地靠在沙发上，闭上了眼睛。

"我觉得你可以尝试一下我的法子，如果你真的撑不住了，被关起来也比一直这么'循环'好。"秦柔柔从你的怀里接过了猫，让你身上的"重担"能轻点。

311

你点点头，决定真到了那一步，也只能不得已试试把肖鹤云绑了，逼着他不出门，下午收你的快件了。

你在秦柔柔这里待了一个多小时，一看时间不早，连忙告辞，继续去送快件。

不管怎么说，你这样认真地倾诉了一番，而且还有人正经八百地为你出谋划策，先别说这主意有没有用，至少你在这个世界上不再是孑然一身，有些事也不再是无人可说。

经过这样的接触，你们对彼此的那一点别扭也散去了大半，竟奇异地有了"一见如故"之感，都把彼此当成了朋友。

"晚上一起吃个饭吧，我晚上随便做点什么。"送你出门时，秦柔柔对你说，"吃完饭后，我们可以一起看看电影。我这里有不少有关你现在这种情况的电影，既然有这么多这个类型的片子，说不定这世界上也有不少人有过和你一样的经历。"

秦柔柔认真建议着："你可以看看这些电影，也许能对你现在的情况有一个参照？"

"好的，谢谢你。"

你答应了她。

有了昨天的经验，接下来的时间里，你努力地将绝大部分的快件送出去了，要不是在秦柔柔那里浪费了一点时间，快件应该送得更快。

但那位肖鹤云的快件还是没有被送走，你却无可奈何。

今天你是不指望结束"循环"了，蹬着三轮车就回了快递点，告诉你师父你下班后有个约会，没办法和他们一起吃饭。

公司里的同事们起着哄，问你是不是有了女朋友。

你结结巴巴地解释只是送快件时认识的一个女孩，并不是女朋友，结果被他们笑话有贼心没贼胆，纷纷来为你加油打气。

无论你怎么解释只是单纯地吃饭，你的同事们都只会嘿嘿笑。你被笑毛了，在公司脱下制服，换了身留在公司里的寻常衣服，红着脸不肯走。

"我不走了！我留下来吃饭！"

"滚吧，小伙子！"

你的师父笑着敲你的头，把你推出了门。

"追女孩要胆大心细，别给我半路又跑回来了！"

你脸红红地去了秦柔柔家，敲了敲门。

"你来啦？还有一个菜就好了，我不会弄什么大菜，都是家常小菜，别嫌弃啊。"她指了指玄关的一双拖鞋，"这是我下午才买的新鞋，你穿这个。"

"哦，好。"

你还没办法做到她那么自来熟，略显受宠若惊地穿上了那双蓝色的小熊拖鞋，跟着她进了屋。

天色已经渐渐黑了，屋子里的灯亮着微黄的光，将屋里的一切都染上了温暖的色彩，也包括人。

此时的秦柔柔已经不再是睡袍吊带裙加羊绒披肩的奇怪穿着，换上一套保守家居服的她显得年轻可爱了许多，也让你没有那么不自在了。

为了做饭，她绾起了头发，从背后看去，你能看见她窈窕的身影和露出的纤长颈项，一切都美丽得像一幅画。

你洗了手出来，看向厨房，竟有一种今夕不知是何夕之感。

你已经记不得有多久没有像现在这样站在光线明亮的房子里看着别人为你做饭了。

在部队里，你吃的是食堂的大锅饭，在公司里，你吃的是公司统一送的盒饭，你一个人住，偶尔吃饭，也只会用简餐甚至方便面打发自己。

要不是经历了"循环"，你可能根本不会踏入那种精致讲究的高级餐厅，去试试那些让你惊叹的美味佳肴。

但即使是高级餐厅里的饭菜，还是和别人为你专门做的饭菜不一样。

秦柔柔端着饭菜出来，看见你靠着门柱看着她，笑着打趣："看什么呢？赶紧洗手吃饭，吃完饭咱们看电影，我平时要做研习，存了一堆电影，下午给你把合适的都找出来了，估计要看一夜。"

她在做研习的时候，也曾和同行一起通宵看电影、做套路，已经习惯了熬夜"做功课"，不过和还不太熟悉的男人一起在家看电影还是第一次。

你如梦初醒，连忙去洗了个手，帮忙盛饭、端盘子。

饭菜确实只是家常小菜，一道虎皮青椒、一道西红柿炒鸡蛋、一道红烧肉，小砂煲里盛着奶白色的玉米排骨汤，一看就色香味俱全。

313

你忙活了一天，本来就饿了，饭菜又特别合口味，你连说话都忘了，闷着头只顾着吃。

食客这样的态度对掌厨的人来说是最大的鼓励，秦柔柔开心地看着你闷头苦吃，怕你客气地只吃菜不吃肉，不时地还夹两口菜给你。

一顿饭吃得肚子圆圆的，你在吃完饭后起了身，帮秦柔柔收拾碗筷和厨房，并把锅和碗全部洗了，擦干净灶台将水沥干，顺手还搓完了所有的抹布。

吃完饭，你们稍微休息了一会儿便一起来到小客厅里，看秦柔柔推荐的电影。

电影有老片，也有新片，有恐怖片，也有悬疑片，还有几部甚至是动作片，让平时不怎么看电影的你大开眼界。

看着电影里的男主角被困住后居然还能趁着这个时间去学习一大堆东西，你叹为观止。

"这不是白得了许多年吗？"你瞪大了眼睛，看着男主角用这一天不停地换女人交往，"这……这不好吧？这不是要流氓吗？"

只有一天时间男主角就有这样的进展，这也太快了吧？

"遇到合适的人，哪怕只认识一天，也不是不可以。"

漆黑的客厅里，大屏幕里时而明时而暗的光线让双方都看不清彼此的脸。

"关键得看什么人。"

秦柔柔倚在小沙发另一边的扶手上，借着昏暗的光线，不露痕迹地扫过你几乎霸占了大半个沙发的长腿，幽幽地说。

"可这个就是个中年发福的大叔啊。"你纳闷地摇头。

秦柔柔有些失望地收回了目光，将注意力继续放在屏幕上。

"如果有一天，你停止了'循环'，恢复了正常的生活，还会来找我吗？"她突然问。

你愣住了，想了一下。

"多半不会吧？"

昏暗的光线遮掩着你的表情，明天什么都不会记得的现实也让你没有说谎的心思，你很轻易地说出了心里的想法。

"我就是个住在破烂地下室的快递员，你这屋子虽然不大，但也看得

314

出处处都精致；听你的谈吐，还有你屋子里堆着的这么多书，你肯定学问也不差，而我高中毕业后就去当兵了……"

这样的你和她，如果不是因为这么诡异的事情相遇，不过就是萍水相逢，一个在屋外站着送快件，一个在屋里签收快件的关系，哪里会有什么深交？

"我们根本就是两个世界里的人。"

"不过，只要还在'循环'，我一定每天都会来救你。"你将她的惆怅当成了担心，斩钉截铁地对她说，"我们现在也算是朋友了，我是绝对不会让你出事的！"

"那你要记得，每天来救我。"

秦柔柔脸上带着笑，眼中有着璀璨的神采。

"嗯，每天都来。"你许下了承诺。

屏幕里的中年男人终于找到了真爱，就在两人真心相拥的那个夜晚，时间悄悄前进到了第二天。

电影在男主角和爱人相拥着醒来的第二天清晨结束了。

看到电影的结束方式，你有些尴尬地缩回了点腿。

注意到你的尴尬，秦柔柔打开了灯，示意两人先休息一会儿，喝点水吃点东西再看下一部电影。

突然大亮的灯光冲散了刚才有点暧昧的氛围，你如释重负地起身喝水、上厕所，再次回到沙发上，开始看下一部电影。

这是一部有关圆梦的电影，主人公在"循环"之后找到了自己内心真正向往的事情，放弃了现在虚假的生活，重新开始追求自己的梦想。

"你呢？你有什么埋在心底的梦想一直没有去做的？"

秦柔柔像是普通闲聊那样和你聊着天。

"我的梦想？"你怔住了。

"是啊，也许跟电影里一样，等你开始完成梦想的时候，'循环'就结束了呢？"看了两部电影，秦柔柔已经有点累了，慵懒地伸了个懒腰，"你想想看？"

已经很多年没有人对你问过有什么梦想这样的问题。

所以你想了好一会儿，才不确定地回答："是……回去继续读书吧？"

"咦？"秦柔柔伸懒腰的动作一顿。

"我家那时候条件不好，我要去上大学，我妈就得再做一份零工，太辛苦了，所以我就主动去当了兵。我那时候不懂，不知道上了大学再去当兵能保留学籍，以后留在部队或者考军官学校也方便，后来懂了，也来不及了……"你不自觉地摸着自己的肩膀，"我现在都二十三了，没办法继续服役了，不过读书应该还是可以的吧？"

话虽这么说，这么大年纪了才重新开始读书，你心里总是有点担心的。

付出的时间、精力和金钱暂且不提，这样工作之余念出来的东西社会认不认可，旁人会不会用异样的眼光看你……

这样的顾虑越来越多，你就始终没有迈出这一步。

"你可以考警校吧？当警察应该和当兵差不多？"秦柔柔说，"我们省的警官学校是招高中的退伍军人的，你年纪又不大，如果通过了考试去读警校，也可以读书啊。去报个辅导班，问问怎么参加警官学校的考试，你这个体格，体能肯定没问题，你还是退伍的，说不定还有加分政策。"

"真的假的？"你不自觉地坐直了身子，完全顾不上电影里在演什么了，"还可以这样吗？"

"你可以试试啊！"秦柔柔见你这么激动，笑着说，"反正你的时间都是白得来的，多问问、多试试没什么问题吧？再说了……你怎么就知道流浪老人和你说的话就是对的？"

她用手指把玩着自己的头发，不经意地瞥了你一眼。

"啊？"

"你看，每部电影离开'循环'的办法都不一样，有的是谈个恋爱找到真爱，有的是找到自己内心真正向往的事，既然送快件这条路现在走不通，你要不要每种办法都试一下？"

秦柔柔对你挑了挑眉："实在都没用再送快件也还来得及嘛，至少你也体验过不一样的人生了啊。"

客厅里的电视机里，男女主角在危险的战场上谈着恋爱；

现实中的你，茫然地面对着新的邀请。

你是根据老人的说法继续送快件，还是尝试秦柔柔的建议每一种方法都试试？

你看完了一夜的电影，说对这样的人生不动心，那肯定是骗人的。

你只是个二十出头的小伙子，又不是什么苦行僧，年轻人该有的热血和希望你还是有的，只是世道太艰难，对你又格外苛刻，让你将那些豪迈全都收起来了而已。

如今被秦柔柔一激起，你的心里也不由得涌起了一股豪气。

人家中年大叔都能苦中作乐，趁着"循环"时好好提升自己，你一个年轻小伙子，又有什么不敢尝试的？

但一想到现实，你又冷静了下来。

"现在我一穷二白，工作不能丢，谁也不知道这破'循环'什么时候结束，所以白天我还是要上班的……"你看着秦柔柔失望的眼神，突然笑了，"不过，下了班，我确实可以尝试下不同的活法。"

秦柔柔非常替你开心，甚至为你出谋划策。

"如果你真的觉得'循环'可以给你很多机会，你也可以故意不送完全部的快件，这样时间就等于白捡的对不对？你可以想开点，假如你本来可以活一百岁，多了这么多'循环'，其实就多活了一点，别总想着自己被困在时间里。"在这一点上，秦柔柔和流浪老人的想法是一样的，"虽然说每天都在经历一样的事情很无聊，但这个世界很大，在你既定生活圈子内的世界还是全新的，你可以一点一点地探索它的边界……"

你完全理解秦柔柔现在的想法，她大概觉得不苦口婆心地劝服你，你一回头就又死心塌地地送快件去了。

但你真的没有这么呆板。

你们一直聊到半夜两点，长久以来的规律生活让你有些熬不住了，频频打瞌睡，秦柔柔倒好像是夜猫子属性，越熬越精神。

最后，你谢绝了她建议你可以在沙发上睡一觉的好意，考虑到孤男寡女同处一室不方便，你打着哈欠，决定回自己的出租屋。

你反复叮嘱秦柔柔注意安全，又让她记得反锁家门，塞着一脑子"循环"类的电影，昏昏沉沉地要出门。

临走前，秦柔柔突然拉住了你。

"嗯？"你看着楼道灯下她欲言又止的脸，以为她还在担心白天的自己，不由得再次承诺，"你放心，我白天肯定来救你，不会让坏人得逞的。"

"不是这个事……"

她犹豫了一会儿，大概觉得你这样的人不说清楚了是听不懂的，终于还是咬了咬下唇，鼓足勇气说了出来。

"如果你想试试谈恋爱那个法子，可以来找我……"

"啊？"

你以为自己睡糊涂了，使劲甩了甩脑袋。

话一旦开了口，她再说出来就容易得多。

"我要求其实不高的，对你也很有好感。我其实挺爱宅在家的，除了工作，每天就闷在家里创作，有时候甚至一个礼拜都出不了一次门，交际全靠手机，购物全靠网购，但是我的心底，其实一直渴望有奇妙的事情发生在我的身上。"

她勇敢地对你吐露着心声。

"如果你愿意的话，我愿意和你共同承担这一切，我相信每个时间线的自己也都会如此。要是你想找个人陪你一起，每天都尝试一下不同的人生，你大胆来敲我家的门……"

这几乎就等于告白或求爱了，这让在感情上还是一片空白的你脑子一蒙，完全说不出话来。

说出这么直白的话大概也已经到了秦柔柔的极限，她见你瞪大了眼睛，脸上一热，再也没说其他话，而是轻轻关上了门，把她的羞涩也一并锁在了门外。

你一路下了楼，走回出租屋后脑子里都还是一团糨糊。

你这是……追到女朋友了吗？

可是你都还没有开始追啊？

不是，你都还没想好要不要追啊？

带着一堆乱七八糟的念头，你迷迷糊糊地睡了过去。

第二天一早，你又开始一项项写你的今日计划，当写到"救下秦柔柔"这项时，你又加上了几条。

救下秦柔柔，并请她晚上下班后一起吃饭。

打听考警官学校的事情。

　　去学习一门技术。

　　你看着写得满满的计划表，用冷水洗了把脸，开始了你新的一天。

　　为了不在"循环"后丢掉工作，你继续认真地履行完所有属于你快递员的工作，但是在工作之余，比如等待别人来拿快件的时候，你会用手机查退伍军人该怎么报考警官学校，要准备哪些材料和资料等。

　　你发现秦柔柔说得没错，本省的警官学校确实招收高中以上学历的退伍军人，而且还有加分政策。

　　你的学籍虽然还在老家，但你是拿到高中毕业证和大学通知书才去参军的，只不过没去大学报到而已，符合本省的招考条件。

　　你兴奋地从网站上摘抄下报名的所有流程，激动得好像发现了另一个世界。

　　你一丝不苟地完成着记在计划里的事情，包括秦柔柔提醒你去尝试的"和她试一试"。

　　值得庆幸的是，接下来连续好多次的"循环"里，每一个秦柔柔都答应了你的邀约，在你下班后打扮得漂漂亮亮地和你约会，在吃饭时了解你身上发生的事情。

　　就如秦柔柔所说的，她是个有好奇心且接受程度很高的人，在知道你身上发生的事情后，她兴致勃勃地和你讨论每一个可能，带你去尝试你自己一个人绝对不会去做的事情。

　　你被她拉进了本市有名的理发店，尝试了各种你根本想不到的发型，最后所有人一致认为还是你本来的寸头最适合你；

　　她兴致勃勃地陪你逛街，为你挑选每一件适合你下班时穿的衣服，虽然第二天这些衣服都会不见，但在这个过程里，你确实知道了自己适合做什么样的打扮、穿什么样的衣服更舒适更得体。

　　就连你觉得最无聊的试衣环节，也因为有人中肯地给你建议而不是推销，变得没那么无趣起来。

　　虽然每次到最后，你总是觉得你被秦柔柔当成了小时候玩的那种换衣服的娃娃，但你的内心依然为有人关心你而感动。

　　每一天，你们都会像普通的情侣那样，在工作之余，用微信来讨论晚

319

上去吃些什么、对方最喜欢吃些什么。

你们搜索那些在各种软件推荐页里的网红餐厅，在尝试后或互相吐槽，或约定下次再聚。

两个都总是独自一人解决晚饭的单身青年，竟通过这种方式迅速了解了彼此。

你们一起打电动、逛游乐园，你陪她去参加朋友的聚会、去电影院看她一直想看的电影，也曾试过什么也不做，就这么兴致勃勃地和她聊一晚上的天。

她陪你去上了培训机构里各种课程的试课，最后你选了计算机操作和汽车驾驶，她选了烘焙和插花园艺。

你开始越来越了解秦柔柔，你对她的好感逐渐加深，而对她而言，见到你的每一天都是新鲜的，她永远对你保持着最大的好奇心和探索欲。

有了约会的对象，你的每一天都变得不一样了，那些日复一日相同的"循环"似乎也变得没有那么难熬。

你开始觉得"循环"也没有什么不好的，你也开始明白为什么会有那么多人喜欢上"谈恋爱"的感觉，因为有人需要你的感觉，实在是太好了。

有一次，你在工作时和她聊微信，甚至差点耽误了去救那个小孩。

也因为那一次，你心有余悸，上班的时候再不去谈情说爱。

因为你也不知道你的明天会不会因为你的爱情而到来，而那些曾经逝去的事情，未必有再来的机会。

但是在十来天与秦柔柔"重新认识"的过程中，你对她的感情日益加深，虽然只有短短的十来天，可互相交心后的你，再也没办法用当初只是"交个朋友"的态度和她相处。

然而对于她来说，你只是一个她刚刚接受的陌生人。

也许她会因为这样那样的原因相信你，可如果这个陌生人一般的"你"总是莫名其妙地对她表现出特别熟悉的态度，还开始做出有些亲密的肢体动作时，她的警惕心和理智依然会占上风。

于是明明"前一天"还是可以直率地和你直呼姓名的人，第二天又客气地喊你"宋先生"；"前一天"你还能和她谈天说地无所不聊，第二天你又要从"自我介绍"开始……

你的人生仿佛变成了那种出现了系统问题的游戏，游戏里的双方都在互相攻略对方的好感，你的好感值已经被对方刷到了快满格，可一旦读档重来，对方又会回到及格线那里，你的好感值却越来越高，永远也得不到"两情相悦"的结局。

　　日益加深却得不到回应的感情让你失去了"平常心"，你惶恐，你开始觉得痛苦，你不想谈恋爱了。

　　所以在你开始"循环"的第二十天，你决定中断这种诡异的关系，哪怕这种美妙的滋味已经让你上瘾，对方也让你难以忘怀。

　　这一天，你悄悄地把猫砂放在她家的门口，并给她发了短信。

　　然后你守在楼梯口，把准备上楼的空调工揍了一顿，凶巴巴地将他赶离了这个小区。

　　可感情是无法被压抑的，你压抑得越狠，你的思念就越深，你看着秦柔柔家的单元楼，内心经过了一番剧烈的挣扎，最后选择一咬牙掉头离开了这里，没有选择再见她。

　　接下来的时间里，你像游魂一样机械式地重复着送快件的工作，也和平时一样，用各种方法让对方一定要来领取。

　　你想用工作来麻痹自己，但没有了下班后的期待，你似乎连工作都没有了以往的干劲。

　　"喂……"

　　你有气无力地打通了一通快件的电话，眼睛瞟向快件单上的名称。

　　"肖鹤云先生吗？你有一个快件到了，你现在在不在家里……"

　　说到一半，你猛地顿住，难以置信地看着手里的那个快件。

　　肖鹤云？

　　现在是下午两点，这个你在下午从来没有打通过的电话，现在却被打通了？

　　激动和震惊让你突然说不出话来。你拿下电话看着通话的状况，脑子里闪过一个念头——也许这就是改变的契机！

　　也许只要你今天把快件送出去了，"循环"就可以终止！

　　"肖先生，你有一个装着贵重物品的包裹到了，我正在进行派送，请问该送到哪里？这是个到付件，你现在在家里吗？方不方便收取？"

　　你用激动的语气打着电话，感觉眼泪都快流下来了。

"啊？什么快件？我不在宿舍，你放在保安室就行了！"

但对方似乎很忙，不愿接你的电话。

你之前已经试过了，这个小区的保安不愿接写着贵重物品的到付快件，哪怕你提出这个到付的钱你先垫着，对方也绝不同意暂时签收，生怕担上责任。

你开始跟这位肖鹤云先生强调这是到付件，最好当面签收，或者送到一个指定的代收点也可以，哪怕远一点你也愿意送。

你一分钟都不想再拖，谁知道下一刻他的电话还能不能打进去？

"那你明天再送可以吗？"

对方告诉你他没有可以签收贵重包裹的朋友，人也不在家里，而且包裹里装着的是他在网上买的二手镜头，必须亲自验货才能签收。

你绝望地提出如果有损失你愿意照价赔偿，可对方根本不给你继续哀求的机会。

"快递师傅，我真的很忙，要不您先解决下其他快件，不行我回头联系您再自己去快递点拿好吧？"

肖鹤云那边语气很急，匆匆说完这一切就挂断了你的电话。

你焦急地重新拨了回去，想要商量其他可以解决的办法，结果对方挂断了你的电话。

你锲而不舍地继续拨打，大有不接电话就把他手机打爆的架势，结果拨了几次后，你发现他把你的手机号码拉黑了！

你"循环"了这么多次，这一次电话打通的经历，是这么多次千篇一律的"循环"里唯一一次和之前不一样的。

你开始坚信，这个快件才是结束这个"循环"的最重要契机。

所以你立刻掉头，向秦柔柔家驶去。

你要告诉她这个好消息，顺便向她借个手机，用她的电话打给肖鹤云，请他无论如何也要接收了你这个快件。

你怀揣着对结束这个枯燥"循环"的期待、对你与秦柔柔美好未来的憧憬，焦急地加快了速度，风驰电掣一般穿过街道。

结果因为你太心急了，失去了以往的谨慎和细心，就在你刚刚开到马路中间时，才发现你不小心闯了红灯。

一辆刚刚冲出路口的越野车和你相撞，你连人带车被撞了出去，头部重重地磕在水泥地上,又被倒下来的快递车再一次砸到了脑袋。

剧烈的头痛伴随着意识模糊向你袭来,你昏了过去。

再睁开眼,你居然又回到了地下室。

你看着镜子里毫发无损的自己,知道你并没有挣脱出"循环",而且因为不小心出了事故,连宝贵的一天都被白白浪费了,什么事情都没有做成。

你不知道那个孩子最后有没有被救下,焦躁和懊悔让你开始像困兽一般在屋子里转着圈,根本没办法冷静。

他明明见到希望却又失去,尚不知道今天是不是迎来曙光的一天……

你已经开始相信送出肖鹤云的快件才是挣脱"循环"的办法,各种外因内因驱使着你让你做出了一个决定。

你决定今天要把肖鹤云困在家里,不让他出去。

(16)

现在的年轻人都睡得晚,尤其住在"程序员一条街"公寓里的年轻人多半是附近科技公司的程序员,加班已经是常事,不加班也要熬到一两点才能睡。

所以你完全不担心清早过去会被肖鹤云撞上。

你没穿制服,换上了一身常服,将制服卷好塞在背包里,看起来像个背着电脑包去上班的普通程序员。

你轻而易举地进了公寓,在入户门旁边等了一会儿,跟着早起晨跑的住户进了楼,坐着电梯上了十三楼。

你上次在肖鹤云家门口蹲了一夜,已经对这边的情况比较了解。

这栋楼一梯两户,但十三楼右边那户人家应该是还没租出去,一晚上都没人回来,也没亮过灯,左边就是肖鹤云住的地方,你摸了门垫底下和电箱里面,没有备用钥匙,说明他是独居,而且性格谨慎,不会留下任何安全隐患。

但这并不代表你就没办法让他不出门了。

你拿出准备好的强力胶,沿着防盗门的门缝将胶水滴了进去,整整围着防盗门的门缝填了一圈,又将胶水滴到了钥匙孔里,将它堵得满满当当。

你琢磨着程序员起床不会太早，如果起床后开门，也是要出门前的事情了。

大多数人开门，推一下门发现打不开，就会查看一下是不是门锁坏了或者保险没开，你将能滴的地方都滴了强力胶，锁眼已经被粘死了，不用特别大的力气很难弄开门。

这房子八成是租的，身为一个普通的租户，不大可能冒着赔偿一大笔钱的风险去暴力破坏这扇防盗门，最大的可能是打电话让物业来修。

一来二去，再加上换门换锁的，说不定就能拖上几个小时，只要拖到中午快件分拣过来，你就能立刻赶过来送快件。

这是你选择的办法，秦柔柔向你建议的绑人之类的提议你也想过，但你总还是要为以后的生活考虑的，无论你的情况多么离奇，秦柔柔能接受你有这样的案底，她的家人未必能接受，所以你必须保证自己是个身家清白的人，才有底气去追求这样的好女孩。

但是你小瞧了肖鹤云这个人。

你做完了这个类似恶作剧一般的坏事后，立刻跑回去上班了，你不想因迟到丢了工作，也不愿错过肖鹤云的包裹。

等你把早上的快件全部送完，好不容易熬到中午拿着快件往肖鹤云家跑时，刚刚走出电梯，电话还没拨，就被赶来的物业保安按倒了。

原来肖鹤云根本就没打电话给物业，而是在看出门缝里被人滴了强力胶后直接打电话给了消防队请他们来破门，顺手又报了个警。

这个公寓楼是有物业的，楼道里没有监控，但电梯里有。

那个时间段到达肖鹤云那层的只有背着大包的你，虽然你以前没有案底一时查不到你，可你这么有针对性地对肖鹤云家"下手"，一定是有目的的，所以警方让物业一直盯着电梯的监控，等你一出现，就立刻先将你控制住，然后等候警方赶来。

消防队过来以后直接卸掉了门框，由于是保安保全不力造成了这个结果，物业也同意换门的费用由他们承担，肖鹤云又打电话让房东过来亲自监督这件事，毕竟是她家的房子，所以从头到尾，肖鹤云就好好地躺在家里打了几个电话，事情就解决了。

到了该出去的时候，他让房东太太监工换门，说回头找她拿钥匙，而后背着包就出门了，根本就没耽搁太长时间。

从头到尾，你连肖鹤云的面都没见着。

得到消息的警方闻讯赶来，将你直接带走了。

他们怀疑你是有意报复，在发现你和肖鹤云并无任何交集后，反复询问你为什么要这么做。

你一口咬定自己只是恶作剧，但你快递员的身份有些敏感，警方担心你有这样的意图会让你以后送快件时有继续"作案"的机会，于是打了电话给你的公司，告知你的组长你可能利用职务之便做出这样的"恶作剧"。

坐在派出所里，你知道这一次你的工作肯定是丢了，而且是以你最不希望的方式丢的。

你只是滴强力胶，并没有造成其他的不良后果，也不算什么恶性事件，所以警方决定行政拘留你五日，并令你赔偿防盗门的钱，一共是两千元。

你乖乖缴完了罚金，老老实实地准备等明天"循环"了再试别的办法，一抬头不经意看到时间已经快下午两点，突然想起来今天的秦柔柔还没救！

于是你连忙请求警方去秦柔柔在的小区，保护一下住在五楼的秦柔柔，并着重告知了那个空调工的出身来历和外貌特征。

"怎么？你这还是团伙作案？"

这样详细的信息让警方再一次怀疑了你。

"你老实交代，是不是你负责弄坏门，你的同伙再乔装成修锁的修门的上门实施入室盗窃或者抢劫？你别以为供出同伙你就没事了，坦白从宽，抗拒从严！"

为了让警方能够重视，你一咬牙，直接认了。

警方立刻出警，火速去了秦柔柔所在的小区，并且在千钧一发之际破门而入，救下了差点被侵犯的秦柔柔，并逮捕了非法入侵他人宅邸实行犯罪的空调工。

但是警察把人抓回来一审，和你之前供认的又完全不符。

对方完全不承认和你认识，也不知道什么强力胶滴门缝的事，只承认自己是见对方家里有单身独居的年轻女人，临时起意实施的犯罪。

你被反复问讯，却又给不出合理的解释，而且到了下午四点左右，你又提出某个小区四点半左右会有儿童从楼上坠落，并告知了那户人家的防盗网特征。

警方根据你提供的线索去了那个小区，果然救下了不慎坠落的小孩，因为提前做好了准备，小孩平安无事，也没人像你那样伤了手臂，可谓是皆大欢喜。

这下，派出所里的警察再看你时，就有些神色莫辨了。

你知道你这一系列的行为很不正常，而且也没办法用合理的理由解释。

如果是个善于机变的人，也许还能用什么"预言"之类的理由扯出点话来，偏偏你嘴太笨，根本编不出什么能唬人的理由，只能沉默不语。

所有的调查都陷入了僵局，你是退伍军人，在军中一直都积极向上，年年都得标兵称号，自主就业以来也没有做错过任何事，除了这个滴强力胶的荒唐举动，警察找不到你和别人同伙犯案的动机和目的。

更别说警察根据你的"线索"，确实还救了两个人。

"你就没有什么其他要交代的吗？"警方大概对你也很好奇，并没有用很强硬的态度逼问你，只是耐心地开导你，"你为什么会知道这些事情呢？"

警察知道空调工入室犯罪还能说你是同谋，小孩子在爷爷奶奶都在家的时候差点坠楼，总不能说也是犯罪团伙谋划的吧？

别说谋算不了，就算谋算得了，犯罪团伙谋算这个有什么好处？

你得知该救的人都被救下后就松了口气，准备消极抵抗，在看守所里熬过一夜，等待明天再来一次的机会。

然而还没等到你被关进去就又来了一个警官找你。

这个来找你的警官长得慈眉善目，不穿那身制服你绝对不会觉得他是警察，跟个老师似的。见到你后，他笑眯眯地在你面前拉了张凳子坐下了。

"我姓张，你可以叫我老张，也可以喊我张警官。"

他一边给你看了他的证件，一边从手机里翻出一张照片，示意你看。

"你看看，认识上面这个男的吗？"

上面是个很清秀斯文的年轻人，戴着一副半框眼镜，虽然是证件照，但是嘴角还是带着一丝笑意，看起来就是那种很好相处的人。

326

虽然不知道一位刑警找你干什么，但你还是配合地看了半天，然后茫然地摇头。

"没有，我不认识这个人。"

"你再想想。"老张语气温和地提醒你，"或者你对这个名字更有印象，比如说……"

他紧紧地看着你脸上的表情。

"肖鹤云？"

你听见这个名字就是一惊，身体轻轻一颤。

如此细微的变化却还是被老张抓住了，他立刻眯起眼。

"你知道这个名字？为什么？你在哪里听过？"

霎时间，刚刚在老张身上的温和气质蓦地一变，似宝刀出鞘，尽显刑警本色。

你被他盯得心里有点发毛，很老实地说："我送过他的快件，知道这个名字。"

"应该不止这些吧？"老张摩挲着手机，"发生在你身上的事情我已经听说了，看起来好像你做的是坏事，但我觉得，保不准你知道些什么，想要做好事，是这样吗？"

你被他盯着，不由自主地点了点头。

"那你能告诉我，为什么你一大早突然去把肖鹤云家的门封了吗？"

随着你配合的态度，老张的态度一下子又温和了起来。

他把凳子拉得离你更近了点，压低了身体，凑到你身边问："你是不是不想让他出门？"

你犹豫了一下，考虑到第二天还是要"循环"的，不怕说真话，于是又点了头。

"你是怎么知道他要出事的？和你之前提醒警方注意空调工和小孩坠楼一样吗？"

老张显得更紧张了，说话时甚至咽了口唾沫。

当然是一样，这么多快件，只有肖鹤云的快件你每天都送不到，肖鹤云下午肯定是出事了。

你继续点头。

"他确实出事了。"

老张握着手机的手在颤抖，眼睛死死地盯着你的表情。

"今天下午一点四十五分，有乘客在本市一辆公交车上发现了炸弹，向警方报了警。我们得到消息赶到现场时，那辆公交车想强行驶上人流量更大的跨江大桥，为了不造成更大的伤亡，我的同事不得不驾车强行逼停这辆公交车……"

他闭了闭眼。

"我的同事，被公交车的爆炸波及，现在人还在医院里。"

即使你猜测到了肖鹤云每天下午都在出事，却怎么也想不到这个肖鹤云会出这样的事，心中骇然极了，不敢置信地回视老张。

"这个叫肖鹤云的小伙子当时就在车上。"

老张见你的表情就知道你也不知道肖鹤云出的是什么事，表情有点失落。

"当时有来往车辆看到车里有人争执，而现场勘测，也发现这个肖鹤云最后和报警人倒在一起，要么是和报警人起了争执，要么就是和报警人一起制服歹徒未果，不幸牺牲……

"我们调查肖鹤云时发现，你在清晨用强力胶粘住了肖鹤云家的门，又封住了门的锁眼，然后离开那里，继续去上班……"

他看着已经魂游天际的你，突然在你耳边重重一喝。

"告诉我，你是不是知道些什么？！"

（17）

你当然什么都不知道。

你只是一个被困在同一天的可怜的普通人，又不是什么先知，怎么可能知道那个肖鹤云下午会发生什么事？

他乘坐的公交车爆炸了这件事，你还是刚刚从警官这里得知的。

联想到你第一次"循环"时看到的公交车与油罐车相撞的事故，你倒吸一口凉气，突然明白了为什么每天下午肖鹤云的快件你都送不到了。

如果那个肖鹤云在一辆终究会出事的公交车上，你又怎么能给一个死人送快件？

刹那间，你心中一片灰暗。

你只是个退伍军人，并不是什么特种兵，拆弹这种事不在你的能力范围之内，你也根本不知道究竟发生了什么事。

　　如果要把这份快件送到才能停止"循环"，那你也许根本就没有停止"循环"的希望。

　　老张当然不会相信什么"先知说"，但他认为你阻止肖鹤云出门，和你让警方去救秦柔柔、去救小孩子一样，有某种必然的联系，他甚至去问讯了那个被抓到的空调工，试图找到你们之间的联系。

　　但无论老张怎么用尽全力去查，也查不到你有涉事的嫌疑和动机，更找不到你和空调工之间有什么联系。

　　他反复问了你许久，发现你真的什么都不知道，只能无功而返。他身上背着调查爆炸案的重任，不能在你这里耽误太久，只能先让其他人继续讯问你，自己则去处理这起爆炸案的相关事宜。

　　你弄坏了别人家的门，原本就要接受治安处罚，再加上肖鹤云这档事，你被关了一天一夜，直接在派出所里度过了"循环"以来最难熬的一夜。

　　再次醒来，你颓废地抹了把脸，站在了洗脸池的镜子前，仔细地打量自己。

　　你有一头削得极短的头发，且浓眉大眼，虽然退出现役一段时间了，皮肤还是在部队时的那种小麦色。你并不属于时下最受追捧的那种"小鲜肉"，只是看起来非常精神。

　　原本，每天清早起床的你，在镜子里看到的确实该是张精神饱满的脸。

　　但现在，你的眼里写满了疲惫。

　　刚开始"循环"时，你心中没有期待，也对一切都不甚了解，所以还能秉持初心，日复一日地送着快件，甚至还觉得有趣。

　　现在的你，心里已经有了牵挂的姑娘，脑子里想着的是既定的目标，你有太多太多想做的事情想和你牵挂的姑娘一起做，而这些事情，都需要你有"明天"。

　　所以你不能选择铤而走险。

　　你思考过，如果直接打电话给警方，能不能制止爆炸案，但你不知道自己能不能取信于警方，又会不会因此被当成同谋或嫌疑犯被抓起来。

你考虑过是不是该上那辆 45 路公交车，想办法制止爆炸案，可被关在公安局一天的你既不知道谁是炸弹的携带者，也不知道车上到底有几个罪犯，根本无从制止。

何况，你不敢赌你死了第二天就能"复活"，万一在制止爆炸案的过程中死了就是真死了，根本没有明天呢？

你开始焦虑、迷茫，内心天人交战，你的道德感和你的理智在相互拉扯，一方告诉你应该设法解救车上的人，一方告诉你应当选择明哲保身，快件送不到最多就是不停地"循环"，但上了车大概率就是死。

因为心里揣着这样的包袱，你出门后的状态可以称得上是"失魂落魄"，买了早点过马路时，还差点被车撞到。

"小伙子，昨天晚上没睡好？"

接过了早点的老人打量了你几眼，一眼看出关键。

"有心事？"

你苦笑着点点头。

"年轻人真好，还有这么多事情可想。不像我，就等着哪天两腿一蹬，早点去天上过好日子。"

他一边啃着煎饼，一边叹气。

"年轻时候有太多该做的事没有做，年纪大了，就只能后悔，但后悔又有什么用呢，时间一去又不会复返……"

"如果时间一去，还会复返呢？"

你喃喃自语。

"老天不会随便给人这种好事的，否则人人都有机会修正自己的错误，那世界就乱了套了。"老爷子撇嘴，"比如我当年不好好工作，我的工作丢了，换了个勤快的人顶上。要是时间倒流，我不辞工了，就该轮到顶我的那个勤快人没工作了，他这一辈子可能就被改了。你说，是不是这个道理？"

你没想到一个流浪半生的落魄老人能说出这样的话来，愣住了。

"谁没想过回到过去呢？哪个都想过。每个人的性格决定了他会走什么样的路，我就是这样的人，就算不在这个坑跌倒了，也会在下个坑跌倒，躲也躲不过，时间重来也没用。老天爷把什么都算好了，路是自己的，人活成什么样都是自己选的，就别瞎折腾了！"

他说着说着，抹起了眼泪。

你一阵沉默，不知该如何回应。

"算了，我脑子不太好，说话颠三倒四的，你别听我的，我都是瞎扯淡！"老爷子抬起头，"你这样的好心人，一定是受上天保佑的，和我不一样。"

你离开了老人，在街角他看不见的地方给救助站打了个电话。

去快递点的路上，你一直在想老人说的话，尤其是那套"如果人人都能修正自己的错误，那世界就乱了套"的理论。

你不知道改变了老人、秦柔柔和小孩子的命运会让世界的哪里乱了套，但你知道，如果你不去救他们，你的良心会"乱了套"。

你到了快递点，接手了今天的工作，然后用最快的速度送起了快件。

你送完了早上的快件后，没有选择回去，而是去敲响了秦柔柔家的门。

"是谁？"

没有提前接到快件电话，秦柔柔对你这个陌生人保持警惕，隔着门问你你的来意。

你内心酸楚，突然觉得就算这么死了，其实也不是一件坏事。

你在开始"循环"时最担心的事情，还是发生了。

"我叫宋卜道，今年二十三岁，十八岁参军，一直在部队服役，今年年初刚来这个城市，现在是一名快递员……"

好感度再次"清零"，秦柔柔对你一无所知，你靠在门框上，低垂着眼介绍着你的来历。

"你叫秦柔柔，S市人，毕业于XX大学，现在的职业是编剧。你最大的爱好就是看电影，电脑里存着上千部电影，最喜欢的电影是《肖申克的救赎》，最喜欢的导演是克里斯托弗 诺兰。家里养着一只叫皮皮的猫，是大学的同学毕业离开这个城市时送给你的……"

门砰的一下被打开了，那道熟悉的身影出现在你的面前，此时此刻，她裹着那条温暖的羊毛披肩，瞪大了眼睛看着你。

你倚着门框的身子一下子站直了。见她眼睛里写满了恐惧，你只能挤出一个还算温和的笑容，声音轻柔地安抚她："你别害怕，我不是什么奇怪的人，这些都是你告诉我的……"

331

你叹了口气。

"不过,是其他时间线的你。"

女孩再一次向你展现了她惊人的包容力,听见这么古怪的话,她既没有立刻关上门报警,也没有把你当成疯子或跟踪狂满眼提防。

"你在说什么?你能说得更清楚点吗?"

她抿了抿唇,带着几分惊疑、几分好奇,追问你。

于是你站在她家门口,把你和她之间发生的故事言简意赅地说了一遍,又将她告诉你的那件有关暗恋的小事说了。

你没有说你和她之间那些让你不停回味的过往。

你没有提你们是怎么从她陪你买衣服变成你帮她提袋的,也没有提那些饕餮盛宴和路边小摊,更没有提今晚月色正好的游乐园,和未来大为可期的培训中心。

你把心里一直在乱动的小鹿摁死,微微低着头,不想让她看到你眼睛里更多的东西。

如果你注定没有明天,又何必让人困扰?

你像是一个朋友来探望另一个朋友那样,讲述着发生在你身上的怪异故事。

听到你说的那件事后,她的脸红了,她往后退了一步。

"行吧,我信了八成,你先进来说话。"

大概是觉得站在门口听一个陌生人讲这样的故事太奇怪了,她再一次放了你进去。

你又一次为她的善良和热心担忧。

如果其他的时间线里没有了你,她还能不能躲过命中注定的一劫呢?

你想了想,突然释然。

要是其他时间线的你都"消失"了,其他送猫砂的快递员也未必会在下午那个时候打电话,也未必会将猫砂送上楼,她说不定反倒避开了一劫。

说到底,她会轻易开门,不过是因为你的允诺而已。

这都是天意。

你闭了闭眼,苦涩地一笑。

"如果你说的是真的,那你今天来找我,是和之前一样吗?"

秦柔柔端来了一杯热牛奶，递给了你。

"你今天是想我陪你吃饭，还是陪你出去逛逛？"

"都不是。"

你接过马克杯，将它捧在手里。

抬起头，你认真地看着她的眼睛，似乎想把它牢牢记住。

"我来，是希望能得到你的帮助。"

"啊？"

秦柔柔有点蒙。

"你会骑电瓶车吗？有驾照吗？"

你突然问。

"嗯？会，会的，也有驾照。"

秦柔柔还在满头雾水的状态里。

"那就好。"

你松了口气，开始解释。

"是这样的，今天下午两点钟，我有件很重要的事情要做，可能会耽误我送快件。除此以外，下午还有一件事，必须有人制止……"

你说了那个从楼上掉下来的小朋友的事情。

"我就一个人，不可能一下子出现在东边，一下子出现在西边，说起来有点不好意思，但是……"你捧着马克杯，赧然地问，"能不能请你下午帮我送个快件，顺便救一下那个小孩子呢？"

听到你的请求，秦柔柔傻了。

"送……送快件？"秦柔柔挠了挠脸，"可以倒是可以，就是我没送过，可能没什么经验，大概送得不好，也许会拖你后腿……"

"没关系的，能送几个送几个，我会把工牌和工作手机留给你。反正每天都会'循环'，今天送得不好，明天我再送就是了。"你用特别诚恳的表情看着她，"还有那个孩子，你可千万别自己接，第一次我接的时候，双手都骨折了，你这么瘦，搞不好被砸得更严重。你提早上楼告诉家里人他在窗台玩不安全就行了，我会告诉你大概的时间。"

"啊？好……好的，那我去换个衣服，跟你拿快件。"

她满脸茫然地进了卧室。

见到她同意了，你松了口气。

333

在和她相处的过程中，你发现她是个行动力极强的人，往往脑子里还没反应过来，身体就已经开始行动了，这一点在和你相处时特别明显，比如你还在说去游乐园，下一刻她票都已经买好了……

所以你只要告诉她你的诉求，得到了她的同意，她马上就会跟着去做。

而且你的目的不是让她送快件，而只是让她离开家里。

爆炸案发生在下午一点四十五分，可那时空调工也刚刚上门。你答应过她，每一次都一定会赶来救她，可这一次恐怕要食言了。

所以，你希望她那时候在一个安全的地方。

你带着换好衣服的她下了楼，告诉她你的任务很重，她又是新人，中午最好不要回去。你打电话告诉师父你中午不回去吃饭了，然后请她在外面吃了个午饭，吃饭时，你告诉了她送快件的流程。

接到师父的电话后，她跟着你的快递车到了公司外，你麻烦她在公司旁边的奶茶店等一会儿，自己回了快递点。

你接到了下午分拣来的包裹，开着快递车去奶茶店接她。

她很聪明，很快就学会了开你的电瓶车，你将一切托付给她，嘱咐她路上注意安全，然后从一堆快件里拿出了肖鹤云的那份快件。

"如果事情顺利，我下午五点会来这个奶茶店和你会合。"你抱着快件，对这个让你心动的姑娘说，"如果事情不顺利我没赶回来，你就把车开去我的快递点，交给我师父，他姓丁。"

"你……要去做什么事？"

秦柔柔心里涌起一阵不安，突然拉住了你的胳膊。

"为什么会回不来？"

"不是什么大事，也是送快件，就是比较远。"

你摇了摇手里的快件箱子。

"我不是猜测要把所有快件送完才能结束'循环'吗？这个快件是最麻烦的一个，每次都送不到，所以这次我专程去送。"

秦柔柔蹙着眉头，将信将疑地松开了手。

毕竟事情再怎么离奇，对她而言你也就是个陌生人，你这样解释了以后，她并不会出于对熟人或朋友的关切再继续追问。

"再见。"

你看着她松开的手，心中突然涌起一阵难过，反倒上前一步，轻轻地抱了下她。

"希望你能过得开心。"

她不太自在地挣扎了一下，你立刻放开了她，转身离开。

你已经和她好好地告了个别。

和秦柔柔分开后，你脱了身上的制服，买了个口罩戴上，然后找了家你知道的报刊亭，付了电话费，用公用电话报了警。

这个报刊亭是你前段时间无意间发现的，亭主是个年纪很大的老人，不但卖报纸书刊，还保留着座机这种已经被逐渐淘汰的设备，提供公用电话、电瓶车快充等便民服务。

你告知了警察下午一点四十五分要发生的那起爆炸案，警方在得知你的消息后非常重视，反复询问其中的细节，可你对爆炸案也不甚了解，说不出个所以然，只能仓皇地挂断了电话。

报刊亭的老人惊慌地看着你，你丢下一元硬币，匆匆离去。

过了这个路口，你上了辆出租车，直奔45路公交车上桥前的最后一个车站。

由于爆炸案的特殊性，警方和媒体都没有披露太多的信息，你在之前的每一次"循环"中，也没有太关心这个新闻，所以现在的你，并不知道发生事故的那辆车具体的车牌号码。

但你知道出事的时间。

下午一点四十五分公交车爆炸时是在桥中央，从桥这头的车站到桥另一头的车站大约需要二十五分钟，你算上上引桥的时间，通过手机地图计算出结果——从上桥前的最后一站到桥中心公交车需要十五到十八分钟，你只要蹲在这里，在下午一点二十五分左右到达这个公交站台的45路公交车，八成就是出事的那辆车。

45路公交车大约十五分钟一班，你蹲在站台上，焦急地张望着由沿江路方向过来的每一辆公交车。

你有两个计划。

第一个计划，是车子到达后，你立刻用最快的速度上车，然后把肖鹤云拉下来。如果他不愿意下，你使用暴力也要把他带下来。

张警官给你看过肖鹤云的照片，他的外貌特征又很明显，你肯定能辨

认出他。

等下了车，你就让他把快件签了，最多挨一顿骂，或者让他打一顿出气。

如果时间来不及，你就准备实施第二个计划，留在车上帮忙。

从张警官口中你得知肖鹤云曾和歹徒起过争执，也试图制止爆炸案，只是他人单力薄，最后不幸牺牲，你思忖着自己好歹是军队里出来的，如果他多了你这个帮手，也许会好一点。

当然，你先得让他把快件签收了。

你紧张又害怕地等着公交车的到来，连怀里抱着的快件盒子，都被你在紧张之下捏弯了边角。

大概是下午一点二十几分时，有一辆符合条件的公交车向着这个方向开了过来。你看了一眼时间，想着这个时间范围内不大可能还有第二辆45路公交车过来，于是抱着快件盒子往公交站台前面疾走了几步。

你准备等公交车一开门，立刻就奔上去。

然而这辆公交车速度快得异乎寻常，根本没有在这个车站停留，就这么从你身边开了过去，更别提开门。

你下意识地追了出去，跟在公交车后狂跑。

隐约间，你看见后排窗户边似乎站着两个人，有一个男人手里拿着什么，用手臂勒着一个女人的脖子，这情形有点像电影里经常出现的挟持人质。

难道那个就是歹徒？

车子越开越快，已经上了引桥，直奔大桥而上，追在后面的你渐渐体力不支，吃了一肚子汽车尾气也没跟上那辆车，累得瘫倒在桥墩旁。

你看着扬长而去的公交车，茫然无措。

（18）

你傻坐在地上，脑子里只有一个念头："那车，怎么就不停呢？"

此前，你对这个事故并不熟悉，所以你不明白在这个过程中，这辆车是本来就没靠站停车过，还是其中发生了什么变故。

然而还未等你回过神来，大桥上的公交车就爆炸了。

轰——

惊天动地的巨响声惊得你连手中的快件都没抱住，一下子将它脱手甩了出去。

大桥，摇摇欲坠。

火光，冲破天幕。

但你却不是最失态的那个人。

正准备上桥的车辆在这声巨响后纷纷紧急刹车，其间不停有车追尾、互相碰撞，还有车想要临时掉头，却被卡在车流之中，进退不得，举步维艰。

有越来越多的司机打开了车门，下车向大桥的方向张望，想了解发生了什么事情。

不时有满身血迹的人捂着头从桥那边的方向狂奔而来，背景则是大桥上空如同沙尘暴一般的铺天盖地的浓烟。

不少好奇的司机和路人迎上前去，将跑出来的人搀扶住，好奇地打听前面发生什么事了。

"有辆公交车爆炸了！"一个脸上扎满了玻璃的大叔惨叫着说，"太可怕了，我车子的玻璃全碎了，扎了我一脸！我怕后面还有爆炸发生，车都不要了，直接跑出来了！"

"有……有辆公交车开到一半突然不开了，把路堵了，我看到有人下车去看情况，刚走到公交车的车门边，就被炸……炸上了天，太惨了！"另一个年轻人抖得像筛子，大概是被那支离破碎的场面吓到，"我的车被堵在里面，我实在害怕，丢了车先走了。"

桥上发生这么大的事故，交通情况只会比桥头这边更混乱，何况谁也不知道爆炸是不是只有一次，人心惶惶之下，选择弃车而逃也是人之常情。

渐渐地，有越来越多的人从跨江大桥的方向跑下来，大部分人并没有受伤，毕竟能先出来的，都是堵在后面的。

但后面那些被人搀着或抬着出来的人，大多形状恐怖。

此时，你的脑子里一片空白。

爆炸产生的轰鸣声还在你耳边嗡嗡作响，伴随着人群中凄厉的呼喊声和痛苦的哀号声，那些之前试图帮忙的豪情壮志，全在这骇人听闻的火光

337

和浓烟前被打击得摇摇欲坠。

你已经有过制止不力就会跟着一起倒霉的心理预期，可即便如此，如今这些血淋淋的现状摆在面前，还是震撼了你的内心。

从未有一刻，你那么清楚地认识到，这起对你来说"每天"都在发生的爆炸案，究竟意味着什么。

如果刚刚你上了车，也许那些支离破碎的肢体中，就有你的一部分。

"有没有人帮忙？这人身上被爆炸物刺穿了！"

有一个高大的青年一直在桥头奔波，双臂衬衫的袖子都被挽到了臂弯处。他不时查看被抬出来的那些人的伤势，似乎像是医生。

目光扫过桥头站着的闲人，他一眼就看到了坐在桥墩边的你，用手一指："那边那个大个子，来帮个忙！这个人要立刻搬出去，这里堵成这样，等下救护车过不来！"

你精神恍惚，持续走神，直到旁边有人拍了拍你的肩。

你抬起头，发现是个长发如瀑的女人。

"那个人喊你呢。"

她示意你看另一边。

"麻烦你也帮帮忙吧！"

听到那人在喊什么，你如梦初醒，连忙奔过去帮忙。

公交车爆炸，造成了整个大桥区域交通的瘫痪，救护车和救火车、警车出动得都特别快，但交通情况太过糟糕，大部分车辆都被堵在了外围，根本无法进来实行救援。

这时候，在那个高大青年的组织下，桥头的司机和路人们一起组成了"临时救援队"，配合着医务人员一起，或抬或背，将那些伤势最为严重的伤者从交通拥堵地带转移了出去。

你就是这个"临时救援队"中的一员。

你年轻、有力气、做事认真细心，还曾随部队参加过多次救援行动，对如何转移伤患有经验。

最重要的是，你既不害怕爆炸现场的惨状，也不嫌弃满身是血的伤患，你的沉着和镇定感染了在场的其他人，使得一起帮忙的人在你的影响下也越来越熟练。

很快，就有人发现，在这么多帮忙的人里，你最吃苦耐劳，也最有用，于是无论是那个高大的青年还是后进入现场进行救援的医疗救助人员，都不停地在"使唤"你。

但你毫无怨言，只想为多救几个人出份力。

忙碌又急切的救助工作冲淡了你对爆炸案的恐惧与担心，你的注意力渐渐从"找肖鹤云""送快件"等事情中分散开来，全心全意地投入到救人上面。

很快，交警接管了这片区域。交警进行交通疏散，救护车和消防车也成功地驶入了桥头范围，你们这些"临时救援队"起到的作用渐渐被"正规军"代替，你终于可以歇一口气。

将最后一个伤者送上救护车，那个高大的青年拍了拍你的肩膀，提醒你不用再搬了，并递给你一瓶矿泉水。

你擦了擦满头的汗，跟着他找了处稍微干净点的地方坐下。你这才发现自己浑身酸痛，一直在用力的腿部更是微微颤抖着。

那个青年也好不到哪里去，浑身都是沾染上的血污。

你们都对身上的脏污熟视无睹，疲累让你们现在只想休息。

"这么大的事故，不知道造成了多大的伤亡。"须眉疏朗的青年靠在墙上，紧皱着眉头，和你寒暄，"听说有人在公交车上安放了炸弹，好像是被车上的乘客发现了，但是没来得及送出来……桥上的人和车太多了。"

他叹息着。

你一言不发，只默默喝水。

你没办法告诉他，来之前你设法报了警。

但不知是时间来不及，还是你给的信息太模糊，事情还是到了无可挽回的这一步。

而你，其实只想送一份快件。

说到快件，你这时才后知后觉地想起来，你要送的那份快件不见了。

爆炸突然发生时，你被剧烈的响声震慑到，快件脱手掉出去了，后来情况很乱，你就顾着救人了，那份快件一直也没记得捡回来。

不过，现在谁还管什么快件不快件呢？

你抹了把脸，苦笑着。

"我看你抬担架的动作非常专业，以前是在医院工作过吗？"

大概是觉得气氛太沉重，那个青年找了个话题。

"没有。不过我以前当过兵，参与过 XX 市的地震救援和 XX 市山洪暴发后的伤员转移。"

你谦虚地道，"专业不敢当，毕竟以前做过类似的事情。"

"那你现在是在当快递员？那也太浪费了吧？"

对方好奇地问。

"能自食其力就行，有什么浪费不浪费的？"

你知道对方是认出了你身上的快件制服，摇着头自嘲。

"有没有兴趣来市医疗急救中心工作？我们那儿工作虽然忙，但待遇还不错，也需要你这样的人才。现在中心正在招聘社会急诊科的后勤人员和医疗辅助人员，没经验也没关系，我们有专门的培训。"

青年打量着身材健壮的你，突然开始挖墙脚。

"啊？"

你蒙了。

"哦，忘了自我介绍，我是医疗急救中心的救护车司机，我叫封锐。"封锐一拍脑门，对你说。

"你是司机？我还以为你是医生！"

你惊讶地瞪大了眼睛。

刚刚这青年分辨伤患伤情级别、进行紧急处理的手法和姿态太过专业，以至你一直以为他是一位刚好休假的医生。

"我以前确实是医生，不过因为一些事情……"他微微愣了一瞬，不过很快就重新精神起来，"我说的工作，你可以考虑一下，我觉得你有潜质也有能力做好这份工作。"

你们聊了一会儿，发现彼此的性格都非常对胃口，这个叫封锐的救护车司机是个开朗幽默的人，现在一离开紧张的氛围，就频频说出有趣的句子，逗笑了你好几次。

"唉，好不容易休假一天，比上班还累。"

说话间，他好像看到了什么，突然站起身。

"回头再联系，我看到了个熟人，先失陪一下。"

你目送着他离开，发现他正走向一个累得直敲胳膊的女交警。

刚刚你和他聊得投机，他硬是拉着你交换了微信和电话号码，还推送给你一堆急救中心的招聘信息。

你不好推却别人的好意，笑嘻嘻地加了他好友，承了别人推荐工作的情，可心里却明白，哪怕你和他今天这么投缘，今天一过，你和这个新交的朋友即使在路上遇到，也只是擦肩而过的路人。

除非你为了交这个朋友，选择去急救中心工作……

甩甩头，你想起秦柔柔陪你去了解的警官学校的事情，将这个念头压了下去。

你惆怅地站起身，才发现天色已经渐渐昏暗，掏出私人手机一看，时间已经六点多了。

你和秦柔柔约好了如果事情顺利，就五点半在奶茶店见面，你把快递车和快件拿回去；

如果事情不顺利，她等到六点没见你回去，就把车开回快递点。

手机上一堆未接来电，有秦柔柔的，也有你师父的。

救人时情况乱糟糟的，声音嘈杂伤患又多，你的手机一直在裤袋里振动干扰了你进行救援，所以你就把手机调到了静音模式。

现在闲下来了，你终于有机会回拨过去。

拨了秦柔柔的电话，电话只响了两声就被接起。

"谢天谢地，你终于接电话了！"秦柔柔的语气里带着几分埋怨，"我听你的话把车开到了快递站，你说的那个师父把我扣下了，非要找到你才放我回去，你到底什么时候来救我？"

"不好意思，实在不好意思！"

你明白这么做的结果很可能是在这个时间线里丢工作，可为了保护秦柔柔的安全和减少公司的损失，你当时不得不选择这么做。

"你别说那么多，快回来啊！看你没回来，我担心死了，一直提心吊胆的，就怕你出什么事！"秦柔柔在电话那头催促，"你吩咐的事情我都做了，那个小区我也去了，孩子没事。"

"臭小子，你赶紧回来，你这又违规又违纪，还带着写着贵重物品的快件在外面跑，组长都要报警了，是我按下来了，你要不给我们一个合适的理由，就等着倒霉吧！"

电话那头，抢过手机的师父对着你大声怒吼。

你答应了立刻回去，然后挂断了电话。

现在这里这个情况，打车是打不到了，好在刚刚一个和你一起抬担架

的好心人开着车从你旁边过，知道你要回公司，热情地让你上了车，送了你回去。

等你回到快递点，气氛糟糕极了。

秦柔柔坐在一张小圆凳上，双手放在膝盖前，局促地看着门口，见你终于回来了，面上露出了喜色。

正在吃饭的同事们见你进来，抬头看了你一眼，没有招呼你一起吃饭，而是重新低下头去大快朵颐。

冷面组长从你进来开始就冷眼看着你，活似你是个品行不端的"逃犯"，而你的师父站在屋角抽着烟，见你回来了，把烟扔到了地上，狠狠地踩了一脚。

"你还知道回来？"他踩灭了烟，表情像是恨不得冲上来揍你，"你真厉害啊，正式上班的第一天，自己跑出去玩，把快件丢给别人送？要丢了件怎么算？路上出了事怎么算？"

你态度诚恳地接受责骂，并表示愿意承担一切后果，哪怕因此被辞掉也没关系。

然而你的态度却激怒了师父。

"这是承担不承担责任的问题吗？你说不干就不干了不起啊？你威胁谁呢？我辛辛苦苦带你两个月，那么看好你，你这是在打我的耳光你知不知道？"

你的师父气结，对你怒目而视。

"还有那份快件呢？去哪儿了？"

"丢了。"你低下头，嗫嚅地说。

那快件确实是丢了，你都不知道丢哪儿去了。

"要么你赔偿客户的所有损失，要么我们就报警。"

冷面组长之前已经查过了那个快件是什么，对你没了容忍之心。

"我们已经联系过寄出快件的客户，那个包裹里是一个九成新的单反镜头，价值一万两千块，他能提供相关票据证明。这个客人选了保价，你要全额赔偿。"

你的脸色一下子白了。

一万两千块，把你身上所有的钱凑在一起，也没这么多。

"还有，你今天旷工半天，还把工作交给公司以外的人，这是严重违规，我们不能再留你继续在这里工作了。"冷面组长说，"赔偿完客户的损失后，你自己辞职吧，要是被开除，你的名声不好听。"

"你下午到底做什么去了？问你女朋友你女朋友一个字都不说，我们既不知道你什么时候走的也不知道你干什么去了，我们又不能把人一直扣着！要不是只丢了你那一个快件，她也要被你连累！"

你的师父心累极了，搞得跟碰上了一对雌雄大盗似的。

"我不是他女朋友。"

"她不是我女朋友。"

你和秦柔柔异口同声地说。

"这是重点吗？"你的师父恨铁不成钢地瞪你，"你脑子被门夹了？"

秦柔柔担心地看向你，恰巧你也因为连累了她而担心地看过去。你们的目光在相撞之后又各自转移开。

"你们现在还搞什么深情对视？"

师父抓狂了。

"咦，你们看，这是不是小宋？"

正在吃饭的某个同事拿着手机，问旁边的人。

"这是什么？他下午怎么去大桥那边了？"

见其他人都看了过来，吃饭时玩手机的那个同事把视频的声音开到了最大。

原来，你下午跟着封锐他们一起救援伤员时，有在场的媒体从业人员把这一幕录了下来，再加上现场有不少路人和当事人也拿手机拍了不少视频，你们这一群救人的人很快就蹭着爆炸案的热点上了热搜。

其中，你这个快递员因为身着公司的制服，尤其醒目。

看见视频里的你挥汗如雨地抬着担架不停地来回奔走，手臂和大腿都因为疲累而颤抖了，你却还要咬牙坚持的样子，所有人都沉默了。

（19）

今天发生的爆炸案早已经成了网上最火爆的新闻，之前你没有关心，那是因为一直在送快件，根本没时间停下来刷手机。

这场爆炸案造成了很大的伤亡，却也出现了不少临危不惧的英雄，比如那个在爆炸现场冷静指挥伤员转移的救护车驾驶员封锐。

领头的组织者固然可敬，可像你这样不顾危险留在现场一直救人的，也绝不能被忽视，毕竟谁也不知道爆炸是不是只发生一次，能勇敢留在现场的，都算得上英雄。

"你既然是去做好事的，刚刚怎么不说呢？"看完视频，冷面组长也有些不自在，带着埋怨说，"而且即使你要去救人，也不该把快递车交给别人。"

这下，组长没有再说什么私自携带包裹离开视同盗窃之类的话。

你知道组长他们是误会了，想要解释自己并不是为了救人把快递车交托给秦柔柔的，然而还没有开口，就见秦柔柔拼命地对你使眼色，这一分神，你就没来得及解释。

倒是你的师父察觉到了不对。

"你的派送范围又不在大桥那边，你今天下午是怎么跑到那边去的？"你的师父后怕不已，"乱跑乱跑，要是炸到你怎么办？"

这个时候，你的师父首先担心的还是你的安全，这让你感觉内心有一股暖流涌过。

"他说他有一个快件特别麻烦，人还在大桥那边等他送，没办法签收，不送就不收，所以才过去的！"秦柔柔想到今天你对她做出的解释，怕你口拙说不好，连忙替你解释，"他又担心送那一个快件会耽误其他包裹的派送，就让我看着快递车，自己带着包裹过去了！"

你没想到秦柔柔会为你说话，感激地看了过去。

"遇到这种胡搅蛮缠的客户，你没必要迁就他们的，何况包裹还有大额的保价，谁知道是不是讹诈保险费的？"

你的师父皱着眉教导你。

"现在骗子多，有些人发一个坏掉的值钱货品，然后保高价，却在开箱后说是在派送过程中被弄坏的，想要骗保价的钱。我们干这行干得久了，什么事没见过。知道你好心，但是也不能一点防人之心都没有！"

你不好说自己不是被人骗，那个肖先生也不是故意逼你去桥那边送东西的。

此时此刻，这个时间线里的肖先生，应该再一次遇难了。

"下回遇到这种刁难人的客户，就不要给他送了。收件人要拒绝签收或者无法签收的，在沟通中出现矛盾的，或者是收件人的包裹屡次投递无法派送到的，都可以退回到发件人那里，公司有相关规定。"冷面组长也跟着教你，"这是公司保护自己和员工的做法，我们虽然是服务行业，也没必要无条件服从客户的要求。你弄丢的快件，就是那份要送去大桥那边的快件吗？"

"是的，我要送的那个肖鹤云先生，就在那辆爆炸的公交车上。我本来准备在离桥最近的一站给他送过去的……"你一提到那个肖先生，情绪就有点低落，"结果我没追上车，车爆炸了，后来桥上很乱，快件也丢了。"

听说快件的接收人就在公交车上，快递点里的众人又一次沉默。

谁都知道发生那么大的爆炸案车子里不可能有人活着，这份快件，你注定是送不到了。

"唉，我联系下发件人，和他解释下这其中的情况，希望对方能够谅解吧，希望能少赔偿一点损失。"

冷面组长果然是面冷心不冷，终于还是松了口，替你想办法。

"不过如果对方不能谅解，那你也只能赔这一万多了，要是你没钱，就分期还吧。"

"我知道了，谢谢组长。"

你知道八成还是要再次"循环"的，这一万多的债务并不能立刻压垮你，情绪倒没有太大变化。

但现在你知道那包裹里是个价值高达万元的镜头，无论如何也不能随便乱放了，下次一定要小心小心再小心才行。

可别"循环"停止了，你为了个包裹倾家荡产。

冷面组长当着你的面打了那个发件人的电话，但是没有人接。几次拨打后，有一个女人的声音从手机里传出来。

"你好，请问你是姜先生的家属吗？"

大概没想到是个女的接的电话，冷面组长奇怪地问。

"姜医生出了点事，现在不能接电话，如果有什么事情，能麻烦过几天再打吗？"那个女人带着哽咽的声音说，"我是他的同事。"

人家都这样说了，冷面组长自然不好再追问什么，只能挂断了电话。

"出事了？能出什么事？"

你的师父好奇地探过头，看电脑里显示的寄件地点。

345

"XX市第一人民医院骨科？这发件的是个医生啊？"

"大概是吧。"冷面组长看了你一眼，"对方有事没办法立刻追究你对他造成的损失，你小子运气好，又多了几天时间解决这件事。不过你也别老存着侥幸心理，下次遇见这种事，还是尽快联系发件人，看看能不能退件，以免给自己和公司造成损失。"

"我知道了……"

你苦笑着回答，没法说自己根本没有"几天时间"也不需要"几天时间"来解决它。

等等！

就在此时，你的脑子里闪过一个念头。

假如收件人无法签收或者拒绝签收的、屡次投递无法派送到的快件，可以退回到发件人那里……

那白天你要是派送不到，是不是可以利用发件人对物品的爱惜心理，要求退回寄送处呢？

最多你承担这笔退回的运费就是了！

如果能够这样的话，那你的快件也不是不能全部派送成功啊！

这种假设出的可能让你霎时间亢奋起来，脑子里全是明天该如何送完每一份快件的打算。这样兴奋的你完全不想再多浪费时间，只想着赶紧回去睡一觉，赶紧到第二天送快件。

可惜这世上的事情，总是事与愿违。

就在你准备向冷面组长坦诚"愿意承担所有责任"并带秦柔柔离开时，冷面组长突然接了个电话。

"喂？嗯。这里是万豪快递点，下班？我们都没下班，是的，所有人都在，今天没有人休假。你问小宋？小宋也在。"

冷面组长接完了这通电话，抬起头时，用一种古怪的眼神看着你。

"省电视台的人要采访你，上级领导说这是一次表现公司员工社会正能量的好机会，希望你能配合进行采访，暂时不要回去。公司说，你这次表现得很好，会从员工鼓励基金里拿出一笔钱来奖励你，希望你在采访中能重点提一提公司一直以来秉持的社会责任感。"他似乎也觉得你这一天过得太"丰富"了，不由得感慨着说，"你小子，时来运转了。"

"那……我是不是不用辞职了？"

你还没反应过来冷面组长说出来的那么一大串话是什么意思，倒是听懂了里面提及的"你表现得很好""给你奖金"，总归不会是坏事。

"辞职？你这是因祸得福，要出名啦！"你的师父没好气地说，"搞不好赔偿镜头的钱都要有了！"

"好了，别说闲话了，电视台的人已经在路上了，我们赶紧把快递点收拾收拾，别等下人家过来，拍个乱糟糟的工作场所。"冷面组长已经来不及再多说什么，催促着整个快递点里的员工全部动起来。

当看到秦柔柔还睁着好奇的眼睛坐在墙边时，他连忙对你努嘴。

"等下有人来采访，你女朋友在这里不太合适，你让她先回去吧，或者到后面等一会儿。"

"她不是我……"

你看冷面组长自顾自地走开了，只好红着脸去跟秦柔柔道歉："对不起啊，他们误会了。"

"没事，没事。"这个时间线的秦柔柔倒是没生气，笑嘻嘻地摇头，又凑到你耳边悄悄地问，"你下午说要去做一件很重要的事情，是想去阻止那起爆炸案吗？"

她的眼睛里神采奕奕，隐隐有崇拜之情，你知道她是因为这一连串的巧合事件所以误会了，连忙摆手。

"不是不是，我真是去送快件的，只是快件没送上车！"

"我知道你不好解释，我不会多问的。"秦柔柔笑眯眯地露出一个"我懂"的表情，又对你眨了眨眼，"明天你'循环'时如果还需要我帮忙，尽管来找我。我今天帮你送了快件，觉得没多大难度，明天的我应该也应付得来。"

你知道你解释再多她也不会相信真是巧合，只好叹了口气，想送她出去。

"不用送我了，我还没见过别人接受采访呢，这也算是取材了。我就假装是你们公司的员工，在后面的工作间等着好了。"

秦柔柔笑着和你的师父打了个招呼，去了后面的工作间。

"你还说不是你的女朋友，你们又是说又是笑的，刚刚还凑那么近！"你的师父搬着整理箱从你旁边走过，看你看着秦柔柔的背影发呆，忍不住用手肘狠狠地撞了你一下，"臭小子，看什么看？还不过来帮忙！"

"啊？哦，好的！"

你如梦初醒，连忙挽起袖子帮忙。

离得近了，你的师父才发现你那身黑色的公司制服上有斑斑点点的褐色污渍，显然都是下午沾染到的血渍，只是因为制服颜色深，所以看不清楚。

想到你一下午都在忙什么，师父心里显然对你更加认同了，对你的态度也越发和蔼了。

但对你来说，接下来发生的事情，比你搬了一下午伤者还累。

你从来没有被采访过，也不知道说什么才能体现出公司"充满社会正能量的责任感"，而且你的嘴巴还特别笨，没办法做到巧舌如簧。

现在已经是下班时间，你所在的快递公司的宣传部门紧急给你发了个可能用得上的采访稿，但你稿子还没看完，采访的记者和摄影师们就已经拥入了快递点。

面对着记者对你抛出的一个又一个的问题，你不时地卡壳，笨拙到你的师父和冷面组长都没脸看，就连那些记者都觉得这么下去要变成一场"采访事故"。

当采访的记者问到"你为什么会出现在那里"时，冷面组长和师父都紧张地看着你，担心你会说出下午玩忽职守的事。

"我有一份非常重要的快件要送。快件上写着，'此人乃国之栋梁，请务必优先派送'……"

你一张口，好几个电视台的工作人员就笑了。

这种话经常能在快件包裹上看到，有时候写的是"国之栋梁"，有时候写的是"未来之星"，纯粹是用这种方式引起快递员的重视，博君一笑让收件人和快递员都开心一下，谁也不会当它是真的。

只有你知道，这个肖鹤云先生是一个多了不起的人。

那位张警官说，这个肖鹤云发现了车上有炸弹，报了警，和歹徒搏斗，虽然他没能制服歹徒，最终不幸遇难，却也无愧"国之栋梁"这几个大字。

反倒是你，虽然身为退伍军人，却根本没有放弃生命、直面爆炸的勇气。

"那是一份贵重的包裹，承载了太多的东西。"

348

它满载着寄件人的希望、收件人的期待，更寄托着你能逃出"循环"的愿望。

"我想把那份包裹早点送到。我知道快件的主人上了一辆45路公交车，所以我去了最近的公交车站，想给他送上车，谁知道他坐的公交车爆炸了……"

你的话说到这里，那些采访人员脸上的笑意缓缓收敛。

谁也没想到你去现场的原因背后，竟有这么惨烈的故事。

采访结束，冷面组长送走了电视台的工作人员，而你则在那番采访过后，亲自送秦柔柔回家。

你没有任何交通工具可以载人，不过好在快递点离秦柔柔家不太远，走路也就二十分钟，于是秦柔柔谢绝了你找一辆出租车的提议，要和你一起走回去。

在回去的路上，她问起了你以前和其他时间线的她相处的细节。

凉爽的夜风吹拂着静谧的小路，温柔的姑娘站在路边昏暗的灯光下和你并肩而行，这些场景糅合在一起，仿佛充满了一种魔力，安抚了你这一天来疲惫又焦躁的心。

你享受着这安静的气氛，慢慢放缓了脚步。

你把秦柔柔一直送到了家门口，目送着她进去。

她站在门口，说天色已晚，你可以在她家休息，但你谢绝了。

"记得明天来找我。"你离开时，她笑着对你说，"虽然我不是什么大英雄，但帮助英雄这种事，我还是乐意做的。"

你对她表示了感谢，并表示肯定会来找她。

她从你的回答中知道你明天肯定还要去送那份快件，面上露出敬佩的表情，突然踮起脚，亲了你一口。

你蒙了，傻乎乎地捂住了脸。

"要是明天晚上你忙完了，我们可以去约会。"

她看着你傻愣愣的表情，莞尔一笑，丢下这么一句话，然后害羞地关上了门。

你傻笑着回到了出租屋里。

你今天没有洗脸，躺在床上时，心中生出的强烈期待让你根本没办法如愿入睡，翻来覆去的怎么也睡不着。

你索性坐起来，在网上搜索起今天发生的那起爆炸案的细节。

折腾了好长时间，你的脑袋才开始重新昏沉起来，不过，你在快递点里产生的念头，却没有因此消失。

"明天，明天我一定要把所有的快件都送完！"你闭上眼，对自己说，"我要结束这一切……然后去约会！"

（20）

你眼睛一睁，就立刻起了床，半点没有耽搁。

刷好牙、洗好脸，你穿着便衣，将公司的制服塞到大包里，揣上自己所有的现金，出了门。

昨天的"循环"中，因为你遗失了包裹，公司要你赔偿，所以冷面组长调出了寄件信息和保价金额让你看，怕你觉得公司是在讹诈你。

从昨天的寄件信息里，你知道这份快件是前一天傍晚寄出的，寄出地点是这个城市的一个县级市，离这座城市不过两个多小时的车程，并不算很远，只不过因为这件包裹是在前一天的晚上七点才被揽收的，所以到第二天中午才分拣、派送过来。

中途拦截是没办法拦的，但你可以在派送之前，想法子让它被退回去。

一种办法，是在拿到快件后，以无法派送为由将它退回去，但你这才派送一天就觉得送不到，别说寄件人那儿了，你的师父和冷面组长这一关就过不去；第二种办法，是你请寄件人取消这次寄件，让他下次再寄。

有时候，快件会寄错地址，寄件人就会试图将快件追回来，如果快件当时还没有派送，只要联系到快递员，就可以申请退回，当然，运费是不会退的。

你打的就是第二种主意。

这包裹里毕竟是价值一万两千块的镜头，如果听说包裹里的东西不太对，快递员又主动要给你送回来查看，大部分人是会同意的，毕竟这要有纠纷就是一万多元的事情，谁也不愿意为这种事扯皮。

在此之前，你得送掉你手上所有的快件，并在中午接到快件后用最快

350

的速度联系寄件人，然后坐客车去那个县级市，亲自把快件给人家送过去检查。

这个时候，你就可以用派送不到为由，当面请求他将没有问题的包裹撤回，让他和收件人商议好后再派送，以免再次派送不到。

大部分事情在电话里不好沟通，面对面的时候却会让人动恻隐之心，你一个工资都没几个钱的穷快递员，会担心"贵重包裹"派送不到或者中途出问题很正常。

实在不行，你软磨硬泡，也要请人家把快件给撤回了。

打定了主意，你先提早出了门，解决了流浪老人的早点问题，并硬塞给他五百块钱，让他不要胡思乱想。

拐过街角，你打了电话给救助站，然后立刻赶向肖鹤云先生住的小区。

你在出门之前，在出租屋里翻到了一张广告宣传单页，在它背后写了一封信，详细地写明了下午一点四十五分那起发生在 45 路公交车上的爆炸案。

昨天你接受采访时已经很晚了，网上已经有了许多真真假假的传闻，新闻媒体也从很多渠道得知了一些详情，你从他们口中知道爆炸物确定是一个高压锅，而你根据这么多次"循环"里爆炸大多在下午一点四十五分的信息推测出高压锅里的爆炸物有可能是带定时装置的，也就是说，如果在这个时间前排除掉这个危险，就有很大可能不会发生爆炸。

你无父无母，孑然一身，原本在知道这种事后，应当不畏生死地去设法结束这场爆炸，可你在你母亲去世前向她发过誓，无论遇到什么样的困难，一定要好好活着，不会轻易放弃自己的性命。

更何况，你现在已经有了喜欢的姑娘，你想要尝试组建一个家庭是什么滋味，你不能把命豁出去。

报警你试过了，根本来不及，截至半夜，在网上都查不到有关爆炸案特别详细的消息，你不知道犯人是谁，也不知道爆炸物具体在车上的哪个方位，你实在想不到还有什么办法能制止一件这样的爆炸案，只能希望尽量减少点伤亡。

这个肖鹤云既然能在车上发现爆炸物，在报警后又能和歹徒搏斗，说明他胆大心细，还很信任警方，将希望放在他身上，也许比亲自上更好。

你把自己裹得严严实实，从没有监控的消防通道爬上了楼，偷偷摸摸地出现在肖鹤云家门口后，将写着"死亡预言"的宣传单页从下面的门缝里硬塞了进去。

确认单页大部分被塞进去了以后，你如释重负地离开了这个小区。

接下来的时间，你用最快的速度将早上的快件送完了，只剩下几个约定好下午才能签收的快件，并不算什么大问题。

然后你去了一家理发店，请理发师给你剃了个寸头。

这是你和秦柔柔经过好几次尝试后才确定的最适合你的发型，她最喜欢你这个样子，曾经大夸特夸你很适合留寸头，这个发型让你看起来很精神，也很让人有安全感。

折腾完这一切后，你怀着忐忑不安的心，敲响了秦柔柔家的门。

也许因为你换了发型，这一次的你没有和上次一样被她隔着门不停地盘问，在得知你有事和她商量后，她只是犹豫了一下，就开了门。

你给她看了你的身份证和工作证，又重新自我介绍了一回，说了自己身上发生的事。

和之前的每一次一样，秦柔柔很容易就信了你的说法，但这个时间线里的她并不认为把所有快件全部送到就是结束"循环"的方法。

但她觉得，既然每天都在"循环"，这种法子也可以试一试。

所以你和她聊了会儿，提了下午一点四十五分总会发生的爆炸案、下午会来的空调工、老公出轨的女乘务员，还有那个会跌下防盗网的孩子。

秦柔柔非常认真地用纸笔全部记下了，答应会记着这些事，下午不会留在家里，也会去救那个孩子。

你想了想那个"晚上的约会"，踌躇了好一会儿，最终还是没有开口。

如果时间还在"循环"，就算今晚你和她约会了，哪怕你们今晚确定了恋爱关系，又有什么用呢？

到了第二天，你还是得带着身份证和工作证来"自我介绍"。

和秦柔柔聊完了事情的来龙去脉，你们一起探讨着，该怎么样才能成功把肖鹤云的快件寄送回去。

你口拙，有些话说不好，但秦柔柔却不是，她帮你想了很多主意，给你提供了不少的思路，让你心定了不少。

等你接到师父要求你回去装货的电话，你和她互换了手机号码，匆匆与她告别后，用最快的速度赶到了快递点。

　　看到你车里的快件被送得这么干净，你的师父非常欣慰，并和前几次一样，高兴地想要多装一点，被你大惊失色地制止了。

　　眼见着下午该送的快件没超过你该派送的任务范围，你松了口气，连忙骑着快递车往这个城区的动车站赶。

　　此时此刻，你的手机上弹出了你的购票信息，得知了你已经拿到肖鹤云的包裹，秦柔柔为你买好了前往那个县级市的动车票，也安排好了接你的车。

　　你骑着快递车到了地下停车场，随便找个地方把车停好、锁起来，抱着应该寄给肖鹤云的包裹取了票，坐上了前往寄件人城市的动车。

　　今天是工作日，动车上人并不是很多，你在位子上坐定，将包裹小心翼翼地抱在怀里，掏出手机给寄件人"姜医生"打电话。

　　"喂？嗯？我寄出的快件有问题？"姜医生听你说他寄出的快件有问题，立刻警觉了起来，"不会是包裹在路上磕坏了吧？那里面可是镜头！"

　　"我看到上面写着贵重物品，保价的是镜头，可是包裹特别轻，我担心快件出了什么问题，所以打个电话提醒一下。"

　　你说出你和秦柔柔商量出的借口。

　　"特别轻？难道是被人调包了？"姜医生果然往别的方向想了，"我寄出去的时候是很贵的镜头，你们拍照了的，要是变成了其他的东西，那一定是你们的问题！"

　　"是是，但是我只是个快递员，万一这是运输过程中出现的问题，我背上这样的责任就很冤枉了。现在收件人又联系不到没办法派送，你看，这里面是这么贵的东西，我能不能把快件给你送回去，你当面检查？"你担心他不愿接收，提前将他所有的后顾之忧都想好了，"包裹还是原封不动的，你打开看后要是东西没错，那就皆大欢喜，你东西再寄送一回，快件费我出；要是东西出问题了，那肯定是我们的问题，我给你证明你给我证明，你可以向公司索赔。"

　　"什么送不送的？你把我都绕晕了！"

　　这个时候应该是午休时间，但姜医生那边似乎还是很忙碌，具体表现在他刚接起电话，电话那头就有人频频打断他的话上。

你隐隐听到那边有病人责怪医生在问诊时间还接私人电话，浪费他们时间什么的。

"什么叫问诊时间？我早上的专家号早就看完了，我是体谅你们这几个人大老远跑来看病，又排了这么久的队，才给你们加的号！早上的号早就没了，我中午十二点就该下班了，一直看到现在，现在给你们看病用的都是我的私人时间，我私人时间接私人电话有什么问题？"

也许是一中午没吃没喝又长期高强度工作的原因，姜医生脾气也有点暴躁，在电话那边说话很不客气。

"你们要不想看就挂下午其他医生的专家号，我正好可以去吃个饭！"

你听着那头姜医生的埋怨，不由得感慨每行都有每行的辛苦。

哪怕是你这样不起眼的小快递员，再忙的时候中午也能填饱肚子，谁能想到这种受人敬重的医生中午还有饿肚子的时候？

你听他这语气，似乎这样超号看病自愿加班对他来说已经是家常便饭了。

那边的病人不说话了，似乎已经默认了姜医生继续打什么"私人电话"。

"你要送来就送来吧，我就在第一人民医院骨科门诊三诊室，要是前面找不到，就到后面住院部找我。"

可经过这么一吵，姜医生也没有了再听你多解释的耐心，只想赶紧挂电话。

"最好是快件没什么问题，要是被人调包或者弄错了，我一定要追究你们的责任！"

你总算得到了他的允许，开心还来不及，哪里会担心别人的威胁？你一口保证一定尽快将快件送过去。

等你挂断了电话，你身旁的大姊同情地看着你。

"小伙子快件出错了，还要到K市去送给寄件人啊？"

"嗯。"

你不好解释，无奈地笑笑。

"刚参加工作吧？也就刚参加工作时能为这种事这么认真，还追到下面去。"

当地人都把比自己所在市等级低的市县叫"下面"。

"嗯，是的。"

"唉，现在工作都不容易，小伙子也别太担心，好好和别人说，别起争执，不然有理变成了无理。"

大婶也是一个人，大概是担心你因为这种事沮丧，开始拿自己刚参加工作时犯错的例子开解你，絮絮叨叨起来。

你很感谢她的好意，可你的思绪已经飘到了更远的人民医院那里，思考着自己见到姜医生该如何说服他同意撤回快件再寄，以及怎么在天黑之前赶回来送完剩下的快件上。

就这么又感激又焦急地度过了整个乘车的时间，几乎是车子一到站，你就迫不及待地抱着包裹下了车。

秦柔柔帮你找好的接车司机已经在门口等了，你上了车，报出"第一人民医院"的地址，稍稍松了口气，靠在后座上闭目休息。

这个县级市不大，没用多少时间接车司机就把你送到了医院，你下了车，从医院一楼导医那儿问清楚了骨科在二楼，立刻飞奔了过去。

到了骨科，你和门口的护士打了个招呼，告知你是和姜医生约好了来送快件的，被护士领进了骨科门诊。

门诊里已经没有几个人，一位四十来岁的医生正在仔细看着一张片子，大概是眼睛长期对着光不太舒服，他摘下眼镜揉了揉眼又重新戴上眼镜，满脸都是疲惫。

"这个腿要做手术……"他指着片子说，"这不是普通的骨裂……"

你安静地等在已经没有几个人的门诊室门前，等着姜医生看完最后几个病人和你沟通这个快件的问题。

就在这时，你感觉自己被什么人很用力地撞开了。

你站稳了身子，发现是一个身材魁梧的中年人硬从门口挤了进来，一进门就直冲正对着灯箱看片子的姜医生。

隐隐约约，你看到那个中年人的腰上别着一个什么长柄的东西。

多年在部队训练的经历让你察觉到一丝不对劲，再看那人低着头扶着腰往前走的姿势，脑中一时警铃大作。

"小心！"

霎时间，你也顾不得什么快件不快件了，把手中的包裹往小护士手里

355

一塞就冲了过去。

与此同时，那人也拔出了腰间别着的东西，竟是一把割肉的菜刀！

"姓姜的，你截了我儿子一条腿，我今天也要你一条腿！"

所有的人都被这样的变故惊呆了。

你使出全身力气，撞倒了膀大腰圆的中年人，然而这人却冷静得可怕，虽然倒地，却依然不依不饶地抬起手，想用刀去削那位姜医生的脚踝。

"愣着干吗？快跑啊！"

情况紧急，你来不及多想，一只手死死地按住了对方的左边胳膊，又用另外一只手去夺刀。

"叫保安来帮忙！"

姜医生这才如梦初醒一般跑开，对方见姜医生跑了，怒火中烧地持刀和你缠斗了起来。

你虽然接受过专业的搏击训练，但对方的力气很大，还带着凶器，你赤手空拳和他对峙情况十分不利，混乱中，你的胳膊上被划伤了几道，脸上也被割了道口子。

怕他追出去伤人，你硬是咬着牙，把带着凶器的这人死死地拖在门诊室里。

"他有刀，保安来之前不要进来！"

你想着就算受伤了明天也能"循环"，干脆一直对门口大喝，独自一人和他缠斗。

来自病房和走廊里的尖叫声不绝于耳，在这种一不小心就要受伤的状态下，你精神本就高度紧张，被尖叫声一分神，又中了几刀。

好在对方也没有什么章法，只是拿着刀乱舞，没有一会儿，就被紧急赶到的保安拿着防暴叉制服了。

等对方被制服、被保安捆住带走，姜医生才心惊肉跳地进了门诊室，连忙喊人一起给你查看伤势。

"先……先不用看……"

满身是血的你气喘吁吁地坐在凳子上，一把抓住了姜医生的手臂。

"你先给我把包裹撤回了！"

（21）

你们公司的冲锋衣制服很结实，那刀是用来砍的又不是用来刺的，你身上的伤口其实都不深，你自己知道自己身上的伤只是皮肉伤，所以更关心包裹能不能送出去。

但看在别人的眼里，你这"浑身浴血"的样子，就很可怕了。

"这时候还管什么包裹？你可是救了我的命，那镜头丢了我都不会计较！"

姜医生一想到刚才别人对他刀刃相向的样子，心里就是一阵后怕。

他早上八点吃的饭，到现在这个时候还没吃没喝，刚刚那人拔刀出来的时候他是真的腿软，也没力气跟他肉搏，眼看着就要交待在这里了，却被这快递小哥救了。

从某种意义上来讲，你是为他挡了一劫，他自然感激。

但是你还是坚持要先处理工作上的事。

见你这么坚持，姜医生也没辙，只好当着你的面拆开了自己的包裹，发现自己发出去的镜头被包得好好的，一点问题都没有，也松了口气。

"这下我们都放心了，你看，没坏！"姜医生把镜头小心翼翼地放回盒子里，又对你说，"你这身上的伤口要处理，你把衣服脱掉给我看看，需不需要缝针，还有，那刀也许不干净，最好打个破伤风……"

"包裹没事就好，你重新发下快件吧。"你从口袋里拿出早就准备好的快件单，"麻烦姜医生给客服打个电话，说明下包裹被追回了，我让公司在物流信息里给你撤回。"

"你这人怎么回事？你还在流血，感染了发炎了情况很严重的！"

姜医生职业病犯了，坚持要给你先治伤。

两个固执的人碰到了一起，还是旁边站着的小护士打了圆场，由她来给你处理伤口，而姜医生专心处理包裹退回的事。

你脱光了上身的衣服，坐在骨科诊室里，接受医生和护士的检查，处理伤口。

此时此刻，走廊里拥挤吵闹，不少在医院里的人听说这边出了砍人的事，都过来看热闹，又怕被砍，刚刚就离得远远地围观，拍视频的拍视频，照相的照相。

等那砍人的人被医院的保安绑走了，他们终于敢围过来，纷纷在骨科诊室面前伸头伸脑地看你和姜医生，还指指点点的。

"你看见那个医生了没？听说他把别人的腿治坏了，才被砍的！"

"那个送快件的真是倒了大霉，平白无故地挨这么几刀！"

"这年头当医生真危险，还要被砍。"

"你这话说得不对，怎么其他医生不被砍，就他被砍？肯定是道德上有问题！"

"腿为什么会被治坏啊？是不是没塞红包啊？"

"这以后还有人敢找他治病啊？腿都治没了……"

别人这么议论纷纷，连你坐在那里听了都很难受，更别说那位姜医生了。

他拿着镊子的手顿了一下，眼眶突然就红了，他狼狈地低下头去。

"医生，你别难过，他们这些人都瞎说的。"

你不知道这个姜医生怎么样，但一个为了给人加号看病连午饭都不吃的人，你觉得不会是坏人："都是嘴巴厉害，真遇到事，屁都不敢放一个，理他们干吗？"

"唉，后悔学医啊。"姜医生摇着头，"我也上有老下有小，一天到晚不着家，家庭家照顾不好，现在工作还要冒生命危险……"

你心里很难受，但又不知道怎么安慰他。

没一会儿，警察来了，要给你们做笔录，并了解案件情况。

原来，几个月前，医院里送进来一个横穿马路出车祸的小朋友，右腿受伤太重，人也昏迷不醒。

其实这么重的伤势，应该是转院到省城的医院进行治疗的，但那个时候小朋友已经出现了大血管损伤，肌肉骨骼也无法再黏合，不处理的话在转院的路上就会出现生命危险，为了保住他的性命，姜医生选择为他做了截肢手术。

小孩子年纪小小就被截了肢，家里人心里肯定接受不了，尤其是他当厨师的父亲。

后来，小孩的父亲不知道在哪里听说这样的伤如果送到大医院去腿就会保住，他儿子是被耽误治疗了，更是一肚子火，直接将医院给告了。

后来，根据当时的诊断报告和病理报告，负责审查的部门认为姜医生的选择是没有问题的，这个案件中病人家属没有胜诉，后来也不了了之。

谁也没有想到，几个月都过去了，孩子的父亲居然会来伤人。

中午时候姜医生的号是加号，诊室里人本来就不多，保安和其他医生护士也大部分吃饭或午休去了，要不是你恰好碰上，姜医生今天肯定难逃一劫。

你做完笔录，处理好伤口，急着要回去送快件。

姜医生本来还想请你吃顿饭，一听说你是 W 市的快递员，专门为了他这个包裹坐动车跑来给你确认，顿时也肃然起敬，不再勉强挽留，只是加了你的微信和电话号码，反复叮嘱你要怎么照顾好伤口。

你脸上带着伤，身上裹着绷带，就这么顶着众人诧异的目光，坐上了回程的动车。

肖鹤云的快件被成功撤回，对你来说就是最大的鼓励。

一通忙乱之后，已经是下午四点，这时候你突然想起发生在下午的公交车爆炸案，犹豫了一会儿，还是拿出了手机，准备搜索看看。

在公交车爆炸案这件事上，你其实是刻意逃避了的，你很怕看到不好的消息。

然而还没等你先打开搜索引擎，秦柔柔的电话就打了过来。

"宋卜道，你的提前示警起作用啦！"电话那头，秦柔柔的声音欢快又兴奋，"那个 45 路公交车没爆炸，车上有人提前报警了，还成功制服了带炸弹的歹徒，和车上的乘客一起把炸弹夺下来了！警方随之封锁了大桥，成功排除了炸弹。我觉得没准就是那个肖鹤云，网上也说是肖姓男子和其朋友李姓女子报的警。"

你心中一惊，继而涌上来的则是狂喜之情。

"他太强了！"你由衷地叹服，"那个叫肖鹤云的人实在比我勇敢太多，也厉害太多！"

在收到你的提前预警后还敢继续坐那班 45 路公交车，并且在车上制服歹徒、协助警方排除炸弹，这已经不是普通人能做得到的了。

你扪心自问，如果是你接到这样的示警，即使不相信，也无论如何都不会再去坐什么公交车的。

"你说什么呢？你遇到这样的事，每天还在坚持行善积德，也很厉害啊！"

秦柔柔早上听说本市要发生一起爆炸案时心就是揪着的，到了中午更是放心不下，干脆就去了一个可以看到大桥的高楼上等着。

警方封锁大桥的时候她就知道肯定是有人报警了，就是不知道是宋卜道还是肖鹤云，不管是谁，这件事能够圆满解决，没有造成更大的伤亡，她由衷地高兴。

你也一样，因为经历了上一次惨烈的现场，你听说警方首先封锁了大桥，所以没有造成更大的伤亡，开心极了。

"我这边已经把小孩子救啦，你那边呢，顺利吗？"

秦柔柔好奇地问你。

"顺利，姜医生同意把包裹退回了，他说会负责和肖鹤云解释，明天再重新发出去。"

提到这个，你也眉飞色舞，"我来的时候恰巧遇到有人要袭击姜医生，刚好救了他，我要来晚点，这包裹又送不出去了！"

"怎么回事？怎么还有人袭击医生的？"

你三言两语把刚刚发生的事情跟秦柔柔说了。

"天哪。"

听说那人拔刀了，她惊呼了一声。

"这也太危险了。"秦柔柔为你紧张着，"如果你明天还在'循环'，记得别赤手空拳去救人，好歹带个家伙挡一下。"

"我有种预感，我不会再'循环'了。"

你不知为什么，心里特别轻松、特别欢快，虽然身上到处都是小伤，却一点都不觉得疼。

"这个包裹原本可以算得上一份死亡包裹，包裹的寄件人和收件人都出了事，可现在，两边的人都活得好好的，也许我的'循环'就是为了这个，为了救下他们。"

你以前仅仅知道肖鹤云在爆炸案发生时与车上的人一起遇难，却不知道同一时间，包裹的寄件人姜医生身上也发生了这样恶性的伤人事件。

从那个厨师专门找了把剔骨刀的穷凶极恶程度来看，其他"循环"里的姜医生应当也是凶多吉少。

如果没那起公交车爆炸案，也许这样的恶性事件很快就会发酵、登上新闻，可是公交车爆炸案造成的新闻效应太强了，一时间网上铺天盖地全是有关爆炸案的消息，K市发生的袭击医生事件，或许就像其他许许多多在这个阶段被刻意忽视的新闻一样，最后只能泯然众人矣。

"一定就是这么回事。"

你越说越觉得振奋。

"我就是个快递员，我能保证包裹安全送达，收件的人和送件的人都平安喜乐，或许我就完成了老天托付的使命。"

"希望如此，那就祝福你能梦想成真啦。"秦柔柔在那边笑着，"要是明天就停止'循环'了，你有什么想做的事情，也可以去做了。"

"是的。"你嘴角一扬，意有所指地说，"我有很多事情，准备去做……"

挂断了电话，你看着窗外的方向，虽然浑身是伤，却说不出地满足。

所有人都安全，实在是太好了。

下了动车，你取了自己的快递车，一分钟都不敢耽搁地继续去送快件。

好在这些快件都是你已经送了很多遍的，你对此轻车熟路，虽然现在已经快天黑了，但你还是有信心在下班前全部解决掉。

在送快件的路上，你路过了街边某次你去买过的彩票站。也不知出于什么心理，你鬼使神差地在它门前停了车，进站买了一张彩票。

彩票的中奖号码你已经背得滚瓜烂熟。

广场的大屏幕里播放着公交车爆炸案被车上乘客成功制止的新闻，接受采访的车上乘客虽心有余悸，却情绪亢奋地炫耀着自己在车上的英勇行为。

"那小伙子一喊，我就知道不能跑了，索性上去跟他们一起按人！"

"我一看就知道司机不是好人，上个车从头到尾一句话都没有！"

"小伙子和小姑娘好心是好心，可都是年轻人，又没经验又没力气，要不寻求我们的帮助，怎么可能成功制止爆炸案？"

新闻里乘客滔滔不绝，却唯独没有最大的功臣肖鹤云和那个李姓女子的采访。

你将车停在大屏幕的下面，静静地看完了有关爆炸案的新闻。

在确定真的是那个肖鹤云制止的爆炸案后，你欣慰一笑，像是个"事了拂衣去"的隐侠一般，骑着车离开了。

因为回来得太晚，直到晚上七八点钟，你才完成了今天的工作任务。回到公司快递点时，你不出意外地挨骂了。

不过当看到你身上的绷带和脸上的伤，听说你去医院给医生送快件时制止了一个歹徒行凶，冷面组长很好说话地给你放了一天假，让你好好休息。

今天一天忙碌又刺激，让你身心俱疲，再加上有两件憾事被成功地避免了，你的内心满是兴奋与隐隐的期待，所以你一下班就回了出租屋，设置了一个早上九点的闹铃，倒头就睡。

第二天一早，你是被刺耳的闹铃声惊醒的。

因为睡觉时不小心压到了脸上的伤口，你醒过来时只觉得脸上火辣辣地疼，但下一刻，你就明白了这个疼痛是什么，唰地坐起。

你掏出手机，看着手机上显示的年月日，一时控制不住自己的情绪，竟潸然泪下。

你被困在"循环"里整整二十多天，虽然天天都在安慰自己就当这些时间是白捡来的，可心头的惊惶感却根本无法排解，随着"循环"而背在肩上的责任越来越多，你的精神压力也越来越大，自己也说不清什么时候就撑不住了。

每一次"循环"，你都不敢肆意妄为，不敢放纵自己。你小心翼翼地过着"今日"，又不敢真的期望有"未来"。

但今天，你的"循环"终于停止了！

好好地大哭了一场后，你洗了把脸，拿出姜医生塞给你的消炎药，去了社区的诊所换了个药。

然后你直奔之前买衣服的百货商场，买下了那套你之前很喜欢的新衣。

看着镜子里清清爽爽的自己，你满意地咧嘴一笑，笑容很快就牵扯到了脸上的伤口，咧嘴变成了龇牙咧嘴。

从商场出来，你把旧衣服送回了家，去了家门口的一家花店，买了十一朵粉玫瑰，害羞地抱在怀里，给秦柔柔打了个电话。

得知她在家后，你抱着玫瑰，把脸藏在花束后面，颇不好意思地走在了去她家的路上。

这时，你路过了昨天晚上经过的彩票站，再一次看到门口贴着"昨日

XXXX 惊现五亿大奖"的海报，不由得多看了几眼。

这一看，你的眼睛突然睁大了。

中了一等奖的当然不是你，不然门口贴着的就该是"昨日本彩票站惊现五亿大奖"了。

可昨天开奖的中奖号码，和你买的号码只差了一点点而已！

你兴奋地冲进彩票站，谁知彩票站的老板一看到你，比你还兴奋地抓住了你的胳膊。

"小伙子，你知不知道你中了二等奖？你发了啊！"老板对你印象深刻，"差一点点啊！差一点点你就中了一等奖，那可是五亿啊！"

彩票站的人听说你中了二等奖，纷纷围了过来。

"二等奖有多少？"

"一等奖五个忆，二等奖怎么也有个几千万吧？"

"这一期二等奖多，一注只有一万二的奖金。"

老板说。

"才一万二？"

"什么吗？那也没几个钱啊。"

闻讯而来的彩民纷纷散去。

"但是你中了一百注，是不是？"

等人群散了，老板对你眨了眨眼。

"哈哈哈，你说得对！"

你终于没控制住，大笑起来。

虽然你中的只是二等奖，可是买得多啊！

一万二中个一百注，也有一百二十万了！

好心的老板教了你怎么去省总站领奖，告诉你扣税后有多少钱，然后问你能不能把你中奖的事情挂在门口当广告。

你心情大好地同意了，谢过了老板，走路带风地走出了彩票站。

此刻，那张彩票就躺在你的钱包里，这次开出了个五亿大奖，谁也不会在意你这个二等奖的得主。

虽然你不太擅长和人打交道，但今天下午，你可以请秦柔柔陪你一起去领奖。

你开开心心地直奔刚才的鲜花店，一进门就对老板喊："老板，把这

花拆了，给我再加八十八朵！"

于是，花店老板也开心了。

你抱着九十九朵玫瑰，以扛猫砂的架势，一口气蹿上了秦柔柔家所在的五楼。

听到你的脚步声时，秦柔柔就提前开了门，随机眼中就被铺天盖地的粉玫瑰填满了。

"你这是……"

秦柔柔脸红了。

"我……我今天休假。"

你第一次跟人告白，磕磕巴巴的就知道把玫瑰往人家脸前送。

"我能不能……能不能……"你鼓足勇气，拿出训练时的劲头儿，一口气吼了出来，"能不能请你和我约会？"

声音在楼道里回荡着，隔壁的老爷爷被吓到了，打开门看个究竟，当看到是什么情况时，忍不住眯着眼笑了起来。

你的脸红得像猴屁股。

秦柔柔愣了下，伸手接过了你递来的粉玫瑰，甜甜一笑。

"可以啊。"

（尾声）

你成功地挣脱了"循环"。

直到最后时间的巨轮重新恢复转动，你都没琢磨明白自己为什么会进入"循环"，又为什么能结束"循环"，最后只能把一切归结于那个终于处理好的包裹。

你仔细想了想，姜医生是个治病救人的好医生，如果他没有出事，这一辈子能救的人肯定有很多，你救下了姜医生，就等于间接救下了许许多多的人，从这一点上来看，也许老天爷让你一次次尝试，也不是没意义的。

肖鹤云那边也是一样，因为他活下来了，公交车里那么多乘客也都成功活了下来，还有那些原本会被爆炸案波及的人……

一想到肖鹤云是因为自己的提前预警才避开生死大劫，你心里就美滋滋的。

可能这就是"做好事不留名"的快感吧。

可惜，上天并不想成全你"做好事不留名"的心愿。

因为公交车爆炸案，姜医生被患者家属袭击的事情确实没有闹大，但姜医生并没有因为这个就忽视了你的救命之恩，第二天就给快递点送来了一面"见义勇为、智勇双全"的锦旗，并且打电话向你的公司表示感谢。

你的公司本来就对这种"弘扬社会正能量"的好人好事设有奖励机制，姜医生的锦旗一到，你所在的快递点上上下下都受到了公司的表彰，这件事还上了公司的内部报刊。

你才刚刚和秦柔柔确定了恋爱关系，女朋友长得漂亮又温柔，声音还好听，原本正是春风得意的时候，结果第二天锦旗送来，公司又特地让整个大区的负责人给你打了电话鼓励，并表示把你当成储备干部培养——你真正是爱情事业双丰收。

姜医生的事情后来也有了结果，因为那个孩子的父亲是全家的经济来源，孩子又小还残疾，在多方调解下，姜医生最终没有选择起诉伤人者，不过因此造成的损失还是要有人承担的，伤人者赔偿了一笔医疗费给你，医院也因为你的见义勇为奖励了你一笔奖金，两笔钱加在一起，也有个五六万了。

这也让你更加感慨医生的不易，对方明明都明刀明枪来砍人了，可迫于舆论和现实的压力，最后还是得同情弱者，毕竟医院也要名声，闹大了对哪一方都不好。

人人都想着孩子父亲持刀行凶情有可原，谁又能想到姜医生也上有老下有小？

听说这件事一结束姜医生就去报了个散打班，也不再主动给人加号了，下了班就去散打班练一会儿，早上还起来跑步，就是怕体能不好下次还遇到这种事，毕竟不是每次都有人来救他。

你中了一百注二等奖，扣税后得了一百万多一点的奖金。

这一百万奖金虽然没办法在这个城市买套房子，但让你没有后顾之忧地做自己喜欢的事情却是够了。

拿到钱后，你第一件事就是退了自己那间地下室，租了一套在补习班旁边的一室一厅的单身公寓，虽然房子不大，可周围就是商业中心，干什么都方便，最重要的是，你已经住怕了地下室。这一套公寓光线好得让人眯眼，房东还送了一阳台的绿植。

虽然楼层高，可作为一名快递员，你最不怕的就是爬楼。

有了像样的住处，偶尔女朋友上门来坐坐也不会那么局促了。

住处和工作都稳定下来后，你白天送快件，晚上就去补习班上课，半年后参加了本市警官学院组织的考试，成功地以退伍兵的身份考入了警官学院，体能测试是满分。

你的父亲是牺牲的老兵，自己还是退伍兵，且有多次见义勇为的经历，你在政审这一关自然也是完全没问题的。

考上学校的那一天，你正式向快递点请辞，并且带着女朋友秦柔柔一起请所有照顾过你的同事吃了一顿饭，算是告别宴。

当天晚上，所有人喝得醉醺醺的，你的师父哭得稀里哗啦，抓着你的手就说："我是真喜欢你这个小伙子啊！做事勤快又有分寸，吃苦耐劳不说，人也不抠搜，还这么上进！我要是有你这么个儿子，我死而无憾了啊！"他一把鼻涕一把泪，"我就知道你书肯定能读出来的，就没想到这么快！"

这半年来，你晚上上课也没藏着掖着，你向来是个光明磊落的人，早几个月前就提了自己在补高中课程的事情，也提了自己以后想去当警察的事。

现在你好梦成真，大家都为你高兴，可是也是真舍不得你。

眼见着师父哭成这样，秦柔柔想了想，在你耳边说了点什么。

"师父，您要不嫌弃我，我就给您当个儿子！"

这半年来，师父一直在照顾着你，工作上手把手地教导你，生活上也对你嘘寒问暖。

你搬家都是师父帮忙搬的，厨房里锅碗瓢盆这些东西也都是他归置好了送过来的。

"我亲爸去世得早，是个没爹没娘的孩子，我认您做干爸，以后孝顺您，病了痛了照顾您！"

你在师父的耳边大声说。

这句话一出，所有人都惊呆了。

师父不是个有本事的人，否则当年老婆也不会跑掉。他人是真的好，也特别仗义，但是在自身都难保的那个年代，这就成了一个缺点，连自己的家庭也保不住。

后来社会进步了，就业机会多了，他在这家业界最有名的快递公司勤勤恳恳地干了近十年，虽然没当上组长，可收入和组长也差不多，但说到底，也就是个快递员。

可是你愿意认他做干爸，两个家庭都不幸福的人，最了解对方渴望着什么。

师父当即哭得更厉害了，眼泪汪汪地收下了你这个"干儿子"。

在所有人的见证下，你按照家乡的做法，跪下来给师父敬了杯酒，喊了一声"爸"，这就等于是互相承认身份了。

公司的同事们看着你们这样也开心，酒是喝了一瓶又一瓶，最后个个都摇摇晃晃地回了家。

秦柔柔将你送回了单身公寓，临走前，你抓着她的手不放。

"柔柔，我有爸爸了！"

你哼唧着。

"嗯嗯。"

秦柔柔给你擦脸。

"我也有女朋友了！"

"好！"

秦柔柔翻了个白眼。

"柔柔，我以后会对你好的，一辈子都对你好！"

你声音温柔得一塌糊涂。

"我知道，我相信。"

秦柔柔叹了口气，擦了擦你的脸。

"你要等我啊，等我出来当个警官，就有底气娶你了，否则你家里人怎么能同意呢？等我娶了你，我就又有家了。"你反复嘟囔着这一句，"真好，我又有家了，就快有家了。我妈该多高兴啊……"

秦柔柔鼻子一酸，终于没忍住，眼泪掉了下来。

"会有的。"她趴在你的胸前，揽着你的脖子说，"像你这么好的人，什么都会有的。"

开端

几年后，你从学校的侦查学专业毕业了。一毕业，你就参加了当年十月份的公安机关招警考试，你怕再拖下去岁数又超过年龄限制了。

因为你在学校成绩优异、体能优秀，这次考试，无论是笔试、面试，还是体能测试，你的成绩都是极好的，所以你成功被市刑警大队录取，成了一名光荣的人民警察。

报道那天，已经成为知名编剧的秦柔柔开车送你去报到。

两年前，秦柔柔编写的剧本《无尽循环》被拍成电影，一炮而红，成了那年影视圈的一匹大黑马。之后她又出品了好几部情节奇特、立意新的电视剧，关注的还是底层百姓的生活，渐渐在圈里有了名气。

现在的她可谓是名利双收，但是"宅"属性和"爱男朋友"这两点却是万年不变。

为了不让你和她见面难，她在收入丰厚后就在你所在的警官学院旁边买了一套单身公寓，后来你被刑警队录取，她又准备在刑警队旁边买间房，所有人都在你面前打趣，说她是打定主意要当"警嫂"了。

你没有什么"吃软饭""被女人包养"之类的狭隘想法，听说女朋友要在市局旁边买房子，就把自己存下来的一百多万都给了她，让她去买房，也没问产权之类的事情。

去报到的路上，秦柔柔把房产证从手套箱里拿出来，递给了你。

"房子的产证下来了，首付二百二十万，我们两个正好一人一半。"

她笑着说。

"什么一人一半？"

你以为这次又是和之前一样买个三四十平方米的单身公寓，茫然地翻开产证，结果看见上面写的是一百二十平方米的三室居，产权人一栏里是两个人的名字。你抬起头来看她。

"怎么买个这么大的？"

"以后要养孩子，还有我的书房，不大点不行啊。"秦柔柔说。

你明白了她话里的意思，眼睛一亮，激动得说不出话来。

"你看，这是我们两个的房子，还有那么多贷款呢，以后每月的贷款是要一起还的，你说，我们拿什么名义还贷款啊？"

秦柔柔对你眨了眨眼。

"夫妻！当然要用夫妻的名义！"

你这时候倒是不笨了，连忙拍板。

"等下我就去请个假，请师父当个见证人，把结婚证领了！"

这几年过年，你都是在秦柔柔的老家过的，她的家人对你很满意，要不是你还在读书，早就催促你们结婚了。

你考虑到自己工作还没稳定，不愿女朋友在老家被人笑话，一直坚持工作了才结婚，否则没法对她的家人交代。

现在，你已经成了一名公务员，光荣的人民警察，虽然谈不上什么大富大贵，但你觉得你可以给她带来荣誉、安全感和幸福。

"这才上班第一天，会不会不太好？"

秦柔柔没想到你行动力这么快，蒙了。

"我觉得会被理解的！"你笑嘻嘻地说，"上班纪念日和结婚纪念日在一起，多有意义啊！"

你被送到了刑警大队门口，已经有人在门口等着你。

"你就是新来的小宋吧？我是带你熟悉情况的同事，以后也负责带你，我姓张。"

一张熟悉的面孔出现在你的面前。

你怔住了。

"怎么？我长得很吓人吗？"

老张见你一直看着他的脸，纳闷地摸了摸自己的脸。

"没，只是你长得很像我的一个熟人。"

你想起那次"循环"里老张通红的眼眶，对自己未来的人际关系大有信心，也更加期待。

这是个好警察啊。

"那好，我先带你熟悉熟悉……"

"报告！"

你突然敬了个礼。

"啊？"

老张一愣。

"请领导批准我一个小时的假，我要去领个结婚证！"

老张不愧是被你信任的好警察，在知道事情始末后，不但允许了你的

369

请假，还带你去提前领了你的警号、警服、礼服，让你穿着帅气的警服去拍结婚照。

民政局结婚大厅里，穿着警服的你，以及依偎在你身旁的漂亮女朋友，成了众人眼中的一道风景。

"来来来，新郎新娘看这里，准备拍照了，一，二，三……"

新旧两位师父站在一旁，笑眯眯地共同见证着你这一生中最幸福的时刻。

"恭喜！"

番 外 二

快递成功被签收了

快递小哥宋卜道和眼镜小哥肖鹤云挣脱"循环"后，又回归了正常的生活。

具体表现在，原本当"码农"的继续敲代码，原本送快件的继续送快件。

但相对于"默默无闻"的宋卜道，肖鹤云实在是太有名了，他和公交车事件里另外一个女英雄李诗情成了"智勇双全"的年轻人代表，三天两头地被采访。

快递小哥为眼镜小哥送了几十回快件都没送到，最后还是靠退回包裹才结束的"循环"。

但退回后没几天，快递小哥又收到了那份包裹。

"……"

宋卜道看着姜医生再次寄出的镜头还有收件人的姓名，半天说不出话来。

这肖鹤云到底是有多需要这个镜头？

还有那姜医生，刚刚差点被人砍死，第二天就能高高兴兴地继续卖二手镜头……

"这包裹有什么问题吗？怎么回事？"

冷面组长看宋卜道半天没动，好奇地瞟了一眼。

"咦，肖鹤云？那不就是那个制止公交车爆炸案的人吗？"

"小宋能直接去见名人了？"

同事们听到冷面组长的话，纷纷拥了过来。

"是那个肖鹤云吧？"

"是不是，去送一送不就知道了？"

"小宋运气真好，居然给名人送快件！"

一群酸成"柠檬精"的快递员议论着。

"那……要不你们去送？"

说实话，宋卜道实在有点怕这个送了二十多次都送不到的包裹。

"这不是你救的那个姜医生的包裹吗？别瞎说，你亲自去送。"

冷面组长敲了宋卜道的头一下，勒令他去送。

没办法，宋卜道只好夹了个包裹，亲自去给肖鹤云送镜头。

宋卜道打过电话，说了快件的事，熟门熟路地到了门口，敲门后过了四五分钟门才打开，开门的是个长得挺秀气的小姑娘。

"啊，送快件的是吧？"小姑娘扭过头就喊，"老肖，你的快件来了！"

"李诗情，你接一下，我这儿还有事！"

叫李诗情的小姑娘用歉意的目光看了宋卜道一眼，伸出手："不好意思，他在那儿熬汤呢，得盯着火。"

自从公交车事件上了热门后，单位给肖鹤云放了几天假去做心理辅导，也是为了躲避一茬一茬来采访的媒体，肖鹤云和李诗情现在大小算个名人，李诗情还好，能躲在学校里不出来，肖鹤云一上街就要被围观，所以干脆在家自己做饭，不出门了。

李诗情就是趁放假来给他送菜的。

宋卜道让李诗情把包裹签了。

看到包裹上用马克笔写的字，李诗情自言自语道："什么玩意儿？国之栋梁？老肖，你买什么了这么逗？还贵重物品！"

"单反镜头啊！是我的单反镜头到了？我以为都送不到了！"

宋卜道转过身，和冲出来的肖鹤云打了个照面。

肖鹤云的第一反应：这小伙子真精神啊！

宋卜道的第一反应：长得这么斯文是怎么能制止歹徒的？

两人目光一触，而后又礼貌地移开，彼此都有一种说不出的亲切感。

"那个……"

这种亲切感让肖鹤云不由自主地喊住了宋卜道。

"这位帅哥，留个联系方式好吗？以后我寄快件就直接打电话给你！"

宋卜道愣了下，没什么犹豫地就留了自己的电话号码。

临出门前宋卜道还能听到李诗情在和肖鹤云嘀咕。

"你现在不是最怕给人留电话吗？"

"不知道为什么，看到他就觉得很亲切很有好感……"

"你不会喜欢男人吧？"

"你瞎说什么呢？我只是说这个人看起来很面善！"

听到这小两口嘻嘻哈哈地拌起了嘴，宋卜道脚步轻快、嘴角含笑地下了楼。

"你当然觉得我亲切啦。"宋卜道想着，"我的小字条可是救了你一命呢……"

番 外 三

那些结束循环后发生的事情

公交车爆炸案过去一个多月后，随着李诗情微博那篇置顶文章不断地被人转载，关注这件事的人也越来越多。

如同李诗情和肖鹤云一样，有越来越多的人对公交车司机夫妻的女儿当年为什么会下车产生了好奇，并且希望能重启对它的调查。

在越来越多的舆论压力下，当年负责处理这件事的公交公司的领导不得不出来发表声明，证明当年这件事主要责任不在公交公司，当年那位驾驶员也已经离职了，而这次司机王兴德的犯罪行为也是个人行为，和公交公司无关。

这言论当然引发了网友们的剧烈不满。

网友30-19："人家的女儿因为坐你们的公交车临时下车而死，父亲来求职，在你们公司待了快三年你们都没有发现，说明你们对当年那条生命根本就是漠不关心！如果你们能早发现，会留下这么一个隐患在这条线上吗？"

网友774："我严重怀疑当年这对夫妻也是因为单纯被公交公司坑了！如果那个司机什么都不知道，为什么要办离职？这件事跟他一点关系都没有的话，他大可以继续开他的公交车啊！"

网友 457："这次是被人制止了，要是没被制止呢？如果车子在桥上人流最密集的地方爆炸了呢？要是死了那么多人，也和你们公交公司没关系吗？所以我们活该成为别人在忌日祭祀女儿的祭品，你们公司就是什么都不知道的'盛世白莲花'？我好像能明白这对夫妻为什么要选择用这种方式报复社会了！"

网友 275："我们需要答案！把当年那个司机找出来！"

越来越多的人开始呼吁把当年那位公交车司机找出来，也开始有越来越多的人站出来阐述这对夫妻当年遭遇的事情，说出那些学生、那些记者是如何为这个丧女的家庭雪上加霜的。

小裤裤："我是陶老师的学生，她以前是位很好的老师，对学生很负责，我有次和家人吵架离家出走，是她把我找回来的，还让我在她家住了一晚，说女孩子在外面不安全，既然不愿回家就在她家先住着。她的女儿王萌萌是个性格特别温柔的女孩，根本不是会胡搅蛮缠要下车的人，一定是遇见很可怕的事了吧……"

开飞机的老江："老王是公认的大好人，出了这种事的时候我还以为别人在开玩笑，毕竟是几年的同事，谁都没看出他还有这样的心思，只能说当父母的，孩子的事大过天吧，唉。"

随着网上挖掘出的事情越来越多，暴露出来的真相也越发可怕。

终于有一天，有一位自称是陶映红当年所在中学的老师站出来揭露了当年的真相。

陶映红是位经验丰富的教师，在 Q 市一中算是骨干教师，当时正在和同组的几位老师竞争"特级教师"的称号。

"特级教师"并不是职称，只是一种荣誉称号，陶映红老师原本就是高级教师，评上"特级教师"只是锦上添花，但对于和她竞争的几位老师来说，能争到这个"特级教师"的称号，评选正高级教师就有很大的优势。

事情发生时，学校的领导觉得陶老师的遭遇太不幸了，为了能让她精神振作点，内部其实已经决定将这个"特级教师"的推荐名额给陶老师了，这下，原本还有竞争之力的几位老师一下子就失去了竞争成功的可能。

在当时这种情况下，学校做出这样的决定同组竞争的人也不好说什么，毕竟"特级教师"只是一种荣誉，既不会让你加工资也不会改变你的职称，陶老师也确实是有力的竞争人选。

但是这些竞争者中有一人不服，就是陶老师所在年级的教导主任，也是竞选"特级教师"的一位人选，他认为明明应该是公平竞争的名额却被人当作"施舍"的礼物送给了陶老师，陶老师靠的是"卖惨取胜"，所以一直对学校和陶老师有怨怼之心。

那个采访陶老师的记者原本是没办法进入学校的，门卫不接受没有采访预约的记者进入学校，但当时正在学校里巡视的这位教导主任得知了情况，主动领着这位记者进了学校，并指引他如何找到陶老师的办公室，还告诉他要速战速决，这种采访事关老师的声誉，学校是不会允许他采访的。

这才有了那位记者竟然能长驱直入、在众人面前质问陶老师只教孩子读书不教孩子安全常识的事情。

当年这件事发生后学校也对门卫问责了，门卫又牵扯出教导主任，为了不影响老师之间的和谐关系，学校最终选择把这件事隐瞒了下来，"特级教师"的事情后来自然也就不了了之，得到这个荣誉称号的既不是陶老师，也不是教导主任，而是一位年纪已经很大的老教师。

但世上没有不透风的墙，还是有不少人知道了这件教导主任"针对"陶老师做出的恶心事情，可惜因为大家都在一起做事，未来还要相处不少年，知道的人也大多存着"多一事不如少一事"的想法，这件事就这么烂在了他们的肚子里。

后来陶老师精神衰弱又易躁易怒，自己选择辞职离开，大家就更不会为了一个离职的同事去得罪现在的同事了。

至于当年王萌萌坐的那趟车的公交车司机，最终也在所有网友的共同挖掘下被找了出来。

那位公交车司机现在已经是一位保险专员，离职这么多年一直在隔壁省卖保险，并且全家都搬到了另外的城市。

公交车爆炸案爆发后，他原本还想装成什么都不知道一样上下班，但是他的孩子现在已经上高中了，自己也有了手机，看到了网上的新闻，再参考一下几年前家里发生的变故，就推断出当年那趟公交车的驾驶员可能是自己的父亲。

和这位公交车司机不同，他的儿子特别有正义感，认为自己的父亲应该站出来说明白当年那件事，如果这样遮遮掩掩地过一辈子才是对家庭的不负责任。

"如果这件事你有错，你就该站出来！因为已经有一个家庭被毁了，如果我以后从其他渠道知道了你当年做错的事情，我该怎么自处呢？我的父亲是坏人吗？"

这位父亲在和儿子激烈争执之后，最终还是选择了听从儿子的建议，由儿子记录，自己口述当年的事情。

正如不少人对李诗情"爆料"的那样，那趟公交车上一直有"公交车色狼"出现，而且那个男人每次都是瞄准节假日女大学生放假去江北的时间段出没。

王萌萌所坐的那班公交车的驾驶员在当年其实一直就想辞职，公交车驾驶员工作辛苦待遇低，还经常要和人争执，再加上他在公交车司机里还算年轻的，并不想在这个岗位上干一辈子，所以那段时间工作态度和积极性都不怎么样，上班也只是敷衍了事，不会特别去注意车上有什么色狼，更没想过要把色狼抓起来。

刚开始，他知道车上有人乱摸女孩，但是没有哪个女孩明确地到他这里来求助过，也没人在车上闹，他是个开车的，根本管不了拥挤的车厢里发生了什么，最多提醒下所有人照顾好随身物品。

大概是因为他这种不管不顾的态度，那个色狼就越发心安理得地在这趟公交车上频频出手，毕竟在其他热心司机的公交车上做这事也许要挨打，遇到暴脾气的人可能还要被扭送到派出所去。

这位驾驶员发现这趟车上坐的女学生越来越少时，也开始觉得有些不对了，但他那时候只想着怎么跳槽，还担心多管闲事会出事，便睁一只眼闭一只眼，只是辞职的念头更强烈了。

王萌萌的事情发生的时候，他其实隐隐猜到有可能是那个暗藏的色狼又出手了，可那次不同于以往，当时王萌萌要求下车的位置在桥上，他劝了几次，吓坏了的小姑娘一定要下车，他怕小姑娘在车上被逼急了出事连累到他，最后还是答应了她的请求。

谁能知道这一下车，这座桥就成了小姑娘人生中的最后一站。

"我还记得小姑娘下车时那慌不择路的样子，我那时已经察觉到她这

377

么乱跑会出事，但没想到这么快就出事了……"当年那位驾驶员这么回忆着，"如果时间能重来一次，我肯定不会选择开车门。"

事情的真相被发掘出后，网上一片哗然。

痛斥当年那位教导主任的有之，谴责这位前公交车司机没有责任心也不讲道德的有之，更多的则是唏嘘和沉思。

时间过去这么久，当年那个在公交车上实施"咸猪手"的色狼自王萌萌出车祸后就再也未出现过，不知是良心发现因此内疚收了手，还是担心东窗事发最后追究到自己而换了地方作案，也许两者都有，如今都已经不得而知。

案件真相渐渐明朗，越来越多的人开始同情司机夫妻，曾经嘲笑王萌萌自己下车"不作不死"的网友也纷纷出来道歉，有人开始自发地到事发的大桥上祭奠王萌萌，陶映红当年的学生也纷纷去了王萌萌的坟上扫墓、献花、道歉。

说起来也很讽刺，王兴德夫妻的悲剧来源于网络舆论，可他们一生中最希望得到的答案和公道，最终也是依靠网络舆论实现的。

正如鲁迅先生的那句"人类的悲欢并不相通，我只是觉得他们吵闹"，当事情的真相真的到来时，世人能留下的，不过只有一句感叹而已。

那些义愤填膺或唏嘘感慨，随着时间的流逝，逐渐会像王萌萌一样，渐渐地消失在人们的脑海中。

在舆论中狂欢的人，注定会像闻到血的鲨鱼一般，继续追向下一场狂欢，当猎食结束，什么痕迹都不会留下。

当李诗情和肖鹤云带着网上打印下来的声明，以及当年那些人对王萌萌的道歉去探望司机王兴德时，这个自被抓后表情一直麻木苍凉的中年人在监狱里号啕大哭，为这份迟来的道歉泣不成声。

说到底，他和妻子走上这条歧路，为的也不过是这个结果而已。

当这个真相真的到来时，第一个承受不住的，依然是他们。

"所以，上天让我们进入'循环'，是有意义的。"

从监狱离开时，李诗情抬头看着头顶的壮阔碧空，长长地舒出一口气。

他们制止了犯罪，并不能消弭仇恨。

谁也不知道下一刻这个世界上还会不会发生同样的事情、产生类似的

378

悲剧。

她只希望这件事至少能给世人一个警示，让所有人知道舆论的可怕，这是一把双刃剑，但大部分人用不好它，只会伤害到别人。

那些躲在屏幕背后摇旗呐喊的人，也许只是纯粹地凑热闹；

那些痛打落水狗的"热心人"，也未必就是伸张正义；

要知道真正悲苦的人，也许连发声的机会都没有。

"等我本科毕业了，我想去学传媒。"

李诗情看向肖鹤云。

"过去我一直在想，我能做些什么，有什么事情是我非做不可的，大学毕业后我该干些什么，现在，我有了答案……"

肖鹤云一怔。

"我想当个有节操的媒体人，那种能让不能发声的人发声的好记者。"

"我相信你可以的。"

肖鹤云将手搭上了李诗情的肩头，轻轻一笑，调侃道："像我们这样连死几十次都没有放弃希望的人，还有什么事是做不到的呢？毕竟……"他叹息着，"没有什么事比从容赴死更难的了啊。"

听到他的调侃，李诗情也笑了。

"那……以后，你也会一直陪着我吗？"

女孩仰起头，眼中带着难掩的期冀，还有隐隐的羞涩。

一直粗线条的肖鹤云在这一刻竟奇异地明白了她是为什么而羞涩。

于是他也羞涩起来。

"嗯，会的。"

他毫不犹豫地点头，握着女孩圆润肩头的手微微一颤，最终鼓足勇气将女孩揽到自己的怀里。

"我会一直一直陪着你。"

（全文完）